MODERN HUMANITIES RESEARCH ASSOCIATION
CRITICAL TEXTS
VOLUME 33

EDITOR
MALCOLM COOK
(FRENCH)

INGÉNUE SAXANCOUR

OU

LA FEMME SÉPARÉE

RÉTIF DE LA BRETONNE

Introduction, notes, and appendices

by Mary S. Trouille

INGÉNUE SAXANCOUR

OU

LA FEMME SÉPARÉE

NICOLAS-EDME RÉTIF DE LA BRETONNE

Edited by

MARY S. TROUILLE

Modern Humanities Research Association

2014

Published by

The Modern Humanities Research Association,
1 Carlton House Terrace
London SW1Y 5AF
United Kingdom

First published 2014

ISBN 978-1-907322-47-1
ISSN 1746-1642

Copies may be ordered from www.criticaltexts.mhra.org.uk

CONTENTS

LIST OF ILLUSTRATIONS

ACKNOWLEDGEMENTS

The idea for a critical edition of *Ingénue Saxancour* first came to me in the fall of 1999 when I taught this text for the first time in a graduate course on marriage and domestic violence in eighteenth-century France. Because the novel was out of print, we had to use photocopies taken from Gilbert Lely's 1979 abridged edition published by Lattès in the series *Classiques interdits*. Lely's edition had long been out of print, and the series title reflected the obscurity into which the novel had fallen. In 2002, Daniel Baruch published a fine critical edition of eight of Rétif's key autobiographical texts together in a single volume, including *Ingénue Saxancour* — an edition now unfortunately out of print, as is its companion volume edited by Pierre Testud.

Thanks to the work of Testud, Baruch, David Coward, and a few other scholars, Rétif's importance as a late Enlightenment thinker has in recent years become more widely recognized among eighteenth-century specialists. However, the texts themselves still are not as well known to the general public or as readily available as they deserve to be, particularly among readers in the English-speaking world. Given the intrinsic value of *Ingénue Saxancour* and the novel's appeal from both a literary and sociohistorical perspective, I felt that a critical edition should be made available at an affordable price to a broader audience.

This project would not have been possible without the encouragement of Malcolm Cook, who directs the MHRA's Critical Texts Series in French and Gerard Lowe, Managing Editor of the series. I also wish to thank Illinois State University for a summer research grant that enabled me to work on this project at the Bibliothèque Nationale in Paris during the summer of 2012. I am also grateful to the American Society for Eighteenth-Century Studies for granting me the Theodore Braun Research Travel Fellowship that helped cover my travel expenses the following summer. In addition, I wish to express my sincere thanks to the staffs at the Bibliothèque Nationale, Northwestern University Library, and Illinois State University Library for their research assistance and for their help in finding illustrations for this edition, as well as to Pierre Lescault for providing copies of his splendid portraits of Rétif and for allowing me to use them in this edition.

Special thanks go out to David Coward for his helpful comments on the first article I published on *Ingénue Saxancour* a decade ago in *Studies on Voltaire and the Eighteenth Century*. Above all, I wish to thank Françoise Le Borgne of the Université Blaise Pascal for including me in the memorable two-day colloquium she organized in Clermont-Ferrand in June 2012 on 'Le Drame conjugal dans l'œuvre de Rétif de La Bretonne.' For at this conference, I was able to meet and exchange ideas with a wonderful group of Rétif scholars, including Pierre Testud, whose work I had so long admired. It is to him that I dedicate this edition, in deep gratitude for his many contributions to our understanding of Rétif's life and works and for his encouragement of my work.

FIGURE 1.   Pierre Lescault's 1985 portrait of Rétif de La Bretonne.
By permission of the artist.

Lescault's portrait of Rétif figures prominently in his *Hommage à Rétif* (see Fig. 4). It was inspired by the 1787 oil painting on wood discovered in a Paris flea market in the 1960s by the writer Claude Seignolle, who later recalled: 'Dans un fouillis du passé, un petit tableau du XVIIIe siècle: huile sur panneau de bois octogonal, montrant un visage d'homme de profil aux traits déjà vus, familiers et malicieux. Grattant la poussière épaisse, je lus avec l'émotion que l'on suppose: *Rétif de La Bretonne 1787*. C'est le seul portrait de la sorte que nous ait laissé l'homme des *Nuits* à cette époque de sa vie chaotique et ardente' (Claude Seignolle, *Intégrale des romans et nouvelles III. La Nuit des Halles*, Paris, Phébus libretto, 2002, p. 186).

According to Pierre Lescault, this oil painting of Rétif at age 53 (pictured on the front cover of this edition) offers the best likeness of the writer: 'J'ai vu ce portrait chez l'écrivain Claude Seignolle. Il le gardait dans ses toilettes; il avait peur du vol, et je crois bien qu'on le lui a volé. C'est le seul portrait intégral que l'on possède de lui' (e-mail from Pierre Lescault to Mary Trouille, 14 January 2013).

INTRODUCTION

~

Nicolas-Edme Rétif de La Bretonne's novel *Ingénue Saxancour ou La Femme séparée* is a thinly veiled account of his daughter's disastrous marriage to an abusive husband. From the time of her marriage in May, 1781, until she left her husband in July, 1785, Agnès Rétif suffered continually from severe physical, sexual, and emotional abuse. Published in 1788, Rétif's novel scandalized the public with its graphic descriptions of his son-in-law's sexual perversity and brutal violence. Rétif's novel remains shocking even two centuries later and continues to raise disturbing questions concerning power relations in abusive marriages and childhood experiences that foster such abuse.

Unsettling questions are also raised by the form of the novel, which is told in first-person narrative from Agnès's point of view and in her voice. Rétif's narrative ventriloquism is so convincing that editors, critics, and readers alike assumed that the novel was written by his daughter. It was not until the publication in 1889 of the first third of Rétif's diary outlining the initial stages of the novel's composition that the question of its authorship seemed to be resolved.[1] Yet knowledge that Rétif was the principal author gives the novel a peculiar voyeuristic cast that becomes all the more unsettling in light of accusations by his estranged wife and son-in-law that he had engaged in incestuous relations with his daughter — accusations borne out by explicit entries in his diary.

Perhaps most disturbing of all are the accusations levelled against Rétif concerning his motives for writing and publishing this account: Was he, as some charged, a shameless exhibitionist willing to reveal his family's darkest secrets in order to attract attention and broaden his readership? An unscrupulous opportunist hoping to capitalize on his daughter's misfortunes and risk her reputation simply to sell more books and pay his debts? Or was he, as he himself claimed, trying to warn young women about the dangers of marrying men of dubious backgrounds against their father's wishes? In my view, Rétif was all this and more: a pioneer far in advance of his time with his stark portrayal of spousal

---

[1] See the diary entry for 22 April 1788, in Rétif de La Bretonne, *Mes Inscripcions, 1779–1785; Journal, 1785–1789*, edited and annotated by Pierre Testud (Paris: Editions Manucius, 2006), ¶1410, p. 562. Unless indicated otherwise, subsequent references to Rétif's diary are to Testud's two-volume critical edition: *Mes Inscripcions (1779–1785); Journal (1785–1789)* published in 2006 and *Journal: Volume II, 1790–1796* (Paris: Editions Manucius, 2010). See Appendix D for key passages in Rétif's diary dealing with Agnès marriage, her relationship with her father, and the composition of *Ingénue Saxancour* (referred to in his diary as *Femme séparée*).

abuse and his call for liberal divorce laws that would allow women to escape from abusive relationships and to remarry.

A Tragic Chain of Events

In an episode of *Les Nuits de Paris* titled 'Les Deux Sœurs', Rétif paints the following verbal portrait of his elder daughter:

> Agnès avait la figure noble, imposante, autant que belle. Son caractère répondait à sa figure: elle était fière, brusque et franche; mais bonne, obligeante, généreuse, magnanime. Sa franchise lui fit tort quelquefois: c'est que les personnes franches sont crédules, par un effet de leur droiture naturelle.[2]

Written in 1788, the same year Rétif was finishing *Ingénue Saxancour*, this description mirrors the image he presents of Agnès in the novel and foreshadows the terrible events that would befall her.

In March, 1780, when she was nineteen and living in Paris with her paternal aunt Bizet, Agnès caught the attention of Charles-Marie Augé, a thirty-five-year-old childless widower living in the neighborhood[3] (whom Rétif calls Moresquin in the novel). Mme Bizet had long been acquainted with his family, and so when he expressed eagerness to meet Agnès with an eye toward marriage, she readily agreed to introduce them. Although Agnès found her suitor physically repulsive, stupid, and pretentious, her aunt stressed the advantages of the match:

> Ma chère nièce, vous connaissez la position de votre père, le peu d'économie de votre mère. C'est une maison perdue [...]. Il se présente un parti très avantageux [...]. Le fils est enfant unique; il aura tout, et ces gens-là jouissent au moins de mille écus de revenus, sans l'emploi du père. Le fils est veuf; mais il est notoire que pendant dix ans de mariage, il a rendu sa femme très heureuse! Il a lui-même un emploi et l'espérance de celui de son père. Je ne crois pas qu'on puisse jamais rien trouver de plus avantageux.

We later learn that most of this is false: that the suitor is in fact nearly destitute, having lost his job due to his professional incompetence and lack of integrity, that his first wife had died of grief after ten years of terrible mistreatment, and that his parents' reputation and modest fortune had been seriously compromised by their son's misconduct.

---

[2] 'Les Deux Sœurs', Episode 363, in *Les Nuits de Paris, ou Le Spectateur nocturne* [1788–94], vol. 7, Part 14, in *Œuvres complètes*, 113 vols (Geneva: Slatkine Reprints, 1987–88), vol. 85, p. 3349. Unless indicated otherwise, subsequent references to Rétif's works (other than *Ingénue Saxancour*) will be to the Slatkine reprint edition, referred to as *OC*.

[3] Augé lived on the rue de la Mortellerie (present-day rue de l'Hôtel de Ville), not far from the quai de Gesvres where Rétif's widowed half-sister Bizet lived.

Madame Bizet is so eager to promote the marriage that she invites her brother to dine with the Augés at her home. But like his daughter, Rétif takes an immediate dislike to her suitor and makes it clear that the match is out of the question. Why then did Agnès marry Augé? This is a question that clearly haunts Rétif. In the dozen or so versions of the story he presents in different works, he assigns blame in varying degrees to the people involved. In *Ingénue Saxancour*, Rétif presents his sister as an innocent, but gullible victim of Augé's machinations. However, in *La Femme infidelle*, he claims that she was well aware of Augé's lack of fortune and failed career and that she nevertheless promoted Agnès's marriage in order to free herself from responsibility of providing for her niece, with whom relations had soured: 'Ingénue fut tranquille chez sa tante plus de dix-huit mois. Mais enfin, un malheureux hasard la poussa dans l'abîme. Ma sœur ne goûtait pas que ma fille fût mise en demoiselle; des querelles fréquentes aigrissaient la tante contre la nièce; et elle désirait de la voir mariée.'[4] In his autobiography *Monsieur Nicolas*, Rétif goes a step further and accuses his sister of lying to them: 'Margot voulait marier ma fille pour s'en débarrasser, parce que, étant dévote très bête, elle trouvait que sa nièce se mettait trop mondainement. Ce motif fut le seul qui la fit mentir et perdre ma fille en nous trompant.'[5] And in a subsequent passage of his autobiography, Rétif claims that his sister succeeded in convincing him to accept the marriage by falsely claiming — in league with Augé and Agnès's mother — that Agnès was pregnant: 'Me reprochera-t-on d'avoir consenti au premier mariage? Mais et la mère, et la tante, et L'Echiné calomniaient ma fille; ils l'accusaient d'être enceinte de cet homme.' He speculates that his sister might even have urged Agnès to become pregnant in order to force him to accept the marriage: 'Peut-être même alla-t-elle jusqu'à conseiller une horreur.'[6]

Rétif was even more critical of his wife's role in promoting the match. His anger stemmed from long-standing tensions in their marriage caused by financial problems and by mutual infidelities that neither sought to hide. He claims that, despite her knowledge that Augé was a good-for-nothing, she encouraged the match to spare herself the expense of providing for Agnès, to punish her for her preference for her father, to alienate them from each other, and to punish him for his affair with a much younger woman. This was neither the first nor last time Agnès found herself caught in the cross-fire in the bitter war between her parents.

---

[4] *La Femme infidelle, OC*, vol. 45, p. 789. Key passages, letters, and documents from *La Femme infidelle* are presented in Appendix F.

[5] *Monsieur Nicolas, ou le cœur humain dévoilé*, 'Huitième Epoque', *OC*, vol. 69, p. 3025. See Appendix B, Excerpt 1.

[6] *Monsieur Nicolas*, 'Huitième Epoque', *OC*, vol. 69, p. 3048. Rétif repeats this assertion in *La Femme infidelle*: 'On prétend que L'Echiné s'était vanté de nous avoir mis dans la nécessité de la lui donner' (*OC*, vol. 45, p. 793).

However, it was above all Augé whom Rétif blamed. He insists that Augé was so blinded by his passion for Agnès that financial concerns — even Rétif's refusal to give her a dowry — made no impression. Rétif's biographer Ned Rival maintains that Augé *was* in fact motivated by financial considerations: the dowry of 1200 *livres* promised by her aunt Bizet.[7] Rétif himself suggests that Augé hoped to profit by marrying into the family of a well-known author, with friends in high places who could advance his career.

In *Ingénue Saxancour*, Rétif presents both his daughter and himself as tragic — and largely innocent — victims of the machinations of those around them. In her narration of events, Ingénue underscores her naiveté and the trust she placed in her aunt's and mother's advice. But in his autobiography *Monsieur Nicolas*, Rétif suggests that Agnès was not entirely blameless: that she was motivated by a desire for financial security and by fear of being unable to find another match for lack of a dowry, as well as by the urge to leave the oppressive atmosphere of her aunt's house and to be independent of her mother, whom she 'abhorred'.

Agnès and Augé were married on May 1, 1781. Neither of her parents attended the ceremony and her aunt left immediately afterward. In his description of the wedding in the novel, Rétif points to the stark differences in social class and upbringing between Ingénue and her husband and presents the first detailed portrait of Moresquin:

> Moresquin [...] est un petit homme noir,[8] l'œil faux, le visage ignoble et laid, la bouche dégoutante. Quant aux qualités morales, c'est un monstre! Il est lâche, plat, brutal, rampant, plein d'insolence. Il n'a ni capacité, ni vérité. C'est le plus impudent et le plus maladroit des menteurs; le plus bavard, le plus médisant, le plus calomniateur des hommes. La noirceur de son âme surpasse celle de son corps: il est méchant pour le plaisir de l'être. Il fait les choses les plus odieuses, les plus infâmes, les plus cruelles dans l'obscurité pour le plaisir de mal faire.

---

[7] After examining the marriage contracts from Augé's three marriages, Ned Rival concludes: 'Cette incursion dans les liasses des Archives, où j'ai également retrouvé l'acte du troisième mariage d'Augé en janvier 1795 [...] (mariage moins richement doté que les deux précédents), laisse l'impression nette d'avoir affaire à un coureur de dot assez cauteleux pour se mettre bien dans l'esprit de vieilles dames bigotes sans enfant, élevant de jolies nièces et prêtes à leur céder leurs biens. C'est dans deux cas sur trois ce même scénario.' See Ned Rival, *Les Amours perverties: Une biographie de Nicolas-Edme Restif de La Bretonne* (Paris: Librairie Académique Perrin, 1982), pp. 170–71.

[8] Rétif's biographer Adolphe Tabarant draws the connection between the pseudonym Rétif chose for Augé and his dark complexion: 'échangeant tout bonnement son sobriquet de L'Echiné pour celui de Moresquin, suggéré par le teint "moresque" de son visage.' See Adolphe Tabarant, *Le Vrai Visage de Restif de La Bretonne* (Paris: Eds. Montaigne, 1936), p. 329. Reflecting on the connections traditionally made between physical traits and moral character, Rétif writes: 'tous les monstres étaient ainsi, que leur couleur était l'expression de leur vilaine âme' ('Supplément à *La Femme séparée*' [1788], vol. 27 of *Les Contemporaines* (2nd edn), reprinted in *OC*, vol. 25, p. 32). See Appendix E, Excerpt 3.

Rétif underlines the radical difference in moral character between the spouses and in so doing anticipates the horrors, sexual and otherwise, awaiting the chaste and inexperienced bride. Once they are alone, Moresquin tears off Ingénue's clothes and sodomizes her.

Rétif makes it clear that the marriage was doomed from the start, not only because of his son-in-law's vicious character, financial irresponsibility, and professional ineptitude, but also because both spouses had been raised in troubled families in circumstances that predisposed them to marital problems. Both were spoiled as children, Agnès by her paternal grandparents (who raised her in her early years) and Augé by his mother, who refused to discipline her turbulent son to vex her husband. Both suspected they were born of an adulterous liaison; both as a result scorned their mothers, which clearly contributed to Augé's intense misogyny and probably to Agnès's low self-esteem. In the novel, Ingénue is shocked by the contempt her husband openly expresses toward his mother, rightly anticipating that a man who shows so little respect for his mother was unlikely to respect his wife: 'O Dieu! S'il parle ainsi à sa mère, à quoi dois-je m'attendre?' Ingénue exclaims. 'Non, [...] tu es une honnête femme, mais cette g[arce]-là avait fait des siennes avant, et elle en a fait encore après. C'est pourquoi je ressemble si peu à mon père, qui est un honnête homme [...]. C'est elle qui est cause de tous mes vices!' This analysis reflects Rétif's insight into the psychodynamics of dysfunctional families and shows the way he shapes the reader's judgment of Moresquin.

Moresquin soon reveals the brutality, cruelty, and sexual perversion that characterize his true nature. When they had been married less than a month, he tells the story of his past crimes and of the mistreatment inflicted on his first wife in order to frighten Ingénue into submission: 'Il faut d'abord que tu saches qu'il est très dangereux de me mettre en colère. Je m'appelle *Frappe-d'abord*, et j'ai pris l'habitude, étant commis aux Aides, de donner les coups de façon à blesser [...]. Ainsi, tu t'exposes beaucoup en me résistant.' Moresquin's first violence toward Ingénue occurs only a few weeks later. Angry to find the bread at dinner hard, he throws it in her face so violently that it draws blood. Even Moresquin is frightened by his rage and asks for forgiveness, but as Ingénue points out, 'il avait commencé; les mauvaises façons qui lui étaient naturelles prirent insensiblement la place de sa politesse contrainte.' Familiarity breeds contempt in men of Moresquin's sort: 'Je perdais tous les jours à ses yeux, à mesure que sa passion brutale s'affaiblissait; il se familiarisait avec une femme qu'il avait brouillée avec tout le monde en l'épousant et qui n'avait plus d'appui. Pour un autre homme, cela aurait été un motif d'attachment et de tendresse. Pour Moresquin, c'était une tentation de m'opprimer, de me réduire au plus dur esclavage.'

The novel recounts in excruciating detail Moresquin's metamorphosis into an increasingly abusive husband and the transformation of Ingénue's life into a living hell. He mistreats her on a daily basis and takes pleasure in humiliating her in

FIGURE 2. *Ursule aux crampons*, illustration by Louis Binet, engraved by Jacques Le Roy, in *La Paysanne pervertie* (1784), vol. 4, p. 18. (BnF) Violence against women had been a central theme in Rétif's works well before he began writing *Ingénue Saxancour*.

front of others. He loses one job after another and then gambles or drinks away what little money his wife can earn as a dressmaker working at home. Ordering her about like a servant, he has Ingénue stand at dinner and serve him and his friends while the maid eats with them at the table; he then forces her to eat leftovers from their plates. He regularly returns home late at night, often drunk, flies into a rage for no reason, shouts obscenities at her, beats her, and then forces her to have sex with him in increasingly brutal, perverse fashions. Moreover, he shows a marked predilection for forced oral and anal intercourse, which Gilbert Lely views as a manifestation of his sadism and latent homosexual tendencies: 'L'élection de la sodomie [...] revêt l'acte d'une couleur plus violente que dans les rapports ordinaires', remarks Lely. 'En maintes endroits de son récit, les euphémismes et les points de suspension d'Ingénue dissimulent mal les exigences sodomiques de son époux, ainsi que le penchant de celui-ci pour l'irrumation. Cette dernière complaisance, lorsqu'elle est exigée dans un esprit tyrannique, devient un acte avilissant pour la femme qui s'y soumet.'[9] Similarly, in a pamphlet titled *Dom Bougre aux Etats-Généraux* attributed to Rétif, anal intercourse is described as 'un acte de despotisme et de tyrannie de la part d'un mari'.[10]

When Moresquin learns that Ingénue is pregnant, he becomes even more abusive and violent toward her, as if to punish her for the temporary loss of her charms and for the extra mouth they will soon have to feed, but also because she is less able to defend herself. 'Mon état semblait exciter sa brutalité', she remarks. The increased abuse suffered by pregnant women has been noted by psychologists and social historians for these same reasons,[11] which attests to the realism of Rétif's account. As Ingénue's figure grows less appealing, Moresquin forces her to dress in dirty, shapeless clothes, with rags tied around her waist as a further humiliation: 'Malade, languissante, je n'étais plus pour ce monstre qu'un objet de dégoût. Il me réduisit à l'esclavage le plus dur. Je devins sa servante, et la servante fut ma maîtresse.' When she is six months pregnant, Moresquin kicks her so violently in the back that she suffers continually through the rest of her

---

[9] Gilbert Lely, 'Introduction', *Ingénue Saxancour, ou La Femme séparée* (Paris: Lattès, 1979), p. 16.

[10] Rétif, *Dom Bougre aux Etats-Généraux* (Paris, 1789), p. 10.

[11] See, for example, Roderick Phillips, *Family breakdown in late eighteenth-century France: Divorce in Rouen, 1792–1803* (Oxford: Oxford University Press, 1980), pp. 118–20. Phillips's findings are echoed in two articles published in the March 21, 2001 issue of *JAMA*, which found homicide the leading cause of death among pregnant or recently pregnant women. See Isabelle Horon and Diana Cheng, 'Enhanced Surveillance for Pregnancy-Associated Mortality — Maryland, 1993–1998', pp. 1455–59; and Victoria Frye, 'Examining Homicide's Contribution to Pregnancy-Associated Deaths', pp. 1510–11. Also see Marie Desurmont, 'Violences pendant la grossesse, violences après la naissance', in Anne Bretonnière-Fraysse and others, *De la Violence conjugale à la violence parentale: Femmes en détresse, enfants en souffrance* (Toulouse: Erès, 2001), pp. 51–66.

pregnancy. As a result of this mistreatment, their son is born a month premature and Ingénue falls dangerously ill following the delivery.

Once Ingénue's health and beauty are restored, Moresquin's lust for her returns and she soon is pregnant again. He is once more out of work and tries to force her to become the mistress of an important official who could advance his faltering career. Deaf to her tears and her moral arguments, he threatens to beat her severely if she fails to secure a job for him. This is only the first in a series of schemes Moresquin devises to prostitute his wife, either for money or to advance his career, but Ingénue manages to resist each time. He succeeds nevertheless in prostituting her in spite of herself by introducing several debauched companions into their bed early one morning when she is overcome with lassitude and mistakes — or claims to mistake — the intruders for her husband.

During this same period, Moresquin befriends a handsome young clerk named Fromentel, whom he openly encourages to woo his wife. After leaving Ingénue alone with him for several hours during an afternoon stroll, Moresquin furiously inspects her body for traces of their lovemaking and beats her severely for her alleged infidelity. Yet he forces her to see Fromentel again, inviting him repeatedly to their home. (Entries in Rétif's diary and six letters addressed to Agnès found among Rétif's papers clearly suggest that she was indeed romantically involved with her husband's friend, whose real name was Blérie de Sérivillé, a munitions clerk at the Arsenal.)[12] Moresquin seems to relish the idea of being cuckolded by this man, yet appears intensely jealous of him. Ingénue claims that Moresquin is merely *pretending* to be jealous in order to have another pretext to mistreat her.[13] But Lely argues convincingly that Moresquin's jealousy is very real and that it reflects a masochistic desire to be cuckolded, much like Sacher-Masoch, the prototypical sadomasochist who took out advertisements in newspapers to arrange sexual encounters for his wife with strangers. According to Lely, 'le masochisme de Moresquin [...] ne pouvait manquer, par définition, de s'apparier

---

[12] In his diary entry for 30 October 1785, Rétif notes that he had discovered letters from Blérie to Agnès, addressed to her using the pseudonym Mme Dulis at the Berthets' apartment where she had been staying: 'je surprens les lettres de Blairie à Agnès, mais je ne lui en parle pas. Il faut être tolerant pour les fautes involontaires; la cruelle passion de l'amour doit trouver les pères indulgens' (*Journal*, ¶548, vol. 1, p. 204). Then in his diary entry for 20 November of that year, Rétif notes: 'Causé [avec Agnès] des lettres de Blerie. [...] Qu'une femme, dont le cœur s'est laissé prendre par ces viles automates doit être malheureuse!' (*Journal*, ¶567, vol. 1, pp. 217–18). In that same entry, he refers to six letters that Agnès received from Blérie in the summer and fall of that year. Regarding these letters, Paul Cottin writes: 'Elles ne laissent aucun doute sur le sentiment tendre qu'Agnès et Blérie éprouvaient l'un pour l'autre' [*Mes Inscripcions: Journal Intime de Restif de La Bretonne*, ed. by Paul Cottin (Paris: Plon, 1889), n. 1 to p. 134]. See Appendix C, Excerpts 6–11, for extended excerpts from these letters and Appendix D, Excerpts 18 and 21, for Rétif's comments on them in his diary.

[13] Rétif offers this explanation both in *La Femme infidelle* (see Appendix F, Excerpts 2 and 4) and in *Ingénue Saxancour*.

à son sadisme, ces deux tendances coexistant sans appel chez un même individu, en dépit de la prédominance tantôt de l'une, tantôt de l'autre.'[14] Similarly, Charles Porter remarks that 'Moresquin's very act of bringing Fromentel to Ingénue is a clear indication of masochism; this is a secondary but real motivating force in his personality.[15]

Lely suggests that Moresquin's repeated attempts to prostitute his wife, his introduction of companions into her bed, his encouragement of her liaison with Fromentel, and his intense jealousy can be seen as expressions of latent homosexual desires: 'Les jaloux de cette sorte s'identifient inconsciemment à la femme infidèle, et s'ils pouvaient voir clair dans leur cœur, ils énonceraient ainsi leur délire: Il est indispensable que celle que j'adore se donne chaque jour à de nouveaux amants, afin que moi, qui suis elle-même, je puisse m'enivrer sans cesse de ma parfaite ignominie.'[16] So intensely does Moresquin identify with his wife that he derives a keen voyeuristic, homoerotic pleasure from her lovemaking (real or imagined) with others. It is hardly surprising then that Moresquin should take pleasure in training his wife to perform sexual services he would have her offer prospective 'clients'. Nor is it surprising that he encourages Fromentel to woo Ingénue and then urges her in bed to pretend she is having sex with their friend. Indeed, one of the rare times Moresquin has intercourse with Ingénue 'sans profanation', he asks her about her lovemaking with Fromentel. According to Lely, this suggests that his masochistic desires prevailed that night over his usual sadistic impulses.

On numerous occasions, Moresquin forces Ingénue to have intercourse under the mocking gaze of their maid or, worse still, within earshot of drunken companions. Some laugh uncomfortably at her humiliation and try to stop him, but others become sexually aroused and propose to share her favors with her husband. The most humiliating incident occurs during a visit to the country home of Fromentel's brother. Knowing that their friend is asleep in the room next to theirs, Moresquin makes love as noisily as possible, shouting obscenities, excited at the thought that his friend will hear them. Linked to Moresquin's exhibitionism is his voyeurism, its reverse. In a later episode, hidden in a closet, he watches — and forces Ingénue to watch — Fromentel having intercourse with a prostitute.

---

[14] Lely, p. 19.

[15] Charles Porter, *Rétif's Novels, or, An Autobiography in Search of an Author* (New Haven, CT: Yale University Press, 1967), p. 314.

[16] Lely, p. 22.

Rétif's Realism

In *Ingénue Saxancour*, Rétif depicts the plight of battered wives with a stark realism unprecedented in the literature of the period, revealing in painstaking detail both the material and psychological obstacles they needed to overcome in order to break free from their tormentors. Given Augé's monstrous mistreatment of Agnès on a daily basis during their four years together, one wonders why she stayed with him so long. (They were married on 1 May 1781, and she did not leave him definitively until 21 July 1785.) To explain why Agnès waited so long before seeking a legal separation that would have secured protection from her husband, Daniel Baruch points to Agnès's lack of financial resources, the social stigma attached to women who left their husbands, the weakness of their legal position, and the lack of support available to battered wives (the absence of women's shelters and other social services for women): 'Augé avait des appuis et le droit pour lui; [...] une femme qui abandonne le domicile conjugal et son enfant n'excite pas alors la pitié générale. [...] Agnès, chiffe molle, repoussée de tout le monde, pas d'association féministe pour la soutenir, [...] brebis à l'abattoir.'[17] As Ingénue herself remarks: 'c'est une démarche bien scabreuse que celle de quitter sa maison et un enfant!'

These social and material barriers clearly played an important role in delaying Agnès's separation from Augé. However, it was the psychological barriers she faced that proved most difficult to overcome. As Leonore Walker points out in her study of battered women, passivity and masochism are learned behaviors in response to abuse. Her insights are echoed by other feminist psychologists and historians, particularly by Lucy Gilbert and Paula Webster, who present a compelling analysis of how parents traditionally taught their daughters submission to paternal and marital authority, which led to complicity with abuse.[18] However, Michelle Massé suggests that masochism can also serve a

---

[17] Daniel Baruch, *Restif de La Bretonne* (Paris: Fayard, 1996), p. 211. Regarding the social stigma attached to wives separated from their husbands in eighteenth-century French society, see Nadine Bérenguier, 'Victorious Victims: Women and Publicity in *Mémoires Judiciaires*', in *Going Public: Women and Publishing in Early Modern France*, ed. by Elizabeth C. Goldsmith and Dena Goodman (Ithaca: Cornell University Press, 1995), pp. 62–78. Also see Julie Hardwick, 'Seeking Separations: Gender, Marriages, and Household Economies in Early Modern France', *French Historical Studies* 21, 1 (Winter, 1998), 157–80; and Roderick Phillips, 'Women's Emancipation, the Family, and Social Change in Eighteenth-Century France', *Journal of Social History* 12, 4 (Summer, 1979), 553–68.

[18] See Leonore Walker, 'Battered Women and Learned Helplessness', *Victimology* 2 (1977–78), 525–34; and Lucy Gilbert and Paula Webster, *Bound by Love: The Sweet Trap of Daughterhood* (Boston: Beacon Press, 1982). However, Elizabeth Waites argues that labeling as masochistic the result of socially imposed or conditioned restrictions 'is at best an evasion of determining factors and at worst a naive excuse for cruelty.' See 'Female Masochism and the Enforced Restriction of Choices', *Victimology* 2 (1977–78), 535–44 (p. 539).

positive function as a survival mechanism for dealing with the social and psychological constraints imposed on women by eighteenth-century society.[19] Similarly, Jessica Benjamin argues that submission and masochism are basic coping mechanisms internalized by battered women and other oppressed groups: 'The individual tries to achieve freedom through slavery, release through submission to control.'[20]

Agnès's passive submission to her husband's abuse stemmed above all from a sense of helplessness due to the circumstances surrounding her marriage: the strained relations between her parents, her estrangement from them, and the feeling of being abandoned by her entire family. Even her aunt — the only member of her family with whom she remained in contact and who had played such a determining role in arranging the marriage — was of little help to her: 'Que faire? J'étais sans appui. Ma tante, femme faible, osait à peine me garder un jour quand je fuyais chez elle.' Her father had cut off all ties with her when she persisted in marrying Augé. Only in the fall of 1783, after she had endured two and a half years of living hell, did Agnès finally find the courage — or become desperate enough — to write to her father to ask him to visit her. When the visit finally did take place, Agnès was too ashamed and her father too self-absorbed for either of them to reach out to the other, which tragically prolonged her suffering.

Agnès was rendered more helpless and vulnerable by her three pregnancies. As Rétif explains in the novel, she did not dare resist her husband when he mistreated her then, for fear of hurting her unborn child. 'On sent comme je devais me défendre dans ces occasions. Mais j'étais déjà enceinte, et je pouvais me blesser.' Regarding the very real dangers physical abuse represented for pregnant women, Alain Lottin remarks: 'Comment aussi ne pas faire intervenir l'angoisse, la peur qu'elle a éprouvées pendant ces violences pour la vie de l'enfant et pour la sienne propre, tout accouchement à terme ou non, toute interruption de grossesse étant à cette époque pour les femmes des heures redoutables où la mort rôde.'[21] Agnès's fears seem well justified, since her first two pregnancies resulted in premature births to sickly children, the second of whom died. A third pregnancy ended in a miscarriage, which Agnès ascribes (like the premature births of her first two children) to her husband's mistreatment. Yet once their first — and only surviving — child was born, she viewed him as the strongest

---

[19] See Michelle Massé, *In the Name of Love: Women, Masochism, and the Gothic* (Ithaca, NY: Cornell University Press, 1992), p. 42. Also see my discussion of the Gothic heroine's tendency toward masochism in *Wife-Abuse in Eighteenth-Century France* (Oxford, UK: Voltaire Foundation, 2009), pp. 172–73, 261–65.

[20] Jessica Benjamin, *The Bonds of Love: Psychoanalysis, Feminism, and the Problem of Domination* (New York, NY: Pantheon Books, 1988), p. 52.

[21] Alain Lottin, 'Le Couple et sa désagrégation', in *La Désunion du couple sous l'Ancien Régime: L'Exemple du Nord* (Lille: Université de Lille III, 1975), 149–80 (p. 155). See also note 11 above.

chain binding her to her husband: 'Je songeai à mon fils, qui me liait à Moresquin plus que le serment des autels.'

Moresquin continually reminds Ingénue of her lack of family support in an effort to increase her sense of isolation and break her spirit: 'Salope, j'entends que tu sois la dernière des servantes, que tu rampes devant moi. Tu n'as ni père, ni mère. Ton gredin de père t'abandonne à moi, et tu n'as aucun secours à attendre de lui. S'il n'avait pas voulu que je te maltraite, il t'aurait donné une dot. Songe à cela, vermine!' He views Ingénue as a slave — as a mere extension of himself, a piece of property to use and abuse as he pleases: 'Tu n'existes que pour moi, entends-tu? Ta famille t'a abandonnée. Tu m'es vendue comme une négresse, et je me servirai de toi tout de même. A qui aurais-tu recours? Obéis-moi.'

It is not long before Ingénue has internalized this abject view of herself. After only a few months of living with Moresquin, she is so stripped of self-esteem, so lacking in a will and identity of her own, that her husband's monstrous behavior soon appears normal to her: 'je trouvais sa conduite toute naturelle, parce qu'il était un scélérat. Je n'en étais pas moins au désespoir d'en être la victime.' She describes herself as a slave to explain her passivity and lack of resistance to her tormentor: 'J'étais entre ses mains un être passif, de l'existence duquel il disposait au gré de ses passions avec plus de despotisme que le colon le plus cruel du Nouveau Monde ne dispose d'une négresse.' Indeed, the description Ingénue gives of herself in this passage corresponds exactly to what Moresquin — at the beginning of their marriage — warned her she would become if she dared oppose his wishes: 'Ainsi, tu t'exposes beaucoup en me résistant. Le plus court pour toi, puisque tu es ma femme et qu'il n'y a plus pour toi d'asile dans le monde, c'est de faire tout ce que je te dirai, ou tu peux te flatter qu'il n'y aura pas de négresse esclave dans tout le Nouveau Monde aussi misérable que toi.' The cruel irony here is that, by *not* resisting him, by *not* seeking to escape from him early in the marriage, by *not* heeding this chilling warning, Ingénue became exactly what Moresquin warned her she would become.

While it may be unfair to blame the victim, one cannot help but deplore Ingénue's weakness of character and lack of resourcefulness in dealing with her husband. She seems as much a victim of her own spinelessness as she is of her husband's monstrous abuse. In any case, that is how she is perceived by other women — both within the novel and among Rétif's female readers. For example, in a letter to Rétif, his close friend Grimod de La Reynière conveyed the criticism of the novel expressed by his aunt Mme de Beausset:

> [M]a tante, dont le goût est si fin, si délicat, n'a point approuvé cet ouvrage. Dès qu'Ingénue est avilie, elle a cessé de lui paraître intéressante […] et elle voulait qu'à la première infamie de son mari, loin de se laisser ainsi souiller, elle s'échappât et fût demander asile au premier venu. J'ai excusé l'auteur en disant qu'il n'avait été qu'historien. Alors, elle s'est mise dans une sainte colère, et a trouvé fort mal que vous déshonorassiez ainsi votre épouse et vos

enfants aux yeux du public. En effet, un tel ouvrage ne peut que faire le plus grand tort à Mad. Augé, qui est réellement avilie d'une façon outrageante, et qui ne joue dans tout l'ouvrage qu'un triste et méprisable rôle. [...] Tout annonce qu'elle a été traitée comme la créature la plus vile, et qu'elle l'a souffert avec une indolence qui tient de la faiblesse.[22]

In *Monsieur Nicolas*, Rétif recalls that the Countess of Boufflers-Rouvrel had also reacted to his novel with great indignation for similar reasons.[23]

FIGURE 3.   1806 Portrait by Louis-Léopold Boilly of Rétif's close friend Alexandre-Balthazar-Laurent Grimod de La Reynière (1758–1838). (BnF)

---

[22] La Reynière conveyed his aunt's objections to the novel in a letter to Rétif dated 19 May 1791, reprinted at the end of *Le Drame de la vie*, *OC*, vol. 38, p. 1317. Madame de Beausset's criticisms of *Ingénue Saxancour* echo those La Reynière himself made in a letter to Rétif of 7 July 1791, reprinted in *Le Drame de la vie*, vol. 5, *OC*, vol. 38, pp. 1319–22. See Appendix C, Excerpts 30 and 31, for further excerpts from these letters.

[23] Rétif, *Monsieur Nicolas*, 'Neuvième Epoque', *OC*, vol. 69, p. 3144.

Ingénue's working-class neighbors (presumably modeled after Agnès's neighbors in Paris) react to her passive acceptance of oppression and degradation in much the same way as the aristocratic de Beausset and de Boufflers. When Ingénue's maid boasts in the neighborhood of whipping her mistress at her master's bidding, the neighbors are outraged. Five of the women burst into the apartment in Moresquin's absence, beat the maid soundly, order her to pack her bags, and then depart without speaking a word to Ingénue, who watches the scene dumbfounded. 'A peine me regardaient-elles', she remarks.

> Je vis, par leurs discours, qu'on me prenait pour une femme sans cœur, qui restait par stupidité avec un monstre tel que Moresquin.[24] Hélas! Elles ignoraient que j'étais alors sans ressources! Elles ignoraient qu'une mère, ma plus cruelle ennemie, m'aurait repoussée dans l'abîme si j'avais voulu me sauver dans les bras de mon père! Cependant, leurs discours me firent naître, pour la première fois, une idée qui pouvait m'être salutaire et que j'eus l'occasion d'exécuter le soir même.

While this passage seems to confirm Ingénue's spinelessness, it also illustrates quite strikingly how a battered woman's sense of helplessness can be transformed by the solidarity and intervention of other women. The 'idée salutaire' that Ingénue's neighbors inspired in her was the need for witnesses to her mistreatment. When she flees to her aunt's house that same night after Moresquin threatens to kill her for firing their maid, she refuses to return home when her husband comes to claim her unless her aunt's maid accompanies them. The servant witnesses Moresquin's verbal abuse first-hand and reports it to her mistress: 'les indignités que me dit Moresquin à notre retour et pendant la nuit persuadèrent de ce qu'on avait eu peine à croire auparavant. Il fut démasqué.' Not until she had a witness to her husband's abuse does her aunt believe her.

The positive effects of female solidarity are illustrated even more strikingly in the episode discussed earlier concerning the Moresquins' weekend visit to the Fromentels' country house. After Moresquin awakens the entire household with his violent lovemaking and obscene language, Fromentel's sister-in-law is so outraged that she sternly chastises him for his behavior and demands an apology, which he sheepishly gives. Before the Moresquins leave, Mme Fromentel takes Ingénue aside and urges her to be firmer with her husband and no longer tolerate his mistreatment: 'Vous êtes bien bonne! Montrez-lui les dents à ce plat

---

[24] Like Ingénue's neighbors, Mary Wollstonecraft expresses scorn for women who passively submit to mistreatment. To Rousseau's claim that it is woman's lot to obey even a tyrannical husband, she retorts: 'Of what materials can that heart be composed, which can melt when insulted, and instead of revolting at injustice, kiss the rod? […] Let the husband beware of trusting too implicitly to this servile obedience, for if his wife can with winning sweetness caress him when angry, […] she may do the same after parting with a lover.' See *A Vindication of the Rights of Woman with Strictures on Political and Moral Subjects* [1792] (New York: Source Book Press, 1971), p. 106.

personnage-là, et vous verrez ce qui en résultera. Croyez-moi, montrez-lui les dents!' Although she seems more sympathetic to her plight than Ingénue's neighbors, Mme Fromentel suggests here that by *not* resisting her husband's abusive behavior, Ingénue is partly responsible for her own oppression. Following her advice, Ingénue resolves to stand up to her husband and to respond to any threat of violence with violence of her own. When he raises his arm to strike her during the trip home, she cries: 'Ose frapper, monstre! Tu auras ma vie, ou j'aurai la tienne!' When he threatens her again, she pulls out a knife, ready to defend herself. Like most bullies, Moresquin is really a coward at heart; he backs down and hides behind Fromentel in fear. For the first time in her marriage, Ingénue is able to speak her mind and to denounce her husband's mistreatment:

> Encouragée par là, je ne le ménageai plus; je lui reprochai ses infamies, ses cruautés, ses bassesses. J'étais comme une forcenée, comme une furie. 'Monstre! mon parti est pris: cette nuit sera ta dernière. Je veux périr, mais je veux périr vengée. [...] Je ne cesserai que tu ne sois mort, ou que je ne sois expirée' [...] Moresquin gardait le silence. Et moi, je tremblais de tout mon corps, ne sentant rien moins, au fond de mon cœur, que le courage que je venais de montrer de bouche.

In this episode, Rétif offers a penetrating analysis of the psychology of the battered wife. He shows that it is not enough to urge a woman to resist abuse; one must explain to her *how* and *why* to resist. The positive effects of Mme Fromentel's counsel show the importance of offering solidarity and firm advice to the victims of domestic abuse. Astonished by the immediate improvement in Moresquin's behavior, once she shows firm resistance to him, Ingénue observes: 'Intérieurement, je rendais mille grâces à Mme Fromentel de son bon conseil et de la manière forte avec laquelle elle me l'avait donné. Car elle n'était pas la première; mais elle était la seule qui m'eût persuadée.' Yet at the same time, Rétif shows the dangers of violent resistance, since Ingénue is prepared to kill Moresquin if he abuses her further or be killed by him defending herself: 'Je te jure la mort, et tu l'auras! Si tu me tues, tant mieux! Tu périras à la Grève. Mais au premier coup que tu donneras, tu me tueras, ou je te tuerai.' As heroic as Ingénue's sudden resistance may seem, it is a sober reminder of the multitudes of women condemned to death for murdering abusive husbands or killed trying to fight back. A second, even more tragic consequence of responding to violence with violence is that this behavior can lead to child-abuse by abused spouses — or, at the very least, to an increasingly violent home environment that has a negative impact on children. This is, in fact, what occurs in Ingénue's own marriage:

> Au moindre mot que disait son fils, [Moresquin] me poussait hors du lit pour courir à cet enfant, quoiqu'il n'eût besoin de rien. [...] Je me révoltai enfin contre sa tyrannie, et m'étant aperçu que son fils mettait de la malice dans ses cris nocturnes, je le fouettai. Moresquin furieux vint dans l'obscurité pour me poignarder. J'ouvris les fenêtres; j'appelai à moi la sentinelle voisine [...]. Quelle vie!

Ingénue found that this violent resistance gradually lost its effectiveness and proved too draining for her both physically and emotionally. If she relaxed her vigilance even slightly, Moresquin immediately took advantage. She also sensed that outsiders, unaware of the abuse she had suffered, disapproved of her behavior. In any case, Moresquin soon realized that Ingénue was no match for him physically and that her father was unable — or unwilling — to back up her threats of reprisals if he mistreated her: 'Moresquin, voyant qu'il ne lui arrivait rien pour ses mauvais traitements, [...] reprenait insensiblement toute son ancienne férocité.'

Although Ingénue fled her husband on numerous occasions,[25] she always returned to him within a day or two under pressure from her family, who at first did not seem to take her complaints of abuse seriously and, later, when they did, feared the domestic turmoil, scandal, and expense a separation would entail:

> Ma mère ne put voir, sans frémir, que j'allais être à la charge de la maison. Elle sut arranger les choses de façon que mon père m'ordonna de retourner chez Moresquin. Il m'y conduisit lui-même. Il s'abaissa jusqu'à parler avec bonté à ce malheureux et, par là, il empira mon sort. Moresquin crut que mon père lui donnait raison, et ma mère l'en assura; il ne me vit plus de soutien, plus d'appui, et il recommença de me persécuter [...].

When Ingénue's situation became even more desperate in the third year of her marriage, forcing her to flee to her parents' house with increasing frequency, her father was sympathetic to her plight, but insisted each time that she return to her husband: 'Je végétai ainsi, [...] recevant les visites de mon père, qui me consolait et qui m'engageait à souffrir, puisque j'étais dans l'état que j'avais choisi.' After weeks of escalating violence and nightly threats to smother her in bed, Moresquin pursued her one night with his sword, which he thrust at her through the floorboards of the attic where she took refuge before escaping to her parents' home. When her parents again sent her back to her husband, Ingénue was in such despair that she resolved to kill herself in such a way that Moresquin would be charged with murder and then executed: '[Je compte] me tuer, et te laisser chargé du crime, pour que tu sois puni d'une mort infâme, telle que tu la mérites.

---

[25] Ingénue flees from her husband seven times in the novel: to her aunt's home in mid-December 1782 and January 1783, to her parents' home in late January 1785 and late February of that year, and twice again before leaving him definitively in July 1785. Several of these dates match Rétif's accounts in *Monsieur Nicolas* ('Neuvième Epoque', *OC*, vol. 69, pp. 3100–01) and in his diary (¶479, vol. 1, p. 172; ¶491, vol. 1, p. 177; ¶521, vol. 1, p. 189). A key difference is that, according to these accounts, when Agnès fled in January 1785, she went to Blérie's apartment, not to a neighbor's (as Rétif claims in the novel). Dismayed to learn that Blérie was not married and fearing that Agnès's reputation might be compromised, Rétif took her to his apartment for the night and back to Augé the following day. See Appendix B, Excerpt 4.

Apprends, malheureux, qu'on ne réduit pas impunément une femme au désespoir par des horreurs comme celles dont tu te rends coupable journellement!' The tension was defused by the arrival of her mother, but this near-death experience gave Ingénue the courage to reveal at last the full horror of her situation to her father and to ask for his help in securing a permanent separation. Thus it was not until after four years of marriage, when her situation became utterly unbearable, that Ingénue overcame her shame and disclosed the full extent of the abuse she had suffered. Even then, she claims that there were certain details she could not bring herself to recount: 'Je dévoilai à mon père une partie des horreurs que j'avais souffertes. Mais il en est beaucoup que l'on ne trouvera qu'ici; jamais je n'eus la force de les faire passer mes lèvres.'

Given Ingénue's utter lack of resources, leaving her husband was out of the question without her family's moral, financial, and legal support. It was not until her father was fully convinced that her life was in danger that he agreed to help her obtain a legal separation. But even then, her father left the decision up to her and pointed out the negative consequences of leaving her husband: the social stigma attached, the expense and complications of the legal proceedings, the risk of retaliation from her husband, and, above all, the fact that she would have to leave her young son with Moresquin until the hearing and perhaps even definitively. Prior to the 1789 Revolution, French custody laws were strongly biased in favor of fathers' rights, particularly when male children were involved — especially if charges of adultery had been brought against the mother.[26] Since Moresquin (like Augé) had publicly accused his wife of adultery, it would have been difficult for her to secure custody of her son without a bitter court battle, which she risked losing. Not surprisingly, the child remained with his father and Ingénue (like Agnès) never sought custody of him.

After finally escaping from her waking nightmare, Ingénue's joy is clouded by feelings of guilt and anguish from having to leave her young son with Moresquin, who clearly was unfit to raise him:

> Pour la première fois depuis quatre ans, je me couchai en paix, dans une tranquillité profonde que rien ne pouvait troubler. O quelle jouissance délicieuse que celle de se retrouver maîtresse de soi-même après un long esclavage! [...] J'ai cependant une peine cruelle! c'est de lui abandonner un enfant de quatre ans, qu'il va perdre par la mauvaise éducation qu'il lui donnera! Je n'ai pas voulu lui laisser la volière parce qu'un jour il se fit un jeu de tordre le cou à mes tourterelles; je n'ai pas voulu lui laisser mon petit chien, et je lui laisse l'enfant! Mais j'y suis forcée.

---

[26] Even under the liberal divorce law of 1792, children seven years or older were entrusted to their father's care in cases of divorce by mutual consent or for reasons of incompatibility, and mothers accused of adultery by their husbands were routinely deprived of custody of younger children as well. See Phillips, *Family Breakdown*, pp. 171-75.

When Augé finally tracks down Ingénue where she is hiding, her despair is intensified by the fact that he has turned their son against her in retaliation for leaving him: 'Le lendemain, Moresquin revint avec mon fils. Mais par une barbarie sans exemple et digne de lui, ce monstre avait stylé l'enfant. [...] Je ne pus embrasser l'enfant, qui se débattait et voulait m'égratigner. Je remontai en pleurs, pénétrée d'une nouvelle horreur pour le malheureux qui m'enlevait tout ce qu'il pouvait m'enlever!'

It was not until February 1786 that Agnès finally filed for a legal separation, in order to give herself legal protection from Augé's stalking and continued violence against her. The court eventually granted her a separation and permission to live with her father and ordered Augé to leave her alone, an order he did not always obey. Although divorce became legal in France in September 1792, Agnès did not actually file for a divorce until July 1793 on the grounds of incompatibility, rather than physical abuse. By then, she had begun a liaison with Louis Vignon, an office clerk ten years her junior. A few days after her divorce was granted in February 1794, Agnès left her father's home to live with Vignon, to whom she bore a son that August. However, the couple did not marry until 1798. Perhaps Agnès's experience with Augé made her wary of marriage as an institution.

Motives for Writing and Publishing the Novel

Rétif claims that his primary aim in writing *Ingénue Saxancour* was didactic and moralistic: the desire to warn young women of the dangerous consequences of disobeying their parents in the choice of a husband and of failing to inquire into the financial situation, morals, and background of a suitor before agreeing to marry him. The novel's subtitle reflects its ostensibly didactic purpose: *Histoire propre à démontrer combien il est dangereux pour les filles de se marier par entêtement et avec précipitation, malgré leurs parents: Ecrite par elle-même.* 'If this is Rétif's main motive in writing the novel', asserts Porter, 'it implies [...] a certain pride in the infallibility of his own judgment.'[27] In his preface to the novel, the fictional editor[28] insists on the need to reinforce paternal authority and filial obedience in order to counteract romantic notions spread by the popular theater: 'Le mariage d'Ingénue Saxancour, malgré son père, est un de ces traits fréquents dans la société, que la fausse morale de certaines pièces de théâtre rend encore

---

[27] Porter, p. 320, n. 56.

[28] *La Femme infidelle* was first published under the pen name Marivert-Courtenay. In a second postscript appended to the unabridged edition of *Ingénue Saxancour*, Marivert is again presented as a close friend of the narrator's family and as 'editor' of this equally controversial text, which the family is supposedly reluctant to publish: 'C'est moi, *Marivert*, qui prends ici la plume et qui achève cette production que j'imprime, sans prendre l'aveu, ni de mon ami M. Saxancour, ni de Mad. Ingénue sa fille' (*OC*, vol. 55, p. 257).

plus familiers. Mais qu'ici les suites en sont terribles! A quelles affreuses extrémités l'infortunée Saxancour n'est-elle pas sans cesse réduite! Si elle fut coupable, qu'elle est punie! Lisez, jeunes filles, et tremblez!' Rétif reiterates this didactic message at several key turning points of the novel, such as when Ingénue finally has the courage to leave her husband:

> Je n'ai rapporté tout ce qui précède que pour exposer aux yeux des jeunes personnes les suites horribles qu'eut ma faute et leur montrer combien il est dangereux de ne pas s'informer exactement des mœurs de l'homme qu'on épouse. Hélas! C'est un maître que l'on se donne, [...] qui a des droits sur notre corps, sur notre âme, sur notre pudeur, sur notre chasteté même, sur le bonheur ou le malheur de tous nos instants!

In a postscript to the novel, Rétif insists on the need to communicate this lesson to his readers as forcefully as possible by giving a frank, unvarnished account of what happened — in all its complexity and horror — in order to best serve the public good: 'C'est [...] l'inexprimable utilité publique de cet ouvrage pour éclairer les jeunes filles qui me pousse à le mettre à jour.'[29] In *Monsieur Nicolas*, reflecting on his reasons for writing *Ingénue Saxancour*, Rétif underscores his 'hardiesse à tout nommer, à compromettre les autres, à les immoler avec moi, comme moi, à l'utilité publique'.[30] Commenting on Rétif's writings on marriage, which together constitute a kind of 'manuel de morale conjugale', Testud observes that his didacticism tends to be rather shallow and self-serving and that *Ingénue Saxancour* was written much more as a personal vendetta against Augé than as a useful moral lesson for the public.[31]

At the beginning of her tale of conjugal misfortunes, Ingénue puts forth a Rousseauistic pact of truth and sincerity: 'Mon intention est de n'omettre aucun détail. Ils sont tous importants, et les plus minutieux auront souvent une relation puissante avec l'avenir.' And later she adds: 'je ne veux dire que la vérité pure, simple, nue.'[32] In Baruch's view, Rétif's fierce adherence to what he considers the

---

[29] This passage, attributed to the fictional editor Marivert-Courtenay, appears in the unabridged reprint edition of the novel published by Slatkine, *OC*, vol. 55, p. 258. For the complete text of this passage, see Appendix E, Excerpt 2. For a discussion of the postscripts attributed to Marivert-Courtenay, see the section titled 'About the Text'.

[30] Rétif, *Monsieur Nicolas*, *OC*, vol. 68, p. 2916.

[31] Pierre Testud, *Restif de La Bretonne et la création littéraire* (Geneva: Droz, 1977), pp. 250–51.

[32] In a text titled 'Memento' appended to Cottin's edition of the diary, Rétif defends his commitment to presenting the truth, however disturbing it might be to some readers: 'J'ai l'honneur d'avertir mes lecteurs raisonnables que j'ai une manière tout-à-fait différente des autres romanciers qui arrangent et disposent leur fable: c'est que je ne rapporte que des faits vrais et que je me laisse maîtriser par eux. Je ne serai jamais un trompeur. Tant pis pour moi si la vérité est devenue un monstre et si l'on préfère le vraisemblable au vrai' ('Memento', folio 121, Cottin, p. 325). According to Cottin, this text was found by Funck-Brentano in the Archives de la Bastille, along with a few other short manuscripts in Rétif's handwriting. The text is not dated, but might well refer to *Ingénue Saxancour*.

truth — regardless of who might be hurt by these revelations — constitutes 'la germe de toute la littérature nobriliste de notre siècle, quelque chose qui ne découle ni de Montaigne ni de Rousseau, avec une violence, une âpreté, un étalage de vie privée, sans modèle préexistant.'[33]

Despite Rétif's claims that the desire to serve the public good was his chief motive in writing *Ingénue Saxancour*, most of his biographers agree that he published the novel above all to denounce his son-in-law's mistreatment of his daughter and his wife's role in promoting the marriage. In *Les Nuits de Paris*, Rétif admits that this was his chief motivation in writing both *La Femme infidelle* and *Ingénue Saxancour*: 'Ces deux productions ne sont pas des romans, ce sont des factums.'[34] In the fictional editor's preface to the novel, Rétif summarizes his grievances against his son-in-law. 'Que va-t-on voir dans cet ouvrage?' he asks.

> Une fille imprudente qui se marie, malgré son père, à un infâme, un homme faux, qui avant le mariage a menti les mœurs et la fortune; […] qui, après le mariage, laisse voir tous les vices, soumet son épouse infortunée à tous les caprices d'un libertin, à toutes les turpitudes d'un débauché, […] à tous les supplices que peut faire endurer un bourreau; à un homme qui la contraint de fuir, et qui la poursuit, enragé, après qu'elle s'est dérobée à sa fureur.

In *Monsieur Nicolas*, Rétif expresses the intense pain and desire for vengeance he still felt years later over his daughter's marriage: 'Un scélérat, un monstre l'a rendue malheureuse! Je le voue à la Céleste Colère! Puisse-t-il porter tout le poids du mal qu'il lui fait, et qui retombe en gouttes d'huile bouillante sur mon cœur déchiré!'[35]

In writing and publishing *Ingénue Saxancour*, Rétif was also strongly motivated by a desire to clear himself of blame for his daughter's disastrous marriage and for not acting sooner to free her from her tormentor. He underscores his firm opposition to the match in order to minimize his responsibility and to justify his refusal to give Agnès a dowry or to visit her during the early years of her marriage. And once he learned of the problems in his daughter's marriage, he claimed, somewhat hypocritically, that he was too upset by her situation to intervene, as in *La Femme infidelle*, where we read: 'Mon Papa vint me voir deux fois: une à la fin de l'année 178*, et l'autre quelque temps après le commencement de l'année passée. Il ne parut plus, durant un temps considérable, à cause de la douleur que

---

[33] Baruch, *Restif de La Bretonne* (1996), p. 184.

[34] Rétif, *Nuits de Paris, ou le Spectateur nocturne*, 7 vols in 14 parts (London, 1788–1789), vol. 7 (Part 14), Episode 168, p. 3146. To this claim, Rétif's friend Grimod de La Reynière responded: 'Vos raisons pour justifier *Ingénue Saxancour* sont plus spécieuses que solides. Si c'est un factum, pourquoi l'avoir publié comme roman?', Letter of 7 July 1791 to Rétif reprinted at the end of vol. 5 of *Le Drame de la vie*, OC, vol. 38, p. 1321. See Appendix C, Excerpt 31, for extended excerpts from this letter.

[35] 'Mes Ouvrages', appendix to *Monsieur Nicolas*, OC, vol. 71, p. 4579.

lui causait ma situation.'[36] As we have seen, Rétif spills a great deal of ink blaming others for what happened — especially his wife and Augé, but also his sister and Agnès herself. He expresses regret for not helping his daughter sooner, but insists that his wife and sister hid the truth from him and that, when he finally learned the truth, he was too sick to intervene as quickly or as forcefully as he would have liked.

In an episode of *Les Nuits de Paris* titled 'Les Deux Sœurs' (1788), Rétif summarizes his daughter's conjugal misfortunes and then concludes: 'Agnès fut souverainement malheureuse, mais son père l'ignora longtemps; et lorsqu'enfin il l'apprit, déjà malade, affaibli par l'âge, il ne put déployer toute l'énergie du pouvoir paternel pour punir le coupable. Il se contenta de se faire autoriser par le magistrat civil à recevoir chez lui la fille maltraitée.'[37] Rétif's use of third-person narration may reflect a desire to distance himself from events that were still extremely painful to him, but also from accepting responsibility for what happened. The closest Rétif ever came to an admission of responsibility was in *Monsieur Nicolas*, where he expressed bitter regret for entrusting his daughter to his sister's care: 'Infortuné! Moi qui savais combien elle est bornée, comment avais-je souffert que ma fille allât chez elle! Mais tout cela s'arrangea presque malgré moi.'[38]

In an intriguing article concerning Rétif's secret activities as a police spy in the 1770s, Baruch suggests another reason why he may have hesitated to intervene in his daughter's marital problems: Augé, who had worked for the Paris police's vice squad during that period, knew of Rétif's activities and might use that information against him:

> Les activités parallèles de Restif éclairent d'une façon intéressante ses rapports avec Augé. [...] Il fait preuve à l'égard d'Augé d'une curieuse pusillanimité. Il est clair qu'il le redoute, comme si son gendre avait sur lui quelque moyen de chantage pour lui fermer la bouche [...]. C'est bien parce qu'Augé connaît, grâce à ses fonctions, le passé de Rétif que celui-ci ne s'opposera ni au mariage d'Agnès, ni aux brutalités qui suivront, que de manière mesurée, prudente (pour recueillir sa fille, il s'adresse au magistrat).

Noting that police commissioner Sartine had served as a witness at Augé's wedding to his first wife, Baruch adds: 'Ajoutons à cela qu'il lui est difficile d'attaquer de front un protégé de Sartine.'[39] Indeed, on 14 July 1789, Augé did in fact succeed in having his father-in-law arrested and briefly detained as 'un espion

---

[36] *La Femme infidelle*, *OC*, vol. 45, p. 811.

[37] *Nuits de Paris*, vol. 7 (Part 14), Episode 363, *OC*, vol. 85, p. 3350.

[38] *Monsieur Nicolas*, *OC*, vol. 69, p. 3027. See Appendix B, Excerpt 1, for extended excerpts from the passage from which this excerpt is taken.

[39] See Baruch, 'L'Indagateur et la marquise: Enquête sur l'activité policière de Restif', *Etudes rétiviennes* 6 (Sept., 1987), 73–87 (pp. 84–85).

du roi'. A striking example of Rétif's deference toward his son-in-law is found in *La Femme infidelle*, when Ingénue is persuaded by her parents to return to her husband after fleeing from him for the third time (in late January 1785): 'Mon père lui parla même avec une modération qui m'étonna, lui prenant la main, et lui disant des choses honnêtes, malgré une querelle qu'ils avaient eue ensemble.'

Porter argues that Rétif's failure to help his daughter in the time of her greatest need reflects a serious lack of character and 'moral fiber'. Despite his claims to be a wonderful father, he emerges as weak, ineffectual, even indifferent most of the time, according to Porter, who points out that Rétif is so busy blaming everyone else for Agnès's marriage that he 'forgets how much the fault is his'.[40] While Porter considers Rétif's autoportrait in *Ingénue* self-flattering as well as self-deceiving, Lely finds this 'portrait vertueusement conventionnnel' both hypocritical and dull: 'M. Saxancour, c'est Rétif lui-même sous un masque des plus fades, et que naïvement il croyait avantageux.'[41] Instead, I would argue that the feeble excuses Rétif invokes to justify his inaction — that he had been misled by appearances and rumors or too busy, too ill, too trusting of other people's opinions to intervene — reflect above all a deep sense of guilt over what happened.

An even less altruistic motive that prompted Rétif to publish *Ingénue Saxancour* was a pressing need for money. Faced with a personal financial crisis heightened by the economic and political instability that gripped France in the 1780s, Rétif was under intense pressure to publish. His desperate search for material that would sell led him to write increasingly sensationalist material drawn from his stormy family life. The irony is that these works were so tasteless and — with the exception of *Ingénue Saxancour* — so devoid of literary value, that they attracted few readers. These financial pressures also explain why Rétif pillaged and recycled material with increasing frequency during this period. 'Le besoin de copie a obligé cet écrivain à concevoir son œuvre comme une vaste carrière qu'il venait périodiquement piller', Béchir Garbouij observes. 'Les volumes interminables de Rétif ramassent de surcroît [...] toutes sortes de choses inutilisables: factures d'apothicaire, chiens écrasés, règlements de comptes de folliculaire ou minutes de procès [...]. Son œuvre tout entière repose en effet sur ce postulat: tout est racontable.'[42]

---

[40] Porter, p. 308.

[41] Lely, p. 12.

[42] Béchir Garbouij, 'Rétif conteur: l'utopie, l'inceste, l'histoire', in *Frontières du conte* (Paris: Editions du C.N.R.S., 1982), pp. 103–10 (p. 103).

Reader Response

Even Rétif's closest friends and greatest admirers were appalled by the publication of *Ingénue Saxancour*. They accused him of being a shameless exhibitionist willing to reveal his family's darkest secrets merely to attract attention, an unscrupulous opportunist hoping to capitalize on his daughter's misfortunes and risk her reputation simply to increase his book sales and pay his debts. 'On comprend que les amis de Rétif se soient exclamés', remarks Tabarant. 'Ils se demandaient par quelle abérration un père pouvait ainsi révéler publiquement les hontes secrètes de sa fille. Ils s'indignaient de cette suite aggravante donnée à la *Femme infidelle*.'[43] Michel de Cubières-Palmézeaux, Rétif's friend and first biographer, declared: 'Il n'y a guère qu'un maniaque qui puisse ainsi chercher à se déshonorer en déshonorant sa famille.'[44] In a letter to Rétif on 19 May 1791, Grimod de La Reynière dismissed Rétif's attempts to justify the novel's publication: 'Votre vengeance (si légitime) contre son mari vous a aveuglé. Car vous n'avez pas vu qu'en couvrant [Augé] de boue [...], il en rejaillissait une grande partie sur votre fille même [...]. Si jamais elle devient veuve, qui voudra d'une femme ainsi souillée, et dont vous avez rendu la honte publique?' Rétif's response, which has been lost, prompted another angry missive from La Reynière on 7 July, in which he alluded to the scandal caused by the novel. He predicted that it would bring only grief to him and his family: '[C]ette publicité donnée à de telles infamies est un grand scandale! [...] Si vous saviez ce qui m'a été écrit de Paris à cette occasion, [...] vous en frémiriez! [...] Il est des confidences qu'il ne faut jamais faire au public, sous peine de s'en repentir éternellement. Que n'ai-je été le censeur de cet ouvrage! Il n'eût jamais vu le jour. Il n'a rien ajouté à votre gloire et fera le tourment de votre vieillesse.'[45]

---

[43] Tabarant, p. 332.

[44] Commenting on *La Femme infidelle* in the same passage, Cubières-Palmézeaux adds: 'Ces deux romans [...] semblent avoir été faits dans un accès de fièvre chaude. [...] Tirons le rideau sur toutes ces turpitudes et plaignons-en l'auteur, qui n'a pu [...] les mettre au jour que dans un accès de délire ou de frénésie.' Michel de Cubières-Palmézeaux, 'Notice historique et critique sur la vie et les ouvrages de Nicolas-Edme Restif de La Bretonne', repr. in Paul Lacroix, *Bibliographie et iconographie de tous les ouvrages de Restif de La Bretonne* (Paris: Fontaine, 1875), p. 44.
Cubières's criticisms are echoed by Charles Monselet, another of Rétif's early biographers, who writes: '*Ingénue Saxancour* est l'histoire de la fille aînée de Rétif de La Bretonne, histoire désolante et sans doute exagérée à dessein. On a peine à concevoir comment Rétif ose ainsi dévoiler les turpitudes de son ménage et de sa famille. L'immolation personnelle a ses bornes; et dans *Ingénue*, comme dans *La Femme infidelle*, il les a franchies sans véritable intérêt pour le lecteur.' Charles Monselet, *Rétif de La Bretonne, sa vie et ses amours: documents inédits, ses malheurs, sa vieillesse et sa vie* (Paris: Aubry, 1858), p. 158.

[45] La Reynière, letters to Rétif of 19 May and 7 July 1791, reprinted in *Le Drame de la vie*, 5 vols (Paris, 1793), vol. 5 (*OC*, vol. 38), pp. 1317 and 1321. See extended excerpts from these two letters in Appendix C, Excerpts 30 and 31.

The reaction of Rétif's friends to the publication of *Ingénue Saxancour* echoes their reaction to *La Femme infidelle* two years earlier. This earlier novel had been roundly criticized by several of Rétif's closest friends. François Marlin was so incensed by the novel's publication that he broke off his friendship with Rétif: 'Je lis ta *Femme infidelle*: je te méprise. Tu vomis la calomnie: je te méprise. Tu accuses la pureté et l'innocence [...]. Tu persécutes la faiblesse, tu méconnais ou tu souilles la nature: je te méprise.'[46]

Rétif ignored the warnings of friends and critics alike and went on to publish even more scandalously self-revealing works in the decade following the publication of *Ingénue*. As David Coward points out, 'few would think it wise to write books quite so personal as *La Femme infidelle* or *Ingénue Saxancour*, and fewer still would be capable of the *Anti-Justine*, in which most members of his family play shameful parts.'[47] Peter Wagstaff condemns Rétif's *Anti-Justine* in even stronger language: 'The role of the father [...] consists in subjecting his daughter to the widest possible variety of sexual assaults, for their mutual gratification. All in all, the book is a barren and tedious work, exemplifying the futility and inadequacy of Rétif's response to the need for an articulation of his sexual contradictions.'[48] Rétif himself recognizes his exhibitionist tendencies in the opening lines of his autobiography *Monsieur Nicolas*, but insists (as in *Ingénue Saxancour*) that he is writing the truth in the service of the public good: 'Obligé de dire la vérité, et m'immolant moi-même, pour être utile à mon siècle et à la postérité, je n'ai fait que des tableaux fidèles. Je montre la marche des passions, non dans la vraisemblance, si souvent trompeuse, mais dans la réalité.' And a few pages later he adds, defiantly: 'Je serai vrai, lors même que la vérité m'exposera au mépris.'[49]

Not surprisingly, the most vehement denunciations of *Ingénue Saxancour* came from Rétif's son-in-law. In a letter to the government censor who had approved its publication, Augé denounced the novel as defamatory, not only toward himself, but also toward his wife and mother-in-law. He asked the censor to stop its publication.[50] When this failed, he accused his father-in-law of libel and of subversive writings and had him arrested. Rétif denied the charges and was released. In the days that followed, he wrote and published a rebuttal of

---

[46] François Marlin, letter to Rétif reprinted in the second edition of *Les Contemporaines*, 2nd edn, *OC*, vol. 27, pp. 340–41. See Appendix C, Excerpt 21.

[47] David Coward, *The Philosophy of Restif de La Bretonne* (Oxford: Voltaire Foundation, 1991), p. 810.

[48] Peter Wagstaff, *Memory and Desire: Rétif de La Bretonne, Autobiography and Utopia* (Amsterdam and Atlanta: Rodopi, 1996), p. 151.

[49] *Monsieur Nicolas*, *OC*, vol. 64, pp. i, 4.

[50] 'Je ne vois pas à quoi bon cet homme insulte aussi grièvement à sa femme et à la mienne.' Charles-Marie Augé, letter of 16 September 1789 to Toustain-Richebourg, repr. by Rétif in *Le Thesmographe* (*OC*, vol. 110), pp. 489–92. See Appendix C, Excerpt 24.

Augé's charges titled 'Dénonciation d'un beau-père par son gendre calomniateur'.[51] Unable to block the novel's publication, Augé destroyed any copies he could find.[52]

Rétif remained unperturbed by the storm of criticism unleashed by his novel. He insisted that the expressions of gratitude from his daughter and from Mme Laruelle for having denounced their tormentors and avenged their suffering far outweighed any censure he faced. In *Monsieur Nicolas*, he claims that it was at Mme Laruelle's request that he published *Ingénue Saxancour* and that she was profoundly grateful to him for the sense of vindication and closure it gave to her:

> Ce fut à sa prière que j'imprimai *Ingénue Saxancour* […]. Ce livre consolait l'âme profondément ulcérée de Mlle Laruelle, morte à trente-deux ans de la poitrine à Villoison entre les bras de ma fille aînée, […] en lui disant: 'Ma sœur! (car nous sommes sœurs, étant réunies dans le même livre de ton père […]), je suis vengée, puisque le livre est vendu; il a fait horreur, sous son exécrable nom. Je meurs contente, et je dois cette satisfaction à mon ami votre père.' Et elle expira.[53]

There is no way of verifying whether these words were actually uttered by Mme Laruelle on her deathbed. Rétif is known to have invented or fictionalized other episodes in *Monsieur Nicolas*. We do know that Mme Laruelle did exist, that she was close friends with Agnès, and that she died in her early thirties of tuberculosis.[54]

A Close Collaboration?

In his 1875 bibliography of Rétif's works, Paul Lacroix suggests that Agnès may have been the principal author of *Ingénue Saxancour*.[55] This theory is dismissed

---

[51] 'Dénonciation d'un beau-père par son gendre calomniateur', repr. by Rétif in *Nuits de Paris*, *OC*, vol. 86, pp. 199–200, 202. Augé's text is preceded by Rétif's summary of his son-in-law's life and crimes (pp. 193–98) and followed by his denial of Augé's accusations (pp. 201, 203–37). See excerpts from Augé's denunciation and from Rétif's denial and counter-attack in Appendix C, Excerpts 27 and 28.

[52] Augé and his allies may well have succeeded in limiting the distribution of the novel. In his bibliography of Rétif's works published in 1875, Paul Lacroix noted: '*Ingénue Saxancour* […] est aujourd'hui introuvable. Solar n'avait pu en rencontrer un exemplaire qu'après des recherches inouïes' (Lacroix, p. 316).

[53] *Monsieur Nicolas*, 'Neuvième Epoque', *OC*, vol. 69, pp. 3144–45. See Appendix B, Excerpt 6, for extended excerpts from the passage from which this is taken.

[54] In his diary entry for 23 February 1790, Rétif writes: 'Laruelle morte d'hier 22.' This corresponds to the date of death found by Philippe Havard de La Montagne in the parish records of Villabé (Essonne), as Testud notes in his two-volume edition of *Monsieur Nicolas, ou le cœur humain dévoilé* (Paris: Gallimard, Bibliothèque de la Pléiade, 1989), vol. 2, p. 1376.

[55] 'Il est très possible, en effet, que ce livre ait été rédigé par Agnès, qui savait écrire et qui, à l'exemple de sa mère, composait des vers et des pièces de théâtre' (Lacroix, p. 315).

by Bachelin and Lely, two of the novel's past editors, who point to Rétif's diary entries concerning the work's composition as irrefutable proof that he was the sole author. In the notes to his 1931 edition of the novel, Bachelin insists that Agnès was simply too young, too close to her experience, and insufficiently practised as a writer to recount what had happened with the necessary detachment and literary skill: 'Il est possible, en effet, qu'Agnès ait su écrire, mais entendons-nous sur le sens de ce verbe', he asserts, 'et je ne puis croire qu'une jeune Agnès ait été capable de cerner de traits aussi sûrs, aussi accentués, la monstrueuse figure d'Augé-Moresquin.'[56] However, Tabarant argues — convincingly, in my opinion — that Agnès must have been an active collaborator in the novel's composition. For, in his view, the character portrayals and descriptions of abuse are too realistic, detailed, and intimate not to have been supplied — at least in part — by Agnès herself: 'Le ton de l'ouvrage ne cesse d'être celui d'une autobiographie féminine', Tabarant maintains. 'J'avancerai même que si elle n'a pas écrit une seule ligne d'*Ingénue Saxancour*, Agnès en a suivi la préparation, et qu'elle fut probablement la première à feuilleter les pages. [...] Quand il l'écrit, elle lit par-dessus son épaule — et elle ne proteste pas.'[57] Tabarant suggests a close collaboration — indeed a strange complicity — between father and daughter in recording the intimate details of the Augés' sadomasochistic sexual relations. It is also possible, but unlikely in my view, that Rétif used Agnès's story without her consent or knowledge. In any case, to support her petition for separation from her husband, Agnès would have revealed enough of her experiences to Rétif to enable him to write the 'Mémoire contre Augé' — the details of which closely parallel the descriptions of abuse in the novel.

If Agnès did, as seems likely, collaborate in the composition of the novel,[58] one wonders why she was willing to help write a book that could humiliate her publicly and further damage a reputation already sullied by Augé's public accusations of adultery and incest. Perhaps she felt compelled to defend and vindicate herself by telling her side of the story. Yet the acquiescence Tabarant attributes to Agnès may also reflect her extreme dependence on her father, both emotionally and financially, which would have made it difficult for her to refuse.

---

[56] Henri Bachelin, 'Notes', in *Le Ménage parisien, suivi de [...] Ingénue Saxancour*. In *Œuvres de Rétif de La Bretonne* (Paris: Editions du Trianon, 1931), vol. 5, pp. 485, 487.

[57] Tabarant, pp. 329–30.

[58] At the colloquium on 'Le Drame conjugal dans l'œuvre de Rétif de La Bretonne' held in Clermont-Ferrand in June 2012, Pierre Testud pointed out that, before writing *Ingénue Saxancour*, Rétif had already described violence against women in a number of texts — notably in the episode in which Ursule is whipped and brutally beaten in *La Paysanne pervertie*. According to Testud, 'Rétif avait l'imaginaire très fécond en ce domaine et qu'il n'avait donc pas besoin de la collaboration de sa fille pour décrire les violences infligées par Moresquin dans *Ingénue Saxancour*.' However, this question is certainly open to debate.

By agreeing to reveal such intimate details and private humiliations to Rétif, Agnès unwittingly may have laid the ground for the incestuous relations that began less than a week after the novel was completed. Rétif's diary indicates that the final version of *Ingénue Saxancour* was completed on 22 April 1788 and that full-blown incestuous relations with Agnès began on April 28.[59] The closeness in dates suggests a causal connection between composition of the novel and the father-daughter incest. Expressions of Rétif's incestuous inclinations toward Agnès are found much earlier in his writings; allusions to far from innocent caresses between them are found in his diary as early as January 1785.[60] Like her passive submission to her husband's abuse, Agnès's incestuous relationship with her father may have resulted from weakness of character and a sense of helplessness, perhaps even from a twisted sense of duty. Madame de Beausset's apt remark cited earlier that 'Agnès ne joue qu'un triste et méprisable rôle' in the novel also applies to her life, which the novel tragically mirrors.

For a long time — perhaps even from the beginning of his marriage — Augé had suspected Rétif of less than innocent father-daughter relations with Agnès. This was a chief source of his jealousy and fierce hatred of his father-in-law. On numerous occasions, Augé publicly railed against his father-in-law, accusing him of incest and various other crimes. His attacks intensified in the spring and summer of 1788, after his suspicions were perhaps confirmed by gossip from servants or neighbors in the apartment building where Rétif lived with his daughters.[61] David Coward notes that the timing and intensity of Augé's outbursts against his father-in-law seemed to coincide with changes in the father-daughter relationship: 'His "insane" outbursts tend to follow the course of his wife's incestuous adulteries. [...] Augé's attempts to bring Restif to justice in the autumn of 1789 coincided exactly with one of Agnès's reappearances in Paris. After 1791, when sexual relations between father and daughter ceased, Augé

---

[59] See Rétif's diary entry for 28 April 1788 in *Journal*, ¶1416, vol. 1, p. 564 and Appendix D, Excerpts 38 and 39.

[60] See, for example, the entry for 22 January 1785: '[...] le soir, A. pat.' (*Journal*, ¶477, vol. 1, p. 171). Commenting on this entry, Testud writes: 'Lire: *Agnès patiens* (Agnès tolérant mes caresses, ou mes attouchements), ou bien *Agnès patinée* (caressée). Suivent quelques lettres raturées et illisibles' (p. 171, n. 2). See also Testud's commentary regarding the abbreviated Latin entry for 28 January 1785 (¶478): 'L'interprétation de ces abbréviations latines reste douteuse. On peut lire hypothétiquement: *Agneti dedi subsidia* (le soir, j'ai donné des secours à Agnès), mais le latin, ici comme ailleurs quand il s'agit d'Agnès, doit cacher un sens érotique' (*Journal*, vol. 1, p. 171, n. 4).

[61] Recounting Rétif's bitter dispute with his landlord that eventually caused him to move out, Baruch speculates about the role that servants' gossip might have played in the conflict: 'Les vociférations d'Auger, maquerellage, inceste, ne tombaient pas dans l'oreille d'un sourd? Les servantes dans une maison voient, entendent et comprennent beaucoup de choses.' Baruch, *Restif de La Bretonne* (1996), p. 215.

became calm.'[62] In *Ingénue Saxancour*, Rétif alludes several times to Augé's accusations, no doubt in an effort to lessen their impact. Indeed, the publication of *Ingénue* and Rétif's countless other attacks on Augé reflect an obsessive desire to discredit him and his accusations. As Testud remarks, 'On comprend mieux dès lors les raisons de la haine farouche qui opposait Rétif à son gendre Augé: Augé, qui accusait son beau-père d'inceste, connaissait la vérité, et Rétif s'efforça avec acharnement de le discréditer.'[63]

The scandalous details of Rétif's incestuous affair with Agnès were recounted by Alexandre Dumas père in a second-rate novel titled *Ingénue: Un Amour interdit de Restif de La Bretonne* published in serial form in 1853–54. Dumas wrote the novel in collaboration with Paul Lacroix, an archivist and librarian at the Bibliothèque de l'Arsenal who later published the first bibliography of Rétif's works. In doing research for the novel, Lacroix may well have drawn on the collection of Rétif's manuscripts housed at the Arsenal, including his diary entries through August 1787, which document the early stages of his incestuous relations with Agnès. The novel so outraged Agnès's two sons that they sued Dumas and Lacroix for libel.

According to Baruch, 'Agnès devait regarder avec reconnaissance un père qui s'était déjà tant démené pour elle, et qui cherchait à lui rendre sa dignité en jetant ses souffrances en pâture au public.'[64] While Rétif no doubt saw the novel's publication as a victory over Augé, there is no evidence that Agnès shared his jubilation. Rétif's friends suggest that, quite to the contrary, it was humiliating for her to have her degradation exposed in such graphic detail. It is likely that Agnès viewed the novel and its publication with great ambivalence, in much the same way as she seems to have viewed Rétif himself. She appears to have had lingering doubts (encouraged by her mother) whether Rétif was really her father — doubts he claims to have shared. In both *Monsieur Nicolas* and *La Femme infidelle*, Rétif maintains that Agnès was not his daughter and that she was conceived by his wife in a liaison with another man.[65] Testud dismisses these claims as a mere ploy to counter public accusations of incest made against him by his wife and son-in-law: 'Rétif considère sans doute que c'est le meilleur moyen

---

[62] Coward, p. 757, n. 36. Contrary to Coward's assertion, entries in Rétif's diary suggest that his sexual relations with Agnès continued after 1791, albeit with less frequency, until she left his home to live with Vignon in February 1794, shortly after her divorce was finalized. In his study of Rétif's diary, Testud writes: 'Le *Journal* ne permet plus de douter que Rétif ait eu avec ses deux filles des relations incestueuses. Jusqu'en 1793, il eut surtout des rapports avec Agnès, qui, séparée de son mari vivait avec lui.' See Testud, 'Le *Journal* inédit de Restif de La Bretonne', *SVEC* 90 (1972), 1567–93 (p. 1578).

[63] Testud, 'Le *Journal* inédit de Restif', p. 1578.

[64] Baruch, *Restif de La Bretonne* (1996), p. 210.

[65] See *La Femme infidelle*, *OC*, vol. 45, pp. 558–59. Also see *Monsieur Nicolas*, *OC*, vol. 69, pp. 3028–29 (excerpted in Appendix B, Excerpt 1).

de paraître innocent', writes Testud. 'D'après les textes que nous possédons, il apparaît qu'à aucun moment Rétif n'a douté de sa paternité.'[66] Baruch insists that Agnès and Marion were Rétif's real daughters because of the intensity of his feeling for them — a debatable interpretation since Baruch alludes to this same intensity of feeling as proof of Rétif's incestuous inclinations toward them.[67] The question of whether or not Agnès was Rétif's biological daughter is clearly a controversial one that is open to debate. Rétif may never have known for sure himself. My own view is that, even if they were not biologically related, their sexual relationship can still be considered incestuous, since Rétif had raised Agnès and since they had always viewed each other as father and daughter. Rétif may well have claimed that Agnès was not his daughter to counter his wife's and son-in-law's accusations of incest (as Testud suggests), but also to assuage his own feelings of guilt for having seduced her.

Rétif's cryptic and often crude entries in his diary suggest a tense love-hate relationship with Agnès, whom he refers to sometimes by the anagram *Senga*: 'Non réussi avec Senga', 'râté A[gnè]s, querelle, pleurs', 'persuade Senga', 'querelle, mal foutu Senga', 'Senga m'a refusé', 'le soir Senga malgré elle', 'Senga foutue sévèrement', 'querelle Agnès coup tête', and 'grande querelle d'Agnès'.[68] The diary traces the course of their incestuous relations over several years: Agnès's wavering resistance to Rétif's increasingly frequent and insistent sexual advances, her reluctant capitulation, quarrels followed by tearful reconciliations, Agnès's abrupt departures to stay with friends for progressively longer periods until she left home definitively in February 1794. From beginning to end, the affair seems to have been fraught with tension and unhappiness.[69]

A Confusion in Narrative Voice

The collaboration between Rétif and Agnès in writing *Ingénue Saxancour* led to a confusion in narrative voice that surfaces at various key turning points in the

---

[66] Testud, *Création littéraire*, pp. 640, 644, n. 187.

[67] Baruch, *Restif de La Bretonne* (1996), pp. 175–76.

[68] Diary entries ¶1285 and 1296 (for 19 and 31 December 1787), ¶1416 (28 April 1788), ¶1375 (16 June 1788), ¶1390 and 1395 (3 and 8 July 1788), ¶1867 (10 November 1789), ¶2562 (9 November 1791), and ¶2706 (2 April 1792).

[69] Iwan Bloch maintains that there was a 'shocking increase' in the incidence of incest in eighteenth-century France and a peculiar fascination with it among writers of the period. He cites numerous examples of well-known figures who are rumored to have engaged in incestuous relations: the regent Philippe d'Orléans, the Maréchal de Richelieu, Cardinal de Tencin, Cardinal de Fleury, Duc de Choiseul, Sade, and Rétif de La Bretonne. See Bloch, *Rétif de La Bretonne: Der Mensch, der Schriftsteller, der Reformator* (Berlin 1906), pp. 165–68, 381; cited by Otto Rank in *The Incest Theme in Literature and Legend* (1912; Baltimore: Johns Hopkins University Press, 1992), p. 356.

novel. The intrusion of Rétif's point of view into Ingénue's narrative is especially apparent in the following passage:

> Je craignis enfin de manquer un bon mariage. Je consentis qu'on tourmentât mon père, [...] qu'on lui fît croire que j'aimais. J'ignorais qu'un homme occupé, d'une santé faible, est facilement impatienté. J'ignorais qu'une dangereuse séductrice travaillait à m'enlever son cœur. [...] Mon père s'aliéna insensiblement; il vit en moi une fille ingrate, révoltée [...]. Mais tout cela n'aurait pas suffi pour aliéner le cœur d'un père tel que le mien. Ce fut le vil, l'odieux Moresquin qui acheva de m'enlever le cœur paternel.

Rétif seems so intent on exculpating himself that he intrudes into the narrative, creating fissures and discontinuities in Ingénue's voice. Instead of criticizing her father for his coldness toward her in her time of need and his failure to intervene sooner, Ingénue awkwardly enumerates multiple excuses for his behavior. A similar confusion in narrative voice is found in a number of other passages. For example, when Moresquin pressures Ingénue to ask her father for money to pay his gambling debts, M. Saxancour refuses for reasons that Ingénue awkwardly defends, even though Moresquin has threatened to beat her severely if she fails.

This confusion in narrative voice led in turn to uncertainty among critics and scholars over the novel's authorship. Rétif's narrative ventriloquism is so convincing that many readers — misled by the subtitle 'histoire écrite par elle-même' — assumed that the novel was written by his daughter. It was not until 1889 that the question of its authorship seemed to be resolved by Paul Cottin's publication of portions of Rétif's diary outlining various stages of the novel's composition. Crucial new insights have been gained thanks to the recent publication of Pierre Testud's far more complete and more accurately transcribed critical edition of Rétif's diary, which includes nine years of subsequent entries apparently unknown to Cottin. Yet knowledge that Rétif was the principal author gives the novel a peculiar voyeuristic cast that becomes all the more unsettling in light of accusations by his estranged wife and son-in-law that Rétif had engaged in incestuous relations with his daughter — accusations borne out by explicit entries in Rétif's diary.

The confusion in narrative voice in *Ingénue Saxancour* stems not only from the tension between Rétif's and Agnès's very different perspectives concerning the events recounted in the novel, but even more from the contradictions between the heroine's self-portrayal as an ingénue and the degradation inflicted on her by Moresquin. She establishes her persona as an ingénue in the opening sentence of the novel: 'Je n'ai pas besoin de faire une préface pour indiquer le but moral de ces mémoires. Je vais raconter, ingénument, et la leçon résultera de l'exemple que je mettrai sous les yeux.' Similarly, in the 'Avis de l'Editeur', the fictional editor writes: 'J'ai frémi en lisant dans ces mémoires des traits véridiques, écrits ingénument [...] par une jeune femme qui peint ce qu'elle a senti, souffert, jusqu'au désespoir.' This persona is reinforced by the name Rétif chose for her and by the heroine's self-presentation throughout the novel as naive, innocent, and chaste. Yet this self-portrayal is undermined by Ingénue's detailed account of her degrading experiences with her husband. Neither her protestations of innocence, nor her frequent recourse to ellipses and euphemisms to hint at the sexual abuse and other forms of degradation she suffered for four years can hide the fact that she is anything but an ingénue. Indeed, the fact that she repeatedly underlines her artlessness is an artifice in itself.[70]

The tension between Ingénue's persona of chaste innocence and the pernicious influence of her husband first appears in the description of her wedding night:

> Moresquin, homme vil, bas, [...] se trouva enfin seul avec une jeune personne modeste, innocente, timide, sans expérience. [...] Il semblait que le plaisir eût purifié sa vilaine âme ou que, me trouvant jolie, il voulût essayer, pour la première fois, d'un plaisir délicat. [...] Mais j'ai su depuis qu'une partie de ces caresses étaient les libertés les plus criminelles, même de mari à femme.

It turns out that the 'plaisir délicat' to which Rétif alludes here was neither delicate nor pleasurable for Agnès, since (according to Lely) it refers to forced anal intercourse, in which Moresquin indulged for three nights before deflowering his bride.

The fissures in the heroine's self-presentation as an ingénue are particularly apparent in the episode where Moresquin introduces several companions into their bed, whom she claims to mistake for her husband: 'J'étais si harassée que je succombai au sommeil à mon tour. Je ne sais combien il dura. Mais lorsque je m'éveillai, j'étais prise dans une obscurité profonde, et Moresquin me caressait d'une manière plus tendre, plus décente. Je crus même l'entendre soupirer. J'étais dans le plus grand étonnement!' She claims she did not realize what had happened until a neighbor told her about a violent argument in the courtyard involving her husband, in which others reproached him for his reprehensible behavior toward his wife. 'Je répondis que je n'avais rien entendu. Mais je frémis, en songeant à tout ce qui m'était arrivé! Il fallait ..., je le dis avec horreur, que trois hommes, au moins....'[71] The sentence breaks off, but Ingénue suggests here that at least three men *not* her husband had intercourse with her without her realizing it — an implausible claim. Yet had she been awake enough to hear her bedfellow sigh and to realize he was behaving in a way atypical for Moresquin (that is, with gentleness), then she should also have realized that this man was *not* in fact her husband — any more than the two or more men who followed. Her claim that she was unaware at the time of what was happening to her masks her failure to resist — indeed her complicity in — what amounted to prostitution, even to a

---

[70] A similar contradiction is found in the self-portrayal of Suzanne Simonin, heroine of Diderot's novel *La Religieuse*, particularly in the seduction scenes with the mother superior of Sainte-Eutrope.

[71] The ellipses are in the original text.

kind of *tournante*.[72] These discontinuities undermine her credibility and her self-presentation as a naive, artless narrator.

The confusion in narrative voice in *Ingénue Saxancour* also reflects tensions and contradictions in the motives that may have led Rétif to write and publish the novel. Was he motivated by a desire to reveal the truth or mask it, to enlighten or titillate his readers, to vindicate his daughter or exploit her suffering in order to advance his career? I would argue that all these motives, contradictory as they may be, might well have played a role in the writing and publishing of Rétif's novel. The use of first-person narrative presented in the naive voice of a victimized female narrator serves to titillate readers, while at the same time moving them to pity, then to indignation, and ultimately to a realization of the need for changes in attitudes and laws regarding spousal abuse. There is a tension between the pornographic aspects of the novel on one hand and the didactic and reformist aspects on the other. Yet both reflect a sensationalist approach designed to win a larger audience for Rétif's works in order to fulfill both monetary and polemical aims. In the end, it is difficult to separate these different aspects of the novel, so closely are they intertwined.

Fact or Fiction?

In examining *Ingénue Saxancour*, one inevitably confronts the problems of fictionalized (auto)biography posed by Rétif's writings. If the work is a novel, or at least to some extent fictionalized, to what extent are we justified in accepting the events it portrays as having really happened? In *Mes Ouvrages*, Rétif refers to *Ingénue Saxancour* as a novel. However, the work's self-presentation is as an autobiography — or, to be more precise, as an *histoire* (a history or 'real-life' story) presented in the first person. Yet, as we have seen, the work was viewed by contemporary readers — and notably by Rétif's friends and family — *not* as an autobiography, but as a scandalous biography. We have also seen that certain nineteenth-century scholars (such as the bibliographer Lacroix), taking the work's self-presentation at face value, viewed the work as Agnès Rétif's autobiography, but that later scholars rejected this theory on the basis of entries in Rétif's diary that 'proved' he was the work's sole author. These same scholars point out that many of the events recounted in *Ingénue Saxancour* are corroborated by entries in Rétif's journals, thereby substantiating the novel's 'truth value'. One could argue that the diary offers no concrete proof of the 'reality' of the events portrayed

---

[72] A *tournante* is sexual intercourse with a group of men imposed on a woman by her partner, who makes her sexually available to his friends or associates. (The term is also applied more generally to gang rapes.) For a chilling account of this practice in the low-income *banlieues* of contemporary France, see Samira Bellil's memoir *Dans l'enfer des tournantes* (Paris: Gallimard, 2003).

FIGURE 4.   Pierre Lescault, *Hommage à Rétif* (1985). By permission of the artist, who notes at the bottom of the lithograph that this engraving was displayed 'à l'occasion d'un colloque au mois de juin 1986 sur Rétif de La Bretonne à Auxerre.' In the background to the right is a farmyard scene recalling Rétif's childhood home in northwestern Burgundy. Floating above is one of the figures from his *Découverte australe par un homme volant* (1781). To the left is a surreal collection of figures evoking the wide array of female characters in his works.

Describing this portrait, Lescault explained: 'C'est une gravure à la pointe sèche qui représente la ferme de La Bretonne, Rétif et sa mère dans la cour, Victorin plane dans le ciel. Au centre Rétif en buste et sur le côté les femmes qu'il a possédées (ou imaginées) et leurs ombres, sur le sol des chaussures et de la lingerie' (Lescault, e-mail to M. Trouille, 2 January 2013).

in the novel, on the grounds that journal-writers sometimes indulge in high levels of deception and self-deception, particularly when writing about abusive or troubled relationships, and that their account of events should therefore be regarded as unreliable, even suspect. (This ties into the larger question — often raised by historians and literary theorists — concerning the accessibility of the 'real'. According to this view, any account whatsoever of the past is inevitably filtered through the prejudices and desires of the observer and thus can never be regarded as objective 'proof'.)

Although I agree that Rétif's diary entries should be read with a certain degree of circumspection, I feel they provide useful information, more reliable than that typically found in diaries. Scholars generally agree that Rétif's journals — *Mes Inscripcions* and its untitled sequel (referred to simply as the *Journal*) — were never intended for publication, based on the fact that they are written in an unpolished, cryptic style, often in an abbreviated Latin code that even specialists sometimes find difficult to decipher. Moreover, the diary consists largely of brief entries that merely record daily events (birthdays, anniversaries, manuscripts begun or completed, people seen, events attended), with little commentary or introspective reflection. In my view, therefore, Rétif's diary provides valuable corroboration for a number of the events described in *Ingénue*.

These questions concerning the truth value of *Ingénue Saxancour* are compounded by the fact that many of Rétif's editors and biographers — even a few recent biographers, such as Baruch — have tended to take his autobiographical writings at face value as authentic memoirs. Yet one must distinguish carefully between the events of Rétif's life and the fictionalized presentation of certain events in *Ingénue*, which is not so much an authentic memoir/*histoire* (history) as he claims in the work itself, as a complex blend of fact and fiction that he describes elsewhere as a *roman à clé*.[73] As Testud and Coward both point out, the mediations between fiction and reality in *Ingénue Saxancour* are complex and problematic. These complex interconnections are further complicated by Rétif's underlying aims, both personal and polemical, discussed earlier. For example, he describes in detail — and no doubt exaggerates — the various ploys and deceptions used by his son-in-law Augé and his allies to persuade Agnès to marry him. The episodes leading up to their wedding serve to establish Augé's unscrupulous character and Agnès's naiveté with the dual function of foreshadowing the failure of their marriage and blaming her husband and mother for it, while exculpating both Rétif and his daughter. These episodes — like the chapters describing Ingénue's strained relations with her parents, Moresquin's attempts to prostitute her, and her repeated denials of having an affair with her husband's friend —

---

[73] See, for example, *Monsieur Nicolas*, OC, vol. 69, pp. 3144–45; and 'Mes Ouvrages', Appendix to *Monsieur Nicolas*, OC, vol. 71, p. 4729. Also see Appendix B, Excerpt 8.

illustrate the complex mediations between fiction and reality in Rétif's writing and must be read with a certain critical distance.

Yet the descriptions of mistreatment in the formal police complaints filed by Agnès against Augé in December 1785, and in her petition for separation in February 1786, do closely parallel descriptions of abuse in the novel. For example, in response to Augé's formal complaint to local magistrates that his father-in-law had unlawfully taken his wife from him and refused to give her back,[74] Agnès and Rétif countered with battery charges against him and with a detailed account of the abusive treatment that had forced her to flee their home. The parallels between this 'Mémoire contre Augé' and *Ingénue Saxancour* are quite striking, as the following excerpt from the 'Mémoire' illustrates:

> Bientôt, elle sent les effets de sa scélératesse: pain jeté au visage, coups de pied dans le ventre, enceinte de six mois; soufflet à poing fermé sur une joue en fluxion, menaces d'épée nue au bout de quatorze jours d'accouchement qui l'obligent à fuir nue chez sa tante; coups de tenaille sur les mains et sur les bras, soufflets; coups de pouce dans l'estomac à la faire trouver mal; pinçures cruelles au bras pour la faire trémousser dans le devoir, ou plutôt la débauche conjugale; discours infâmes tenus d'elle et sur elle à ses amis devant elle; détails obscènes de ses parties les plus secrètes; peinture grossière des ébats du monstre s'assouvissant et cherchant des raffinements de volupté de la manière la plus brutale, la plus contraire à la nature; désespoir de l'infortunée qui veut se jeter à l'eau [...]. Voilà, respectable magistrat, quel a été le sort de ma fille Agnès.[75]

Similarly, the episode in which Moresquin tracks down Ingénue after she leaves him and has her arrested as a common prostitute — a final indignity that led her to file for a separation — corresponds to events that took place in February 1786 and that are recorded in Rétif's diary.[76] That same month, while the events of his daughter's ordeal were still fresh in his mind, Rétif began the first version of *Ingénue Saxancour* (titled 'L'Epouse séparée'), which he completed a few weeks later. The longer final version was given to the censor in late summer 1788. This second stage of the novel's composition might well have provided an opportunity to add or invent new horrors and new self-justifications. In other texts written in the late 1780s, we see that when Rétif returned to earlier texts, he often revised and embellished extensively.

Beyond the question of the novel's relation to actual events in Agnès's marriage, there is the larger question of its documentary value and the extent to

---

[74] Under French law of the period, a woman could not move out of her husband's residence without his permission — or that of a magistrate — unless her life was in immediate danger.

[75] *Journal*, ¶586, vol. 1, pp. 230–34. The composition of Rétif's 'Mémoire contre Augé' is discussed in the section titled 'About the Text'. Extended excerpts are presented in Appendix D, Excerpt 25.

[76] See the journal entries for 21 and 24 February 1786 in Appendix D, Excerpts 29 and 30.

which we are justified in reading larger cultural and historical significance into *Ingénue Saxancour*. Was the type of abuse Ingénue suffered in her marriage typical or excessive for the period? What can the relationship between Ingénue and Moresquin tell us about the psychology of wife-batterers and battered wives? Finally, how does the novel tie in with eighteenth-century debates concerning spousal abuse, separation, and divorce? These are questions I will examine in the concluding section of this introduction.

Rétif's Reformist Impulses: A Pioneer against Spousal Abuse?

Despite the dark sides of *Ingénue Saxancour* (its pornographic and sensationalist aspects and the less than altruistic motives that may have pushed Rétif to write it), despite the sexism and anti-feminism of some of his other works,[77] and even despite his problematic relationships with his wife and daughters, many commentators argue that the novel reflects strong reformist, even feminist impulses. For in this work, Rétif showed himself to be a reform-minded pioneer far in advance of his time through his graphic depictions of spousal abuse, his call for greater public awareness of this perennial problem, and his crusade for liberal divorce laws that would allow women to escape from abusive relationships and to remarry. 'Si, en concluant *La Femme infidelle*, Rétif s'est montré sous un jour rétrograde, un affreux machiste', declares Baruch, 'les femmes le lui pardonneront en remerciement de cet autre livre [*Ingénue Saxancour*], vibrant plaidoyer au service des épouses esclaves et des femmes battues et mise au pilori des abus sexuels d'un mari joueur, ivrogne, brutal dissipateur de l'argent du ménage.'[78] Similarly, Coward maintains that Rétif used Augé's conduct to promote a new social charter which [...] sought to protect wives and children against brutal husbands.'[79]

Through the depth and forcefulness of his analysis of abusive relationships, Rétif goes well beyond a personal vendetta in *Ingénue*. His denunciation of his son-in-law leads to a much broader call for public exposure of abusive husbands and for the passage of laws to prosecute them and to protect their wives. After describing how Moresquin humiliates and sexually assaults Ingénue in front of his drunken companions, Rétif indignantly exclaims: 'Il devrait y avoir des lois contre de pareils

---

[77] The most stridently anti-feminist of Rétif's works are probably *Les Gynographes* (1777) and *L'Andrographe* (1782). Regarding Rétif's views on women, see Rori Bloom, 'Privacy, Publicity, Pornography: Restif de La Bretonne's *Ingénue Saxancour*', *Eighteenth-Century Fiction* 17, 2 (January, 2005), 231–52; Dennis Fletcher, 'Rétif de La Bretonne and woman's estate', in *Woman and society in eighteenth-century France*, ed. by Eva Jacobs and others (London: Athlone Press, 1979), pp. 96–109; Denise Brahimi, 'Rétif féministe? Etude de quelques *Contemporaines*', *Etudes sur le XVIIIe siècle* 3 (1976), 77–91; and Guy Bruit, 'Rétif de La Bretonne et les femmes', *La Pensée* 131 (1967), 125–37.

[78] Baruch, *Restif de La Bretonne* (1996), pp. 184–85.

[79] Coward, p. 755.

excès; il n'est pas permis à un mari d'attenter ainsi à la pudeur de sa femme!' Similarly, in *La Femme infidelle*, after recounting Ingénue's flight from her husband, Rétif calls for fairer treatment of abused wives forced to flee from their husbands and for more equitable property settlements in their favor: 'Quatre ans de service et trois enfants, dont une fille est morte de la suite des mauvais traitements que j'avais essuyés en la portant, méritaient un salaire bien au-dessus de quelques serviettes, de quelques mouchoirs et de deux paires de draps.'[80] Rétif makes it clear that Moresquin's behavior was a monstrous aberration that violated every norm of acceptable behavior within marriage; yet his graphic presentation of such an extreme case of spousal abuse called those same norms into question and made clear the need for better laws and institutions to protect women against abusive husbands.

Because of Agnès's disastrous marriage, as well as his own conjugal misfortunes, Rétif was a fervent advocate for the legalization of divorce. He was jubilant when a divorce law was finally passed in September 1792: 'O sage loi du divorce! Je te bénis', he wrote in 'Mon Calendrier', adding that he would celebrate it again every year on 9 August, date of his wife's birth, to thank her for divorcing him.[81] Above all, he praises the divorce law as a liberation for abused wives like his daughter: 'Ingénue, en vertu de la sage et sainte loi du divorce, a enfin divorcé en 1794 d'avec le vil L'Echiné et s'est remariée au citoyen Vignon, avec lequel elle est tranquille.'[82]

In the 'Supplément à *La Femme séparée*' written in July 1788, Rétif bitterly lamented his lack of legal recourse against Augé: 'Que dire des lois d'un pays, dans lesquelles un père ne trouve aucune ressource pour punir les atrocités d'un gendre infâme et fou, tel que Moresquin? [...] Quand y aura-t-il des lois protectrices qui préviendront doucement, mais sûrement les torts faits aux paisibles citoyens ou qui les répareront?'[83] He fantasized about taking the law into his own hands: 'Je dois pouvoir aller chez Moresquin, [...] le faire prendre et retenir par deux crocheteurs, tandis que je lui appliquerai, en vertu de mon autorité paternelle, légitimement cent coups de bâton.'[84]

Frustrated by the lack of laws to punish his son-in-law for his abuse, Rétif used his fiction to settle scores with him and to give closure to this painful episode of his life. Obsessed with hatred for Augé and haunted by feelings of guilt over what happened to Agnès, Rétif wrote a dozen different versions of her story over a fifteen-year period, each with a different dénouement and a new punishment

---

[80] Rétif, *La Femme infidelle*, *OC*, vol. 45, p. 831. For the full text of the passage from which this passage is taken, see Appendix F, Excerpt 4.

[81] Rétif and his wife were divorced in January 1794, a few weeks before their daughter's divorce was finalized; neither remarried.

[82] See Rétif, 'Mes Ouvrages', appendix to *Monsieur Nicolas*, *OC*, vol. 71, p. 4729.

[83] 'Supplément à *La Femme séparée*', in *Les Contemporaines*, 2nd edn, *OC*, vol. 27, pp. 322–24. Extended excerpts are presented in Appendix E, Excerpt 3.

[84] 'Supplément à *La Femme séparée*', *OC*, vol. 27, p. 323.

meted out to his villainous son-in-law: death by hanging after murdering his wife in one version, death by gunfire after murdering his mother-in-law in another;[85] a slower, more painful end from syphilis in a third version; life imprisonment in a penal colony in a fourth, and so on.[86] 'A constater la permanence de ce thème', remarks Testud, 'on mesure à la fois le caractère obsédant de ce drame et la puissance que Rétif prêtait à la création littéraire, capable à ses yeux de permettre de dominer le *monstre*, sinon de le terrasser, et d'exorciser enfin le démon du malheur. En écrivant, il sent son existence s'affermir.'[87] Through his fiction, Rétif was able to exact punishment against Augé in ways denied by the judicial system of the period. And of all these works, *Ingénue Saxancour* remains the strongest indictment of his son-in-law. Indeed, two centuries later, Rétif's novel is still one of the most powerful depictions of spousal abuse ever written and among the most probing analyses yet made of the twisted psychology of the abuser and the abused.

---

[85] See Appendix E, Excerpt 4, for this passage from 'La Fillette retrouvée', in *Le Drame de la vie*, *OC*, vol. 37, pp. 968–70.

[86] Regarding Rétif's sequels and supplements to *Ingénue Saxancour* and the obsessive nature of his writing, see Testud, *Création littéraire*, pp. 496–98 and 503–6, and his notes to *Monsieur Nicolas*, vol. 2, pp. 1283–84. Extended excerpts from these sequels are presented in Appendix E. Also see Appendix C, Excerpts 25 and 26, for the open letter to Augé that Rétif published at the end of *Le Thesmographe* (*OC*, vol. 110, pp. 499–501) to denounce his mistreatment of Agnès and his continued harrassment of her and her family after she left him.

[87] Testud, *Création littéraire*, p. 516. Similarly, Coward observes, 'Rétif's method of dealing with Augé was simple: in life, he walked in dread of him, but his fictions deal with him fearlessly' (Coward, p. 755).

ABOUT THE AUTHOR

~

Born in 1734 in Sacy in the northwest corner of Burgundy, Nicolas-Edme Rétif (or Restif) was the eldest of nine children born to Edme Rétif, a prosperous farmer, and his second wife Barbe Ferlet. His father also had eight children by his first wife, including Marguerite-Anne (Margot), who would later serve as matchmaker in Agnès Rétif's disastrous marriage. In 1740, Edme Rétif bought an estate near Sacy called La Bretonne, the childhood home that Nicolas idealized and recalled nostalgically in his autobiography *Monsieur Nicolas* (1794–97) and in *La Vie de mon père* (1779), a biography of his father in which he painted an idyllic tableau of rural life in in pre-Revolutionary France. Years later, when he launched his literary career, Rétif adopted the nobiliary particle de La Bretonne in memory of his childhood home and no doubt to add a touch of distinction to his name; but after the Revolution, when aristocratic surnames became suspect, he changed the spelling to Labretonne.

After receiving an education in parish schools, Nicolas was apprenticed at the age of sixteen to a printer in Auxerre. His parents had originally destined him for the priesthood because of his fragile health, but that plan was abandoned due to the boy's marked interest in the fair sex, which only intensified with the passing of time. At the end of his four-year apprenticeship, Rétif found employment in Paris as a typesetter and worked in various print shops before returning Auxerre to work as foreman in the print shop where he had been apprenticed. It was in Auxerre that he met and married Agnès Lebègne, daughter of a local apothecary, in April 1760. Their daughter Agnès was born the following March. The couple would have three more daughters, but only the youngest Marie-Anne (whom they called Marion) survived into adulthood, along with the eldest Agnès. The marriage, which ended in divorce in 1794, was stormy from the start and marked by frequent, often prolonged separations.

Soon after Agnès's birth, the couple moved to Paris, where Rétif continued to work as a typesetter. In 1767, after publishing his first novel *La Famille vertueuse*, Rétif left his job as foreman in Quillau's print shop to devote himself full-time to his literary career. In his autobiography, he would later marvel at his self-confidence: 'Je quittai ma place de prote avant de savoir quel succès aurait mon ouvrage: je suis effrayé aujourd'hui de mon assurance!'[88] Over the following four decades, Rétif would go on to publish over 200 works, many of them produced in his own print

---

[88] Rétif, *Monsieur Nicolas*, in *Œuvres complètes*, vol. 68, p. 2673.

Figure 5.   Portrait of Rétif in his early forties (*c.* 1776), artist unknown. This portrait, originally in color, was given by Agnès Rétif's second husband Louis-Claude-Victor Vignon to Charles Monselet, one of Rétif's early biographers. In 1971, the painting was acquired by Raymond Clavreuil, bookseller and art collector in Paris. It appeared in the catalogue published in conjunction with the bicentenary celebration of Rétif's birth: *Je suis né auteur, pour ainsi dire: Rétif de La Bretonne* (Auxerre: Bibliothèque de la ville d'Auxerre, 2006), p. 4. (BnF).

Contrasting this portrayal of Rétif with the one done in 1785 by Binet and Berthet (Fig. 6), Claude Plunian remarks: 'Ce portrait pourrait avoir été peint au moment du succès du *Paysan perverti*. L'image d'un Rétif embourgeoisé est inhabituelle, mais pourrait correspondre à l'espoir que ses écrits allaient lui permettre de sortir de sa condition d'ouvrier. Il porte une veste élégante et un jabot de dentelle; une perruque dégageant le front, à dessus plat, ailes de pigeon et une queue nouée sur la nuque. L'attitude altière est contredite par le sourire timide, mais le regard vif, habité par sa création, restera reconnaissable dans le portrait gravé par Berthet.' (Claude Jaëcklé Plunian, 'L'Image de Rétif de La Bretonne, hier et aujourd'hui.')

shop, on a dizzying array of subjects in a wide range of genres — novel, biography, autobiography, short story, theater, moral treatise, political pamphlet, and science fiction.[89] The variety of styles and tones is equally remarkable, ranging from pornographic to smugly moralistic didacticism, from crudely graphic and sexist to lyrical, idealistic, even utopian at times. Indeed, the range, unevenness, and sheer volume of his writing have tended to discourage comprehensive scholarly study of Rétif's life and literary career, which makes the work of Daniel Baruch, David Coward, and especially Pierre Testud all the more admirable.

Among Rétif's more unconventional works (of which there are many), perhaps most notable is *Le Pornographe ou la Prostitution réformée* (1769), a plan for regulating prostitution said to have been implemented by the Emperor Joseph II of Austria and to have caught the attention of other rulers as well. This was the first of his *Idées singulières*, a series of reform-minded texts Rétif penned over the next two decades: *Le Mimographe ou le Théâtre réformé* (1770), *Les Gynographes ou la Femme réformée* (1777), its sequel *L'Andrographe ou l'Homme réformé* (1782), *Le Thesmographe ou les Lois réformées* (1789), and *Le Glossografe ou la Langue réformée* (a plan for the reform of spelling and word usage never actually written, but put into practice in his own writing). Utopian in tone, these texts were often traditionalist in intent, especially when it came to women, as the title of a section of *Les Gynographes* makes clear: 'Projet de règlement proposé à toute l'Europe pour mettre les femmes à leur place et opérer le bonheur des deux sexes'. In keeping with the encyclopedic ideal of the Enlightenment, Rétif was interested in all facets of society, and he did not hesitate to push beyond the limitations of his knowledge and experience in elaborating bold and at times outlandish theories.

In his own day, Rétif was best known for his short-story collection *Les Contemporaines* (1780), as well as for *Le Paysan perverti* (1775) and its sequel *La Paysanne pervertie* (1784), epistolary novels depicting the corruption of rural innocence by the seductive vices of the city. All three works were lavishly illustrated, which increased their popularity and discouraged pirated editions. Today, Rétif's best-known works are his voluminous autobiography *Monsieur Nicolas, ou le Cœur humain dévoilé*, which scholars compare favorably to Rousseau's *Confessions*, and the eight-volume *Nuits de Paris, ou le Spectateur nocturne* (1788–1794), vivid vignettes of everyday life in Paris drawn from his work as a police spy roaming the streets at night in the years leading up to and during the French Revolution.[90]

---

[89] The Slatkine reprint edition of Rétif's complete works (published in 1987–88) comprises 117 volumes. The entire collection is now available on-line through the Bibliothèque Nationale's catalogue, which lists the series title as *Oeuvres complètes* (instead of using the more common spelling *Œuvres*).

[90] Regarding Rétif's activities as a police spy in the 1770s, see Daniel Baruch, 'L'Indagateur et la marquise: Enquête sur l'activité policière de Restif', *Etudes rétiviennes* 6 (Sept. 1987), 73–87.

In addition to his prodigious output of published works, Rétif kept a secret diary in which he wrote brief entries each morning about his work and experiences the previous day: people encountered, places visited, anniversaries celebrated or mourned, manuscripts begun, continued, or completed. Begun in 1770 as stone inscriptions carved into the stone embankment of the Ile Saint-Louis during Rétif's daily strolls there, the diary was then continued on paper until at least 1796, based on the notebooks found among his papers. Given Rétif's compulsion to record his daily activities, Pierre Testud speculates that he probably continued his diary until his death in 1806[91] and that this final portion of his diary may be lost forever. Or perhaps it still exists hidden away in an attic or archive somewhere — an intriguing thought indeed.

Although not nearly as well known today as Rousseau (whom he admired) or Sade (whom he despised), Rétif was quite well known in his own lifetime and much admired by some readers, especially by a group of fellow writers who became his close friends — notably Mercier, Beaumarchais, and Grimod de La Reynière. Lavater called him 'le Richardson français', and his works were praised by other writers both in France and abroad, including Benjamin Constant, Gabriel Sénac de Meilhan, and Friedrich von Schiller, who, in a letter to Goethe in 1798, encouraged him to read *Monsieur Nicolas*. Half a century later, Gérard de Nerval devoted one of the six biographies in *Les Illuminés* to Rétif, in which he praised his narrative gifts and keen observation of manners.[92] And, in the early twentieth century, he was rediscovered by the surrealist poets, who admired his prophetic visions and science fiction writing in works such as *La Découverte australe par un homme volant* (1781).

Rétif was nonetheless much criticized by some of his contemporaries for his moral platitudes, exhibitionist tendencies, and sensationalism and by others for his uneven style, neologisms, frequent digressions, and at times shameless padding of his works. The prominent eighteenth-century literary critic La Harpe dismissed his writing as vulgar and second-rate, dubbing him scornfully 'le Voltaire des femmes de chambre' and 'le Rousseau des Halles'. Similarly, writing to his wife in 1783 from the prison of Vincennes, Sade exclaimed: 'Surtout

---

[91] In 2006 and 2010, Pierre Testud published a two-volume critical edition of Rétif's journal that is far more complete and accurate than the partial edition published by Paul Cottin in 1889. In his introduction to volume 1, Testud writes: 'Il est certain que la tenue du journal s'est poursuivie, même si aucune trace jusqu'ici n'en a été trouvée. Tant que Rétif, mort le 3 février 1806, eut la force de tenir une plume, il dut continuer de tenir registre de sa vie quotidienne' (*Journal*, vol. 1, p. 13). For further discussion of Rétif's diary and extensive excerpts from Testud's edition, see Appendix D.

[92] See Gérard de Nerval, 'Les Confidences de Nicolas', in *Les Illuminés: Récits et portraits* (Paris: V. Lecou, 1852), pp. 77–242. While praising Rétif's gifts as a writer, Nerval did not hesistate to call attention to his personal failings and sloppiness of his style, which he attributed to the haste with which he wrote and to his eccentric spelling and typographic practices.

n'achetez rien de ce Restif, au nom de Dieu! C'est un auteur de Pont-Neuf et de Bibliothèque bleue, dont il est inouï que vous ayez imaginé de m'envoyer quelque chose.' There is no doubt that Rétif's reputation suffered in his later years when, faced with bankruptcy and under intense pressure to publish, he churned out increasingly sensationalist material drawn from his stormy family life. He was roundly condemned, even by his friends, for airing his family's dirty laundry in *La Femme infidelle* (1786) and *Ingénue Saxancourt* (1789), which many rightly saw as personal vendettas against his wife and son-in-law. Even more controversial was Rétif's salacious novel *L'Anti-Justine, ou les Délices de l'amour* (1793), in which he appeared to extol the pleasures of father-daughter incest. But these criticisms cannot take away from the value of Rétif's œuvre as a whole, which stands out as unique in late eighteenth-century French literature for its imaginativeness, flamboyance, and vivid, often moving portrayals of the everyday lives of ordinary people against a backdrop of social change and political upheaval.

Rétif's final years were marked by failing health and increasingly dire financial circumstances, made more difficult still by the hard economic times following the Revolution that made bookselling a perilous business. Toward the end of the preface to his autobiography, Rétif mournfully confided to his readers: 'Je vous livre mon moral pour subsister quelques jours de plus, comme l'Anglais condamné qui vend son corps. […] Tout mon travail, quoique redoublé, ne suffit pas depuis sept ans à payer mes dettes. C'est qu'il devient nul pour le produit.' A poignant epitaph for a lifetime of arduous labor and frustrated ambition.

FIGURE 6. 1785 portrait of Rétif de La Bretonne by Louis Binet. Engraving by Louis-Sébastien Berthet (BnF). Used as frontispiece in *Le Drame de la vie*, vol. 1. Marandon's tribute to Rétif below reads: 'Son esprit libre et fier, sans guide, sans modèle,/Méme alors qu'il s'égare étonne ses rivaux.//Amant de la nature, il lui dut ses pinceaux/Et fut simple, inégal et sublime comme elle.'

Regarding the iconography of the portrait, Claude Plunian observed: 'Les quatre coins de la planche s'ornent de symboles relatifs aux qualités "naturelles" reconnues à l'auteur et à ses origines paysannes: La ruche et les abeilles, modèles de l'organisation, de l'ordre et de la prospérité, rejoignent la poule et ses poussins, animaux d'élevage, utiles à l'homme. L'agneau, douceur, innocence pureté, symbolise la renaissance. Quant à la javelle de blé, elle complète à sa manière cette représentation de la vie, le grain étant promesse de résurrection. Chacune des quatre images illustre le rapport de l'homme à la nature; par son travail l'homme est le héros qui a dompté la nature […].' (Claude Jaëcklé Plunian, 'L'image de Rétif de La Bretonne, hier et aujourd'hui.')

ABOUT THE TEXT

~

Sources of the Novel

In *Le Thesmographe*, Rétif explains that *Ingénue Saxancour* is a continuation and amplification of the story of his daughter's marriage presented in the last section of *La Femme infidelle*,[93] a bitter novel about his wife and their stormy marriage published two years earlier in 1786. In this earlier novel, in a series of letters to a friend, the narrator Jeandevert describes the circumstances of his daughter Ingénue's disastrous marriage. But to heighten the novel's dramatic effect, Rétif inserts a forty-page account of Ingénue Jeandevert's marital woes written in her own voice titled 'Causes de ma fuite et de ma séparation' — much of which reappears word for word in *Ingénue Saxancour*. This first-person narrative is then followed by a series of letters exchanged among the principal characters (drawn in part from actual letters and court documents) dealing with problems in the marriage.

In 'Mes Ouvrages', Rétif reveals that *Ingénue Saxancour* is not based solely on his daughter's experiences, but also on those of his daughter's close friend Catherine Laruelle: 'On sait déjà et j'en suis convenu dans mon Histoire [*Monsieur Nicolas*] que toutes ces infamies n'appartiennent pas à L'Echiné [Augé]; mais qu'elles sont un amalgame de celles commises sur une dame Moresquin, grande et superbe femme, et sur ma fille aînée. Cette dame (qui se faisait appeler Laruelle et non Moresquin) avait été vendue, prostituée dans un mauvais lieu, etc.'[94] In *Monsieur Nicolas*, Rétif recalls a walk he took with Mme Laruelle in 1786, during which she told him the story of her nightmarish marriage to an abusive husband whom her parents had forced her to marry and from whom she had finally separated fourteen years later:

---

[93] In *La Femme infidelle*, Rétif presents the story of Agnès's marriage primarily in Part III, letter 188, and Part IV, letter 227. See *Œuvres complètes*, 113 vols (Geneva: Slatkine Reprints, 1987–88), vol. 45, pp. 614–22, 787, 942. Unless indicated otherwise, subsequent references to Rétif's works (other than *Ingénue Saxancour*) will be to the Slatkine reprint edition, referred to as *OC*. Key passages, letters, and documents from *La Femme infidelle* are presented in Appendix F.

[94] Rétif de La Bretonne, *Monsieur Nicolas, ou Le Cœur humain dévoilé*, 'Neuvième Epoque', in *Œuvres complètes* (Geneva: Slatkine Reprints, 1988), vol. 69, pp. 3143–44. Rétif's friendship with Mme Laruelle continued until her death from tuberculosis in 1790, mentioned in his diary entry for 23 February 1790.

'Souverainement malheureuse avec le plus exécrable des maris, brutal, cruel,
libertin, avilissant, prostituteur, j'ai tout essuyé avant de prendre un parti
extrême. [...] Si vous saviez toutes les horreurs que m'a faites M.
Moresquin! [...] Ces horreurs ne peuvent se dire. Qu'il suffise de savoir
qu'aucune partie de mon corps n'était respectée: il m'avilissait au-dessous
des catins; il me cédait à mon insu. Je m'arrête: un pareil récit souillerait
votre imagination.'

Always in search of new material, Rétif urged her to tell him her story: 'Elle me
le fit, et j'en ai composé l'ouvrage que je viens de nommer, en l'amalgamant avec
l'histoire de ma fille aînée.'[95]

Pierre Testud points to a third possible source for Rétif's novel. In a letter to
Rétif written in September 1785, a draftsman from Chartres named Sergent
recounted the story of another abused wife, which Testud describes as very
similar to *Ingénue Saxancour* and which he summarizes as follows: 'Ce
correspondant détaille pendant près de neuf pages l'histoire d'une jeune femme
digne et vertueuse, mariée à un monstre dont la principale occupation est de
l'avilir; il l'humilie par les expressions les plus grossières et "suivant sa pente au
libertinage, sa maison devint une orgie perpétuelle, où sa femme était obligée
d'assister."' As Testud remarks, 'On trouve là bien des éléments d'*Ingénue
Saxancour*.'[96]

Comparison of *Ingénue Saxancour* with Mme Laruelle's story in *Monsieur
Nicolas* and with accounts of Agnès's marriage in *La Femme infidelle* and in Rétif's
diary suggests that a few of the most shocking incidents of sexual abuse described
in *Ingénue* — such as Moresquin's introduction of other men into Ingénue's bed
and his other attempts to prostitute her — may have been drawn *not* from Agnès's
own experiences, but from those of Mme Laruelle. Similarly, the orgy scenes in
Rétif's novel (in which Moresquin humiliates and sexually assaults his wife in
front of drunken companions) may have been inspired in part by Sergent's letter
summarized earlier.

Yet despite the possible incorporation into the novel of a few incidents
involving other abused wives, most commentators — as well as Rétif himself —
maintain that the novel is based above all on the experiences of his older daughter

---

[95] Rétif, *Monsieur Nicolas*, *OC*, vol. 69, p. 3144. Mme Laruelle (whose husband's real name
was Léonard Hucher), is mentioned several times in Rétif's diary. The first reference is found
in the entry for 30 May 1786; other references are found in entries for June and July 1786, and
for 24 April 1787. This is significant because it was during this same period that Rétif completed
La Femme infidelle and began writing the definitive version of *Ingénue Saxancour* (begun on
8 June 1786). In his entry for 6 November 1786, he notes that he gave Mme Laruelle the proofs
of *La Femme infidelle* to read.

[96] Testud, *Rétif de La Bretonne et la création littéraire* (Geneva: Droz, 1977), p. 504. Also see
Testud's notes to *Monsieur Nicolas* (Paris: Gallimard, Bibliothèque de la Pléiade, 1989), vol. 2,
p. 1376 (note 6 to p. 402).

Agnès. In a parenthetical note inserted in the middle of Mme Laruelle's story, Rétif explains: 'J'ai rapporté une partie de ces horreurs, sous le nom de cet homme [Moresquin], dans *Ingénue Saxancour*; et ce qu'il y a de singulier, c'est qu'un autre homme innommé a montré ce livre partout comme étant son histoire.' This unnamed man is of course his son-in-law Augé. Later in the same passage, Rétif reiterates this claim in a tribute to his novel that Mme Laruelle is said to have pronounced on her deathbed, with Agnès by her side: 'Ma sœur! (car nous sommes sœurs, étant réunies dans le même livre de ton père, et y ayant tellement les mêmes aventures que ton mari a cru se reconnaître dans le mien), je suis vengée.'[97] The fact that Rétif's son-in-law recognized himself in Moresquin — so clearly that he had Rétif arrested for libel — suggests that Augé was the chief prototype for Moresquin.

Rétif's biographer Adolphe Tabarant dismisses the Laruelle story as a decoy used by Rétif to divert the public's attention away from his daughter. 'Ce n'est là qu'un argument de circonstance. Ingénue Saxancour, c'est Agnès, et ce n'est qu'elle', he insists. 'Tout ce qui fait scandale dans ce livre appartient à la vie conjugale d'Agnès, le gendre Augé, le "monstre," y échangeant tout bonnement son sobriquet de L'Echiné pour celui de Moresquin, suggéré par le teint "moresque" de son visage.'[98] According to Daniel Baruch, a more recent Rétif biographer, the incorporation of Mme Laruelle's experiences into *Ingénue Saxancour* serves to heighten the tragic tone of the novel, but without significantly changing Agnès's story, given the strong parallels between the two women's experiences. 'Grâce aux récits faits auparavant dans la *Femme infidelle* et *Mes Inscripcions*, on peut, dans cet amalgame, faire le tri', he writes. 'L'apport de Mme Laruelle n'a pas modifié grand-chose; il n'a qu'accentué le portrait d'Auger, jusqu'au type, le seul type de mari tortionnaire dans cette littérature.'[99] Similarly, Pierre Testud views *Ingénue Saxancour* as an amplification of the story of Agnès's marriage presented in *La Femme infidelle* — a dramatization in which the tragic aspects of her narrative are intensified and rendered more horrific by incorporating elements from Mme Laruelle's story: 'Ici l'imagination développe les données initiales et aggrave le caractère odieux de la situation [...]. Il n'est pas douteux que cet ouvrage est une élaboration littéraire d'un drame personnel, vécu à travers sa fille, mais d'une façon si intense que seule cette amplification dramatique pouvait en rendre compte.'[100]

---

[97] *Monsieur Nicolas*, 'Neuvième Epoque', *OC*, vol. 69, p. 3145.

[98] Adolphe Tabarant, *Le Vrai Visage de Restif de La Bretonne* (Paris: Eds. Montaigne, 1936), p. 329. Reflecting on the parallels traditionally drawn between outward appearance and moral character, Rétif writes: 'tous les monstres étaient ainsi, que leur couleur était l'expression de leur vilaine âme.' Rétif, 'Supplément à *La Femme séparée*' [1788], vol. 27 of *Les Contemporaines* (2nd edn), repr. in *OC*, vol. 25, p. 325.

[99] Baruch, *Restif de La Bretonne* (Paris: Fayard, 1996), p. 210.

[100] Testud, *Création littéraire*, pp. 503–04.

The strongest evidence that *Ingénue Saxancour* is based above all on Agnès Rétif's experiences is found in Rétif's diary, which corroborates certain key dates and events mentioned in the novel, such as when Ingénue flees from her husband's violence and where she stayed after she separated from him. Of particular interest are the entries concerning the police complaints and legal proceedings against Augé and the 'Mémoire contre Augé' that Rétif began writing in early August 1785, shortly after Agnès left Augé definitively. The parallels in the descriptions of abuse in the 'Mémoire contre Augé' and the novel (parallels discussed in the Introduction) are quite striking. Repeated references to the *mémoire* in Rétif's diary in late summer and fall of that year show that he devoted many hours to this document, a first version of which was completed in early December and inserted into his diary entry for December 4.[101] This first version was given to Agnès's lawyer Cavagnac to counter the legal action Augé took on December 2 in a failed attempt to force his wife to return to him. In the months of court proceedings leading up to the final separation hearing in March 1787, Rétif continued to revise and expand his judicial memoir to include accounts of further incidents involving Augé (also described in the novel) and additional complaints against him. A final reference to the drafting of the *mémoire* is found in Rétif's diary entry for 25 February 1787: 'Eté chez la dame Bleret parler du monstre, travaillé à l'ajouté du mémoire contre celui-ci […]; fini le mémoire.'[102]

Composition of the Novel and Its Publication History

Rétif's diary indicates that he completed the account of his daughter's marriage in *La Femme infidelle* in early February 1786,[103] and that on March 18, he began writing a first version of *Ingénue Saxancour*, a 28-page short story titled 'L'Epouse séparée'. This first version was completed a few weeks later and published in November of that year in *Les Françaises*, along with two other short stories describing Agnès's marriage.[104] Composition of the novel was interrupted for two years, perhaps because Rétif found the events of Agnès's marriage too painful to write about or simply because he was preoccupied with the legal

---

[101] *Journal*, ¶586, vol. 1, pp. 230–34. See Appendix D, Excerpt 25, for the full text of this journal entry.

[102] *Journal*, ¶990, vol. 1, p. 426. The 'dame Bleret' referred to here is no doubt Blérie's sister-in-law, in whose home Augé had behaved so outrageously during a holiday visit.

[103] In his diary entry for 10 February 1786, Rétif writes 'A l'imprimerie, deux pages de liaison de l'Infid. pour finir l'art. de ma fille.' (*Journal*, ¶647, vol. 1, p. 262.)

[104] The two other stories concerning Agnès's marriage are titled 'L'Epouse aimant un autre homme' (XIXᵉ Exemple) and 'L'Epouse d'un homme veuf' (XXVIᵉ Exemple), which like 'L'Epouse séparée' (XXIᵉ Exemple) are found in vol. 3 of the 1786 edition of *Les Françaises* (vol. 50 in the Slatkine reprint edition).

proceedings against Augé and busy with other writings. He may also have wanted to wait until the legal issues had been resolved and a degree of closure had been reached before finishing the novel. Rétif's diary indicates that *Ingénue Saxancour* was finally completed on 22 April 1788 and that the final version was given to the censor in late summer of that year. Printing began on June 27 and was concluded on September 21. The novel was approved by the censor Toustain-Richebourg on November 18 and went on sale shortly afterwards. However, the date that appears on the copyright page of the original Paris edition published by Maradan is 1789.

A second edition of the novel did not appear until 1922. Published by the Paris-based Bibliothèque des curieux in the collection 'Les Maîtres de l'amour', it reproduced the entire original text of 1789. In 1931, Henri Bachelin published a third edition in volume 5 of a nine-volume collection of selected works by Rétif. Bachelin shortened the novel nearly by half by omitting all material extraneous to the story of Ingénue's marriage: theater plays, poetry, and background stories of minor characters inserted by Rétif to increase the number of pages and potential revenue from sale of the book. In the original version of the novel, Rétif had tried to justify these long digressions in the novel as a necessary diversion from the painful events of Ingénue's marriage.[105]

In a fourth edition published in 1948 (and then reissued by Pauvert in 1960 and by Lattès in 1979), Gilbert Lely chose to omit the story of Ingénue's mother's infidelities at the beginning of the novel, in addition to all the material cut by Bachelin. He convincingly argued that these episodes, like those concerning Ingénue's childhood friends, 'sont étrangers au sujet proprement dit et font débuter de façon languissante un roman unique dans l'œuvre de Rétif de La Bretonne par son acharnement dans la cruauté.'[106]

In 1978, as part of the '10–18 Collection' published by the Union générale d'éditions, Daniel Baruch brought out a more complete edition of the novel (minus the plays and poetry), followed by various ancillary materials. This same version of the novel reappears in Baruch's fine critical edition of eight of Rétif's

---

[105] For example, in the unabridged 1789 edition, Ingénue's narrative is interrupted by insertion of a one-act play to which Moresquin takes his wife in the hope of attracting the attention of a important official who might advance his faltering career in exchange for her favors. In a rather lame attempt to justify this digression, she explains: 'J'ai dit que je rapportais cette pièce pour mettre une interruption aux horreurs que je raconte. En effet, on a dû s'apercevoir que j'en avais retardé le récit par tous les moyens possibles avant de le commencer. Je le suspens à la moindre occasion que je puis en avoir, afin de reposer l'imagination. C'est un art dans ce malheureux ouvrage que d'y mettre des épisodes, et ce qui serait un grand défaut dans tout autre est ici le plus haut degré de perfection!' (*Ingénue Saxancour*, OC, vol. 54, Part 2, p. 180.)

[106] Gilbert Lely, 'Introduction', *Ingénue Saxancour, ou La Femme séparée* (Paris: Lattès, 1979), p. 10.

key autobiographical texts published in 2002 by R. Laffont and now unfortunately out of print, as is its companion volume edited by Pierre Testud.

The Present Edition

In the present edition, I have chosen to omit all the material cut by Bachelin, as well as the story of Ingénue's mother's infidelities at the beginning of the novel omitted by Lely. I agree with Lely's argument that, like the incidental plays and poetry, these episodes are extraneous to the story of Ingénue's marriage, distracting from the narrative and diminishing its impact on the reader. Similar criticisms were expressed by Grimod de La Reynière in a letter he wrote to Rétif after first reading the novel in 1791:

> Je vous dirai qu'ayant enfin réussi à me procurer *Ingénue Saxancour*, je l'ai lue très attentivement et avec un véritable intérêt. Je suis fâché seulement que cet intérêt soit coupé par des morceaux fort étrangers à l'ouvrage, dont un a même paru ailleurs et qui, quoi que vous en puissiez dire, n'ont été mis là que pour grossir le volume. Il valait mieux n'en donner que deux que de se permettre ces bigarrures qui nuisent également à l'effet du roman et à celui de ces morceaux détachés que l'on goûterait bien mieux s'ils ne venaient pas vous interrompre ainsi.[107]

In defending the cuts he chose to make in his abridged edition of the novel, Lely convincingly argued: 'Il nous a semblé qu'*Ingénue Saxancour* ne pouvait que gagner à cet élagage, et que la statue des époux infernaux, débarrassée des ronces qui l'entourent, en jaillirait plus pure dans sa perversité.'[108]

A thornier question arose concerning how best to end the novel. In the original 1789 edition, Ingénue's story seems to end on an upbeat note with her departure in 1787 for a peaceful three and a half-month stay in the country with her friend Félicité after the court finally grants her a separation from her husband. This conclusion parallels actual events in Agnès Rétif's life. But rather than end here, Rétif then inserted a full-length three-act comedy titled *Epiménide*, which Agnès supposedly gave Félicité to read. The play is followed by Ingénue's account of her sister Marion's thwarted marriage prospects, based loosely on real-life events.

The original 1789 edition concludes with two postscripts[109] written in the voice of Marivert-Courtenay, under whose name Rétif first published *La Femme infidelle* and who is presented here as a family friend and editor of *Ingénue*

---

[107] Letter from Grimod de La Reynière of 19 May 1791, repr. in *Le Drame de la vie*, OC, vol. 38, p. 1316. For extended excerpts from this letter, see Appendix C, Excerpt 30.

[108] Lely, 'Introduction', pp. 11–12.

[109] In vol. 55 of the Slatkine reprint edition of the complete works, Ingénue's narrative ends on p. 134, followed by the play *Epiménide* (134–241) and Ingénue's account of her sister's failed marriage prospects (241–49), which are followed in turn by the first postscript (249–56) and second postscript (256–60).

Saxancour. In the first postscript, the fictional editor recounts how Moresquin falsely accused Marion of stealing a neighbor's watch, which prompted an angry exchange of letters between Saxancour and his son-in-law. This is followed by Saxancour's death and Moresquin's murder of Ingénue, for which he is sentenced to forced labor for life.[110]

In the second postscript, Marivert-Courtenay explains his reasons for publishing the account of Ingénue's disastrous marriage: 'C'est moi, *Marivert*, qui prend ici la plume et qui achève cette production que j'imprime, sans prendre l'aveu, ni de mon ami M. Saxancour, ni de Mad. Ingénue sa fille.' Alluding to the continuing threat to the family posed by the monstrous son-in-law, he adds:

> L'amitié m'en a fait une loi. Je frémis quelquefois lorsque je pense que M. Saxancour peut venir à mourir et qu'alors deux jeunes personnes timides, aimables, seront exposées à tout ce que la scélératesse peut avoir de rage, de noirceur et d'activité. Voilà le motif de la publication de ces mémoires, de l'espèce de larcin que j'en fais [...]. C'est en outre, comme je le dis dans la préface, la haute, l'inéxprimable utilité publique de cet ouvrage pour éclairer les jeunes filles, qui me pousse à le mettre à jour.[111]

These prefatory remarks are then followed, rather incongruously, by a somewhat different version of the events related in the first postscript (the false accusations of theft against Marion, the murder of Ingénue by her husband, and his subsequent punishment).

In order to maintain the coherence of the narrative, I chose (like Lely) to end the novel with the conclusion of Ingénue's narrataive and her departure for Félicité's house in Normandy — an ending that (as noted earlier) mirrors actual events in Agnès Rétif's life. However, out of respect for Rétif's own choices and to satisfy the curiosity of our readers, the two postscripts appended to the 1789 edition are presented in Appendix E.

---

[110] In the introduction to his edition of the novel, Lely writes: 'Les post-scriptum [...] sont de pure invention et tendent uniquement à déjouer l'indiscrétion du lecteur, puiqu'en réalité Ingénue (Agnès Rétif) ne mourut qu'en 1854 et Moresquin (Augé) ne fut pas envoyé aux Iles, mais condamné à mort et exécuté en place de Grève' (p. 11). Although Lely is correct in pointing to the fictional nature of the events recounted in the two postscripts, he is quite mistaken in the alternate facts he presents. Agnès Rétif actually died in 1812 at age 51, *not* in 1854. And, contrary to the legend spawned by Paul Lacroix that Augé was executed in 1793 (supposedly for murdering his mother-in-law), Rétif's ex-son-in-law went on to marry a third time in 1795 and to continue his career as a tax-collector until 1810, as Baruch points out in the introduction to his 2002 edition of Rétif's novel (p. 468).

[111] *Ingénue Saxancour*, OC, vol. 55, pp. 257–58. For the complete text of this passage, see Appendix E, Excerpt 2.

* * *

To make the French text more readable for modern audiences, several additional changes have been made. In the late eighteenth century, quotation marks were a relatively new form of punctuation; dashes were generally used instead to introduce dialogue. For this edition, following modern usage, all dialogue has been set in quotation marks, with paragraph breaks added each time there is a change in speaker. However, we have retained Rétif's use of italics to indicate quotes within a quote. Overly long paragraphs in the 1789 edition have been divided into shorter ones where paragraph breaks are warranted. Similarly, overly long sentences connected by commas, colons, or semi-colons have been divided into shorter sentences for greater clarity. As was often the practice in eighteenth-century novels, Rétif makes frequent use of ellipses. Because they tend to distract from the story rather than to enhance it, the ellipses have been removed, except in cases where they serve a clear stylistic purpose, such as creating suspense or reflecting confusion or hesitation on the part of the characters. Finally, all spellings have been modernized. For example, non-proper nouns capitalized in Rétif's text have been changed to lower case, hyphens have been removed where they no longer occur in modern usage (such as in *aussitôt* and *non seulement*), and imperfect endings have been modernized (from *-ois*, *-oit*, and *-oient* to *ais*, *-ait*, and *-aient*), as have plural noun and adjectival endings (from *–ans* and *-ens* to *-ants* and *-ents*).

* * *

Contrary to the lavishly illustrated original editions of *Les Contemporaines* or *Le Paysan et la paysane pervertis*, the original 1789 edition of *Ingénue Saxancour* contained no illustrations at all. In the turbulent months leading up to the French Revolution, Rétif's finances were in disarray, as were those of the country as a whole, so neither the author nor his readers were in a position to pay for an expensive illustrated edition. To remedy this lack, illustrations from other works by Rétif have been chosen to illustrate the present edition, along with portraits of the author, his two daughters, and various friends mentioned in the novel (Mercier, Grimod de La Reynière, and Fanny de Beauharnais). Most of the illustrations have been taken from original editions of Rétif's works, including *Les Françaises, Le Paysan perverti, La Paysanne pervertie, La Dernière Avanture d'un homme de quarante-cinq ans, Les Nuits de Paris,* and *Aline et Valcourt*. Many of these illustrations were drawn to Rétif's specifications by Louis Binet and engraved by his close friend Louis Berthet, in whose home Agnès took refuge after leaving her husband in 1786. Also included are two engravings by Carlo Farnetti from Henri Bachelin's 1931 edition of *Ingénue Saxancour*, as well as eighteenth-century prints by Charles-Melchior Descourtis and Pierre-Gabriel Berthault picturing views along the Seine in Paris mentioned in the novel.

FIGURE 7. Portrait of Agnès Rétif. Artist and date unknown. Published in *Monsieur Nicolas ou Le Cœur humain dévoilé*. Preface by Marc Chadourne. (Paris: Au Cercle du livre précieux, 1959), vol. 6, opposite p. 560. (BnF)

In a short story titled 'Les Deux Sœurs,' Rétif paints the following verbal portrait of his daughter: 'Agnès avait la figure noble, imposante, autant que belle. Son caractère répondait à sa figure: elle était fière, brusque et franche; mais bonne, obligeante, généreuse, magnanime. Sa franchise lui fit tort quelquefois: c'est que les personnes franches sont crédules, par un effet de leur droiture naturelle.'

Ingénue Saxancour
ou
La Femme séparée

Histoire propre à démontrer combien il est dangereux pour les filles de se marier par entêtement et avec précipitation, malgré leurs parents:

Ecrite par elle-même.

DE

Nicolas-Edme Rétif de La Bretonne

AVIS DE L'EDITEUR

~

Je ne connais pas d'ouvrages qui soient utiles comme ceux qui présentent les causes du malheur d'après les événements réels. Que l'on dise, qu'on répète aux jeunes personnes: *Il ne faut pas vous marier malgré vos parents, par caprice, par amourette!* Elles ont les oreilles si souvent rebattues de ces lieux communs, que leur vérité ne fait aucune impression. Mais qu'un écrivain courageux, méprisant le gentil, l'agréable, le poli de nos insipides brochures, prenne sur lui de publier une histoire véritable, autant qu'horrible; qu'il s'expose au non succès qu'elle ne peut manquer d'avoir, auprès de tous nos lecteurs superficiels, de toutes nos petites-maîtresses délicates, c'est une sorte d'héroïsme. Que va-t-on voir en effet dans cet ouvrage? Une fille imprudente qui se marie, malgré son père, à un infâme, un homme faux, qui avant le mariage a menti les mœurs et la fortune, mais qui jamais n'a pu mentir l'esprit, parce que c'est le seul masque que l'hypocrite sot ne puisse prendre; à un homme qui, après le mariage, laisse voir tous les vices, soumet son épouse infortunée à tous les caprices d'un libertin, à toutes les turpitudes d'un débauché, à toutes les infamies d'un scélérat corrompu, à tous les supplices que peut faire endurer un bourreau; à un homme qui la contraint de fuir et qui la poursuit, enragé, après qu'elle s'est dérobée à sa fureur.

On trouvera dans cet ouvrage ce qu'on nomme dans le monde *des horreurs.* J'en conviens, mais je sens qu'il faut qu'elles s'y trouvent pour que le livre soit profitable aux filles qui se marient malgré leurs parents et surtout en bravant l'autorité sacrée d'un père éclairé. Je me rappelle que, lors de la publication de *La Femme infidelle*,[1] une grande dame se plaignit, en disant qu'on ne devait pas

---

[1] *La Femme infidelle* was first published by Rétif in May 1786 under the pen name Maribert-Courtenay — the same pseudonym he used when he published *Ingénue Saxancour* three years later. This bitter novel details Rétif's stormy marriage to Agnès Lebegue. In the fourth and final section, Rétif (alias Jeandevert) describes his daughter Ingénue's even more disastrous marriage in a series of letters to a friend. To heighten the dramatic effect, Rétif inserts a forty-page account of Ingénue Jeandevert's marital woes written in her own voice titled 'Causes de ma fuite et de ma séparation' (much of which reappears word for word in *Ingénue Saxancour*). This first-person narrative is followed by a series of letters exchanged among the principal characters (drawn in part from actual letters) dealing with problems in the marriage.

La Femme infidelle is available in Slatkine's two-volume reprint edition of Rétif's complete works: *Œuvres complètes* (Geneva, 1988), vols 44–45. Unless specified otherwise, all references to Rétif's *Œuvres complètes* are to the Slatkine reprint edition (referred to henceforth as *OC*). The entire 113-volume set is available through the Bibliothèque Nationale's on-line catalogue (http://catalogue.bnf.fr). Key passages from *La Femme infidelle* are presented in Appendices C and F.

publier de pareilles atrocités![2] Ah, l'atrocité, c'est qu'une fille se marie, malgré son père, à un homme vil qu'il a pénétré! Au reste, cette dame peut se dispenser de lire *La Femme séparée*, où les horreurs sont ingénument racontées. Elles étaient voilées dans la quatrième partie de *La Femme infidelle*. Ici, elles sont à nu, et le monstre paraît aussi hideux en récit qu'il l'est dans la nature. Mais de pareils ouvrages ne sont utiles qu'autant qu'ils font horreur. Et, je l'avoue, j'ai frémi en lisant dans ces mémoires des traits véridiques, écrits ingénument, sans être affaiblis, égayés, enjolivés, *déshorribilisés* (comme diraient les Anglais), par une jeune femme qui peint ce qu'elle a senti, souffert, jusqu'au désespoir.

Le mariage d'Ingénue Saxancour, malgré son père, est un de ces traits fréquents dans la société que la fausse morale de certaines pièces de théâtre rend encore plus familiers. Mais qu'ici les suites en sont terribles! A quelles affreuses extrémités l'infortunée Saxancour n'est-elle pas sans cesse réduite! Si elle fut coupable, qu'elle est punie! Lisez, jeunes filles, et tremblez!

---

[2] This is probably an allusion to the strong criticisms of *La Femme infidelle* expressed by Mme de Beausset, Grimod de La Reynière's aunt, whose comments are discussed in the introduction. La Reynière conveyed his aunt's objections in a letter to Rétif dated 19 May 1791 and expressed equally strong criticisms of his own in a letter dated 7 July of that year. See Appendix C, Excerpts 30 and 31, for excerpts from these letters.

INGÉNUE SAXANCOUR

~

Vous ne me parlez plus de ces belles contrées,
Où d'un peuple poli les femmes adorées
Reçoivent cet encens que l'on doit à leurs yeux,
Compagnes d'un époux et reines en tous lieux.[3]

Je n'ai pas besoin de faire une préface pour indiquer le but moral de ces mémoires. Je vais raconter, ingénument, et la leçon résultera de l'exemple que je mettrai sous les yeux. Heureuses mes lectrices, si elles s'instruisent à mes dépens!

* * *

Ma tante, dans sa jeunesse, avait été en apprentissage pour les ouvrages de femme chez une dame Brocard, devenue depuis veuve et pauvre. Cette femme avait une fille, très délicate, assez jolie, que ma tante avait vue toute enfant et qu'elle avait beaucoup aimée. La mère et la fille, renvoyées de leur demeure, faute de payer, vinrent dénuées demander à Mme Bitez[4] un logement dans la maison dont elle était la bailliste.[5] Quoique assurée de n'en pas être payée, ma tante ne put se refuser à les loger. Elle les reçut avec attendrissement et leur fournit le mobilier absolument nécessaire, car on leur avait tout retenu en les renvoyant.

Lorsque ces deux femmes furent installées, ma tante me dit: 'Ma nièce, je ne vous conseillerais pas de voisiner, si Mme Brocard et sa fille étaient dans l'aisance. Nous avons besoin de notre temps, et les fréquentations sont toujours dangereuses; mais elles sont dans la misère. Ne passons pas un jour, vous ou moi, sans leur rendre visite. Il faut respecter la pauvreté.' Je promis à ma tante de me

---

[3] Voltaire, *Zaïre*, Act I, Scene 1, lines 9–12. The lines that follow are even more relevant to Rétif's novel: 'Libres sans déshonneur, et sages sans contrainte,/Et ne devant jamais leurs vertus à la crainte!/Ne soupirez-vous plus pour cette liberté?/Le sérail d'un soudan [sultan], sa triste austérité,/Ce nom d'esclave enfin, n'ont-ils rien qui vous gêne?' Zaïre, heroine of Voltaire's tragedy, is a slave and favorite concubine in the Sultan of Jerusalem's harem. Like Ingénue, Zaïre is a captive, but unlike Ingénue, she is in love with her captor.

[4] Bitez is an anagram of the married name of Rétif's half sister Marguerite-Anne (Margot) Bizet (1727–1808), with whom Agnès was living before her marriage. It was at Mme Bizet's home quai de Gesvres that Augé met her and began courting her. Mme Bizet, whom Rétif calls Mme Betzi in *La Femme infidelle*, was the childless widow of a jeweler (*marchand bijoutier*) in Paris. She served as matchmaker in her niece's marriage and provided her with a modest dowry of 12,000 livres, along with some furniture and linens.

[5] *Bailliste*: bailleresse (lessor).

conformer à ses vues. Je montai, de deux jours l'un, voir Mme Brocard, et je me liai insensiblement avec la fille, quoiqu'elle eût quinze ans de plus que moi.

Il y avait six mois que l'ancienne maîtresse de ma tante était logée dans la maison, lorsqu'un jour, à mon arrivée, je les vis toutes deux fort émues. Je ne m'informai pas du sujet; mais elles se parlaient souvent à l'oreille, et j'abrégeai ma visite. Je sortais, quand elles me retinrent: 'Auriez-vous de la répugnance pour le mariage?' me dit la mère.

'Je ne sais pas, Madame; tout dépend du sujet. Au reste, si vous avez quelque chose à me dire là-dessus, parlez-en d'abord à ma tante.'

'C'est fort bien!' reprit Mme Brocard, qui avait été honnêtement élevée. 'Mademoiselle a raison; c'est Mme Bitez qui doit entendre les premières paroles.' Je descendis aussitôt.

Le lendemain, comme c'était le tour de ma tante d'aller chez Mme Brocard, on eut toute la facilité pour lui parler. On le fit très amplement sans doute, car le soir, à souper, Mme Bitez me tint le discours que voici. Je ne puis jamais l'oublier. 'Ma chère nièce, vous connaissez la position de votre père, le peu d'économie de votre mère. C'est une maison perdue et sur laquelle il ne faut pas compter. Il se présente un parti très avantageux, qui a parlé à Mme Brocard et que je connais par moi-même, puisque l'homme qui se présente, étant enfant, ses parents demeuraient au-dessous de Mme Brocard. Ce sont des gens aisés, encore vivants tous deux. Le fils est enfant unique; il aura tout, et ces gens-là jouissent au moins de mille écus de revenus, sans l'emploi du père. Le fils est veuf; mais il est notoire que, pendant dix ans de mariage, il a rendu sa femme très heureuse! Il a lui-même un emploi et l'espérance de celui de son père. Je ne crois pas qu'on puisse jamais rien trouver de plus avantageux. Réfléchissez-y. L'homme a trente-cinq ans; vous n'en avez que dix-neuf. Mais on risque tout avec la jeunesse! C'est un homme fait. Il n'est pas beau; mais qu'est-ce qu'un beau, qui s'aime plus et se pare avec plus de complaisance qu'une femme! C'est une pauvre chose! Cependant, tout dépendra de vous.'

Tel fut le discours que me tint ma tante. Il était plein de raison, du moins en apparence, et je m'y laissai prendre, comme elle s'était laissée prendre elle-même.[6]

---

[6] In *La Femme infidelle*, Rétif suggests that his sister urged Agnès to marry Augé in order to free herself from the responsibility of providing for her niece, with whom her relations had soured: 'Ingénue fut tranquille chez sa tante plus de dix-huit mois. Mais enfin, un malheureux hasard la poussa dans l'abîme. Ma sœur ne goûtait pas que ma fille fût mise en demoiselle; des querelles fréquentes aigrissaient la tante contre la nièce; et elle désirait de la voir mariée' (*OC*, vol. 45, p. 789). In *Monsieur Nicolas*, Rétif goes a step further and accuses his sister of lying to them: 'Margot voulait marier ma fille pour s'en débarrasser, parce que, étant dévote très bête, elle trouvait que sa nièce se mettait trop mondainement. Ce motif fut le seul qui la fit mentir et perdre ma fille en nous trompant' [*Monsieur Nicolas*, *OC*, vol. 69, p. 3025]. For the full account in *Monsieur Nicolas* concerning Agnès's stay with her aunt and Rétif's accusations against his sister, see Appendix B, Excerpts 1 and 3. Also see Appendix F, Excerpt 1, for Rétif's account of these events in *La Femme infidelle*.

C'est que Mme Brocard, trompée, avait séduit ma tante. Personne ici n'était coupable que le monstre qui cherchait à satisfaire une passion brutale par tous les moyens possibles — moyens ineptes qu'on pouvait aisément détruire, mais d'une part si effrontés que jamais il ne tomba dans l'esprit qu'ils fussent destitués de tout fondement.

C'est donc ici où le fourbe, le brutal, le fou, le vil, le lâche Moresquin commence à paraître sur la scène. Je ne l'avais pas encore vu, quoiqu'il m'eût remarquée, quoiqu'il m'eût déjà condamnée en lui-même au malheur de lui appartenir! Hélas! Ne peut-on donc éviter son sort!

Ce fut chez Mme Brocard que je le vis pour la première fois. Sa laide et basse figure me déplut. Je me dis en moi-même: 'Je ne serai jamais rien à cet homme-là.' C'était mon bon génie qui m'inspirait. Je reçus froidement ses compliments amphigouriques que je trouvai très embarrassés; j'entrevis que cet homme ne s'entendait pas lui-même. Je dis le soir à ma tante: 'Votre parti ne me convient pas.'

'Oh! Voilà comme sont les jeunes filles! Parce qu'un homme n'est pas un petit-maître, un damoiseau bien fat joliment coiffé, ayant l'air impudent, il ne leur plaît pas! Allez, allez, ma nièce, un homme est toujours assez beau quand il est honnête homme et qu'il peut nourrir sa femme, lui donner le nécessaire, avec l'agréable par-dessus le marché.' Ces raisonnements faisaient impression sur mon esprit, et la vérité est que ma tante, qui nie aujourd'hui d'avoir contribué à mon mariage, en fut le premier auteur.

Je n'apportai plus autant d'obstacles après les autres entrevues. Mme Brocard épuisait aussi avec moi sa rhétorique, et je me trouvai embarrassée dans des raisonnements multipliés beaucoup plus que convaincue. Je ne savais de quelles armes me servir pour me défendre. Hélas! Je le sais aujourd'hui: c'était de tout nier et de demander la preuve des avantages qu'on me vantait. Toute l'illusion serait alors tombée d'elle-même, et j'évitais mon malheur! Mais je ne doutais pas. Je voyais deux femmes, dont l'une était ma tante, âgées toutes deux, toutes deux prudentes, qui connaissaient Moresquin et sa famille depuis trente ans, m'assurer le bon caractère, la bonne conduite et la fortune. Je n'en doutais pas; je ne pouvais douter. Je ralentissais donc insensiblement mes refus. On obtint alors de moi de présenter Moresquin à mon père.

Ma tante crut ne pouvoir mettre trop de faveur pour Moresquin dans cette présentation. Elle l'invita à dîner avec son père. C'était une chose contre toutes les règles, et qui ne devait pas se faire. Mon père en dit son sentiment. Mais enfin, comme ce n'était pas chez lui, qu'il n'avait aucune part à une pareille démarche, et qu'il ne voulait pas mortifier ma tante, il se trouva au dîner. Moresquin lui déplut d'abord, comme cela devait être. Cependant, il voulut attendre. Il l'écouta pendant le dîner, et comme la présence de son père l'empêcha de chercher à briller, il fut d'une sottise supportable. Quant à Moresquin père, c'était un bon homme, franc, droit, et à qui je n'ai jamais su d'autre défaut que d'avoir donné le

Ah! qu'il est laid!

FIGURE 8. 'Ce fut chez Mme Brocard que je le vis pour la première fois. Sa laide et basse figure me déplut. Je me dis en moi-même: *Je ne serai jamais rien à cet homme-là.*' Illustration by Louis Binet, engraved by Louis Papin, in *Les Contemporaines* (1780-82), vol. 6, Nouvelle 40, p. 523. The original caption reads 'Ah! qu'il est laid!' (BnF)

jour à un mauvais sujet. Monsieur Saxancour goûta le père, mais il resta indécis sur le compte du fils. Celui-ci osa bien, au sortir de table, lui demander ma main.

'Doucement', Monsieur! Je ne vous connais pas encore.'

'Mais, Monsieur, Mme Bitez, qui est une femme respectable, me connaît, ainsi que Mme Brocard.'

'C'est parce que ma sœur vous connaît que j'ai dîné avec vous. Mais il faut que je vous connaisse, moi personnellement, pour vous donner ma fille en mariage.' Moresquin voulut encore répliquer, mais mon père fit un geste d'impatience qui lui imposa. Ma tante vint à son tour lui demander son sentiment. 'Je n'en ai point encore; mais j'attends que j'en aie un.'

'Pour cela, il faut que vous lui permettiez de nous voir, et vous y trouver quelquefois.'

'Je défends à ma fille de fréquenter. Quant à vous, il vous est libre, sans ma permission, de recevoir qui bon vous semble.'

'Je vois qu'il ne vous plaît pas!'

'Je vous déclare, ma sœur, que je n'ai pas de sentiment encore. Cet homme ne prévient pas en sa faveur; mais il faut plus de temps pour prendre une opinion, en bien ou en mal.' Tel fut le langage de mon père.

Monsieur Saxancour était alors fort occupé. Il se refusa aux entrevues que Moresquin voulait avoir avec lui. C'est pourquoi celui-ci crut devoir lui écrire. Sa lettre est un chef-d'œuvre de ridicule. (On ne rapportera point ici cette lettre, imprimée dans *La Femme infidelle*.)[7]

Cette lettre décida mon père absolument. Il prit la résolution d'éconduire Moresquin poliment, mais d'une manière ferme. Il ne connaissait pas cet homme. Il ignorait à quel point, malgré son manque d'esprit et de bon sens, il avait su captiver ma tante, à quel point il était secondé auprès de moi par Mme Brocard. On croyait faire mon bonheur, et tout le monde se réunit pour tromper mon père. Hélas! C'était moi qu'on trompait!

---

[7] See Appendix C, Excerpt 1. Describing Moresquin's letter in the unabridged edition of *Ingénue Saxancour*, the narrator remarks: 'Sa lettre est un chef-d'œuvre de ridicule. Il faut la rapporter sans changer un seul mot, sans y ajouter une seule ponctuation.' However, Moresquin's letter to Ingénue's father is also omitted from the original 1789 edition of *Ingénue Saxancour*, where Rétif simply refers the reader to the letter in *La Femme infidelle*. (See the Slatkine reprint edition of *Ingénue Saxancour*, *OC*, vol. 55, pp. 22–23.) In introducing this first letter from Moresquin in *La Femme infidelle*, the narrator remarks: 'Son style ridicule et stupidement contourné acheva de me déterminer. Je dis à ma sœur que je ne voulais pas d'un automate pour gendre' (*OC*, vol. 45, pp. 791–92). Rétif quotes Moresquin's letter verbatim in *Les Contemporaines*, where he adds the following comment: 'Cette lettre folle, bavarde, anfigourique [amphigourique], fut le premier motif qui me fit m'opposer au malheureux mariage de ma fille aînée.' (*Les Contemporaines*, 2nd edn [1784], *OC*, vol. 19, letter 45, n. p.) In the original edition of *La Femme infidelle*, this letter — like all those from L'Echiné — are filled with errors in spelling and grammar, presumably reproducing those in Augé's correspondence.

Lorsque M. Saxancour montra la lettre de Moresquin à ma tante, elle en rougit; mais elle ne demeura pas sans réponse: 'Dame!' lui dit-elle. 'Vous avez de l'esprit, vous; en êtes-vous plus riche? Allez, allez! Ce n'est pas l'esprit qui fait les affaires; et les sots, de ce côté-là, vont plus loin que les gens d'esprit.' Ce qu'elle disait là n'était malheureusement que trop vrai! Mon père le sentit et, sans que sa résolution chancelât, il résolut de ne pas employer trop de rigidité dans son refus. Cependant, il démentit ce propos de patience dans une occasion.

Moresquin, n'ayant pas reçu de réponse à sa lettre, osa venir la chercher lui-même chez mon père qui demeurait alors chez Mme Leeman, la mère de cette jeune élève qui avait été quelque temps ma compagne chez Mme Claire. Il frappa. Mon père avait un moyen facile de voir ceux qui venaient à sa porte; il reconnut Moresquin et ne répondit pas. Cet homme s'impatienta enfin et se retira. J'arrivai un instant après, ignorant que Moresquin fût venu. Je frappai. Mon père ne répondit pas. Je me fis entendre plusieurs fois, en disant: 'Mon papa, je sais que vous y êtes. Ouvrez-moi donc!'

M. Saxancour est fort vif; il crut voir dans ma démarche un accord avec Moresquin. Il fut indigné. Il ouvrit, mais ce fut pour me traiter avec la plus grande rigueur. Je me jetai à ses genoux; je lui demandai pardon. Je lui protestai une soumission entière à ses volontés, et je le fléchis à cette condition. Il me défendit de voir et d'entendre Moresquin. Je suis obligée de tout dire, parce que depuis, l'indigne mari que le sort m'a donné a reproché à mon père de ne pas s'être opposé à sa recherche. Mon père me frappa pour la première et la dernière fois. Je voulus fuir. Il me rappela d'une voix terrible, et un jeune voisin, garçon très fort, s'étant avancé pour demander ce que c'était, mon père le repoussa si violemment qu'il le fit presque tomber. Le jeune homme sourit et se retira. Il m'a dit depuis qu'il avait éprouvé un mouvement de colère en se sentant traiter aussi mal, mais que la crainte d'irriter une fureur dont je serais la victime l'avait fait sourire pour désarmer mon père.

Depuis cette scène, ma tante fut très irritée contre mon père. Elle n'osait plus lui parler de Moresquin. Mais elle le recevait; mais il venait chez Mme Brocard, où l'on me faisait quelquefois monter sous différents prétextes. J'y trouvais Moresquin. Je voulais redescendre, mais on me montrait différentes choses qui me forçaient à rester. Ce fut ainsi que s'écoula tout l'hiver, jusqu'au mois de février. Mais j'allais oublier qu'au mois de janvier 1781, je reçus de Moresquin une lettre d'amour, qui aurait dû produire sur moi le même effet que celle écrite à mon père. (Cette lettre, digne de son auteur, se trouve dans *La Femme infidelle*.)[8]

On y voit par l'affectation avec laquelle il parle dans le postscript d'un château et de ses alentours, que Moresquin voulait se faire regarder comme un homme qui avait de belles relations. La vérité est qu'il ne connaissait ni M. Lebègue, qui

---

[8] See Appendix C, Excerpt 2.

en est le maître, ni même le concierge. Moresquin avait alors, de sa première femme, un petit bien de mille écus de fonds aux Andelys.[9] Il avait fait valoir cette modique fortune comme une terre; il parlait de sa terre et, en donnant son adresse, son but était de faire croire qu'il était reçu familièrement chez un seigneur de ses voisins. Ma tante, bonne mais bornée, en eut cette idée, malheureusement, et me la fit aisément passer à moi, fille sans expérience. Cependant, j'observe qu'elle ne voulut jamais consentir que je montrasse cette lettre à mon père. Ce n'est pas qu'elle ne la trouvât admirable; elle la lut cinq ou six fois en me disant: 'Votre père dit que Moresquin n'a pas d'esprit! Je le lui donne en six, pour faire une lettre aussi bien tournée.' Je souriais; car je sentais bien le vice de ce style amphigourique et des idées mal digérées qu'il ne pouvait exprimer; mais je me faisais illusion. J'espérais même — oserai-je le dire? — j'espérais primer avec un sot. Je ne réfléchissais pas qu'un sot à prétention est le plus avantageux des fats.

Au mois de février, ma mère était en province pour la mince succession de sa mère pendant que tout cela se passait; car, ainsi qu'elle ne pouvait partir quand elle avait des affaires, elle ne pouvait aussi revenir quand une fois elle était partie. Elle fut six mois pour arranger une succession de sept cent cinquante livres à sa part. Mais enfin, elle arriva le 21 janvier. Mon père, quoiqu'il sût que je n'en étais pas aimée, se crut obligé de lui parler du parti qui se présentait pour moi. C'était le troisième ou quatrième, quoique je n'en aie rien dit, parce que c'étaient des inconnus et que ces demandes n'ont influé en rien sur ma vie. Ma mère écouta ce que lui disait mon père avec beaucoup d'attention. Elle dit qu'elle verrait par elle-même.

Dès que ma tante, qui ne pouvait souffrir ma mère, eut appris qu'elle était instruite, son premier mot fut: 'Ah! bien, bien, le mariage ne se fera pas, dès que ma belle-sœur s'en mêle.' Ce fut ce discours et quelques autres qui commencèrent à me faire envisager l'alliance de Moresquin comme un avantage. Il ne me venait pas dans l'idée que cet homme nous trompât; qu'il fût sans fortune, sans emploi, sans ressources; qu'il fût exclu de la survivance de son père à raison de son peu de mérite. Ces idées ne me tombèrent jamais dans la tête, non plus qu'à ma tante.

---

[9] Les Andelys is a commune on the Seine, northeast of Evreux in Normandy. Augé inherited a farm in the commune of Muyds (Muids) from his first wife, as part of her dowry.

Je craignis enfin de manquer un bon mariage. Je consentis qu'on tourmentât mon père, qu'on l'excédât, qu'on lui fît croire que j'aimais. J'ignorais qu'un homme occupé, d'une santé faible, est facilement impatienté. J'ignorais qu'une dangereuse séductrice[10] travaillait à m'enlever son cœur, que cette fille, jeune et jolie, profitait des plaintes qui lui échappaient contre moi pour s'emparer de sa confiance, de son amitié.

Ma sœur alors était dans sa disgrâce complète par les calomnies dont ma mère l'avait couverte; moi-même, je haïssais alors cette sœur innocente et si aimable. Ainsi, mon père était livré à une séduction presque inévitable, parce que, outre la beauté frappante d'Elise Leeman, cette jeune personne était secondée par une mère adroite et sans délicatesse. Telle était ma position, lorsque ma mère, ayant tout examiné, tout reconnu, tout pénétré, mit dans sa tête qu'il fallait me marier à Moresquin pour me punir de tout ce qu'elle nommait mes torts à son égard.

Il est impossible de bien exposer avec quelle adresse elle sut mener cette odieuse intrigue! Pour gagner la confiance de mon père, elle dit comme lui au sujet de Moresquin; elle blâma ma tante; elle me supposa un entêtement que je n'avais pas. Et c'est ici que réellement elle s'est rendue coupable à mon égard. Elle abusa de son autorité de mère pour me dicter des lettres qui devaient irriter mon père, parce qu'elles étaient réellement impudentes. Je souffrais en les écrivant, et quoique ce fût à l'insu de ma tante, néanmoins je sentais que tout ce que ma mère faisait faire rentrait dans ses vues. Mon père s'aliéna insensiblement; il vit en moi une fille ingrate, révoltée, que la passion du mariage portait loin des bornes du respect et de l'obéissance. Et que l'on songe que dans ce même temps, la jolie Leeman, grande, faite au tour, ayant ce charme provocant des jolies blondes, lui disait: 'Vous êtes mécontent de votre femme, de vos enfants: attachez-vous à une fille adoptive qui va vous aimer, vous chérir, faire le charme de vos derniers jours.' Mais tout cela n'aurait pas suffi pour aliéner le cœur d'un père tel que le mien. Ce fut le vil, l'odieux Moresquin qui acheva de m'enlever le cœur paternel.

Ma mère, qui faisait jouer tous les ressorts, étudiait mon père pour savoir quand il serait temps de frapper les grands coups. Avec une espèce de fou comme Moresquin, l'occasion devait bientôt se présenter. Il vint à la maison au moment où mon père dînait. Il en fut reçu plus que froidement; on ne lui offrit pas même un siège. Cependant, il resta pendant tout le dîner de mon père, qui fut d'un demi-quart d'heure. Monsieur Saxancour lui renouvela son refus, l'assura qu'il ne voulait pas me marier et que lorsqu'il me marierait, il me donnerait une dot. Moresquin marqua le plus grand désintéressement. Mon père lui répondit: 'Il

---

[10] Sara (Elise Debée-Leeman) was the daughter of Rétif's landlady at the time. Rétif had a brief but passionate sexual liaison with this young woman, whom he viewed as his adoptive daughter, but who left him for a younger aristocratic lover. He describes his affair in several of his works, including *La Dernière Avanture d'un homme de quarante-cinq ans* (1783), *La Femme infidelle* (1786), and the 'Huitième Epoque' of *Monsieur Nicolas* (1795).

FIGURE 9.   'La jolie Leeman, grande, faite au tour, ayant ce charme provocant des jolies
blondes, lui disait: *Vous êtes mécontent de votre femme, de vos enfants: attachez-vous à
une fille adoptive qui va vous aimer, vous chérir, faire le charme de vos derniers jours.*'
Illustration by Louis Binet, engraved by Antoine-Cosme Giraud in *La Dernière Avanture
d'un homme de quarante-cinq ans* (Genève: Regnault, 1783), frontispiece to Part I titled
Le Quarantecinquenaire assis, tenant dans ses bras la belle Sara. The original caption reads:
'Qu'a mon cher Papa? Que sa fille chérie connaisse toutes ses peines.' (BnF)

peut vous convenir d'épouser une fille sans dot. Mais à moi, il ne me convient pas de la marier dénuée, et dans ma position actuelle, je ne pourrais faire autrement. Ainsi, Monsieur, je refuse toutes vos offres.' Tel fut tout l'entretien. Mon père se leva et sortit.

Dès qu'il fut dehors, Moresquin déclama contre lui de la manière la plus outrageuse. Il osa dire que la conduite d'un homme qui l'avait toujours refusé de la manière la plus nette, la plus précise, la plus forte et la plus humiliante, avait été double — qu'on l'avait amusé, qu'une pareille conduite méritait des coups. Je n'ose achever. Ces propos, ces excès furent rendus à mon père, comme ayant été tenus devant moi. Ma mère alla jusqu'à me prêter une réponse affreuse. Selon elle, interpellée si je renverrais Moresquin pour ce qu'il venait de dire à mon père, j'avais eu l'âme assez dénaturée pour répondre: 'Je ne le remercierai pour rien de ce qu'il fera aux autres, mais pour ce qu'il me ferait à moi-même.' Mon père fut transporté de colère, mais plus contre moi, contre moi innocente, qui étais absente lorsque Moresquin avait parlé — contre moi, qui l'ignorais absolument, que contre Moresquin lui-même. Dans sa juste colère, mon père me maudit et déclara qu'il ne voulait plus me voir. Et, en effet, il ne me vit plus jusqu'à l'instant de mon funeste mariage.

On me demandera pourquoi je n'allais pas trouver mon père? D'où vient que je ne bannissais pas Moresquin de ma présence? Hélas! J'étais obsédée par ma mère, par ma tante. Elles se haïssaient et s'accordaient en ce point seul. Je ne croyais pas que ma tante pût se tromper, du moins aussi lourdement; je ne croyais pas qu'une mère pût vouloir le malheur éternel de sa fille, pût la perdre de gaieté de cœur! Cependant, j'écrivis à mon père; on supprima mes lettres; on les intercepta. Ma mère, depuis si violente ennemie d'Elise Leeman, s'entendait avec la mère de cette jeune fille pour ne rien laisser parvenir à mon père qui contrariât leurs vues, si différentes, mais qui s'accordaient en un point, celui de faire mon mariage, de le faire malgré mon père et par un effet de son indisposition.

Il se fit donc, ce mariage fatale! Mon père, en fulminant sa malédiction, signa un consentement entre les mains du notaire. Il ne parut pas à la célébration; il n'en signa pas les actes; il ne voulut pas me revoir après, comme il avait refusé de le faire avant.[11] Ma mère avait flatté le méprisable Moresquin de ramener bientôt mon père, mais elle n'y put réussir.

---

[11] Agnès married Augé on 1 May 1781. Rétif did not attend his daughter's wedding, nor did he even record the date in his diary. He may have tried to blot out the event from his memory, either because it was too painful or because he was so caught up in his affair with Sara/Elise Debée — or perhaps for both reasons. In his diary entry for 18 February 1781, he writes: 'Sara me dit contre sa mère les horreurs que j'ai rapportées dans la *Dernière avanture* [sic] *d'un homme de 45 ans*. Je la consolai; je promis de lui servir de père, et que, puisque ma véritable fille se mariait malgré moi, elle la remplacerait dans mon cœur' (*Journal*, ¶31, vol. 1, pp. 51–52). Rétif did not mention Agnès again in his diary until his first visit to her more than three years

Je suis arrivée à l'époque de mes malheurs. Tout ce qui vient de précéder n'en est que l'avant-propos. Trouverai-je la force de continuer! Mon intention est de n'omettre aucun détail. Ils sont tous importants, et les plus minutieux auront souvent une relation puissante avec l'avenir.

Ma mère eut la fausseté de ne pas m'accompagner à l'autel. Cette conduite fut pour moi d'un mauvais augure. A peine ma tante, cette tante qui avait fait le mariage, voulut-elle assister à la célébration. Elle s'en retourna précipitamment chez elle, dès que la bénédiction fut donnée.

Je demeurai seule avec la famille Moresquin — c'est-à-dire son père, le seul honnête homme de la compagnie; sa mère, très méchante femme, une espèce de basse intrigante; sa tante; et deux ou trois autres parents. J'étais accoutumée à voir meilleure compagnie! Je fus étonnée. Une sorte de frayeur s'empara de moi, et je me demandai plusieurs fois: 'Où suis-je?' Les discours, les manières, tout me paraissait étrange. Moresquin et son père étaient les seuls que je connusse. Le second était constamment le même: doux, poli. Le premier commençait à ne pas se gêner. Mais je sens qu'il faut faire le portrait de toute cette famille pour que mes lecteurs puissent en prendre une idée juste.

Moresquin père était un homme de cinquante-cinq ans, doux par caractère, ayant peu d'esprit, mais du bon sens; les manières franches, mais communes; la conversation et le style comme les manières.

Mme Moresquin était une petite vieille ratatinée, noire, l'œil étincelant, méchante comme la fée Carabosse à laquelle elle ressemblait, impatiente, hautaine, bavarde, etc. Voici un trait de ce jour même. On servit un plat de petits pois, alors dans la primeur. Lorsque chacun en eut une petite cuillerée, servie par elle-même, elle appela sa cuisinière: 'Marie! Marie!' La fille, trop occupée, n'entendait pas. Cependant, quelqu'un reprit une cuillerée de petits pois et m'en

---

later in November 1783. Yet his entry for 1 January 1785 reflects the intense pain her marriage caused him and his obsessive hatred of Augé. Unless indicated otherwise, references to Rétif's diary are to Pierre Testud's two-volume critical edition: *Mes Inscripcions, 1779–1785; Journal, 1785–1789* (Paris: Editions Manucius, 2006) and *Journal: Volume II, 1790–1796* (Paris: Editions Manucius, 2010). See Appendix D for relevant excerpts from Rétif's diary and for discussion of its publication history.

servit une autre. Alors la mère Moresquin s'étrangla pour appeler: 'Marie! Marie! Venez donc ôter ces pois! Ils ne m'en laisseront pas pour mon dîner demain!' Ce trait fit rougir Moresquin fils, qui traita sa mère fort irrespectueusement. Ainsi, on se fâcha dès ce premier repas; car le père se mit du parti de sa femme contre son fils, et je vis le moment où l'on allait s'en prendre à moi, de ce que j'avais reçu la cuillerée de petits pois que je n'avais pas demandée. Heureusement, celui qui me l'avait servie, ami de la maison, fit rougir toute la mesquine famille d'une pareille dispute. On se tut, mais la fille emporta le plat contentieux.

Moresquin fils, le héros de la fête, est un petit homme noir, l'œil faux, le visage ignoble et laid, la bouche dégoûtante. Quant aux qualités morales, c'est un monstre! Il est lâche, plat, brutal, rampant, plein d'insolence. Il n'a ni capacité, ni vérité. C'est le plus impudent et le plus maladroit des menteurs; le plus bavard, le plus médisant, le plus calomniateur des hommes. La noirceur de son âme surpasse celle de son corps; il est méchant pour le plaisir de l'être. Il fait les choses les plus odieuses, les plus infâmes, les plus cruelles dans l'obscurité pour le plaisir de mal faire. Mauvais fils, mauvais mari, mauvais père, c'est un sujet que la sagesse des lois devrait étouffer, parce qu'il ressemble en un point à ces infortunés que le plus terrible des accidents a plongés dans une rage sans guérison.

La tante de Moresquin, tronchière à la porte d'une église,[12] parce qu'elle avait perdu la vue en partie, est une espèce d'ancienne entretenue qui, après avoir passé entre différentes mains, a fini par épouser un vieillard veuf, le premier amant de sa jeunesse. Elle a été jolie et basse intrigante. Elle est aujourd'hui petite, ratatinée, méchante, jalouse, comme toutes les femmes de son espèce.

Tels sont les personnages principaux de la noce. C'est avec de pareils êtres que se trouvait une fille accoutumée à vivre avec un homme d'un mérite distingué, avec une tante pieuse et polie; qui avait eu des compagnes bien élevées. Un sentiment de frayeur, de dégoût, d'horreur même s'éleva au fond de son âme, et elle se dit obscurément: 'Je suis perdue!' Elle regarda autour d'elle: seule, isolée, sans appui, elle ne voyait que des êtres odieux. Le père Moresquin était le seul qui lui inspirât quelque confiance par son air de bonté, l'honnêteté de ses discours et la modération de sa conduite.

Cette triste journée s'écoula vite, quoique dénuée d'amusement. C'est qu'une soirée plus désagréable encore devait la suivre.

Moresquin, homme vil, bas, le plus corrompu des petits commis (qui le sont plus que les autres hommes), se trouva enfin seul avec une jeune personne modeste, innocente, timide, sans expérience. On s'imagine qu'il va se livrer à la brutalité de son goût, de ses manières, de son caractère. Non. Je ne le calomnierai pas; je ne veux dire que la vérité pure, simple, nue. Moresquin était ivre de joie, et il vérifia cette maxime que j'ai lue dans Shakespeare: 'Le plaisir est le baume de

---

[12] *Tronchière*: woman in charge of the collection box (*le tronc*) at the entrance of a church.

Figure 10. 'Dès que nous fûmes seuls, il se mit à mes genoux et me dit une suite d'amphigouris, qu'il s'efforçait de rendre polis, tendres même. [...] Il voulut me déshabiller; je le repoussai machinalement et sans trop savoir ce que je faisais.' Illustration titled *Première déclaration d'Edmond à Madame Parangon* by Louis Binet, engraved by Sébastien Le Roy, in *Le Paysan perverti* (Paris: Esprit, 1776), vol. 2, lettre 87, p. 137. (BnF)

la vie; c'est la vertu sous un nom plus gai.' Il semblait que le plaisir eût purifié sa vilaine âme ou que, me trouvant jolie, il voulût essayer, pour la première fois, d'un plaisir délicat. Dès que nous fûmes seuls, il se mit à mes genoux et me dit une suite d'amphigouris, qu'il s'efforçait de rendre polis, tendres même. J'étais si troublée, que je ne m'apercevais pas de son ridicule.

Il voulut me déshabiller; je le repoussai machinalement et sans trop savoir ce que je faisais. Il employa une sorte de violence et déchira mes manchettes, ainsi que mon tour de gorge. Je me mis à pleurer. Il me demanda pardon et continua, jusqu'à ce qu'il eût achevé. Il m'enleva pour lors et se jeta sur moi. Je m'écriai involontairement, le priant de m'épargner et d'avoir pitié de moi. Il sourit, en me disant: 'Je ne veux pas te tuer.' C'était la première fois qu'il me tutoyait. J'étais étonnée, comme l'est une jeune personne qui s'est toujours respectée et qui n'avait jamais été exposée à aucune attaque par la sévérité de son air et de ses manières de voir et d'éprouver les libertés que prennent les débauchés les plus corrompus. Je me défendis. Moresquin ne se fâcha pas; il tâchait de surmonter les obstacles, en n'employant que la douceur et les caresses. Mais j'ai su depuis qu'une partie de ces caresses étaient les libertés les plus criminelles, même de mari à femme. Des obstacles naturels, qu'il vantait alors et même depuis comme une perfection, reculèrent ce qu'il nommait son triomphe pendant trois jours. Ce fut aussi le terme de son honnêteté.

Dès que Moresquin fut parvenu au terme de ses désirs et qu'il eut renouvelé ses plaisirs jusqu'à la satiété, je vis sa brutalité presque sans voile. Il m'avait déguisé jusqu'alors sa pauvreté. Mais, dès le quatrième jour, il me laissa voir qu'il était obligé d'aller vendre quelques restes de dépouilles de sa première femme. Je voulus l'en empêcher. Mais il me répondit crûment: 'Avec quoi veux-tu dîner?' Ce mot fut pour moi comme un coup dans la poitrine. Je tombai sur ma chaise, et je ne pus me relever. Il sortit.

Dès que je fus seule, mes larmes coulèrent. Mais bientôt, l'entendant revenir, je tâchai d'en effacer les traces. Elles étaient trop visibles pour qu'il ne les aperçût pas. Il me jeta quatre louis, en me disant: 'Je n'ai pu avoir que cela, quoique la chose en valût au moins six.'

'Il est vrai', lui dis-je, 'c'est ce qui m'a fait de la peine. Je sais combien on perd! Il aurait mieux valu prendre quelque autre moyen ou vivre de peu, en attendant.'

'En attendant quoi? La mort de mes parents? Car je n'ai que cette espérance-là.'

'Vous avez vos appointements?' Ici Moresquin secoua la tête.

Je lui dis: 'Auriez-vous reçu des avances?' Il ne me répondit pas et sortit.

Il avait alors une fille pour le servir: 'Madame', me dit-elle, 'je ne conçois rien à Monsieur. Il fallait qu'il fût enragé de vous pour vous épouser. Il n'a pas de quoi vous soutenir. Il est sans emploi. Il a vendu pièce à pièce tout le fonds de commerce de sa femme et même de ses effets à lui.'

J'écoutais avec saisissement. Enfin, je m'écriai: 'Il est sans emploi!'

'Oui, Madame, depuis trois mois. Et quand je lui disais: "Mais, Monsieur, vous voulez épouser cette jeune femme, malgré son père? Avec quoi la nourrirez-vous?"

'Il me répondait: "Il vaut mieux qu'elle soit malheureuse qu'à dire que j'en perde la tête, comme je fais. Je me jetterais à l'eau si je ne l'avais pas."

'"Ah!" lui faisais-je. "'Il le vaudrait mieux à présent qu'après; car vous en viendrez là, quand vous aurez fait une malheureuse et des enfants, si elle reste avec vous assez longtemps pour ça!'"

J'étais au désespoir! Je me voyais perdue, perdue sans ressource. Je courus chez ma tante, lui tout conter. Elle ne pouvait en revenir, et elle finit par me dire: 'Prenez garde, ma nièce! Cette fille est enragée de ce que son maître s'est marié! Elle est méchante, car il me l'a dit plus d'une fois. Elle invente tout cela pour s'amuser et vous faire de la peine. Peut-être est-elle de concert avec lui pour vous éprouver.'

'Ce serait là une singulière épreuve', répondis-je.

'Vous savez que ce n'est pas un génie', dit ma tante. 'Au reste, ce qui doit vous rassurer, c'est qu'il a rendu sa première femme heureuse.' Ma tante me calma entièrement par ce discours. Je n'eus d'autre peine que l'humiliation d'être éprouvée par un mari et par sa servante. Je revins chez moi tranquille, mais avec un petit air fier, qui donna beaucoup à penser à Catherine, à laquelle je ne parlai plus du reste de la journée.

Moresquin rentra sur les dix heures. Je ne doutais pas qu'il ne vînt de ses occupations. Par la conversation du souper, j'entrevis qu'il avait passé la soirée au café. Mais je gardai cette idée en moi-même, craignant que cela ne fût encore dit exprès pour m'éprouver. J'étais rêveuse. Moresquin me demanda ce que j'avais. 'Rien', lui dis-je. 'Au reste, vous auriez pu vous dispenser de me faire dire je ne sais combien de choses inutiles par Catherine.'

'Il a bien fallu que tu susses la vérité.'

'A la bonne heure, je la sais. Qu'il n'en soit plus question. Puisque vous n'avez rien et que vous êtes sans emploi, il faut que je travaille en modes. Catherine reportera mon ouvrage et fera la cuisine.' Moresquin me répondit qu'il n'en était pas réduit là, que ses parents étaient riches, et qu'il ne souffrirait pas que je travaillasse en mercenaire. Je vis dans cette réponse la confirmation des idées de ma tante, et je me tranquillisai.

Mais dès le lendemain, pour sortir de mon incertitude, j'envoyai Catherine chez différentes connaissances me chercher de l'ouvrage. Elle y fut et m'en apporta. Je le préparai et me fis aider par cette fille, qui me dit: 'Madame, je vous avertis, qu'avec ce train de vie, je ne resterai pas chez vous. Il y aura trop de peine à avoir. D'ailleurs, vous aurez beau travailler, Monsieur fera comme du temps de sa pauvre première, il aura plutôt fait de manger, que vous de gagner.'

'A quoi sert tout ce que vous me dites là? Je sais que sa première femme a été heureuse.'

'Heureuse! Il l'a fait mourir de chagrin!'

'Taisez-vous, Catherine. Ce que vous dites là est trop fort, et si M. Moresquin est d'accord avec vous pour m'éprouver, cela est fort indécent!'

'Oh, Madame! N'allez pas vous aviser de lui redire ce que je vous dis pour vous rendre service! Au reste, vous le connaîtrez à vos dépens. Mais je ne le verrai pas, car je vous quitte dès aujourd'hui. Je m'en vais. Je ne veux pas rester.'

'Vous attendrez au moins que M. Moresquin ait une autre fille?'

'Eh! Pourquoi faire? Allez, allez, Madame, vous vous en passerez bien!'

Je ne savais que penser de tout ce que j'entendais. Souvent je voyais Moresquin grincer des dents d'impatience pour un moment de retard. Il ne s'en prenait pas encore à moi; mais il employait des expressions générales — c'est-à-dire, qu'il parlait au pluriel, afin de m'englober. Je le voyais incapable de s'occuper de la maison. Rassasié de moi, il dormait, s'il ne grondait pas Catherine au pluriel. Ou il jouait stupidement avec son chien, qu'il se plaisait à faire crier. Il était d'une inutilité si profonde, que souvent, il me jetait mon ouvrage à moitié fait et me forçait à l'accompagner à la promenade. Je lui demandais si les heures de son bureau ne le gênaient pas. Il me dit enfin, avec humeur, qu'il allait changer d'emploi, que celui qu'il avait n'était que de six cents livres et qu'il ne suffisait pas. Je lui observai qu'il aurait fallu différer son mariage. Il me serra la main, en grinçant des dents, et ne me répondit rien. Six semaines s'écoulèrent ainsi.

Mais avant de parler de la première scène qui me regarde, il faut en rapporter une autre qui m'effraya, en me faisant connaître Moresquin. Quelques semaines après le mariage, environ la troisième, nous allâmes dîner chez ses parents. La fille qui servait son père était un peu maussade et sujette à se prendre de vin. Elle portait un plat. La mère Moresquin, femme impatiente et acariâtre, s'écrie, en s'adressant à moi: 'Mon Dieu, mon Dieu! Otez-lui donc ce plat, qu'elle va laisser tomber!' J'y courus. La fille s'y opposa et me dit des injures, dont je me mis à rire, m'apercevant qu'elle avait bu. Dans ce moment, Moresquin fils rentra. Il entendit cette fille m'apostropher. La fureur le saisit. Il était naturel, j'en conviens, qu'il la mît hors de la pièce où nous étions, mais il se jeta sur elle, l'assomma de coups, sans que nous puissions la retirer de ses mains, et il la traîna sanglante par les pieds pour la jeter par-dessus la rampe de l'escalier. Ici, le père Moresquin arriva, qui s'emporta vivement contre son fils, qu'il connaissait. Il lui donna tout le tort, quelque chose que nous pussions dire, sa mère et moi, pour l'excuser. La fille rendit plainte le lendemain, et le père Moresquin paya l'accommodement qu'il proposa lui-même. Il faut convenir ici, que je ne fus point étonnée de voir réprimer une fille qui m'injuriait. Mais je fus effrayée de l'excès des mauvais traitements et de l'espèce de science qu'il montrait à blesser, à faire du mal. Il le paya cher. Tout le monde assure que cette affaire obligea ses parents de vendre leur dernier plat d'argent. Ce fut aussi la cause de leur résolution de quitter Paris pour aller demeurer en province.

Un jour que Catherine était allée reporter de l'ouvrage, elle s'amusa exprès pour ne pas arriver à l'heure du dîner. Je mis le couvert. Le pain se trouvait dur, parce qu'on avait mangé chez les parents de Moresquin. Il arrive, se met à table, et demande Catherine. Je lui dis qu'elle devrait être revenue depuis plus d'une heure. Lorsqu'il eut mangé sa soupe, il prit le pain, le regarda, se mit en colère, et — me le jetant au visage — il s'écria: 'Voilà de beau pain!' Tremblante, le visage en sang, peu s'en fallut que je ne m'évanouisse de frayeur, de douleur, de tous les sentiments pénibles qui peuvent affecter une femme livrée pour le reste de la vie à un brutal qui se porte sans raison aux extrémités les plus révoltantes. Moresquin fut effrayé lui-même de ce qu'il venait de faire. Il vint se jeter à mes genoux et me demanda pardon.

'Je vois que je suis perdue!' lui répondis-je. 'Vous êtes trop emporté; un rien vous met en fureur. J'en ai déjà vu l'exemple le plus effrayant dans cette malheureuse fille qui servait vos parents et qui vous poursuit aujourd'hui. Vous ne pouvez modérer votre fougue, et cela est bien malheureux pour vous et pour moi!'

Moresquin donna quelques signes d'impatience pendant ce discours. Cependant, il prit sur lui de ne pas s'emporter; et moi, je me tus. Mais il avait commencé; les mauvaises façons qui lui étaient naturelles prirent insensiblement la place de sa politesse contrainte. Je perdais tous les jours à ses yeux, à mesure que sa passion brutale s'affaiblissait; il se familiarisait avec une femme qu'il avait brouillée avec tout le monde en l'épousant et qui n'avait plus d'appui. Pour un autre homme, cela aurait été un motif d'attachement et de tendresse. Pour Moresquin, c'était une tentation de m'opprimer, de me réduire au plus dur esclavage.

Pour y parvenir, il gradua les mauvaises façons. Il commanda durement à Catherine, sa servante. Il nous assimilait, dans ses fâcheries, qui étaient fréquentes, en parlant au pluriel. Il alla bientôt plus loin, et je fus seule l'objet et le plastron de ses injures. Les discours les plus obscènes me furent adressés; ils assaisonnèrent ses brutales caresses. Je fus traitée de façon que le sort de Catherine me parut de beaucoup préférable au mien, puisque son indigne maître n'aurait osé lui parler et agir avec elle comme il faisait avec moi, sous prétexte que j'étais sa femme. On aurait dit à voir sa conduite que j'étais une vile prostituée, obligée à supporter tous ses caprices, à souffrir toutes les libertés que cet homme corrompu voulait prendre, même devant la fille qui ricanait ou sortait. Ma résistance m'attirait toujours des brutalités qui n'étaient pas proprement des coups, mais il me renversait, me contenait, me découvrait, et m'exposait dans cette situation, tandis que la fille rentrait, et — ce qui est horrible — pendant que ses amis arrivaient chez lui à son invitation! Il jouissait ensuite de ma honte, de ma rougeur, de l'humeur que je ne pouvais manquer d'avoir. Il badinait, à sa manière, de la façon la plus obscène et la plus grossière en disant: 'Elle est de mauvaise humeur, parce qu'elle n'a eu que deux, trois, ou quatre, au lieu de six', etc.

Ses vils amis demandaient ordinairement grâce pour moi. Ils m'ont souvent défendue contre lui — surtout un soir, après souper, qu'ayant bu au-delà des bornes, il voulut jouir devant eux de ses droits de mari. Il devrait y avoir des lois contre de pareils excès; il n'est pas permis à un mari d'attenter ainsi à la pudeur de sa femme! On sent comme je devais me défendre dans ces occasions. Mais j'étais déjà enceinte, et je pouvais me blesser. Ce soir-là, je fus contrainte, par la violence et par les menaces, de passer dans une alcôve vitrée où Moresquin s'assouvit, ses amis n'étant qu'à deux pas et tenant encore la table. Il me ramena ensuite par force au milieu d'eux. Ce n'est qu'en frissonnant que je me rappelle la scène qui manqua d'arriver. C'étaient tous des gens sans principes. Ils étaient échauffés par le vin. Ce qui venait de se passer, presque sous leurs yeux, les avait enflammés. Le désordre où je fus obligée de reparaître les provoquait davantage encore. L'un d'eux osa proposer à Moresquin de suivre les mœurs de Sparte. J'entendis cette expression sans m'effrayer. Moresquin demanda l'explication, car il est très ignorant. Heureusement, il la prit mal et se fâcha; car j'entendis qu'il disait: 'C'est bien ma femme! Croyez-vous donc que ce soit ma P...? C'est ma femme, et vous êtes des gredins de me faire une pareille proposition!' Ils lui observèrent qu'il ne s'était pas conduit de façon à leur persuader que je fusse sa femme, ou qu'il était donc un misérable! Ils se fâchèrent.

On fut prêt à se battre, et tout le monde sortit, en me disant: 'Madame, vous avez un gueux pour mari, et jamais nous ne remettrons ici les pieds davantage. Si vous demeurez longtemps avec lui, vous serez bien malheureuse!'

J'avais le cœur navré, je me voyais plus sûrement perdue que jamais. Je ne fis que soupirer pendant la nuit. Le lendemain matin, le brutal, qui voyait que ses dépenses et son incapacité le mettaient dans la gêne et qu'il n'avait pas avec moi les ressources du commerce de sa première femme, me dit les choses les plus dures. Je versai des larmes amères. Sa mère arriva dans ce moment; elle me demanda ce que j'avais. Je lui répétai les injures dont son fils m'accablait, et j'ajoutai que je souffrais de ce qu'il venait de perdre son emploi chez le receveur de la Capitation.[13] Il vint alors sur moi comme un furieux et me frappa devant sa mère si outrageusement que j'en eus le visage meurtri pendant trois semaines.

---

[13] *La capitation* was a poll tax established toward the end of Louis XIV's reign to pay for his foreign wars. In principle, it was to be paid by all Frenchmen, including the aristocracy. However, by 1789, the *capitation* — and those who collected it — had become extremely unpopular among the middle classes, who paid 9% of their income for this tax, in contrast to the nobility (who were taxed only about 1% of their income) and the clergy (who paid virtually nothing). The *capitation* was replaced by the revolutionary government with an income tax (*la contribution*) calculated on an individual's declared income and thus designed to be more equitable.

FIGURE 11.   'Il vint alors sur moi comme un furieux et me frappa devant sa mère si outrageusement que j'en eus le visage meurtri pendant trois semaines.' Illustration by Louis Binet, engraved by Pouquet, in *La Dernière Avanture d'un homme de quarante-cinq ans* (Genève: Regnault, 1783), frontispiece to Part II titled *Le Quarantecinquenaire en fureur levant la main sur la perfide Sara, qui pousse un cri*. The original caption reads: 'Ne me frappez pas!' (BnF)

Sa mère était tremblante et paraissait tout étonnée. Elle ne dit cependant que ces mots: 'Celle-ci sera comme l'autre.' Elle le pria de nous laisser seules. Dès que Moresquin fut parti, j'achevai de tout détailler à ma belle-mère. Je fis un récit exact et circonstancié, non seulement de ce qui s'était passé la veille, mais de tous les autres jours, depuis la scène du pain jeté à la tête. Tandis que j'étais occupée à ce récit, Moresquin rentra. Il en avait écouté une partie sans se montrer, et il parut a la fin, écumant de colère, suivant son usage. Il débuta par me donner un coup violent sur la main, qui me la tint engourdie plus de deux heures. Sa mère me prit sur elle, en lui disant: 'Monstre, ose la frapper dans mes bras!' C'est la seule fois qu'elle m'ait soutenue. Moresquin s'emporta contre elle autant que contre moi. Il lui fit mille reproches déshonorants.

'O Dieu!' m'écriai-je. 'S'il parle ainsi à sa mère, à quoi dois-je m'attendre?'

'Non', dit-il alors, 'je ne parlerai pas contre ta réputation. J'ai été trois jours à prendre ton pucelage. Tu étais une fille honnête, et tu es une honnête femme. Mais cette g...-là (parlant de sa mère) avait fait des siennes avant, et elle en a fait encore après. C'est pourquoi je ressemble si peu à mon père, qui est un honnête homme. Il lui convient bien de me faire des reproches, tandis que c'est elle qui est cause de tous mes vices!'

Je frissonnai d'horreur à ce langage. Moresquin, cependant, se calma peu à peu. Il vint nous demander pardon et promettre de se mieux comporter à l'avenir. Sa mère ne lui pardonna pas. Elle m'assura en particulier qu'elle ne lui pardonnerait jamais et, qu'à sa mort, elle substituerait ce qu'elle pouvait avoir en ma faveur et en celle des enfants qui existeraient.

Moresquin, pour consolider la paix, reconduisit sa mère et resta pour souper. Nous ne sortîmes de chez ses parents qu'à dix heures du soir. En chemin, et lorsque nous fûmes arrivés, Moresquin me tint le discours qu'on va lire:

'Tu ne me connais pas encore. J'ai raconté plusieurs traits de ma jeunesse à ta tante Bitez qui auraient dû la dégoûter de moi et me faire donner mon congé. Mais c'est une buse qui n'entend rien quand une fois on l'a captée. Il faut d'abord que tu saches qu'il est très dangereux de me mettre en colère. Je m'appelle *Frappe-d'abord*, et j'ai pris l'habitude, étant commis aux Aides,[14] de donner les coups de

---

[14] *Commis aux Aides*: The *aides* were excise taxes levied on the sale of a variety of items, including wine, liquors, candles, tobacco, soap, and leather. The *commis aux aides* occupied

façon à blesser ou tout au moins à faire trouver mal. Ainsi, tu t'exposes beaucoup en me résistant. Le plus court pour toi, puisque tu es ma femme et qu'il n'y a plus pour toi d'asile dans le monde, c'est de faire tout ce que je te dirai, ou tu peux te flatter qu'il n'y aura pas de négresse esclave dans tout le Nouveau Monde aussi misérable que toi.

'On t'a dit que j'avais rendu ma première femme heureuse. Cela se peut, mais c'est qu'elle m'aimait dès l'enfance. Elle tremblait devant moi, et elle mettait son bonheur dans tout ce qui pouvait me faire plaisir. C'est ainsi qu'elle a été heureuse. Elle n'en était guère ménagée, et il n'y avait pas autant de temps que j'étais son mari qu'il y en a que je suis le tien que je l'avais déjà tapotée de la bonne manière. Mais elle gardait le silence, et elle se prêchait heureuse à tout le monde. Par ce moyen, elle était honorée, respectée; et moi, je me contraignais si peu, que le jour de sa mort, je lui ai encore donné un soufflet. J'en ai été fâché, parce que les efforts qu'elle fit pour ne pas pleurer quand on entra auprès d'elle l'ont suffoquée. Je ne voulais pas la tuer, mais seulement l'empêcher de trop se plaindre, parce que cela m'impatientait. Je le lui avais défendu trois ou quatre fois avant de la frapper. Mais ce n'est pas là ce que je voulais te dire pour te faire entendre combien mes coups sont dangereux.

'Tu sais, puisque ma mère te l'a dit, que j'ai été très méchant dans mon enfance. Ma mère, qui est une méchante femme, me gâta pour avoir le plaisir de contrarier son mari et ma gouvernante. Je demeurai noué jusqu'à sept ans. A cet âge, je commençai à croître, et ma mère en parut folle de joie. Je n'étais pas beau. Un certain philosophe vint chez nous, me regarda, et dit à mes parents: "Est-ce là votre fils? … Oui, car il ressemble un peu à Madame, mais en laid. Il ne sera pas beau. Je ne crois pas qu'il soit bon; car son genre de laideur est toujours le symptôme de la méchanceté. Si vous voulez m'en croire, vous éloignerez de vous cet enfant qui empoisonnera votre vie, et vous le confierez à des personnes sages qui ne le perdront pas de vue jusqu'à ce qu'on soit parvenu à réformer son caractère. Je lis dans ses yeux, dans ses traits: il a une âme noire et la plus méchante possible." Il me regardait fixement en parlant ainsi.

'Mon père gardait le silence. Ma mère pétillait, mais elle n'osait parler, parce qu'on avait besoin de l'homme qui me jugeait si sévèrement. J'étais alors dans ma huitième année. Je l'entendais, et le regardais [d'un œil] noir. Je m'approchai doucement derrière lui, et je lui donnai un coup de pied dans l'os des jambes. Il se retourna vivement et dit: "Il prouve ce que je vous disais: il m'a fait du mal!"

---

the lowest rung of the tax-collecting bureaucracy of the ancien régime known as *la ferme générale* (see note 20); they visited farms, cellars, and shops to compute and collect the taxes due on these items. Known for their heavy-handed methods and boorish behavior, the *commis* were generally reviled by the common people, as Nicolas Boileau suggests in a line from one of his poems: 'Un commis engraissé des malheurs de la France' (*Épître* V). Moresquin was clearly in his element working as a *commis*.

Et il y porta la main. "Prenez garde!" ajouta-t-il. "Cet enfant vous causera bien des peines!" Il sortit aussitôt, et ma mère ne voulut jamais permettre que je fusse corrigé pour ce que j'avais fait. Elle soutint à mon père que j'avais eu raison, que j'avais du cœur, de la conception de ne pas souffrir qu'on parlât ainsi de moi. Mon père céda; et, depuis ce moment, il me prit en haine. Je le lui ai bien rendu!

'A mesure que je grandissais, on voyait combien je devenais méchant. Ma mère se plaisait, pour contrarier mon père, à me voir battre la servante et à lui manquer à lui-même. S'il avait osé me toucher, elle l'aurait dévisagé; il ne s'y exposa pas. Je parvins ainsi jusqu'à l'âge de douze ans — battant, mordant, donnant des coups de couteau, de canif, de ciseaux aux servantes ou leur enfonçant à l'improviste des épingles dans la chair — ce qui m'attira souvent de leur part de bonnes corrections. Mais aussi elles étaient chassées, dès que ma mère s'en apercevait à son retour.

'A l'âge de douze ans, on me donna un maître à danser pour m'apprendre à marcher et à saluer. Je n'étais pas docile, comme bien tu penses, et le maître, qui ne jugeait pas à propos de souffrir de moi, me traitait comme un écolier rebelle et mauvais sujet. Il eut un jour la hardiesse de me donner un coup de pied, parce que je me moquais de lui et que je l'empêchais de donner leçon à d'autres écoliers, car j'allais chez lui. Un coup de pied dans les jambes fut ma repartie. Le maître me poursuivit. Je m'échappai.

'Le lendemain, je vins sonner à sa porte. Il ouvrit. "Ah! te voilà!" me dit-il, en prenant un bâton. Je descendis rapidement les escaliers, mais je revins une heure après, muni d'une corde, que je tendis à un pied d'élévation dans l'endroit le plus obscur. Je sonnai ensuite très fort. Le maître se douta que c'était moi. Il sortit précipitamment, un bâton à la main et, en voulant descendre, il trébucha dans la corde. Sa tête tomba sur une corniche, et il se la fendit de sorte qu'il en mourut. Il n'y avait pas de preuves contre moi. Mes parents, pour empêcher l'éclat, donnèrent de l'argent à la veuve, et l'on parla de m'envoyer aux Iles.[15] Mais il ne fut pas possible d'y déterminer ma mère, quelque chose que lui dît le philosophe mon ennemi. Elle me défendait, en disant que c'était un enfantillage, que je ne me doutais pas qu'un pareil tour causerait la mort du maître de danse, et beaucoup d'autres raisons. Mon père céda pour avoir la paix.

'J'apprenais alors à lire et à écrire. Mon maître venait à la maison et, à chaque visite, il se plaignait à ma mère de ce que je ne m'appliquais pas en sa présence et de ce que je ne faisais rien du devoir qu'il me donnait pour remplir l'intervalle

---

[15] *Envoyer aux Iles*: Iles du Salut, an archipelago of three small islands off the coast of French Guiana — Ile Royale, Ile Saint-Joseph, and Ile du Diable — site of an infamous penal colony where French prisoners (*les bagnards*) were sent until 1953 and often subjected to abysmal treatment. In a footnote following a particularly violent scene in *La Femme infidelle*, Rétif comments: 'Quel sort pouvait attendre une femme honnête d'un meurtier, d'un homme exilé dans sa jeunesse pour ses violences' (*OC*, vol. 45, p. 820).

des leçons. Je lui signifiai un jour très sérieusement qu'il eût à ne pas continuer ainsi ou qu'il aurait affaire à moi. La première chose qu'il fit en voyant ma mère dans un moment où mon père était à la maison, ce fut de rendre compte de ma menace et de son motif. Mon père me traita de monstre, de mauvais sujet. Ma mère elle-même n'était pas contente. Elle me reprocha la perte de l'argent qu'on donnait à mon maître et de ce que je fournissais peut-être une excuse à son incapacité. Elle m'exhorta spirituellement à travailler pour faire voir que c'était plutôt la faute du maître que la mienne si je n'apprenais rien. Elle faisait en même temps des signes à ce dernier, de peur qu'il ne se fâchât de ce qu'elle disait. Il l'entendit bien, mais il était indigné de sa faiblesse. Cependant il dissimula et sortit avec mon père. Je ne sais pas ce qui fut décidé entre eux; mais le soir, mon père me signifia que j'irais prendre ma leçon chez mon maître. Je ne demandais pas mieux, espérant beaucoup de la liberté que j'aurais de sortir. Mais je fus conduit par un grand écolier qui venait me chercher et qui me ramenait.

'Je m'appliquai les premiers jours, afin de faire comme les autres et parce que, ne connaissant encore personne, je ne savais trop à qui m'adresser pour polissonner. Mais, au bout de la semaine, ayant à peu près deviné les mauvais sujets de la classe, je tâchai de m'aboucher avec eux et de leur souffler l'esprit de révolte qui devait me venger de mon maître. Je cessai en même temps de m'appliquer; je n'étudiai plus; j'écrivis mal. Le maître paraissait guetter l'occasion de me corriger d'une manière exemplaire, et il la saisit avec empressement, comme s'il avait eu peur qu'elle ne lui échappât. Dans un moment où j'étais en pourparlers avec un des plus grands écoliers, il me frappa, en me disant: "Ah, je vous y trouve à déranger les autres!" Et sur-le-champ, il m'appliqua cinq ou six coups de nerf-de-bœuf, ajoutant: "Voilà le martinet qu'il faut à un mauvais sujet tel que vous." J'étais furieux, mais je dissimulai.

'Dès que nous fûmes sortis de la classe, je réunis les plus forts et les plus méchants de mes camarades. Je leur représentai que la manière dont je venais d'être traité les attaquait tous dans ma personne, que leur tour pouvait arriver dès le lendemain à la volonté du maître despote qui venait de faire sur moi, à la recommandation de mon père, un essai de ce qu'il pouvait oser. Mon discours fit une impression prodigieuse. Ils poussèrent un cri de fureur, surtout un d'eux nommé Chabert, dont tu as sans doute entendu parler à cause de sa fin malheureuse. Il jura que si son père lui avait attiré un pareil traitement, il ne lui aurait jamais pardonné; il m'excita vivement à tirer vengeance du mien. Je l'approuvai, mais je ne me sentis pas la résolution nécessaire; toute ma vengeance se porta sur le maitre. Nous imaginâmes, Chabert et moi, d'engager nos camarades à le lier, à le fustiger jusqu'à satiété de notre part, et à le laisser ensuite, en désertant pour jamais son école. Nous fûmes trois jours à concerter notre projet entre nous deux seulement. Nous observâmes qu'après la classe, le maître, qui était garçon, demeurait seul pour observer tranquillement nos progrès et préparer les réprimandes ou les encouragements pour le lendemain. Nous résolûmes de choisir cet instant.

'Quand notre projet fut bien mûri, l'occasion se présenta pour l'exécuter, non pas d'elle-même, mais amenée par nous. Chabert détourna un des meilleurs écoliers et lui fit faire son devoir d'écriture au plus mal possible. Le maître, après notre départ, vint observer les différents papiers. Nous étions quatre cachés pour écouter: Chabert, moi, le jeune écolier détourné malicieusement, et un quatrième très mauvais sujet, fils d'un contrôleur de barrière. Nous vîmes le maître tenir le papier du fautif et le rejeter d'indignation, l'œil étincelant. Il le nota ensuite avec son crayon sur le petit livre qui lui servait de mémorial et qu'il enfermait sous clef. Il le posa par hasard, en continuant, sur le bout de la table et, tandis qu'il avait le dos tourné, l'un de nous eut le secret de le prendre.

'Nous nous retirâmes vite sans bruit. Notre premier soin, lorsque nous fûmes dans un endroit sûr, fut de lire la note qui concernait le fautif. Elle était ainsi conçue: "*Colson, pour excès de mauvaise écriture et négligence impardonnable, le fouet, 23 juin; privé de récréation pendant trois jours; et plainte à son père.*"

'"Mes amis," leur dis-je, "voyez que nous sommes vexés par un tyran. Il faut nous venger!" On délibéra. Mon avis fut de retourner tous quatre, de nous jeter sur le maître dès qu'il aurait ouvert, de le lier, de le fesser, et de le laisser ainsi garrotté sur son lit.

'"Il criera," dit le fautif.

'"Nous lui mettrons un bâillon!" répondit Chabert. Et en même temps, il tira une espèce de petit bridon de sa poche.

'Nous retournâmes; nous frappâmes. Le maître ouvrit sans défiance, et nous entrâmes. Nous le saisîmes à l'improviste. Il voulut crier. Chabert le brida. Il fut déculotté, fessé à outrance, renversé le visage sur son lit, les bras et les pieds garrottés. Nous lui en donnâmes tant que nous pûmes. Puis nous le laissâmes presque sans mouvement et ayant à peine la force de nous demander grâce. Les martinets étaient usés jusqu'au manche. Nous sortîmes ensuite, nous fermâmes sa porte à double tour, et nous jetâmes la clef dans les latrines.

'Le lendemain matin, nous vînmes comme les autres. La classe n'était pas ouverte. On n'entendait pas le maître répondre, parce qu'il était dans une seconde pièce, dont nous avions fermé la porte. Nous nous en retournâmes tous, et nous dîmes chez nous que le maître était absent. Ce ne fut qu'à midi que les voisins firent ouvrir la porte par un serrurier. On trouva le malheureux maître, dans la même position où nous l'avions laissé, meurtri de coups. On le délia, le débrida, et il parla pour tout le temps dont il s'était forcément tu. Il nous nomma, mes trois camarades et moi. On accourut chez nous. Nous fûmes saisis chacun par nos parents. On voulut nous faire avouer; mais nous niâmes tous trois effrontément. Et, sans le fautif, qui découvrit toute la trame, on aurait pu regarder le maître comme un fou. L'affaire devint sérieuse. Chabert fut broyé à coups de nerf-de-bœuf par son père; le quatrième fut mis à Bicêtre[16] à la *Correction*.

'Pour moi, je fus envoyé aux Iles,[17] et j'eus même un petit grade parmi les captifs mes camarades. On m'appelait Monsieur le lieutenant. Je les morigénais assez bien, et je faisais ainsi la cour à notre conducteur. J'acquis sa confiance et la haine de mes confrères, qui machinèrent de m'étouffer. Heureusement, je fus averti de leur complot. Je profitai de l'espèce de liberté dont je jouissais pour m'échapper. Je fus aperçu par une négresse; elle me promit le secret. Cependant, sachant combien peu l'on doit compter sur cette espèce, je l'obligeai de m'accompagner jusqu'à un bois. Elle m'y servit de guide, et quand nous fûmes prêts à en sortir, je la tuai d'un coup de couteau entre les deux épaules pour plus grande sûreté.

'J'eus le bonheur de trouver un vaisseau prêt à repasser en France. Je me présentai comme mousse. J'étais petit, puisque je ne suis pas grand et fort noir, puisque je le suis encore. On me prit pour un enfant de matelot et, comme on avait extrêmement besoin de monde, on ne fut pas difficile sur les informations.

'Arrivé à Bordeaux, j'écrivis à mes parents un récit à ma fantaisie de ce qui s'était passé, leur assurant que nous avions fait naufrage. On m'envoya de l'argent. Je désertai, et j'arrivai chez nous un soir, fait à effrayer. On m'éloigna sur-le-champ de Paris, en m'obtenant une petite commission aux Aides.

'Tu entendras dire qu'on m'avait envoyé aux Iles parce que j'avais volé dix louis en or dans le secrétaire d'un ami de mon père, mais cela est faux. Quand j'ai volé, c'étaient mes parents ou tout au plus leur servante, que je mettais à contribution. Quant aux dix louis, s'ils ne se sont pas retrouvés, ce n'est pas ma faute. Je m'en vanterais, si je l'avait fait, parce que j'aurais eu des motifs — comme, par exemple, de mortifier mon père, qui allait toujours disant qu'il était un honnête homme. Cela m'ennuyait et me donnait comme des nausées.

'Mes petits escamotages chez mon père avaient souvent occasionné du bruit. C'était la seule chose dans laquelle ma mère ne me soutînt pas. Je cherchais depuis longtemps une occasion de prouver à mes parents qu'ils pouvaient être volés par d'autres. J'épiais surtout les servantes. J'aurais été charmé d'en faire expédier une pour rendre ma justification plus célèbre. L'occasion s'en présenta même. Une jeune fille, assez gentille, laissa prendre quelque chose, et je l'accusai de l'avoir volé. Mes parents ne me croyaient pas, et ils se regardaient comme sûrs que j'avais moi-même pris ce qui ne se retrouvait plus. Ils me le dirent très durement, et je

---

[16] *A Bicêtre à la Correction*: in prison. Founded in 1634 on the southern outskirts of Paris, Bicêtre was originally designed as a military hospital, but with the help of Vincent de Paul, it was finally opened as an orphanage in 1642. Over its long history, Bicêtre was used as an orphanage, a prison, a lunatic asylum, and a hospital. Its most notorious resident was the Marquis de Sade, who (like Moresquin's accomplice) was sent to the prison wing of Bicêtre.

[17] *Envoyé aux Iles*. See note 15.

m'emportai. Cependant, la fille était au désespoir. Elle vint un jour me trouver dans ma chambre, dans un moment où mes parents étaient sortis.

'"Pourquoi voulez-vous me perdre?" me dit-elle. "Que vous ai-je fait, Monsieur?"

'"Tu es une coquine, et je sais que tu es coupable."

'"Je ne le suis pas en vérité, croyez-moi."

'"Tu l'es."

'"Non, en vérité, Monsieur, je n'ai rien pris."

'"Si tu veux que je te croie …, tu es jolie … Il faut …." La fille voulut résister. Je lui donnai un soufflet qui la renversa, et je lui déclarai que si elle ne cédait pas, j'allais m'écrier et dire à tout le monde que je venais de la prendre sur le fait à me voler. Elle fut si effrayée qu'elle céda.

'Tandis que je m'amusais d'elle, mon père et ma mère rentrèrent. Ma mère vint se jeter sur moi. Je lui dis: "Que voulez-vous! Elle m'a offert sa personne, pour la cacher dans ses vols, et j'ai succombé." Ma mère me crut et voulait faire arrêter la fille. Mon père s'y opposa. Il prit la fille en particulier avec ma mère et l'interrogea. Elle dit la vérité. Cependant, on n'était pas sûr. Mais mon mauvais ange fit que j'avais été entendu par deux voisines qui entrèrent quand elles s'aperçurent que j'avais été surpris — ce qu'elles comprirent en me voyant sortir tout en colère. Elles vinrent tout déclarer à mes parents. Mon père était furieux; ma mère, convaincue, ne savait que dire pour me défendre. On renvoya la fille, en la payant bien, et l'on en prit une vieille et laide.

'J'étais enragé de mon mauvais succès. Une des deux voisines qui avaient parlé contre moi, car ma mère me les nomma, avait un père âgé qui demeurait à trois lieues de Paris. Il vint un jour pour la voir. J'étais chez le perruquier quand il passa. Un garçon dit: "Tenez, voilà le père de Mlle Rosette. Il va voir sa fille." Je sortis. Je montai dans l'escalier sur les pas de cet homme qui venait voir sa fille pour la première fois depuis qu'elle avait loué dans la maison. Il entra chez nous, en se trompant. Il avait tourné la clef et, parvenu au milieu de la première pièce, il regardait s'il reconnaîtrait les meubles de sa fille, lorsque je me jetai sur lui en criant: "Au voleur!" Je le renversai d'un coup de poing, je l'assommai, le foulai aux pieds, toujours en m'écriant. Mes parents, qui étaient chez une voisine, accoururent. Ils me trouvèrent sur le misérable, qu'on ne reconnut pas et qui ne pouvait parler. Il fut porté à l'Hôtel-Dieu et ne put s'expliquer que le lendemain. On sut alors qu'il était le père de la petite fleuriste, Mlle Rosette. J'avais triomphé, auprès de ma mère, en lui disant: "Vous voyez bien qu'on vous vole, et vous m'accusez ensuite, pour avoir plutôt fait, parce que mon père me déteste. Sans moi, vous étiez pourtant volés!" Elle avait dit comme moi. Mais quand on sut qui était l'homme, ce fut autre chose. Il fallut assoupir l'affaire en donnant de l'argent à Rosette pour qu'elle soulageât son père et gardât le silence. Le bonhomme mourut au bout de trois jours, et je fus vengé.

'Ce fut alors que mon père déclara qu'il ne voulait pas me garder à la maison. Il voulait me faire renfermer. Mais ma mère obtint, par le moyen d'un parent, un petit emploi en province dans les Aides.[18] C'est là que je me suis donné carrière. C'est un charmant état pour un jeune homme que celui de commis aux Aides! Il n'est rien qu'il ne puisse faire impunément. Il peut battre, guetter, assassiner, faire des faux,[19] pourvu qu'il montre du zèle pour les droits de la Ferme.[20] Tout lui est permis, même ce qui ne regarde pas les intérêts de ses commettants. On appelle cela un sujet précieux, et on fait tout pour le conserver. J'en ai eu la preuve dans une occasion.

'Je m'étais distingué, dès mon installation, par une sorte de fureur contre les paysans fraudeurs. Je passai des nuits pour les guetter. Je les surpris; je fis des procès-verbaux; j'obtins des condamnations. Ma réputation parvint par mon directeur jusqu'aux Fermiers généraux. Je reçus une gratification et un avancement. Mon emploi n'était que de six cents livres; j'en eus un de mille francs.

'C'est à cette époque que, me trouvant dans la ville d'A..., je rencontrai le facteur de la poste. Je lui demandai s'il avait des lettres pour moi ou mes confrères. "Mes lettres sont par ordre," me dit cet homme. "Quand je serai dans votre quartier, je les trouverai à leur place s'il y en a, et je les remettrai à la maison." Je voulus l'obliger à défaire son paquet; il s'y refusa. Nous nous disputâmes et, comme c'était un manant, il me dit des injures. Je lui passai mon épée au travers du corps. Je fus obligé de m'enfuir. La Ferme me soutint, parce que j'étais un sujet précieux, et mon affaire s'accommoda. Il est vrai que l'homme n'en mourut pas. Il en coûta deux mille écus à ma famille.

'Je fus alors dans la ville de S..., où je continuai à faire le bon valet. Je ne fus pas aussi heureux qu'à A... Une nuit, je fus surpris et battu à me laisser pour mort. On me rapporta chez mon hôtesse qui me soigna fort bien, ainsi que sa fille, jeune personne assez jolie appelée Madelon Destroches. Ma convalescence fut longue! Mais enfin, je me fortifiai assez pour sentir que Madelon était aimable. Je lui fis ma cour. Elle rit d'abord de ma déclaration. Je m'enhardis, et elle se fâcha. Cette rigueur me donna des soupçons. Je l'épiai, et je m'aperçus qu'elle avait un galant aimé. J'étais alors guéri, et je sortis. Je publiai partout que Madelon n'était pas sévère, que je l'avais eue, et que je ne voulais plus d'elle parce que je l'avais surprise en flagrant délit avec Tel. Je nommai son galant. Ces bruits vinrent à

---

[18] *Les Aides*. See note 14.

[19] *Faire des faux*: To forge documents.

[20] *La Ferme*: The *Ferme générale* was an outsourced customs and excise operation that collected taxes on goods on behalf of the French king under six-year contracts. The major tax collectors in that tax-collecting system were known as the *fermiers généraux*. With their colossal fortunes, corrupt bureaucracy, and army of heavy-handed *commis* like Moresquin, the fermiers généraux had, by the end of the eighteenth century, become a hated symbol of the inequalities and injustices of the ancien régime.

l'oreille de la mère et de la fille. Elles furent toutes deux très en colère contre moi, surtout la vieille Destroches, qui résolut de me punir et de se venger.

'Pour cela, elle vint un matin dans ma chambre tandis que j'étais encore au lit. Sans préambule, elle jeta la couverture et les draps aux pieds et, déployant une poignée de verges, elle commença à me fouetter de toutes ses forces. Je ne savais où j'en étais, étant à peine éveillé. J'entendais seulement que la vieille dame me disait: "Mauvaise langue! Gueux! Ingrat que j'ai soigné, tu parleras mal de ma fille!" Je me reconnus enfin et m'élançant à terre, je sautai sur la vieille, que je désarmai. J'allais lui rendre ce qu'elle m'avait prêté, quand sa fille, qui probablement écoutait à la porte, entra munie d'un manche à balai avec lequel elle m'émoustilla les épaules. Je quittai la mère pour me jeter sur la fille. Je renversai celle-ci. La mère courut chercher du secours. Pendant ce temps-là, voyant l'occasion belle, parce que la fille était suffoquée de colère, je lui pris ce qu'elle m'avait refusé. La mère revint à ses cris. Je me trouvai assailli par les deux à la fois. Mais quoique petit et grêle, je parvins à les mettre hors de ma chambre. La mère avait ressaisi le manche à balai. Je le pris par le bout et, le courbant entre les jambes de la fille, je fis tomber celle-ci avec tant de force qu'elle s'ouvrit la tête contre l'angle d'une marche. Je profitai du trouble pour m'échapper.

'Je fus envoyé à T… quand on sut que la fille n'en reviendrait pas. On craignait de perdre un sujet précieux.

'Il n'y avait qu'environ trois mois que j'étais à T… quand j'y devins amoureux de la fille d'un menuisier. Elle était jolie, mais sans fortune. Un garçon perruquier la recherchait auparavant. Mais ses parents ayant entendu dire que j'étais fils unique de gens comme il faut, ils me préféraient. Le frater et la fille, qui étaient d'accord, résolurent de me faire expliquer. Il fut même convenu entre eux que si je tendais au mariage et que la chose fût possible, le raseur se retirerait. Ce garçon vint donc me trouver, un jour que j'étais à la promenade. Il m'aborda poliment: "Monsieur," me dit-il, "vous rendez des visites à Mlle Julien?"

'"Oui, qu'en est-il?"

'"Rien, Monsieur, mais je lui en rendais avant votre arrivée dans le pays. Cependant, comme je suis raisonnable et que vous êtes un meilleur parti que moi, je vous céderai la place, si vos vues sont comme les miennes."

'"Hé! quelles sont vos vues?"

'"Mais d'épouser Mlle Julien."

'"Il ne faut rien y changer, mon ami. Je m'amuserai, et tu épouseras quand ma fantaisie sera passée."

Le frater prit mal cette réponse noble et fière. Il fit un geste. Je tirai mon épée, et je lui en portai un coup qui lui coupa un nerf, un tendon, je ne sais quoi. Il est resté la tête tournée sur l'épaule, de sorte qu'il a le visage en face de son omoplate. Je ne saurais m'empêcher d'en rire à présent. Mais alors, je fus encore obligé de m'enfuir et mes parents de payer. Néanmoins, mes commettants me firent avoir un autre emploi, mais inférieur; il n'était que de cinq cents livres à Ch… S… S….

'C'est dans cette dernière ville que j'ai donné le meilleur soufflet qui puisse partir de main d'homme. J'avais un talent particulier que j'avais appris en Amérique de *crever le cœur au ventre* en me battant. Cela m'était souvent arrivé avec les paysans fraudeurs, dont plusieurs sont morts des coups que je leur ai donnés, quoiqu'il ne paraisse pas de blessure. La manière de donner ce coup est d'employer le pouce d'une certaine façon en frappant au corps; il pénètre entre les côtes et blesse les parties intérieures. Cela est très utile en Amérique et dans les batteries,[21] où les *Rats de cave*,[22] au nombre desquels j'étais, se trouvent souvent compromis avec des gens grossiers et beaucoup plus forts qu'eux.

'Pour en revenir à mon fameux soufflet, j'étais un jour à la messe, dans un village où il y avait souvent de la fraude et de la rébellion. J'avais été rossé, mais j'avais envoyé *ad Patres*[23] le plus terrible des paysans par ma science au coup de poing. Le vicaire surtout, dont le défunt était l'ami, m'en voulait beaucoup. Il arriva que pendant la messe, derrière le maître-autel où j'étais, les jeunes gens badinaient avec les quêteuses, parce que cet endroit était caché. Je crus pouvoir faire comme les autres. Je voulus prendre de l'eau bénite au bénitier de la plus jolie, qui me donna un soufflet et alla se plaindre. Tout devait finir là. Mais le vicaire m'envoya l'ordre de sortir de l'église. Je n'en fis rien. La messe achevée, je le trouvai sur mon passage, en dehors, ayant encore l'aube sur le corps. Lorsque je fus à sa portée, car je ne l'évitais pas, il me donna un soufflet, en me disant: "Si Jésus-Christ chassa les vendeurs qui profanaient le Temple à coups de fouet, que doit-on faire au profanateur le plus indigne!" Je remontai trois marches, et j'assommai mon homme si fort que je le renversai du coup. Il alla tomber à dix marches. Il n'en est pas revenu, et c'est le cinquième ou sixième à qui j'ai fait mordre la poussière. Il fallut déguerpir bien vite. Je me sauvai à Paris. Par un bonheur inouï, je n'étais pas connu par mon nom dans ce village, et le directeur esquiva les informations. On comptait m'employer encore. Mes parents financèrent, et ils obtinrent le silence à force d'argent. Mais cette dernière aventure les épuisa; il leur en coûta la moitié de leur fortune. Encore ne parurent-ils pas, et mon nom ainsi que mon pays sont toujours restés ignorés.

'De retour à Paris, je me trouvai enfin tranquille. Mon imagination se calma; je sentis du goût pour la vie paisible. Je voyais la gêne où mes folies avaient réduit mon père; je lui promis de me bien comporter. On me fit avoir un emploi dans un des bureaux semblables à celui dont M. Moresquin était chef. Je parus d'abord assez bien répondre aux vues de mes parents; on fut content de moi. Il faut dire que j'étais devenu amoureux; et dans ces occasions, je suis capable des plus grands efforts sur moi-même. C'est comme lorsque je suis devenu amoureux de toi. Il

---

[21] *Batteries*: Fist fights.

[22] *Rats de cave*: Perjorative term for the *commis aux aides*, referred to as 'cellar rats' because their duties included the inspection of wines and other alcoholic beverages in people's cellars in order to collect excise taxes on these items.

[23] *Envoyer ad Patres*: To send people to their death.

n'est rien que je n'eusse fait pour donner bonne idée de moi à ton père, s'il avait voulu me voir et m'entendre. Il est vrai que je me serais ensuite moqué de lui, mais qu'importe? Je ne l'en aurais pas moins adroitement trompé.

'Il y avait, dans la rue et la maison que j'habite aujourd'hui,[24] une femme, ancienne amie de mon père, qui avait une nièce fort aimable. Dans notre enfance, on nous appelait le mari et la femme, et la jeune Manette, en grandissant, n'avait perdu ni le souvenir ni le goût de ces amusements de notre enfance. Je lui étais cher, et elle conservait ce sentiment au fond de son cœur. Mon père et surtout ma mère, voyant une apparence de changement dans ma conduite, en étaient comblés. Ils parlèrent de moi à la tante de Manette, comme d'un jeune homme sur lequel la raison commençait d'opérer: "Nous désirerions bien," dit ma mère, "profiter de ce moment pour le marier. Une femme aimable et qui l'aimerait achèverait de le ranger."

'La tante savait les dispositions de sa nièce. Elle approuva ma mère: "Ce n'est pas tout," ajouta Mme Moresquin. "C'est de vous, Madame, que dépend notre tranquillité. Je suis sûre que votre nièce est de toutes les femmes celle qui aurait le plus de pouvoir sur mon fils. Il l'aime!"

'"Et elle ne le hait pas!" dit la tante.

'"Ah! Voilà un grand bonheur!" reprit ma mère. "Plût à Dieu que nous puissions terminer un si beau projet de mariage en huit jours!"

'"Cela serait un peu trop prompt," répondit la tante. "Mais s'il faut vous dire la vérité, je ne crois pas qu'il y ait d'obstacles de la part de ma nièce, ni de la mienne. Ainsi, ne nous précipitons pas, et laissons nos jeunes gens se fréquenter un peu."

'Ma mère ne goûta pas trop ce retard, ni cette fréquentation. Non qu'elle présumât ce qui devait arriver, au contraire. Mais elle craignait qu'en me connaissant mieux, Manette ne changeât à mon égard, ou que je ne fisse quelque escapade, ou qu'enfin des gens qui s'intéresseraient à elle ne l'instruisissent si bien qu'ils ne l'effrayassent sur ma conduite et sur mon caractère. Rien de tout cela n'arriva. J'étais aimé. Je le vis et, dès que j'en fus sûr, je pris avec Manette le ton qui me convenait: celui de maître. Plus je l'affectais, plus elle paraissait contente. Elle se soumettait à toutes mes volontés avec un plaisir sans égal. Je crus alors que je pouvais tout oser. Je voulus que ses faveurs précédassent le mariage. Ma promise s'y refusa. Mais je lui signifiai que si elle n'y consentait pas et que si elle ne me donnait pas sur elle le droit de lui faire des reproches un jour, je croirais qu'elle ne m'aimait pas et que jamais je ne lui serais rien. Elle céda enfin à cette menace. Et dès qu'elle eut cédé, je la menai comme il convenait. Je me fis même prier pour l'épouser, et je n'y consentis qu'autant que la tante me donnerait, à moi en propre, un bien qu'elle possédait en Normandie aux Andelys. Il fallut

---

[24] Augé's apartment was located on the rue de la Mortellerie (now rue de l'Hôtel de Ville), which runs parallel to the Quai de l'Hôtel de Ville on the right bank of the Seine, opposite the Ile Saint-Louis.

qu'elle souscrivît à ma demande, car je lui signifiai que sa nièce était grosse et que je m'enfuirais en Angleterre si les choses n'allaient pas à ma fantaisie. Ce fut donc moi qui fus son donataire, de sorte que je suis le propriétaire absolu de tout ce que m'apporta ma femme. J'en ai disposé à sa mort, et j'en disposerai encore par la suite.

'On t'a dit que ma première épouse[25] avait été heureuse. Tu peux en juger par ce commencement: Elle avait un commerce de marchande lingère, que sa tante lui remit. Elle travaillait et soutenait la maison, indépendamment de mon emploi. Ce que je pouvais gagner ne servait qu'à mes menus plaisirs, et souvent ma femme y ajoutait. Mais j'avais soin de tenir la main haute. Au moindre manque de complaisance ou d'égards, je souffletais, et j'ôtais ainsi l'envie de recommencer. A la vérité, Manette devint mélancolique, mais elle était soumise et souriait dès que je l'ordonnais. La tante seule se permettait quelquefois des observations. Mais je les recevais de manière à les rendre modérées, car lorsqu'elles étaient trop vives, une paire de soufflets, appliqués à la nièce, rendaient la tante souple comme un gant.

'Tu vois que j'étais le plus heureux des hommes. J'avais une femme qui faisait aller la maison; j'étais maître absolu; tout tremblait devant moi. Mais ma femme était d'une santé délicate. Elle tomba malade, et je ne pouvais me persuader que ce fût sérieusement. Pour essayer si un peu de rigueur lui ferait prendre sur elle-même, un matin qu'elle se plaignait plus qu'à l'ordinaire, je hasardai de lui donner deux soufflets. Elle se tut. Je sortis ensuite, presque sûr de la trouver debout à mon retour. Je ne revins que le soir. Elle était à l'agonie, et elle expira, après m'avoir baisé les mains.

'Je ne m'attendais pas à ce coup! J'étais furieux contre la tante, que je traitais fort mal, l'accusant de ne pas avoir soigné sa nièce. Ma mère la malmena aussi. Cette femme nous répondit à tous deux très insolemment. J'en étais si outré qu'en arrivant à mon bureau, je fis à mes confrères la promesse solennelle de leur payer un bon dîner, le jour qu'elle irait rejoindre sa nièce. Je ne languis que quinze jours dans cette espérance. Je payai le dîner de bon cœur. Mais le receveur des Tailles, mon commettant, ne trouva pas cette action belle, parce qu'il ignorait mes motifs. Je fus remercié, ce qui m'a fait beaucoup de tort, vu que depuis ce moment je suis sans emploi; car il ne faut pas compter l'occupation que m'a donnée un receveur de Capitation. Il ne le fit que pour attraper ton père, au cas où il aurait voulu s'informer si j'avais un emploi.

'Par tout ce que je viens de conter, tu vois que je ne suis pas un gaillard qu'on mène. Ainsi, le conseil que j'ai à te donner, c'est de charroyer droit; car je suis accoutumé à dominer, à ne jamais être contredit, à être servi par une femme à pied baisé. Songe aussi à t'occuper utilement et à faire venir l'argent à la maison,

---

[25] Augé's first wife, Marie-Françoise Quenet, died in April 1780, only a few months before he asked for Agnès's hand in marriage (in August of that same year).

FIGURE 12.   'Elle était à l'agonie, et elle expira après m'avoir baisé les mains.' Original copper engraving by Carlo Farneti from Henry Bachelin's 1931 edition of *Ingénue Saxancour* in *L'Œuvre de Restif de La Bretonne*, vol. 5, p. 391. (Northwestern University Library, Charles Deering McCormick Library of Special Collections)

n'importe comment. C'est tout ce que j'ai à te dire. Il est trois heures! Mon récit a été long. Je vais me coucher. Bassine mon lit.'

Telle fut la confidence que me fit Moresquin. Je n'en garantis pas l'entière vérité! Tout ce que je puis dire, c'est qu'il avait un plaisir infini à se targuer des crimes les plus atroces et que sa conduite postérieure va prouver qu'il était capable de les commettre.

La scène infâme devant ses amis était souvent répétée, avec des circonstances un peu différentes. C'était journellement, en présence des libertins de sa connaissance, des discours et des descriptions à faire horreur. Je recevais journellement un soufflet, un coup de poing, ou j'avais la chair des bras tordue. Sans le récit que Moresquin m'avait fait des beaux faits de sa jeunesse, j'aurais été dans un étonnement profond! Mais je trouvais sa conduite toute naturelle, parce qu'il était un scélérat. Je n'en étais pas moins au désespoir d'en être la victime.

Comme c'est une espèce de fou, il voulait que je travaillasse, et il m'en ôtait les moyens. Souvent, lorsqu'il arrivait et qu'il s'ennuyait, parce qu'il n'avait rien à faire, il me disait: "Habille-toi, et sortons." Je lui représentais que j'avais à finir telle ou telle chose. Mais il était sourd aux observations raisonnables. Il ne me faisait pas sortir par amitié, mais par ostentation, pour qu'on dise dans le voisinage qu'il me rendait heureuse et, plus encore, pour me montrer. Car ce monstre avait la sotte vanité d'être glorieux de mon peu de figure. On le voyait se gonfler quand il rencontrait quelques-uns de ses amis ou de ses connaissances, en leur disant: "Voilà ma femme." Ce mot était prononcé comme s'il eût dit: "Voyez! Admirez! Considérez l'adresse que j'ai eue d'avoir cette créature, malgré son père! Suis-je un homme fin, rusé!" Il racontait aussitôt tous les obstacles qu'il avait eu à surmonter. Il nommait mon père. Il tirait vanité de ses talents; ensuite il en disait un mal infini, s'exprimant tout à la fois comme un homme glorieux et honteux d'être son gendre. Je souffrais cruellement, mais je commençais à savoir par expérience qu'il fallait me taire. Si j'en avais douté, j'en aurais été bientôt convaincue de la manière la plus cruelle!

Il y avait cinq mois que j'étais la plus malheureuse des femmes, et j'étais enceinte de quatre, lorsque j'éprouvai un traitement inouï! Moresquin se faisait coiffer auprès du feu où l'on faisait la cuisine. Je le priai de s'éloigner un peu, à cause de la propreté qui le demandait. Il ne jugea pas à propos d'avoir égard à ma prière. Au contraire, il s'approcha davantage et m'empêcha par là d'avoir l'œil à ce que l'on faisait cuire. Je pris mon parti, et j'allai déjeuner avec des poires cuites. Un instant après, le pot bouillant trop fort s'en alla; rien de plus naturel. Cependant, Moresquin, qui tenait tout près du feu, se mit en fureur. Il laissa le pot tel qu'il était, mais il déclama contre ma gourmandise de manger une poire cuite. Il me traita de chatte, de friande, qui avait tous les défauts des catins (en employant un plus vilain mot). Et, après une longue kyrielle d'injures, il m'ordonna de venir retirer le pot. Je passai comme je pus, sans répliquer. Et tandis que je lui obéissais, il me donna un coup de pied dans les reins. Puis, ne me trouvant pas assez maltraitée, il se leva et m'en donna un second, si violent que depuis cet instant, jusqu'au terme prématuré de ma grossesse,[26] j'ai souffert de douleurs continuelles. Le garçon perruquier me tira de ses mains, car il aurait continué de se livrer à sa rage. Et j'eus l'humiliation de me voir avilie devant un homme de cette espèce qui, par son état, pouvait répandre le bruit de mon malheur dans cinquante maisons.

Trois semaines après cette cruelle scène, comme je souffrais beaucoup, puisque j'étais blessée, il s'en prit à moi de ce que j'étais languissante. Il me dit les choses les plus dures. Je pleurai. Il me tordit la chair des bras, en feignant de rire. Je voulus m'éloigner. Il me retint et me fit asseoir à côté de lui, en me donnant un coup du côté de la main sur le cou, ce qui me fit un mal infini. Il m'assura qu'il avait cassé le col à un homme de cette manière, étant commis aux Aides. Et je ne savais, en vérité, si je n'en avais pas autant. Mais il ne me laissa pas à mes réflexions. Un torrent d'injures succéda. Je ne m'en rappelle qu'un trait, parce qu'il me révolta et qu'il peint son caractère. Il me dit que j'étais pire que les catins (toujours en employant un plus vilain mot), parce que ces sortes de femmes soutenaient leurs amoureux (il dit un terme révoltant), et que moi, je détruisais sa maison. Je pleurai beaucoup, et je tâchai de le toucher par ma douleur. Il n'en parut que plus dur. A la fin, je lui dis en sanglotant: "Vous voulez me faire mourir de chagrin, comme votre première femme!" A ce mot, transporté de fureur, il me donna un coup de tenailles sur les mains, des coups de poing sur la tête, et un entre autres si fort sur une fluxion que j'avais alors, qu'il me causa un abcès qu'on

---

[26] Married on 1 May 1781, Agnès gave birth to her son Jean-Nicolas eight months later on 28 December. If she became pregnant two weeks after her wedding (as Ingénue claims at the beginning of this paragraph), the baby would have been born a month and a half premature. Or perhaps Agnès was already pregnant at the time of her wedding, as Rétif himself suggests in *Monsieur Nicolas*: 'Me reprochera-t-on d'avoir consenti au premier mariage? Mais et la mère, et la tante, et L'Echiné calomniaient ma fille; ils l'accusaient d'être enceinte de cet homme' (*Monsieur Nicolas*, 'Huitième Epoque', *OC*, vol. 69, p. 3048). He speculates that his sister might have even have urged Agnès to become pregnant in order to force him to accept the marriage: 'Peut-être même alla-t-elle jusqu'à conseiller une horreur' (Ibid., p. 3045). Rétif repeats this assertion in *La Femme infidelle*: 'On prétend que L'Echiné s'était vanté de nous avoir mis dans la nécessité de la lui donner' (*OC*, vol. 45, p. 793).

FIGURE 13.   'Et tandis que je lui obéissais, il me donna un coup de pied dans les reins. Puis, ne me trouvant pas assez maltraitée, il se leva et m'en donna un second, si violent que depuis cet instant, jusqu'au terme prématuré de ma grossesse, j'ai souffert de douleurs continuelles.' Illustration titled *Ursule foulée aux pieds* by Louis Binet, in *La Paysanne pervertie* (1784), vol. 3, p. 318 (Estampe 25). (BnF)

a été forcé de faire aboutir par la joue, après mes couches. Tout mon lait se porta là. Qu'on imagine quelles douleurs j'ai dû sentir! J'ai été plus de trois ans dans les souffrances. Encore ne suis-je pas entièrement guérie; je m'en ressentirai le reste de mes jours!

Malade, languissante, je n'étais plus pour ce monstre qu'un objet de dégoût. Il me réduisit dans le plus dur esclavage. Je devins sa servante, et la servante fut ma maîtresse. Et telle fut l'extrémité incroyable à laquelle je fus réduite, qu'on m'a vue décrotter les souliers de la domestique et du maître, [lui devant moi] le bâton levé. Moresquin me forçait à m'acquitter de ce bas service. Il me frottait le nez de la brosse noire si l'ouvrage n'était pas aussi parfait qu'il le désirait. Et, ainsi barbouillée, je devenais l'objet de la dérision du maître et de la servante! Observez que j'étais alors enceinte, pouvant à peine me remuer, défigurée par la douleur et par ma joue enflée, qui n'avait pas encore abouti, plongée dans la plus amère douleur, sans appui, sans soutien, brouillée avec mon père, trahie par ma mère! L'imagination s'épouvante, et l'on frémit.

Ce n'était pas encore l'extrémité la plus cruelle. Moresquin connaissait deux hommes aussi vils et aussi méchants que lui, tous les deux ennemis jurés de M. Saxancour. L'un était un ivrogne crapuleux, mais avait quelque talent. Il était garçon et se nommait Criher.[27] L'autre était Jean de Nivelle,[28] alors marié à une femme qu'il a rendue malheureuse et qu'il venait de forcer, à coups de bâton, à se donner à un homme dont elle avait été aimée avant son mariage. Ce furent ces deux hommes que Moresquin invita pour leur faire voir l'humiliation de la fille de leur ennemi. Je servis ces trois monstres à table debout, tandis que la servante était assise avec eux. Il ne me fut permis de manger qu'après. Le vil Criher et le plus vil Jean de Nivelle firent des gorges chaudes de ma triste situation. Moresquin voulut qu'ils me tutoyassent. Je ne souffris pas les autres choses, si ce n'est une infamie que Moresquin me fit par surprise et qui pensa me causer la mort. Il en est une autre à laquelle je me refusai, malgré les coups de baguette, celle de tenir le pot …. Je n'ose achever. Mais ces trois crapuleux ayant fait autant d'ordures qu'ils en avaient dites, je fus forcée de les nettoyer. Jamais je n'ai vu de scène si cruelle, et si elle était à recommencer, je préférerais la mort. J'en fus malade plusieurs jours, pendant lesquels Moresquin, à chaque repas, rappelait ces

---

[27] Like Paul Cottin, Daniel Baruch identifies Criher as 'Richer, un plumatif voué aux compilations historiques (1720–1798).' See Baruch, *Restif de La Bretonne* (1996), p. 443. They are referring to historian and biographer Adrien Richer, who published works such as *Vies des hommes illustres* and *Essai sur les grands événements par les petites causes*. However, when the anagram Criher appears in the diary (entry ⁋566 for 19 November 1785), Testud challenges this identification: 'Rien n'est moins sûr' (*Journal*, vol. 1, p. 217, n. 3).

[28] Another pseudonym, alluding no doubt to Jean de Nivelle, a fifteenth-century French baron who sided with the Duke of Burgundy against the French king and who, as a result, became an object of scorn and a symbol of disloyalty. His name is the origin of the expression 'être comme ce chien de Jean de Nivelle qui s'enfuit quand on l'appelle.'

infamies crapuleuses en riant, en faisait rire sa servante et quelques libertins, ses dignes amis. J'en frémis encore!

J'accouchai avant le terme fixé par la nature, et ce fut une suite de traitements cruels que j'éprouvai. Je croyais mourir. Le ciel qui enlève à de tendres époux des épouses heureuses et chéries me conserva des jours abreuvés de douleur. Je languissais; je souffrais. J'étais dans une situation affreuse par le dépôt que me fit mon lait sur la joue maltraitée. Mais je ne mourais pas. Moresquin s'impatientait de me voir languir et de me nourrir dans cet état. Il délibéra de m'envoyer à l'Hôtel-Dieu,[29] où, disait-il, je serais bientôt troussée. Mais une réflexion le retint. Il pensa que ma mort serait bien plus assurée s'il me gardait chez lui, et les ordres déjà donnés furent révoqués. Un instant après cette révocation, il m'accabla d'injures, en me traitant de vermine et m'accusant de n'être malade que parce que j'étais atteinte d'une maladie honteuse. Il s'enflammait lui-même par les reproches infâmes qu'il me faisait et, sa fureur étant parvenue au comble, il eut la barbarie de me frapper, de me tordre la chair pour la raison que j'avais eu l'audace de me plaindre.

'Crève', s'écriait-il, 'je n'entends pas me ruiner pour une g[arce], qui ne m'a rien apporté!' (Je lui avais apporté la malédiction de mon père, c'était une dot digne de lui.) La garde que j'avais alors existe; elle peut dire dans quelle situation elle me trouvait en rentrant; car, dès qu'elle avait tourné le dos pour exécuter ses ordres, il se donnait l'affreux plaisir de me maltraiter. L'accoucheur pourrait en dire autant.[30]

Qui le croirait! Je me remis! Les soins de la garde, qui m'affectionnait, me rétablirent. Et lorsque mes forces commencèrent à revenir, avec quelques couleurs, l'odieux Moresquin reprit pour moi une brutale passion. Il témoignait ses désirs de la manière la plus obscène. Il me forçait de me parer, de recevoir. J'éprouvai la plus cruelle violence, un soir après souper qu'il avait invité trois de ses amis pour faire sa noce, disait-il. Pendant le repas, les propos les plus libres — et en même temps les plus dégoûtants — furent tenus par Moresquin. Ses vils

---

[29] *Hôtel-Dieu*: Charity hospital for the poor and indigent, where crowded and unsafe conditions often led to epidemics and a high mortality rate well into the eighteenth century. The hospital, the oldest in Paris, is still located next to Notre-Dame on the Île de la Cité and is still in operation.

[30] This is one of several instances where Ingénue invokes the testimony of potential witnesses who could support her accusations of abuse against her husband. In addition to the doctor who delivered her son and the nurse who took care of her afterwards mentioned here, Ingénue later invokes the testimony of her aunt, as well as her aunt's maid, who accompanied her home one night after she fled from her husband's violence. As Rori Bloom has argued, Ingénue's narrative can be read as a judicial memoire in which she builds her case against her husband: 'Despite her self-characterization as an innocent victim, she constructs her case with the skills of a practiced prosecutor.' See Bloom's article 'Privacy, Publicity, Pornography: Restif de La Bretonne's *Ingénue Saxancour, ou La Femme séparée*', *Eighteenth-Century Fiction* 17, 2 (January, 2005), 231–52 (239–40).

amis souriaient, mais répondaient avec une sorte de pudeur. Enfin, lorsqu'on eut vidé quelques bouteilles et qu'on fut au dessert, il saisit l'instant où j'étais levée pour changer d'assiettes. Il me suivit doucement dans la cuisine, à côté de laquelle était son lit. Et dès que j'eus posé ce que je portais, il me saisit de la manière la plus obscène, me renversa si brutalement que je crus avoir les reins cassés et voulut s'assouvir. Je résistai. Il tira une épingle de mes cheveux et me l'enfonça dans les bras. Je cédai à cette attaque de cannibale. Qui peut raconter tout ce qui se passa — les discours de Moresquin, les réponses et les rires de ses amis! Après un quart d'heure entier d'humiliations, je fus obligée de venir achever de servir et d'écouter les horribles récits du monstre!

Ce fut quelques mois après cette infamie que je m'aperçus que j'étais enceinte pour la seconde fois. J'en frissonnais de crainte et d'horreur. Dès que Moresquin s'en aperçut, il employa les plus infâmes sollicitations pour m'obliger d'aller parler pour lui à un directeur. Il ajouta que ne risquant rien, puisque — cet homme n'employant jamais de mots honnêtes, je ne saurais employer les siens — il entendait que je ne fisse pas la bégueule et que tout lui était égal, pourvu qu'il eût un emploi.

Un habile coiffeur fut amené par lui. Je fus arrangée à ravir; tout le monde le dit en me voyant. Mais j'avais la mort dans le cœur. Je ne fus prête qu'à quatre heures. Je croyais qu'il allait me conduire en voiture chez le directeur; mais je fus bien surprise de le voir m'ordonner de sortir à pied avec lui. Il me donna le bras, me fit presque faire le tour du quartier, et me dit ensuite qu'il allait me mener à une comédie bourgeoise où le directeur devait se trouver: 'Il te verra', continua-t-il, 'et il est certain que tu lui donneras dans l'œil. Parle!' (il me dicta ce que j'avais à dire), 'et si tu n'obtiens pas l'emploi, c'est à toi que je m'en prendrai.'

J'étais plus morte que vive. Il s'en aperçut, et s'en applaudit; j'en étais plus piquante. Il me serra ensuite les poignets à me les faire craquer, en me disant: 'Voilà un petit avant-coureur de ce qui t'attend si je n'ai pas l'emploi. J'entends manger mon pain; mes enfants seront à moi, mais tu seras catin quand je te le dirai, sage quand je le voudrai. Tu n'existes que pour moi, entends-tu? Ta famille t'a abandonnée. Tu m'es vendue comme une négresse, et je me servirai de toi tout de même. A qui aurais-tu recours? Obéis-moi, et si tu fais mon bien, tu en seras plus doucement [ ].'³¹ Je frissonnais, et j'avançais comme un criminel qu'on mène au gibet.

Nous arrivâmes. La pièce était commencée. Moresquin avait une loge. Il me fit placer avec grand bruit. Tous les yeux se portèrent sur nous, et le monstre eut la satisfaction de voir applaudir à mes tristes attraits. Pendant la petite pièce, on m'avait montrée au directeur, qui me regarda beaucoup. On lui dit que j'étais la femme de Moresquin. 'Oh, l'infortunée!' répondit-il. Et le monstre l'entendit. Il changea sur-le-champ de résolution. Il pensa que si je venais à plaire à cet homme, on pourrait bien, au lieu d'un emploi, le faire renfermer. Il convenait lui-même qu'il n'y avait que trop de forfaits dans sa vie pour cela. Il me ramena donc. Mais c'est ici le comble de l'horreur.

En route, il alla songer à un autre directeur de bureau, qui ne me connaissait pas et dont il n'avait pas été vu. Il m'ordonna de me dire femme d'un confrère qu'il nomma et de me présenter le soir même pour demander un emploi. Il me montra la porte, me força d'entrer, en me désignant l'endroit où il allait m'attendre. J'étais bien embarrassée! Surtout je ne voyais pas à quoi pouvait aboutir un pareil mensonge. Mais je n'avais pas à hésiter. Je demandai le maître, et mon malheur voulut qu'il fût chez lui. On était à table. A ce mot 'une jeune dame', il sortit de la salle à manger où il était avec sa famille et vint dans son cabinet, où le domestique m'introduisit.

'Que me voulez-vous, belle dame?'

'Monsieur, je n'ai pas l'honneur d'être connue de vous. Mon mari est un employé sans bureau. On m'a flattée que vous étiez humain. Nous sommes dans un grand embarras.'

'Je serai humain, la belle, si vous êtes humaine. Si je vous suis connu, on vous a dit que j'aimais les jolies femmes.' En parlant, il me touchait la joue et le menton.

Je me jetais à ses genoux, en lui disant: 'Ayez pitié de moi, Monsieur, que mon mari ait un emploi de votre main, ou je serai assommée de la sienne.'

'Diable! C'est donc un fier brutal! Serez-vous humaine?' J'avouerai que je n'entendais pas alors ce mot fatal. Je dis que je me faisais un devoir de l'être, quand je le pouvais. 'Cela me suffit. Envoyez-moi demain votre mari. Quant à vous, la belle, tandis qu'il sera ici, je vous ferai savoir où je devrai vous parler tête à tête.' Il me prit un baiser en achevant ces mots et se retira, en me montrant la porte de sortie.

Je vins retrouver Moresquin, qui fut transporté de joie. En chemin, il se fit détailler tout ce que le directeur avait osé. Il n'en parut pas fort affecté; il s'attendait à pis. A notre arrivée, il me donna ses ordres pour ma conduite lorsque

---

³¹ The last word of the sentence is missing in the original 1789 edition. The sentence ends with 'doucement- ?' Perhaps Rétif meant to write 'traitée'. Or perhaps he intentionally omitted a crude term for sexual intercourse, as was often his practice in order to avoid problems with government censors.

FIGURE 14.   'Je me jetais à ses genoux, en lui disant: *Ayez pitié de moi, Monsieur, que mon mari ait un emploi de votre main, ou je serai assommée de la sienne.*' Illustration by Louis Binet, engraving by Jacques Le Roy, in *Le Paysan perverti* (Paris: Esprit, 1776), vol. 1, lettre 32, p. 164. (BnF)

le directeur me manderait, et il employa les expressions les plus révoltantes, m'ordonnant les plus grandes infamies, les détaillant, et me forçant d'en faire un indigne apprentissage avec lui. Il alla jusqu'à me donner quelques soufflets sur ma joue malade quand je ne m'acquittais pas à son gré ou assez promptement. Cette soirée fut, je puis le dire, une des plus cruelles de ma vie, après celle du dîner des deux ennemis de mon père. La haine, la répugnance, le dégoût, les soulèvements du cœur furent un supplice dont on ne peut se former d'idée. Mais il fallait obéir ou se voir broyée, la chair tordue, etc.

Le lendemain, le coiffeur revint. Je fus parée encore mieux que la veille, car j'eus tout neuf. Moresquin prit à crédit. Il alla se présenter. J'étais dans le fiacre qui le mena, et je devais paraître s'il était nécessaire. En effet, Moresquin fut employé sur-le-champ; mais ses nouveaux confrères l'ayant reconnu, il allait être renvoyé, lorsqu'il eut un moment pour me faire avertir. J'entrai chez le directeur qui, à ma vue, se dérida et dit impérativement qu'il voulait que mon mari fût installé, capable ou non, bon ou méchant sujet.

A cet ordre, le premier commis s'inclina, et Moresquin le suivit. Dès que je fus seule avec le directeur, je sentis qu'il fallait parler net. Je lui dévoilai toute la conduite du monstre, ses ordres, qui ne souffraient jamais de réplique, enfin ses abominables conseils. Cet homme fut touché de mon sort. Il me proposa de m'aimer de bonne foi pour me soustraire à un monstre. Je ne demandais pas mieux que d'être soustraite à Moresquin, mais je ne voulais pas me déshonorer. Je parlai de mon père, homme estimé. Au nom de Saxancour, le directeur fit un cri:

'Hé! C'est le frère d'un de mes amis, d'un homme vénérable, d'un saint ecclésiastique que j'honore, malgré mes défauts! Allons, allons! Si vous faites un petit péché avec moi, les prières du saint oncle l'effaceront. Il faut absolument que vous soyez ma maîtresse! Et ne craignez plus rien de Moresquin.'

Surprise de ce langage, n'ayant plus de confiance, je voulus fuir. Il me retint: 'Vous êtes véritablement vertueuse. Je garderai votre vilain mari, sans rien exiger de vous, par considération pour votre père et pour votre oncle. Il va être mis sur-le-champ à 1.800 livres.' Je fus très contente, et ce fut le premier moment de joie que j'éprouvai depuis mon mariage.

De retour à la maison, car je ne parus pas au bureau, j'attendis Moresquin avec quelque impatience pour lui apprendre son sort. Il arriva sur les huit heures (c'était environ une heure après être sorti de son bureau). Je trouvais extraordinaire qu'il ne fût pas venu sur-le-champ, par curiosité. Mais il avait fait autre chose. Il avait payé une bouteille à un laquais du directeur, pour en tirer les secrets du maître. Il n'apprit autre chose, sinon que tout le monde était contre lui et qu'il ne garderait pas sa place. Il entra en se frappant le front.

Comme il ne parla pas, je commençai, contre mon usage: 'J'ai de bonnes nouvelles à vous apprendre. Vous avez 1.800 livres, et vous serez sûrement conservé de préférence.'

'Comment? Comment?' J'entrai dans les détails, qu'il ne me laissa pas achever. 'Ne va pas chercher à me persuader que c'est par considération pour ton oncle ou pour ton père que M. Le T.[32] m'accorde ce que tu dis là. C'est que tu as été sa catin. Je n'en suis pas la dupe! Ah çà! Songe à présent que tout va rouler sur toi, et qu'il ne faut pas que j'en reste là!'

Tout ce que je pus dire ne fit aucune impression sur cet homme vil. Soit qu'il feignît, soit qu'il le crût, il me soutint que j'étais la complaisante du directeur; et cette idée lui donna occasion de me faire mille questions infâmes, que je ne puis écrire et que j'ai tâché d'oublier. 'Quel homme!' pensais-je. 'Quelque chose que je fasse, tout devient dans sa main un poison qu'il me force de prendre!' Je versai des larmes. Moresquin les regarda comme une confirmation de ses conjectures et, pour me consoler, il me débita sa détestable morale. Je niai. Il m'approuva de nier. Enfin, il fut presque raisonnable, à sa manière.

Le lendemain, il retourna au bureau. Persuadé que tout lui était permis, il montra de la morgue à ses confrères. Il reçut d'un air insolent la nouvelle de son avancement subit. Enfin, dès le premier jour, il dégoûta tellement M. Le T. que peu s'en fallut qu'on ne le renvoyât.

Le surlendemain, ce fut pis encore. Monsieur Moresquin tranchait du maître. On ne lui disait mot, par excès d'étonnement. Il parla de déjeuner; ses confrères acceptèrent. Lorsqu'on eut bu quelques coups, l'imprudent Moresquin ne put retenir sa langue. Il donna clairement à entendre qu'il était protégé de la bonne manière et que j'étais la maîtresse du directeur. On était muet d'étonnement; on se tut. Mais dès que le déjeuner fut achevé, un commis, homme de confiance, alla trouver M. Le T. et lui fit part de ce qui venait de se passer. Le directeur ne pouvait le croire. Mais enfin, on le convainquit. Il donna ses ordres. On laissa sortir Moresquin à l'heure du dîner, mais il fut défendu au suisse de le laisser entrer. Il dîna fort tranquillement à la maison, en me tenant ses discours de la veille au soir. Il partit fort gai.

Environ une heure après, je le vis arriver furieux. Il débuta par briser une chaise. Il écumait. Je crus voir un enragé. Comment oser hasarder une seule question avec un pareil homme! J'étais tremblante. Il ne m'avait pas encore regardée. Enfin, il jeta les yeux sur moi. 'Malheureuse', s'écria-t-il, 'tu as parlé contre moi!' Je crus être à ma dernière heure. Je me jetai à ses genoux pour lui dire, lui protester que je n'avais rien dit contre lui. Sans doute, il allait me maltraiter cruellement, quand un garçon marchand de vin entra. Cet homme ignorait que Moresquin fût renvoyé du bureau.

'Je viens', lui dit-il, 'pour vous instruire qu'il y a un complot contre vous. Je vous avertis, en apportant du vin dans votre quartier, parce que vous m'avez paru

---

[32] In a footnote to his 2002 edition of Rétif's works, Baruch identifies M. Le T., this 'directeur de bureau' as Monsieur Le Tellier. [*Restif de La Bretonne* 2 vols (Paris: R. Laffont, 2002), vol. 2, p. 550, n. 1.]

bon garçon. On veut vous desservir auprès du directeur, parce que vous avez dit imprudemment que Madame votre femme était bien appuyée auprès de lui ou par lui et beaucoup d'autres choses qu'on a mal interprétées. C'est pourquoi je vous préviens de prendre les devants, si vous ne voulez pas être bientôt remercié. On doit parler aujourd'hui. Ainsi, vous n'avez pas de temps à perdre; car je sais qu'ils ont déjà fait agir; mais vous êtes à temps. Défendez-vous.'

Moresquin écouta ce récit, l'air concentré. 'J'allais te frapper', me dit-il. 'Ce n'est pas ta faute, c'est la mienne. Tu retourneras parler pour moi.' J'y sentis une grande répugnance. Mais quand je sus comment Moresquin venait d'être renvoyé, je n'hésitai pas. Je mourais de honte, cependant. Néanmoins, je partis sur-le-champ.

Lorsque je me présentai, l'on me dit que M. Le T. était sorti. Je demeurai jusqu'au soir à l'attendre. Je le vis sortir enfin, et je compris qu'il n'avait pas voulu me recevoir. Je courus à la voiture, et je lui dis : 'Au nom de Dieu et de l'humanité, Monsieur, écoutez-moi!'

'Non, je ne vous entendrai pas. Mais demain, je vous ferai parler par quelqu'un.'

Je me retirai à ce mot parce que la voiture partit, et je vins rendre cette réponse à Moresquin. Il parut foudroyé. Cependant, l'espérance le soutenait encore. Il me parla doucement et bonnement le reste de la soirée. Le lendemain matin, il sortit pour laisser la liberté de venir, dit-il, à la personne qui devait me parler. En effet, il s'était à peine écarté un quart d'heure que je vis entrer un capucin imberbe, qui me salua d'un air bénin, en me demandant si j'étais seule. Sur l'assurance répétée que je lui en donnai, il s'assit à côté de moi et me pria de l'écouter attentivement: 'Ma jeune dame, quelque envie qu'ait M. Le T. de vous obliger, c'est une chose impossible. Votre mari s'est vanté, hier en déjeunant, de choses déshonorantes pour vous et pour M. le directeur, qui est obligé maintenant pour sa réputation de cesser absolument de vous voir et de s'intéresser à vous. Voilà ce que je suis chargé de vous dire.'

'Ah, Monsieur! Que deviendrai-je? Dites, mon Père. Je puis me confier à vous', repris-je. 'Je suis la plus malheureuse de toutes les femmes. Je suis malheureuse pour toutes les raisons possibles! Je suis mariée à un méchant homme, que j'ai pris malgré mon père, dont j'ai fait le supplice.'

'Eh bien! Je sais un moyen de vous tirer d'embarras. Laissez-vous aveuglément conduire.'

'Je ferai, mon Père, tout ce que vous me prescrirez.'

'Cela est fort bien! Il faut quitter votre maison, entrer dans un couvent, où je vais vous conduire et y demeurer comme pensionnaire, mais inconnue. Vous jouirez de la liberté de sortir, quand vous le voudrez.' (Ici, j'entendis un petit bruit dans le cabinet qui servait de cuisine, mais je n'y fis pas beaucoup attention. Cependant, je me tins sur mes gardes.) 'Je vous préviens qu'il est des circonstances, comme celle où vous êtes, par exemple, qui dispensent d'être scrupuleuse. Votre mari est un infâme qui vous vendrait volontiers. Ce serait une abomination. Il ne faut pas vous y prêter.'

'Certainement, mon Père, je ne m'y prêterais jamais s'il avait cette intention criminelle!'

'Il l'a, soyez-en sûre; et ce que je viens de vous dire ne le prouve que trop clairement. Cependant, Madame, vous êtes dans un cruel embarras! M. Le T. vous estime. Vous pouvez recevoir ses secours. Quant à votre monstre, on saura lui fermer la bouche. Que répondrai-je à M. Le T.? Et à quand votre sortie d'ici?'

'C'est une démarche bien scabreuse, Monsieur, que celle de quitter sa maison et un enfant! Je ne m'y prêterais qu'à deux conditions: qu'on donnerait à mon mari un emploi capable de le faire vivre, et à moi l'assurance de pouvoir rester décemment dans une maison religieuse.'

'Il est inutile de vous cacher plus longtemps que je viens ici pour lever vos scrupules et que je parle pour M. Le T. que vous pouvez écouter, vu votre position, sans aucun scrupule. Quant à votre monstre, il y a de quoi le faire séquestrer, et il le sera, si vous voulez avoir quelques complaisances pour M. Le T. Voilà tout.'

'Je ne consentirai jamais à être la maîtresse de personne, mon Père.'

'Vous le pouvez, en conscience!'

'Cela ne sera jamais.'

'Laissez-vous persuader!'

'Non, non, Monsieur! Comment un homme de votre robe peut-il se charger d'une pareille commission! Comment pouvez-vous démentir ainsi les principes que vous devez avoir reçus!'

'C'est que la nécessité est au-dessus de la loi. Vous êtes perdue, si vous n'acceptez pas.'

'Je toucherai M. Le T.', répondis-je, 'et il ne sera pas inexorable aux prières d'une infortunée sans ressource.'

'Non, vous ne le toucherez pas. Il veut que vous cédiez; et, à cette condition, il vous assure un sort. Bicêtre[33] sera celui de votre indigne mari. C'est un parti pris et le seul raisonnable. On le connaît mieux que vous ne le connaissez. Sa langue est encore plus meurtrière que sa main, quoiqu'il ait ôté la vie à plusieurs personnes, à ce qu'il dit lui-même.'

'Je persiste, Monsieur. J'espère toucher M. Le T.'

'Non, je vous le répète, vous ne le toucherez pas. Connaissez combien il désire vous être utile et combien, cependant, il est ferme dans ses principes! C'est M. Le T. qui vous parle!'

A ce mot, je frissonnai, ne doutant pas que Moresquin ne fût dans le cabinet et n'écoutât la conversation. Je serrai la main de M. Le T. en lui disant: 'Ce déguisement est dangereux, monsieur! Sortez et disparaissez le plus promptement possible!' Un coup d'œil expressif accompagna cet avis.

---

[33] *Bicêtre*: Prison on the outskirts of Paris. See note 16.

Figure 15.   'A ce mot, je frissonnai, ne doutant pas que Moresquin ne fût dans le cabinet et n'écoutât la conversation.' Illustration by Louis Binet, engraved by Louis-Sébastien Berthet, in *Les Contemporaines* (1780), vol. 1, Nouvelle 6, p. 231. The original caption reads 'Il est là! …. Il revient! …. Il revient!

M. Le T. se leva, et il était déjà entre les deux portes quand Moresquin parut. Il sortait du cabinet par la porte extérieure. 'Mon Père', dit-il en riant, 'vous sortez de chez moi! Je serais charmé de vous dire un mot. Rentrons!' En même temps, il le poussa dans la chambre. 'J'ai tout entendu, mon Père. Je sais qui vous êtes. Il me faut un emploi, ou je vous fais arrêter chez moi et conduire au couvent. Vous êtes à ma discrétion, et je ne suis pas disposé à vous faire grâce. Allons, Père Le T., point de façons! Un emploi, un écrit qui me mette en sûreté de votre part et cent louis en nature ou en bons effets. Voilà ce qu'il me faut.'

M. Le T., pris au trébuchet et connaissant l'homme, fit de bonne grâce l'effet de cent louis. Mais il sut esquiver les deux autres espèces d'engagements par des promesses et des observations. Moresquin le laissa sortir, après néanmoins l'avoir assuré qu'il s'y prenait mal de s'adresser à moi pour m'avoir, que lui seul pouvait disposer de ma personne et de mes faveurs, que cela était si vrai que s'il voulait prendre les engagements convenables, il ne sortirait pas sans avoir tout obtenu. M. Le T. parut effrayé de cette offre impudente. Il se hâta de sortir en disant qu'il ne refusait pas, mais que dans le moment, il était trop troublé.

Lorsqu'il fut parti, Moresquin éclata de rire d'une manière affreuse, en me disant que je ne préparasse pas le dîner, que je m'habillasse, et que nous irions manger une matelote à la Râpée. Il fallut obéir. Je tremblais. Je ne savais pas si M. Le T. accepterait ou refuserait l'infâme proposition. J'étais concentrée.[34] Il me fut ordonné de rire; et je fis comme ces enfants qui rient des lèvres, en pleurant encore, parce qu'ils voient le fouet levé. Moresquin fut très content pendant cette partie, dont il mit en sortant deux de ses confrères. Il n'est pas possible de rendre ses discours. C'était un délire d'obscénités et de projets de l'intérêt le plus bas! Les deux hommes en étaient dans un étonnement de dégoût!

Moresquin attendait le lendemain des nouvelles de M. Le T. Il n'en eut pas. Il ne doit jamais en avoir, si ce n'est pour des témoignages d'indignation et de mépris. Je fus forcée d'y retourner, mais la porte me fut refusée. Moresquin était un homme trop dangereux, et l'excès de sa scélératesse fut en cette occasion ce qui me préserva.

---

[34] *J'étais concentrée:* Archaism meaning that she was extremely attentive and apprehensive, but trying her best to hide the intense emotions she was feeling at that moment.

Les cent louis escroqués ne durèrent pas trois mois. Moresquin, sans emploi, jouait et perdait. Il traitait ses amis; il prodiguait pour faire croire que j'étais entretenue par M. Le T. Il réussit à me diffamer, sans nuire à M. Le T. On me crut la complaisante de quelque autre. Enfin, l'argent fini et le jour du dernier écu, il arriva une scène cruelle. On se rappelle que j'étais alors enceinte. C'était de ma fille, qui est morte en langueur. Moresquin voulut aller à la comédie et m'y emmener. Je lui représentai que nous n'avions rien et qu'il conviendrait mieux qu'il allât seul au parterre, que de me mener pour dépenser un écu. Il m'ordonna de partir. Mais ma représentation l'avait irrité. Il me traitait en route comme une esclave, ou plutôt comme une fille qu'un libertin fait marcher devant lui. Tout le monde nous regardait, et je mourais de honte.

Je profitai d'un embarras qui survint et qui nous sépara pour m'en revenir à la maison. Je croyais qu'il continuerait sa route, et je me disposais à m'en aller chez ma tante quand il arriva, presque aussitôt que moi. Je me sauvai par une des deux portes. Il me rattrapa néanmoins par la jupe et me donna un si grand coup de poing que j'en tombai évanouie. Il m'abandonna dans cet état, croyant m'avoir tuée. J'étais dans un endroit obscur, hors la porte. Il s'enferma et se mit au lit. Je revins à moi, je ne sais à quelle heure, mais c'était dans la nuit, et tout était tranquille. Je me hasardai de frapper, n'en pouvant plus et me sentant mourir. Mais il refusa d'ouvrir. Une locataire m'entendit. C'était une méchante femme, mais elle fut touchée. Elle vint me prendre, m'aida à rentrer chez elle, me réchauffa, et me préserva de la mort. Mais l'infortuné fruit que je portais dut ses incommodités et sa destruction qui les a suivies à son abominable père. La femme me ramena le matin aux pieds du monstre. Je l'avouerai, j'attendais la mort. Il se contenta de m'accabler d'injures si atroces que les cheveux en dressaient à la tête. La femme fut obligée de lui dire:

'Battez-la, tuez-la, vous serez pendu. Faites-la coucher à la porte, elle y crèverait que je ne la regarderais pas. Apprenez que je suis honnête femme. Mais vous, qu'est-ce que vous êtes? Et si votre femme est ce que vous dites, qu'êtes-vous tous deux?' Elle se retira, en achevant ces mots, et tout en s'en allant, elle disait: 'Si le plancher tombait et qu'il les écrase, ce serait bien débarrassé! Des gens comme ça sont mieux morts qu'en vie.'

J'étais redevenue languissante, depuis le coup violent qu'il m'avait donné. J'approchais du terme, et je n'étais plus présentable. Aussi étais-je traitée comme un chien. Moresquin avait pris chez lui une fille fort laide et fort mauvais sujet, d'environ seize ans. Son plaisir fut de donner autorité sur moi à cette fille du commun, sa filleule. A son retour, il se faisait rendre compte par elle de toutes mes actions pour me corriger, disait-il. Le monstre, trop ressemblant à son parrain, empoisonnait tout. Je recevais des soufflets en sa présence, je dînais à terre, tandis qu'elle était à table, et je souffrais d'autres indignités, comme de me trousser et de recevoir par elle des coups de fouet, comptés par son infâme parrain, qui criait souvent: 'Plus fort! Plus fort!'

Ces indignités, dont je n'osais parler, furent connues néanmoins par l'indiscrétion de cette filleule, qui s'en vanta dans le voisinage. Mais elle fut la dupe de son bavardage. La femme à laquelle le trait du fouet fut raconté renvoya la filleule sèchement et sur-le-champ alla faire part à trois ou quatre voisines de ce qu'elle venait d'apprendre. Ces femmes, toutes du commun, furent indignées. Elles vinrent, au nombre de cinq, et entrèrent chez Moresquin, précisément dans un moment où la filleule me traitait fort mal. J'étais révoltée, et je la menaçais d'un soufflet. Elle m'apporta sa joue, en me disant:

'Donne, donne-le donc!' En effet, je n'osai pas le donner.

'Tu fais bien', reprenait la petite, 'car tu serais arrangée tout de rôti! Tu aurais plus de coups de pied et de coups de poing que tu n'as de cheveux à la tête.'

Comme elle achevait ces mots, elle reçut un soufflet si violent qu'elle fut renversée sur sa chaise. Elle se releva, en s'écriant:

'Ah, chienne! Tu m'as frappée!' Mais, en même temps, les cinq femmes l'environnèrent, en s'écriant:

'Il faut faire justice de cette petite gredine-là!' Et elles la souffletèrent tant qu'elles en eurent la force. La filleule tomba d'épuisement à leurs pieds. Mais elles étaient si enragées qu'elles la frappaient encore. Enfin elles cessèrent. On la releva, mais pour lui dire: 'Allons, fais ton paquet, salope, et pars. Allons, allons, ne fais pas tant la carpe pâmée!' La fille trouva des forces quand elle vit les mains levées pour la frapper encore. Elle arrangea tout ce qui lui appartenait et partit, en recevant pour adieux un coup de pied, accompagné d'épithètes convenables.

J'étais tout étonnée de cette exécution, qui se faisait chez moi par des étrangères! A peine me regardaient-elles comme quelque chose. Elles ne me dirent presque rien; elles parlaient entre elles. Je vis, par leurs discours, qu'on me prenait pour une femme sans cœur, qui restait par stupidité avec un monstre tel que Moresquin. Hélas! Elles ignoraient que j'étais alors sans ressources! Elles ignoraient qu'une mère, ma plus cruelle ennemie, m'aurait repoussée dans l'abîme si j'avais voulu me sauver dans les bras de mon père! Cependant, leurs discours me firent naître, pour la première fois, une idée qui pouvait m'être salutaire et que j'eus l'occasion d'exécuter le soir même.

Moresquin ne rentra qu'à minuit. Je venais de me coucher, accablée de mes souffrances et du trouble de la journée. Il demanda sa filleule. Je lui racontai mot pour mot tout ce qui s'était passé. Il est impossible d'exprimer dans quel excès de fureur il se mit; c'était une rage. Il leva la canne pour me frapper, en me disant: 'Salope, poison, vermine, il faut que tu périsses. Mais auparavant, il faut que tu me fasses à souper. Lève-toi.' Comme il grinçait des dents, écumait de la bouche, ma frayeur fut si grande que je m'évadai pour me sauver chez ma tante Bitez, la même qui a fait mon malheur. J'y arrivai à une heure du matin. Moresquin vint sur-le-champ m'y chercher; mais je ne pus me résoudre à retourner qu'avec la servante de Mme Bitez, dont la présence contint le brutal, à un certain point. J'eus encore par là un autre avantage: c'est que les indignités que me dit Moresquin à

FIGURE 16.   'Il leva la canne pour me frapper, en me disant: *Salope, poison, vermine, il faut que tu périsses!*' Artist and engraver unknown. Illustration from *Aline et Valcourt* (Paris: Veuve Girouard, 1795), Letter 16, vol. 1, Part I, p. 112. (BnF)

notre retour et pendant la nuit persuadèrent de ce qu'on avait eu peine à croire auparavant. Il fut démasqué.

Peu de temps après, j'accouchai de ma fille. Moresquin la trouva jolie et s'en félicita d'une manière révoltante. Elle fut mise en nourrice, toujours d'après les vues de ce misérable, que je serais une ressource pour lui, par le reste de mes attraits qu'il ménageait si peu! Mais il avait un motif pour me maltraiter que son extrême bassesse lui suggérait, malgré sa sottise: il avait compris qu'en m'avilissant, en m'inspirant une crainte qui allait jusqu'aux convulsions, j'aurais moins d'énergie dans l'âme pour résister à ses vues criminelles. Ainsi, rien de ce qui aurait pu le porter à me ménager ne faisait sur lui qu'une impression subordonnée. D'ailleurs, il était si brutal qu'il n'aurait pu suivre un plan de douceur s'il avait eu l'esprit assez juste pour le concevoir. En voici la preuve, car le trait que je vais raconter ne pouvait être prémédité; c'est une vraie boutade de brutalité.

Il y avait quatre jours que j'étais accouchée de ma fille,[35] et c'était le jour de l'an 178[3].[36] Moresquin se faisait accommoder le matin. Il demanda deux biscuits à la garde pour lui et son perruquier. Je réponds en riant, n'ayant pas été maltraitée depuis mes couches, que les hommes ne mangeaient pas de biscuits. Et en même temps, je les lui fis servir. J'eus tort, il est vrai, de jouer avec un tigre. Comme j'avais badiné, je ne pensais guère que je venais d'exciter un orage terrible! Moresquin repousse les biscuits, s'élance sur moi comme un furieux, et allait m'assommer sans le perruquier et la garde. Retenu par eux, il se livra aux plus grands excès d'injures, m'accusant d'avoir le sang pourri de mes père et mère, etc. J'étais tremblante et pâle; un frisson mortel fut suivi d'une sueur froide universelle. Mon état semblait exciter sa brutalité.

---

[35] Concerning the birth of a second child, Baruch writes: 'Nous n'avons pas de document qui garde trace de ce deuxième enfant, sur laquelle *Mes Inscripcions* est muet' [Baruch, *Restif de La Bretonne* (2002), vol. 2, p. 406, n. 1]. In *La Femme infidelle*, Ingénue claims to have borne *three* children, including a daughter who died in infancy: 'Quatre ans de service et trois enfants, dont une fille est morte de la suite des mauvais traitements que j'avais essuyés en la portant, méritaient un salaire bien au-dessus de quelques serviettes, de quelques mouchoirs, et de deux paires de draps' (*OC*, vol. 45, p. 831). A second surviving child is mentioned in a letter sent by Ingénue to her husband in *La Femme infidelle*: 'Je sais que vos facultés ne vous permettent pas de soutenir une femme et deux enfants. [...]. Je sais que vous désirez de garder votre aîné; ainsi, je prendrai le cadet [...]' (*OC*, vol. 45, pp. 860–61). See the full text of this letter in Appendix C, Excerpt 14. Given the fact that Rétif and his daughter remained estranged until November 1783, it would hardly be surprising that no mention of these births is found in his diary. Nor would three pregnancies three years in a row be surprising given Augé's sexual proclivities and the lack of reliable birth control during that period. Rétif claims that the letters included in *La Femme infidelle* and his other works are authentic; whether they actually are is an open question.

[36] Ingénue's daughter was born in late December 1782, so the incident described here would have taken place on New Year's Day 1783 (not 1782 as written in the original text).

Dès que le perruquier fut parti, le monstre renversa la table avec ce qui était dessus, prit le tiroir d'une commode où étaient les choses propres à mon état, les jeta au feu, et brisa le tiroir contre terre. Puis il ferma la porte à double tour et prit son épée, disant qu'il allait me tuer et se poignarder ensuite. La garde était occupée à le retenir. Il n'était que six heures du matin. Il faisait tant de bruit qu'il ne m'entendit pas ouvrir la porte. Je m'enfuis nue chez ma tante, qui me fit promptement mettre au lit et qui me sauva la vie par ses soins. Elle a pensé mourir du saisissement que cette scène lui causa.

Moresquin a dit depuis qu'en apprenant mon évasion, il en avait été enchanté, ne doutant pas que par là et sans s'exposer, je ne le débarrasse de la nièce et de la tante. Il est vrai que ce misérable est accoutumé à causer la mort des étrangers et des personnes qui le touchent de plus près. Si ses propres parents, après la retraite de son père des bureaux, n'avaient pas pris le sage parti de s'éloigner, il les aurait fait mourir de douleur. Il est certain qu'ils n'ont quitté Paris que pour ne pas être continuellement exposés à ses violences ou à l'en faire punir.

Il est temps de raconter comment il se fit que Moresquin ne succéda pas à son père et de faire voir quelle idée on avait de lui dans les bureaux.

Moresquin père, affaibli par l'âge et presque hors d'état de remplir ses devoirs, différait cependant à demander sa retraite, dans l'espérance que son fils lui succéderait. Mais les déportements de ce dernier depuis son mariage, joints aux brutalités dont il s'était rendu coupable dans le temps qu'il était chez son père, avaient aliéné les supérieurs. Et en dernier lieu l'affaire avec M. Le T., qui était sue de toute la gent aux bureaux, le faisait regarder comme un infâme. Il n'y avait aucune espérance. Cependant, le vieillard Moresquin osa parler. On lui ferma la bouche, dès le premier mot. Mais pour lui montrer qu'on était parfaitement content de lui, on augmenta sa retraite de 400 livres sur 1.200. 'Vous vous servirez de ce surcroît', lui dit-on, 'pour vous faire respecter de votre fils.' Le triste vieillard accepta, désespéré d'avoir donné le jour à un monstre qui déshonorait son nom.

Moresquin apprit avec rage qu'il n'avait rien à espérer, pas même la dernière place dans le bureau de son père. Il chercha querelle à l'auteur de ses jours, l'accusant de l'avoir desservi. Tous les soirs, il allait dire des injures à ses parents et les tourmenter pour leur tirer l'argent dont il avait besoin. Ils s'aperçurent bientôt qu'ils n'y suffiraient pas; ils résolurent de mettre douze lieues entre eux et lui. Sans en rien dire, ils firent tous leurs arrangements, et Moresquin ne sut leur départ qu'à l'instant même, par les précautions qu'ils avaient prises. Sa fureur, sa rage allèrent à l'extrême. Mais les voisins s'étant jetés sur lui et menaçant de le faire arrêter, malgré sa mère, il fut obligé de s'éloigner, et ses parents quittèrent Paris. Il ne tarda pas à les relancer où ils étaient. Mais là et par tout le reste de la province, on n'est pas isolé comme à Paris, où chacun ne s'occupe que de soi-même. Moresquin père avait intéressé ses voisins, et il avait prévenu le juge de police, qui se fit un devoir de lui donner assistance. Dès la première visite qu'il fit à ses parents, Moresquin fils eut la preuve de l'efficacité de tous ces arrangements; il fut sévèrement réprimé. Il s'en revint plein de rage. Il avait une victime à Paris; c'est elle qui va souffrir de tout ce qu'il n'avait pu faire chez ses parents.

J'étais traînante depuis mes couches et la scène qui les avait suivies de si près. Moresquin, ne voyant plus jour à tirer parti de moi à cause de ma triste situation, se livrait à toute l'atrocité de son caractère et tâchait de me rendre la vie insupportable par un supplice continuel. Il me donnait des noms infâmes, et j'entendais trois fois par jour les plus exécrables injures. Au moindre mot, j'étais frappée, tenaillée, j'avais la chair tordue. Il n'est pas possible de raconter les infamies auxquelles il se livrait dans le même temps. Il lui prit une sorte de rage lubrique, car je ne puis dire amoureuse. Il semblait que mon état souffrant l'excitât à me tourmenter. Il employait avec moi les expressions brutales dont les libertins se servent avec les filles; il me forçait à des choses également repoussantes et criminelles.

Une nuit que je souffrais beaucoup de ma joue et d'une colique, il se plut à jouir de mes douleurs et des convulsions qu'elles me donnaient, disant brutalement et en d'autres termes, que je valais beaucoup mieux malade qu'en santé. Une autre fois que j'étais dans un état d'anéantissement et de mort, au milieu de sa brutalité, il me tordit cruellement la chair, ce qui me fit pousser un cri, accompagné d'un mouvement violent. Le monstre applaudit, recommença, et tandis que je m'évanouissais de douleur, il achevait sa détestable volupté. J'étais entre ses mains un être passif, de l'existence duquel il disposait au gré de ses passions avec plus de despotisme que le colon le plus cruel du Nouveau Monde ne dispose d'une négresse. Que faire? J'étais sans appui. Ma tante, femme faible, osait à peine me garder un jour quand je fuyais chez elle.

Je souffrais. Mais ce qu'on a vu n'était pas le comble du malheur pour moi. Le monstre va devenir jaloux! Cet homme vil et criminel, qui m'eût vendu au plus odieux des libertins, pourvu qu'on l'eût payé, va … il faut le dire, feindre la jalousie, pour me déshonorer, pour me rendre plus soumise à ses abominables vues sur moi.

Nous étions en automne; c'était le jour de Saint-Denis.[37] Il faisait beau. Je me portais mieux. Une épouse chérie serait morte de ce que j'avais souffert! Moi, je

---

[37] *Le jour de Saint-Denis:* 9 October (1783).

me portais mieux pour avoir eu seulement un peu de relâche. Moresquin, en se levant, voyant l'amorce d'un beau jour, me dit: 'Habille-toi. C'est aujourd'hui la dernière promenade des catins de Paris; si tu ne l'es pas, tu le seras bientôt; allons-y. Tu ne reviendras pas sans avoir fait un *miché*.'[38] J'étais accoutumée à des discours plus horribles encore, puisque je n'ai pu les rapporter. Je m'habillai.

Nous sortîmes à onze heures et nous allâmes à l'Arsenal,[39] où Moresquin trouva un de ses confrères, grand garçon, fadement beau. Il le tutoya et lui dit de me donner le bras, que nous irions sur les boulevards. Le jeune homme me présenta poliment la main. J'hésitai. Un coup d'œil de Moresquin me força d'accepter. Le monstre, depuis ce moment, affecta d'aller à dix pas devant nous. Il s'arrêtait quelquefois pour nous attendre et nous dire des obscénités dont j'observai que Fromentel[40] ne riait pas. Bientôt même, il me dit qu'il n'était pas l'ami de Moresquin, que leurs sentiments ne s'accordaient pas; ensuite, en me demandant pardon de sa sincérité, il ajouta qu'il le méprisait. Je pris confiance dans ce jeune homme, dont l'air me parut honnête. J'ignorais que toute cette clique de commis ne renferme pas un honnête homme; que tous sont des scélérats sans mœurs, les uns ouvertement, les autres avec quelque décence, et par là plus dangereux. Fromentel était de ces derniers.

Nous passâmes ensemble le reste de la journée, qui se termina par la Comédie, c'est-à-dire cette comédie bourgeoise, où Moresquin et son ami avaient tous deux des connaissances. On vint souper à la maison, et l'on ne se quitta qu'à minuit. Par un phénomène extraordinaire, Moresquin fut tranquille à souper et parla raisonnablement. Ce ne furent que des politesses, d'un assez mauvais genre à la vérité, mais enfin ce furent des politesses.

Après le départ du jeune homme, Moresquin me demanda ce que j'en pensais. Je répondis qu'il était fort aimable. Le monstre ne répliqua pas; mais à peine au lit, il me dit, en se livrant à sa brutalité, qu'il ne tenait qu'à moi de répondre à sa passion, en me figurant que je tenais Fromentel dans mes bras. Je n'osai rien dire. Mais n'exécutant pas les ordres du brutal, je reçus des coups de pouce dans les côtes, ce qu'il appelait des coups d'éperon, et j'eus la chair des bras tordue. Il s'endormit ensuite, et je fus tranquille le reste de la nuit; car le matin, j'étais levée avant qu'il ne s'éveillât.

Les deux jours suivants, jusqu'au dimanche, passèrent assez paisiblement. Je ne fus même pas tourmentée par Moresquin, qui se livra, comme il lui était

---

[38] *Faire un miché*: Crude slang expression for sexual intercourse.

[39] Reference to the Jardin de l'Arsenal, a public garden in front of the munitions warehouse located at that time on the right bank of the Seine between the Bastille and quai de la Rapée.

[40] The character of Fromentel is based on an acquaintance of Augé, Blérie de Sérivillé, a munitions clerk ('commis des poudres et salpêtres') at the Arsenal, with whom Agnès is thought to have had an extramarital affair. Rétif calls him Rizblé in *La Femme infidelle* and Timori in *L'Anti-Justine*. See notes 46, 54, 65, 66, 68, 69, 77, and 89.

FIGURE 17. 'Nous sortîmes à onze heures et nous allâmes à l'Arsenal, où Moresquin trouva un de ses confrères, grand garçon, fadement beau. Il le tutoya et lui dit de me donner le bras, que nous irions sur les boulevards. Le jeune homme me présenta poliment la main.' Illustration by Louis Binet, engraving by Jacques Le Roy, in *Le Paysan perverti* (Paris: Esprit, 1776), vol. 1, lettre 65, p. 286. (BnF)

souvent arrivé pendant mes maladies, à un vice particulier,[41] qui me répugnait extrêmement, à cause des choses que le monstre disait tout haut, en s'abandonnant à cet égarement. Enfin, le dimanche arriva, jour terrible et que je ne puis me rappeler sans en frémir encore. Mais Moresquin n'est pas seulement un infâme, un scélérat; c'est un fou. Car il y a de l'aliénation dans ce qu'on va lire, après néanmoins que j'aurai dit que ce misérable, longtemps sans emploi, venait d'être placé dans *les bois à brûler*, espèce de commission fort basse, et qui n'est remplie que par les sujets les plus incapables. Voici comment.

On tirait un feu d'artifice à la Grève.[42] Une marquise, des connaissances de mon père, vint à notre croisée. Moresquin, toujours bas, lui parla de sa misère et la pria de s'intéresser pour lui faire avoir un emploi. La dame parla des *bois à brûler*, et Moresquin accepta cette place, qui est de six cents livres. Il y fut installé, mais il n'y resta pas longtemps. Ces espèces de commis sont quelquefois chargés du recouvrement de certaines sommes pour du bois vendu en quantité à des personnes connues. Le dimanche où nous en sommes, Moresquin avait été le matin faire un de ces recouvrements, et on lui avait donné à déjeuner dans la maison où il avait reçu de l'argent. Il s'était grisé.

Revenons maintenant à la scène que j'ai annoncée.

Fromentel vint nous voir, suivant l'invitation pressante qu'il en avait reçue. Moresquin le vit avec transport, ce qui me ferait croire que les scènes affreuses ont un charme particulier pour ce monstre. On dîna gaiement. Moresquin, qui avait copieusement déjeuné et dont la tête était déjà embarrassée, but beaucoup, sans doute pour achever de s'enivrer. En sortant de table, il proposa une promenade au Jardin du Roi.[43] Il dit à son ami de me donner le bras et d'aller

---

[41] *Vice particulier*: masturbation.

[42] *Place de la Grève*: Large public square (now called Place de l'Hôtel de Ville) in front of Paris city hall, where public celebrations — as well as public protests, worker strikes, and public executions — were held and where day laborers used to go in the hope of finding work. This square is not far from where Augé's apartment was located on rue de la Mortellerie (now rue de l'Hôtel de Ville).

[43] The Jardin du Roi was renamed the Jardin des Plantes after the 1789 Revolution.

Figure 18. Porte Saint-Bernard c. 1780, engraving by Charles-Melchior Descourtis after the color painting by Pierre-Antoine de Machy. (BnF)

toujours devant, parce qu'il avait de l'argent à prendre, afin de le porter au marchand de bois. Il fut convenu que nous remonterions le petit bras de la rivière, le long de l'ancien Mail, et que nous passerions l'eau à la Rapée.[44] Moresquin devait nous joindre avec son fils, qu'il aimait à porter. Mais il n'eut garde de nous suivre, dans l'horrible dessein qu'il avait formé. Il passa le pont Marie et prit par le quai Saint-Bernard. Nous avions beau l'attendre à l'endroit du passage. Nous entrâmes enfin dans le bateau, présumant une partie de ce qui était arrivé: c'est-à-dire que Moresquin, moitié ivre, avait oublié le chemin indiqué par lui-même, qu'il avait pris l'autre, et qu'il était arrivé.

En effet, nous le trouvâmes au Jardin du Roi. Il était furieux! Il m'aborda, en grinçant les dents, et me dit à l'oreille: 'Ga[rce], put[tain], tu es montée chez Fromentel, et … dans sa chambre! Je le vois à la rougeur de tes oreilles, et si j'étais chez moi, je trouverais d'autres preuves. Mais tu seras rondinée ce soir avec un autre rondin[45] que celui qui t'a fait tant de plaisir!' A ces infamies, je répondis qu'il n'y pensait pas, qu'il oubliait que c'était la seconde fois que je voyais ce jeune homme et que, fût-ce la centième, je savais me respecter. Qu'il ne m'avait pas dit un mot d'amour, et qu'il y aurait été fort mal reçu. Que je détestais les commis en général. Que jamais je ne le reverrais, et que j'allais le prier de se dispenser de nous rendre visite.

'Si tu lui dis un mot, je t'écrase, même dans ce jardin.'

Moresquin n'était pas véritablement jaloux. Mais il lui passait alors par la tête une abominable folie qu'il n'avait pas encore détaillée, et c'était là ce qui m'attirait la scène qu'il me faisait. On en sera bientôt instruit. Il alla ensuite auprès du jeune homme, qui tenait notre fils, et il lui parla en riant. Le soir, il le retint à souper, et il se fit un sot plaisir de faire le rôle d'Arnolphe dans *L'Ecole des femmes*. Il apprit à Fromentel que je l'aimais. Il feignit de plaisanter en disant: 'Si j'ai à être …,'[46] il

---

[44] In the 1780s, there were no bridges linking the quai de la Rapée to the left bank of the Seine where the Jardin du Roi was located; the first Pont d'Austerlitz was not built until 1805. Moresquin proposed to his wife and their guest to walk along the right bank of the Seine from their apartment near the l'Hôtel de Ville to the quai de la Rapée, where they were to meet him and then take a ferry together across the river to the Jardin du Roi. But instead, Moresquin crossed over the Seine on the Pont Marie (the bridge linking the quai de l'Hôtel de Ville to the Ile Saint-Louis), walked across the island and the Pont de la Tournelle to the left bank, and then followed the quai Saint-Bernard to the park, where his wife and Fromentel eventually found him.

[45] The word *rondin* normally refers to a fireplace log (see note 83), but takes on a sexual connotation in this context.

[46] The missing word is probably *cocu*. By comparing himself to Arnolphe (Agnès's guardian and would-be husband in Molière's *Ecole des femmes*), what Moresquin means here is: 'Si j'ai à être trompé, il vaut mieux que ce soit par un joli garçon comme toi.' In *La Femme infidelle*, Rétif offers a more nuanced explanation of Augé's peculiar, seemingly contradictory attitude toward Blérie de Sérivillé (see Appendix F, Excerpts 2 and 4). For further discussion of this aspect of Augé's character, see the introduction.

FIGURE 19. *Vue intérieure de Paris représentant le Port-au-Blé depuis l'extrémité de l'ancien marché aux Veaux jusqu'au Pont Notre-Dame* by Pierre-Antoine de Machy (1785). Engraving by Pierre-Gabriel Berthault. (BnF)

vaut mieux que ce soit par un joli garçon comme toi que par un autre' et mille propos semblables tenus avec la brutalité, la maladresse, la sottise d'un homme sans éducation. Je pâlissais; le jeune homme rougissait; il abrégea le souper et se retira.

Après son départ, Moresquin me demanda si je me souvenais de ce qu'il m'avait promis. 'Je ne vous crois pas injuste', lui répondis-je, 'au point de me frapper pour une chimère de votre imagination!' Il me répondit par un soufflet. Je me récriai. Il se jeta sur moi et me donna des coups de pied et de poing en me répétant: 'Ça ne vaut pas les coups de Fromentel, b[ougre]sse. Mais, après le beau temps, la pluie — après le plaisir, la peine. Allons, put[ain], comment trouves-tu celui-la?' Et il frappait. Je faisais des hurlements horribles, ne pouvant m'échapper. Il voulut ensuite me visiter, disant qu'il trouverait des preuves. Il me saisit. Et la douleur qu'il me causa me fit trouver mal. Il prétendit avoir trouvé des preuves. Voilà des horreurs inouïes. Elles ne sont rien, comparées à ce qui va suivre.

Moresquin me déclara que j'étais convaincue, qu'il n'y avait plus qu'un moyen de mériter mon pardon. Je crus l'entendre qu'il s'agissait de me vendre à quelque libertin. Mais je ne pus répondre. Il ouvrit les portes, me força de raccommoder ma coiffure et me dit qu'il allait faire un tour avec moi pour dissiper les noires vapeurs de son cerveau. Je ne pouvais avoir de volonté; je sortis. Il était onze heures et demie. Mais souvent, Moresquin s'était promené jusqu'à deux heures du matin, avec moi et d'autres. Il me mena sur le Port-au-blé,[47] et nous montâmes dans une maison d'une petite rue fort sale. Parvenus à un troisième, Moresquin frappa. Une petite femme proprement mise, mais l'air effronté, vint nous ouvrir. Je ne la reconnus pas d'abord; mais aux libertés que prit Moresquin et au tour de sa marche, je me rappelai bientôt que c'était une fille que j'avais vue souvent devant nos fenêtres. Je frémis de me trouver chez une pareille créature! Après que Moresquin eut pris quelques libertés, il lui parla fort bas à l'oreille. Elle l'écoutait, et me regardait à chaque mot. Lorsqu'il eut cessé de parler, elle lui répondit tout haut que cela ne se pouvait pas, que si cela venait à se savoir, elle serait enfermée pour le reste de ses jours. Moresquin l'assura que cela ne se saurait jamais et qu'il me ferait agir de telle façon qu'elle ne serait pas exposée.

'Je voudrais bien t'obliger, comme ancienne connaissance', lui dit la fille, 'mais arrange-toi; loue une chambre. Pour chez moi, cela ne se peut pas. Si elle voulait s'associer librement et de bonne amitié, à la bonne heure; nous partagerions comme sœurs. Mais je ne me prêterai jamais à ce que tu dis.'

'Eh bien, sors!' lui dit Moresquin. 'Quand tu reviendras, elle sera déterminée à tout.' La fille sortit.

---

[47] The Port-au-blé was located not far from the Augés' apartment near the Hôtel de Ville on the right bank of the Seine opposite l'Ile de la Cité. Wheat and other cargo was unloaded there from boats and taken to the Halles nearby. See Figure 19.

FIGURE 20.   'Il se jeta sur moi et me donna des coups de pied et de poing en me répétant: *Ça ne vaut pas les coups de Fromentel, b[ougre]sse. Mais, après le beau temps, la pluie— après le plaisir, la peine.*' Illustration titled *La Fille séduite* by Louis Binet, engraved by Louis-Sébastien Berthet, in *Les Contemporaines* (1780), vol. 3, Nouvelle 19, p. 201. (BnF)

'Ah, çà, put …', me dit Moresquin, dès qu'elle fut partie. 'Je t'ai dit que tu n'avais qu'un moyen de te faire pardonner. Tu es ici chez une catin qui gagne bien sa vie et qui est bonne fille. Elle a des pratiques. Tu n'es pas connue, étant peu sortie. Je n'ai que six cents livres; toutes mes ressources sont à sec. Tu n'es pas assez adroite pour être entretenue. Cette fille-ci gagne ses deux louis au moins par semaine; il faut que tu me profites. Je t'ai proposée hier au soir pour être son associée; elle a demandé à te voir. Elle ne veut rien faire si tu ne consens de bon cœur. Mais si tu consens, tu gagneras plus qu'elle; c'est ce qu'elle m'a dit. Tu ne sortiras jamais; elle amènera les hommes. Tu peux compter que je te traiterai avec une douceur qui t'étonnera. Je t'aimerai cent fois plus que si tu n'étais qu'à moi. J'ai le goût de ces femmes-là, et si tu l'es pour mon intérêt et pour me faire plaisir, je serai fou de toi. Tu verras que je suis aussi bon …[48] que je suis méchant mari. Voilà ton sort entre tes mains. Parle!'

Je tombai à ses genoux, en lui disant: 'Y songez-vous, mon cher mari! Et vos parents! Je ne vous parle pas des miens. Et le monde et vos connaissances!'

'Personne ne le saura.'

'Comment donc! Je serais au désespoir qu'on le sût.'

'Personne ne le saura! Je te couvrirai. Notre bonne union fermera la bouche à tout le monde. Tiens, tu verras de ce cabinet tous ceux qui entreront, et il sera convenu que, quand tu ne sortiras pas, la Zaïre ne parlera pas de toi.'[49]

Que dire à un pareil homme? Je ne pouvais parler ni de la religion, ni de l'honneur. J'insistai sur ce que je serais bientôt connue et déshonorée. Le monstre ne s'emporta pas, comme je m'y attendais; car je pouvais crier, faire du bruit, et le démasquer! Infortunée! Je ne pensais pas que, si cela fût arrivé, le monstre me perdait. Il aurait dit qu'il venait de me surprendre dans ce mauvais lieu; il m'aurait fait conduire par la garde chez le commissaire, à Saint-Martin, à l'hôpital.[50] Je tiens de lui ces horribles détails de la conduite qu'il aurait tenue.

Il ne s'emporta pas. Au contraire, il me parlait avec douceur, me représentant que nous étions sans ressources, et que si je l'obligeais en ceci, je serais sa bienfaitrice adorée. Comment faire? Il me vint à l'idée de le prier d'ouvrir une

---

[48] One imagines that the missing word here is *proxénète* [procurer] or *maquereau* [pimp].

[49] The arrangement proposed here seems to have been that if Ingénue were concealed in the adjoining *cabinet* and that if she did not like the looks of a particular client Zaïre brought her, she could make that known simply by refusing to come out.

[50] *A Saint-Martin, à l'hôpital*: Public hospital founded in 1607 by Henri IV on the northern edge of Paris (in what is now the quartier Saint-Denis) to treat victims of the plague and other infectious diseases. In the eighteenth century, the hôpital Saint-Martin specialized in treatment of skin ailments (such as scabies and scrofula) and various chronic illnesses, including cancer and venereal diseases — afflictions that all inspired dread and revulsion. Moresquin seems to imply here that he would have accused his wife of engaging in prostitution and of suffering from venereal disease in order to have her interned at the hôpital Saint-Louis as a way of bringing shame and humiliation to her and her family.

fenêtre, de lui demander un verre d'eau, et de me précipiter sur le pavé.[51] Comme
je roulais cette pensée dans mon esprit, nous entendîmes monter et tourner la
clef de la première porte. Moresquin me fit cacher avec lui dans le cabinet secret,
dont il m'avait parlé. Et bien lui en prit. C'était Fromentel qu'amenait la Zaïre.

La fille et l'homme s'assirent et commencèrent un jeu infâme. Fromentel me
nomma deux ou trois fois. La Zaïre lui demanda ce que signifiait ce nom. Alors
Fromentel lui conta tout ce qui s'était passé dans la journée, en disant qu'il se
mordait bien les pouces de n'avoir pas fait ce qu'il avait entendu le mari me
reprocher. Que c'était un avis au lecteur dont il espérait bien profiter une autre
fois. Que sûrement le mari s'était moqué de lui en parlant comme il avait fait,
puisqu'il devait bien penser qu'on n'est pas aussi hardi, une première fois, avec
une honnête femme comme j'étais. La Zaïre, qui avait parfaitement compris que
c'était de moi qu'il s'agissait, exhorta Fromentel à profiter de la première occasion,
l'assurant qu'il me rendrait service. Le jeune commis lui répondit que j'étais si
provocante qu'il ne pouvait modérer son feu, qu'il allait passer la nuit. La Zaïre
le voulut bien; et, tout en s'arrangeant, elle nous fit adroitement sortir.

Il était près d'une heure lorsque nous rentrâmes chez nous. Moresquin était
pensif. 'Je vois', me dit-il enfin, 'que tu avais raison. Eh bien, puisque tu n'es pas
coupable, ta générosité en sera plus grande de faire ce que j'ai demandé, ma petite
femme. Fais cela pour moi, que j'aie le plaisir de te voir au nombre des femmes
que je mets au-dessus de toutes les autres. Tu verras comme je te respecterai! Je
tiens à cette idée, et je veux obtenir de toi cette complaisance par la douceur.'
J'étais presque déshabillée, lorsqu'il me parlait ainsi. Je ne répondais pas. Il vint
m'embrasser, en me disant: 'Consens, consens! Dis que tu consens!' J'étais en
larmes. 'Tu pleures! Ah, tu vas consentir!' Je n'osais dire non. Moresquin se mit
à mes genoux, me baisa les pieds, m'appela sa déesse, sa maîtresse, son
adorable P...

Je lui dis alors timidement: 'Mon ami ...' Il ne me laissa pas achever; à ce mot,
il me couvrit de baisers. Le cœur m'en soulevait; il me faisait horreur. Il écumait
de la bouche, par l'action avec laquelle il venait de parler.

'Mon ami', repris-je après qu'il eut cessé, 'vous n'y pensez pas! Vous vous
repentiriez vous-même de ce que vous me demandez aujourd'hui.' Je le vis grincer
des dents; la frayeur me prit: 'Mais, puisque notre malheur veut que vous ne soyez
pas riche, n'y aurait-il pas moyen d'être entretenue, secrètement, sans scandale?'
(Je proteste ici que j'avais horreur de ce moyen que je proposais. Mais je voyais
les coups, peut-être la mort. J'étais seule, au milieu de la nuit, avec un homme vil,

[51] The dénouement Ingénue imagines here resembles the suicide of Suzanne Simonin,
heroine of the 1966 film Jacques Rivette drew from Diderot's 1760 novel *La Religieuse* about a
nun who tried unsuccessfully to revoke her vows. In Rivette's film, the nun escapes from the
convent, but later throws herself out a window to her death, rather than prostitute herself in
order to survive.

bas, semblable aux assassins.) 'Il me semble qu'en me laissant quelque tranquillité, je redeviendrais assez bien pour captiver un honnête homme et ne pas vous exposer à être déshonoré de la manière la plus infâme.'

Je me tus pour attendre sa réponse. Elle fut qu'il serait jaloux d'un entreteneur honnête homme et qu'il ne le serait pas du public. Qu'ainsi tout était arrangé, qu'il prétendait être obéi: 'Choisis: les coups ou les bons traitements. Encore, avec les coups, n'éviterais-tu pas ton sort. Il est décidé dans ma tête, et tais-toi.'

Il n'était plus possible de répondre. J'étouffai mes sanglots. Le monstre se jeta sur moi, et — ce fut son mot — il me donna des leçons de … Ces détails ne peuvent se rendre. Il souilla toutes les parties de mon corps, et je crus que j'en mourrais de dégoût. J'en fus quitte, à la dernière infamie, pour un soulèvement de cœur. Il s'endormit alors.

J'étais si harassée que je succombai au sommeil à mon tour. Je ne sais combien il dura. Mais lorsque je m'éveillai, j'étais prise dans une obscurité profonde, et Moresquin me caressait d'une manière plus tendre, plus décente. Je crus même l'entendre soupirer. J'étais dans le plus grand étonnement! Des heures s'écoulèrent; j'étais anéantie de fatigue et d'épuisement. Enfin, on se leva et l'on tira les rideaux, sans ouvrir les volets. Je vis alors qu'il était grand jour. Moresquin vint se remettre au lit et s'assoupit. J'en fis autant. A mon second réveil, il me poussa hors du lit et me fit tomber. Je ne pouvais plus me soutenir. Je me trainais, quand il descendit, furieux, et me foula aux pieds. Je lui demandai grâce.

'Salope, j'entends que tu sois la dernière des servantes, que tu rampes devant moi. Tu n'as ni père, ni mère. Ton gredin de père t'abandonne à moi, et tu n'as aucun secours à attendre de lui. S'il n'avait pas voulu que je te maltraite, il t'aurait donné une dot. Songe à cela, vermine!' Il partit.

Je n'ai jamais pu rien comprendre à ce traitement, ni à ce qui s'était passé durant la nuit, ou plutôt le matin. Car après son départ, étendue sans mouvement, je comptai midi. Il n'avait pas ouvert les volets. J'appelai une voisine, qui les ouvrit et qui me demanda ce qui s'était passé chez nous. A dix heures du matin, elle avait entendu menacer mon mari et le traiter comme un misérable à la porte de la cour, qu'on parlait de moi et qu'on lui disait qu'on aurait l'œil sur sa conduite à l'avenir! Je répondis que je n'avais rien entendu. Mais je frémis, en songeant à tout ce qui m'était arrivé! Il fallait … je le dis avec horreur, que trois hommes au moins….[52]

---

[52] The ellipses are in the original text. Most Rétif scholars agree that the episodes in which Moresquin urges his wife to prostitute herself and then succeeds in introducing several men into her bed are based *not* on his daughter's experience, but on those of her friend Catherine Laruelle. Rétif suggests this himself in 'Mes Ouvrages': 'On sait déjà et j'en suis convenu dans mon Histoire [*Monsieur Nicolas*] que toutes ces infamies n'appartiennent pas à l'Echiné [Augé]; mais qu'elles sont un amalgame de celles commises sur une dame Moresquin, grande et superbe femme, et sur ma fille aînée. Cette dame (qui se faisait appeler Laruelle et non Moresquin) avait été vendue, prostituée dans un mauvais lieu, etc.' ['Mes Ouvrages', Appendix to *Monsieur Nicolas*, OC, vol. 71, p. 4729.] See Appendix B, Excerpt 8, for the full text from 'Mes Ouvrages'. Also see the introductory section 'About the Text' for further discussion of the sources for Rétif's novel.

FIGURE 21. 'Je ne pouvais plus me soutenir. Je me trainais, quand il descendit, furieux, et me foula aux pieds.' Original copper engraving by Carlo Farneti from Bachelin's 1931 edition of *Ingénue Saxancour* in *L'Œuvre de Restif de La Bretonne*, vol. 5, p. 419. (Northwestern University Library, Charles Deering McCormick Library of Special Collections)

J'étais au désespoir. Je surmontai la honte enfin, et j'écrivis à mon père.[53] Mais ou il ne reçut pas ma lettre, ou il ne me crut pas digne d'une réponse. Ou peut-être cette lettre a-t-elle été l'occasion de la visite qu'il me rendit le 25 novembre suivant.[54]

Je demeurai sans secours. Mais, cependant, mon sort a été plus supportable. Je fus réduite au plus dur esclavage. Je décrottais le monstre; je l'appropriais. Je travaillais en modes pour les femmes du commun de notre voisinage; je reportais mon ouvrage. En un mot, j'étais devenue petite ouvrière, blanchisseuse de blondes[55] et de bas de soie. Je tâchais de gagner mon pain en servant un maître dur, qui souvent me faisait quitter un savonnage pour le décrotter. Je soignais mon fils qui, méchant et gâté par lui, faisait mon supplice; j'étais une partie de la nuit sur pied pour cet enfant qui criait d'un rien. J'amassais des rhumes, des fluxions parce qu'au premier cri, Moresquin me jetait hors du lit, sans me permettre de rien prendre pour me couvrir. Mais il ne me parlait plus de son détestable projet. Loin de là, il affectait de mépriser les *filles*[56] en parlant à ses confrères. En un mot, il commençait son rôle d'hypocrite. Il ne me permettait plus de m'approprier; il fallait que je fusse en déshabillé sale. Un jour, il m'en salit un blanc avec ses pieds crottés, qu'il me força de souffrir sur moi. Une autre fois, il mit du cambouis en plusieurs endroits d'un déshabillé de soie, que j'avais fait d'une de mes robes de fille, et il me forçait de le mettre ainsi, m'obligeant en outre d'avoir autour de moi des torchons, pour paraître comme un paquet. Mais je dévorais tout cela. Seulement, je ne pouvais m'accoutumer aux coups. Moresquin les donnait de façon à causer la plus vive douleur pendant plusieurs jours. Qui l'obligeait à tenir cette conduite?

Telle était ma situation lorsque mon père me rendit une visite le 25 novembre, jour de la publication de la paix.[57] Il fut surpris de mon extérieur négligé. Mais la

---

[53] There is no mention of this letter in Rétif's diary, in which he generally recorded important correspondence (such as a first letter from Agnès would certainly have been after nearly four years of estrangement). However, in *La Femme infidelle*, Rétif refers to a letter that Ingénue sends to her father in a moment of despair and that led to his visit the following month (on 25 November 1783). (See *OC*, vol. 45, p. 811.) At the end of *La Femme infidelle*, he includes a copy of this letter, as well as a letter from Ingénue similar to the one described here purportedly sent to him on his birthday when she is seven months pregnant with her first child (23 October 1781). See Appendix C, Excerpts 3 and 4. This would hardly be the first time that Rétif transposed or conflated real-life events in his writings.

[54] The events described in the previous paragraphs — the afternoon and evening spent with Fromentel, the midnight trip to the prostitute's house, and Moresquin's prostituting of his wife early the following morning — took place (in the novel) on 9 and 10 October. Ingénue presumably wrote to her father a few days later, but he did not respond to her letter until over a month later on 25 November when he purportedly visited her for the first time since her marriage.

[55] *Blanchisseuse de blondes*: Woman who launders articles made of silk lace.

[56] *Les filles*: prostitutes.

[57] In his diary, Rétif notes that his meeting with Agnès (on which this episode in the novel is

honte m'empêcha le lui découvrir mes malheurs. Je me contentai de le supplier de venir me voir. J'espérais qu'à une seconde entrevue, je pourrais lui dévoiler mes souffrances. Hélas! Il fut huit mois entiers sans reparaître![58] Il ignorait à quelles extrémités j'étais réduite.

Que se passa-t-il pendant ce long intervalle? Des choses moins horribles que celles qu'on a vues, mais cependant intolérables. J'en rapporterai quelques-unes. Il y avait parmi les amis de Moresquin un nommé Champdépines,[59] cicatrisé d'humeurs froides, le plus laid, le plus méchant, comme le plus dégoûtant des hommes, après Moresquin. Ce commis prit l'habitude de venir à la maison; il s'y trouvait quelquefois avec Fromentel. C'était devant ces deux hommes que Moresquin se plaisait à se faire rendre les services les plus bas. Par exemple, rentrait-il crotté, il posait, sans dire mot, sa jambe sur une chaise basse; et moi, à genoux, je le décrottais, sans rien laisser, ni aux bas, ni aux souliers. Souvent, en achevant l'ouvrage, il me poussait du pied et me renversait. Il riait, si quelque désordre arrivait dans ma chute ou en me relevant. Vingt fois, il m'a fait décrotter Champdépines, avec lequel il arrivait. Mais Fromentel s'y refusait. Cet excès d'avilissement me faisait traiter fort lestement par le premier et amortissait la passion du second.

Un jour que j'étais occupée à mon ménage, Champdépines arriva seul. Comme Moresquin, dans ses mesquines orgies, se plaisait à me faire tutoyer par cet

---

based) took place on 25 November 1783, proclaimed a day of celebration by Louis XVI for the signing of the Treaty of Versailles between France and Britain that ended hostilities between those two countries following the American Revolutionary War. The diary entry for that date reads: '*Pax. Agnetem*. Publication de la paix. Je vais voir Agnès' (*Journal*, ¶309, vol. 1, p. 130). The treaty, which formally recognized the independence of the United States, had actually been signed on 3 September.

[58] In the novel, Ingénue receives a second visit from her father in late June or early July 1784 — eight months after his first visit. However, there is no mention of this second visit in Rétif's diary, in which he normally recorded such events. The diary, like the novel, records more frequent visits between father and daughter in the months leading up to her separation from Augé in July 1785.

[59] In *La Femme infidelle*, Rétif calls this character Lépinaie and identifies him as a *contrôleur des Bois à brûler* (person who collects money for the bulk sale of firewood to regular customers) — a low-paying post that Moresquin had himself occupied for a short time.

homme, il me dit, en entrant: 'Comment te portes-tu?' et voulut me passer la main sous le menton. Je l'esquivai, sans répondre. Un instant après, tandis que je me baissais pour arranger le feu, il eut l'insolence de prendre une liberté … décidée. Je ripostai par un soufflet, le plus fort qu'il me fût possible. Champdépines me dit que je mériterais qu'il me donnât du pied, mais qu'il s'en abstenait. Qu'au reste, je n'avais pas lieu de faire tant fi sur lui, qu'il m'avait tenue de plus près. Ce mot a été la seule lumière que j'ai jamais eue sur ce qui s'était passé le matin après la visite infâme chez la *fille*.

'Que dites-vous?' m'écriai-je.

'Tu prends le ton bien haut! Tu ne le sauras pas.' Et il se tut. Mais je frémissais en songeant à l'horreur qui venait de me tomber dans l'esprit.

Moresquin arriva. Champdépines ne lui dit pas ce que j'avais fait, mais j'entendis qu'il l'exhortait à m'humilier. Le monstre y était toujours disposé. Après s'être fait décrotter, m'avoir poussée avec son soulier ciré sur un fichu blanc qu'il noircit et renversée indécemment, il se fit apporter devant le feu, sa …[60] et causa ainsi avec son ami. Après quoi, il se leva, en me faisant signe de la main de tout ôter. J'étais accoutumée à ce service, et je ne parus pas affectée. Aussi Champdépines n'était-il pas satisfait. Je servis le dîner. On se mit à table. Ma chaise était en place. Moresquin la repoussa, et quand je m'approchai, il m'ordonna de rester debout derrière la sienne. Lui et son vieil ami présentaient leurs verres, et je versais. Après quelques coups, Moresquin me demanda de l'eau pure. Il fit emplir le verre, qu'il me jeta tout entier au visage, de sorte que j'en fus toute mouillée entre la chemise et la peau. Je ne dis mot, cependant. Mais il faisait froid, et je souffrais. Lorsque les deux monstres eurent gloutonné, Moresquin me fit mettre à genoux, ayant la table au menton. Je fus forcée de manger les restes des trois assiettes de Champdépines et de Moresquin, auxquelles on joignit le tripotage de mon fils, où cet enfant avait versé de l'eau. Le cœur me soulevait, surtout en songeant à Champdépines. Moresquin s'en aperçut, et … dans mon assiette. Cette cochonnerie fut suivie d'un soufflet. Il allait me fouler aux pieds, étant ivre. Champdépines le retint et, satisfait de mon humiliation, il ôta mon assiette, m'en donna une propre, avec un morceau délicat. Mais je ne pus manger, quoiqu'il m'eût fait asseoir commodément.

Ce fut quelques jours après cette scène que Moresquin perdit sa place dans les bois à brûler et, par là, se trouva réduit à la dernière détresse, puisqu'il n'eut pour subsister que les bienfaits de son père. Voici quelle fut la scélératesse qui le priva de cette ressource.

La corruption des mœurs est portée au dernier point de nos jours. L'homme dont Moresquin dépendait avait pour maîtresse la femme d'un de ses commis nommé Lemore, sujet mince, mais beaucoup moins mauvais que Moresquin.

---

[60] The word missing here (also missing in the original unabridged version of the novel) is probably *chaise percée* (portable toilet).

Le supérieur, pour sa plus grande commodité, avait placé Mme Lemore femme de chambre auprès de son épouse. On se croit bien couvert dans tous ces petits arrangements, et néanmoins tout est su. Un faïencier, fabricant du voisinage, eut besoin de bois et, par hasard, ce fut Moresquin qui le fit servir. Par reconnaissance de ce que le commis l'avait favorisé, cet artiste nous invita, Moresquin et moi, à dîner le dimanche suivant. A table, le faïencier, qui croyait parler à un homme, raconta, sous la foi de l'hospitalité, ce qu'il savait sur le compte de l'épouse du commis Lemore. Moresquin, soit qu'il eût déjà des soupçons, ou que le plaisir de médire lui fît affecter de savoir ce qu'il ignorait, dit pis que le faïencier. Le lendemain, le goinfre, qui, malgré la modicité de son emploi, faisait souvent des déjeuners coûteux, réunit plusieurs de ses confrères et leur répéta tout ce qu'il avait appris de leur camarade. Il ne pouvait plus mal s'adresser, car le commis Marsouin, l'un des convives, était son ennemi particulier, de sorte que Lemore fut instruit dans la matinée. Marsouin et ce dernier allèrent tout redire au supérieur qui, transporté de colère, chassa ignominieusement Moresquin. Celui-ci eut l'effronterie de demander une confrontation avec le faïencier. Elle lui fut accordée. Mais l'artiste nia hardiment; et pour marquer au bavard Moresquin tout son mépris, il lui cracha sur la face, en lui disant:

'Voilà tout ce que j'ai à dire à un infâme, un menteur tel que tu es.'

Moresquin, chassé sans ressources, exigea que j'allasse prier pour lui. Je m'y traînai. Le supérieur répondit qu'il aurait bien voulu faire quelque chose pour moi, mais que mon mari étant un gueux, un drôle, un mauvais sujet du dernier acabit, qui ne m'épargnait pas moi-même — ce qui prouve que Moresquin déchirait dès lors la réputation d'une infortunée qu'il voulait prostituer. Il s'opposerait à ce qu'il fût jamais employé:

'Si par aventure', ajouta cet homme indigné, 'Moresquin obtenait un ordre supérieur pour être remplacé, je préférerais quitter mon administration à le voir sous moi.' Sentant à quoi ce refus m'exposait, je me trouvai mal. Le supérieur parut fort touché. Il me plaignit, mais il ajouta qu'il ne pouvait se sacrifier lui-même à l'envie de m'obliger.

La marquise qui avait fait placer Moresquin fut instruite par le supérieur. Elle écrivit au coupable une lettre fulminante dans laquelle cette dame lui marquait, entre autres choses, que son père (mon beau-père) et son épouse étaient bien malheureux d'avoir un pareil sujet. Lorsque je vins apporter à Moresquin le refus absolu du supérieur, je tâchai d'adoucir sa fureur en lui promettant que je ferais l'impossible pour engager mon père à s'intéresser à lui. Cette adresse le calma d'abord. Mais en attendant, il n'avait pas le sou. Il mit en gage au Mont-de-Piété; il emprunta de l'argent à intérêt. Il s'impatientait contre moi. Il en revint à ses infâmes propositions. Il alla jusqu'à me dire que, périr pour périr, il aimait mieux que ce fût après m'avoir rendue comme il le voulait, qu'auparavant. Il me disait quelquefois le matin:

'Poison, vermine, p…, que ce soir je trouve telle somme à la maison, ou tu passeras mal ton temps!'

Que l'on juge comme je devais trembler le soir. Une fois ou deux, je vendis de mes hardes; mais à la troisième, je n'avais plus rien. Et comment les deux premières ventes me réussirent-elles? En lui présentant l'argent, il me demanda combien de coups de … cela me coûtait. Je pleurais, et il me fit l'honneur, pendant quelque temps, de me croire une malheureuse. Ensuite, que je tenais cet argent de mon père. Ce ne fut qu'à la troisième fois qu'il sut la vérité. Il devint furieux, et je crus que j'allais être tuée.

'Quoi!' lui dis-je. 'Vous avez pu penser …? Que dirait votre fils, si sa mère était le rebut des hommes grossiers du port et des halles?' Ces mots firent quelque impression sur lui. Mais ce ne fut pas pour longtemps.

Telle était ma cruelle situation quand mon père me rendit une troisième visite. Il savait que Moresquin était sans emploi, et il sentait combien je devais souffrir. Je le conjurai de s'intéresser pour mon mari. Il me le promit avec répugnance, en me disant que le meilleur pour moi serait qu'un pareil homme me renvoyât chez mes parents. Je fus d'un autre avis, surtout lorsque je sus quelle était la personne que mon père pouvait intéresser à mon sort. C'était un homme puissant, un homme en place, propre à me faire un protecteur.[61]

Il y avait longtemps que je n'avais vu ma mère. J'ajoutai, sans le savoir — hélas! — une nouvelle faute à toutes celles que j'avais commises. Je la revis; je la suppliai

---

[61] The protector in question is Louis Le Pelletier de Morfontaine (1730–1799), Prévôt des Marchands from 1784 to 1789, whom Rétif later Olaüs Magnus in the novel. Rétif became acquainted with him in 1784 and asked for his help in dealing with Augé. In his diary entry for 15 January 1785, Rétif writes: 'je vais chez le Prévôt des M^{ds} (Le Pelletier) pour ma fille Agnès. Il me prit en particulier et me dit: "Serais-je assez heureux pour vous être bon à quelque chose?" Je lui parlai d'Augé, comme d'un mauvais sujet qui faisait le malheur de ma fille et qu'il fallait contenir en l'obligeant. M^r Le Pelletier me le promit. (On verra par la suite les beaux effets de cette promesse!) Augé fut installé 15 jours après chez Mr Legrand, premier secrétaire' (Journal, ¶471, vol. 1, p. 169).

The prévôt des marchands was director of Paris's municipal administration and hence one of the most influential men in the city. Entries in Rétif's diary indicate that he was occasionally

d'engager mon père à faire donner une place à Moresquin, persuadée que tenant son sort de mon père, dépendant d'un ami de mon père, Moresquin serait forcé d'être honnête et doux. Ma mère, naturellement intrigante et qui avait alors des motifs encore plus criminels, entrevit qu'en plaçant Moresquin chez le plus puissant des amis de mon père, elle parviendrait à les brouiller. Elle commençait, à cette époque, à lui enlever tous ceux qu'elle pouvait séduire; mais la haute place de celui-ci le mettait hors de sa portée. Elle tressaillit à l'idée que je lui fournissais un moyen de déshonorer mon père en faisant connaître Moresquin pour son gendre. Mais elle n'eut garde de s'adresser à M. Saxancour, qui aurait senti le piège. Ce fut à un ami qu'il avait dans une ville de province, lié particulièrement avec l'homme en place, qu'elle s'adressa. Elle lui exposa l'extrême besoin où était sa fille aînée, dont le mari venait d'avoir le malheur d'être destitué de son emploi. M. d'Oiseaumont[62] fut touché. Pour surprendre agréablement mon père, d'après l'idée que ma mère lui en donnait, il écrivit et obtint la place, avant de lui en parler. De sorte que ce fut après en avoir l'assurance qu'il écrivit à son ami:

'Vous pouvez, tel jour, vous présenter chez M. Olaüs-Magnus.[63] Il est prévenu, et votre gendre aura une place. Ce digne monsieur sera charmé de vous obliger, etc.' Ce fut ainsi que mon père fut engagé.

M. Saxancour ne sentit pas le piège qui lui était tendu. Tout prudent qu'il était, il fut flatté d'un crédit qu'il ne se connaissait pas. Il vint me faire part de la lettre de l'abbé d'Oiseaumont. Mais ce fut sous de mauvais auspices. A peine il finissait de me la lire, à peine je lui avais témoigné ma joie en lui confiant une partie des extrémités auxquelles j'étais exposée, que Moresquin entra. Mon père, qui connaissait en partie l'indignité du personnage, ne put le voir sans horreur. Il sortit aussitôt.

'Que ce ne soit pas moi qui vous chasse!' lui dit trivialement Moresquin.

'Pardonnez! C'est vous qui me chassez!' Mon père sortit, et comme il n'était encore instruit qu'à demi, qu'il croyait Moresquin un méchant homme ordinaire, il revint sur ses pas pour lui dire: 'Monstre! Tu n'as pas trompé mon attente!' Moresquin courut aussitôt sur mon père qui s'en allait et leva la canne sur lui. Le

---

a dinner guest in Le Pelletier's home. As for Legrand, Paul Cottin identifies him as 'avocat au Parlement, troisième secrétaire du prévôt des marchands' [Mes Inscripcions. Journal Intime de Restif de La Bretonne, ed. by Paul Cottin (Paris: Plon, 1889), p. 144, n. 2].

[62] According to Henri Bachelin, 'M. d'Oiseaumont, c'est Charles-Antoine Leclerc de Montlinot (1732–1801), auteur d'ouvrages d'histoire, de bibliographie, etc. On voit ici une des manières dont Restif forge ses pseudonymes: linot le fait penser à oiseau' [L'Œuvre de Restif de La Bretonne, ed. by Henri Bachelin, 9 vols (Dijon & Paris: Éditions du Trianon, 1931), vol. 5, p. 496, note to p. 427]. Testud confirms this identification and adds that Montlinot, 'docteur en théologie et en médecine, était aussi écrivain; il avait en 1784 manifesté le désir de rencontrer Rétif et, depuis cette date, les deux hommes étaient restés en relation' (Journal, vol. 2, p. 24, n. 7).

[63] Le Pelletier de Morfontaine, prévôt des marchands. See note 61.

garde à cheval qui survint les sépara, sans quoi je ne doute pas que mon père n'eût reçu quelques-uns de ces coups dangereux que Moresquin savait donner et qui l'eussent conduit au tombeau en quelques mois.[64]

J'étais plus morte que vive, moi qui connaissais le danger! Je poussais mon père pour qu'il s'en allât, et je n'osais retenir Moresquin, comme font ordinairement les femmes lorsque leurs maris se battent. Quand je vis mon père éloigné, je fus plus tranquille. Je revins à Moresquin, qui commençait à me traiter fort mal. Je l'avouerai, j'eus la faiblesse de croire que bientôt j'allais avoir des droits, que mon père allait me donner un protecteur et un réprimeur puissant. Je ne m'épouvantai pas, et je dis modérément à Moresquin:

'Mon père n'est venu ici que pour me dire que vous allez avoir une place. Il m'a lu la lettre de son ami.'

A ces mots, le lâche Moresquin me regarda d'un air surpris. 'Mais je ne savais pas cela!' Cependant, par réflexion, il me dit qu'il fallait que j'eusse fait d'étranges plaintes à mon père pour qu'il l'eût traité comme il venait de le faire.

'Je n'ai rien dit qui puisse vous déshonorer. Seulement, pour engager mon père à s'intéresser à vous, j'ai été forcée de lui faire entendre que j'en serais mieux, si vous teniez une place de sa main.'

Ce fut ainsi que se passa une scène qui pouvait être beaucoup plus fâcheuse, si Moresquin, tel que les tigres et les autres bêtes féroces, n'avait été vaincu par la faim. Mais on va voir que, s'il se modéra dans cette occasion, ce fut par affaissement. Il ne pouvait s'imaginer que mon père, qui venait de le traiter de monstre, s'intéressât pour lui. Ah, pourquoi le fit-il! Mais il ignorait qu'un vil secrétaire dût tout gâter.

Tandis que ces mêmes choses se passaient et, dès que Moresquin fut à peu près sûr par les avis secrets que ma mère lui faisait donner qu'il allait avoir une place, il fit un voyage chez ses parents pour leur annoncer cette nouvelle. Il reprit en même temps sa première arrogance et — ce qu'il y a d'inconcevable, de révoltant — sa méchanceté envers moi. Mais ce fut sous un autre point de vue. Il se figurait apparemment qu'en paraissant jaloux, il effacerait ses infamies. Mais de qui se montrer jaloux? Il y était embarrassé, lorsqu'il alla se rappeler Fromentel, le même pour lequel il m'avait fait une querelle au jardin du Roi. C'était bien à tort! Je méprisais presque autant Fromentel que Moresquin. Il était commis; il avait les mœurs infâmes des commis.[65] Que l'on juge si moi, abreuvée de douleur et

---

[64] Rétif recalls this incident in his diary entry for 12 January 1785: '*Quaerla cum Augé*. Il entra, comme j'étais chez lui pour lire à ma fille la lettre de l'abbé de Montlinot à M^r Le Pelletier pour placer le vil Augé. Il me dit: Que je ne vous chasse pas! Pardonnez, vous me chassez. Il était gris; il courut après moi: Je le traitai de monstre. Il leva la canne sur moi en me traitant de *gredin*; le guet à cheval nous sépara' (*Journal*, ¶469, vol. 1, p. 168).

[65] In the notes to his edition of Rétif's diary, Cottin writes: 'Restif (probablement à cause d'Augé) détestait les commis' and refers to the passage earlier in *Ingénue Saxancour* where Ingénue describes her first impressions of Fromentel: 'Je pris confiance dans ce jeune homme,

d'opprobre par un commis époux, j'allais en prendre un pour amant! Hé, comment, grands dieux! Une infortunée, sans habits propres, les mains salies par le décrottage, ayant toujours l'air d'une Cendrillon ou d'une charbonnière, aurait-elle eu l'idée de faire la galante? Pour donner dans ce désordre et pour avoir envie de rire, il faut avoir de l'aisance, des plaisirs, du bon temps au moins, et de la liberté![66]

Avant son départ, Moresquin ne me parlait pas de sa jalousie. Il fut trois jours absent. Il arriva le dernier fort tard. En entrant, il me trouva propre, un peu rafraîchie par trois jours de repos, un peu de l'assurance de l'emploi. Il me querella de ce que je n'avais pas été au-devant de lui. Je lui représentai qu'il n'avait pas besoin de moi pour arriver et qu'il valait mieux que je fisse le souper, que je couchasse son fils, et que je lui préparasse les choses à son usage. Il grommela quelque chose; mais il se calma.

Le souper fini, le monstre parut fort empressé de se coucher. Il me parla doucement, bonnement. Je me serais défiée, sans la place procurée par mon père, dont je lui annonçai la certitude. Nous parlâmes là-dessus avec une tranquillité que je ne lui avais jamais vue que le premier jour de notre mariage. Nous nous couchâmes. A peine au lit, il me fit quelques caresses décentes. Je l'avoue, à ma honte, je manquai de cœur. J'oubliai que j'étais à côté d'un scélérat; je ne vis que l'époux. J'osai me flatter qu'un nouvel ordre de choses allait commencer. Je crus voir dans ses procédés l'effet des avis de ses parents. Je songeai à mon fils, qui me liait à Moresquin plus que le serment des autels. Je parus sensible, et je crois que je rendis un baiser. Moresquin jouit de ses droits, sans profanation. Je m'applaudissais.

Mais bientôt le monstre va reparaître. Il s'assouvit jusqu'à lassitude, et ce fut alors qu'il me parla de sa jalousie, mais dans les termes les plus odieux, que je vais adoucir:

'Tu as été bien régalée, ces fêtes!'

'Non; j'ai mangé ici.'

---

dont l'air me parut honnête. J'ignorais que toute cette clique de commis ne renferme pas un honnête homme' (Cottin, *Mes Inscripcions*, p. 134, n. 2).

[66] One senses that the lady doth protest too much, given clear evidence in Blérie's letters to Agnès found among Rétif's papers that they were indeed romantically involved in the summer and fall of 1785. The originals of three of Blérie's letters to Agnès were found in the Archives de la Bastille at the Bibliothèque de l'Arsenal at the end of the manuscript of *Mes Inscripcions* (ms. 12.469); the others are in the Bibliothèque Nationale's collection (n.a.fr. 3300). See note 12 in the introduction for background on these letters and Rétif's reaction when he discovered them. Also see Appendix C, Excerpts 6–11, for extended excerpts from the letters and Appendix D, Excerpts 18 and 21, for Rétif's comments on them in his diary. Rétif's preoccupation with Agnès's relationship with Blérie is reflected in the fact that he published a short story based on their liaison titled 'L'Epouse aimant un autre homme'. See *Les Françaises* (Paris, 1786), vol. 3, pp. 17–83.

'Je veux dire, du régal que je viens de te donner et dont tu n'avais que faire.' Alors un déluge d'obscénités révoltantes sortit de sa laide bouche. Il parla de Fromentel; il voulut me faire avouer le nombre de....

'Est-il possible!' lui dis-je alors, 'que le moment où je vous crois devenu bon, où vous venez de me prodiguer des caresses, soit celui des duretés les plus cruelles?'

'Tu m'as provoqué', reprit-il, 'pour cacher ton jeu. Tu es pleine, et tu veux que le sot couvre tout!'

'Vous étiez le maître de vous abstenir.'

'Ah, chienne! Tu ne t'étais pas appropriée sans dessein! Tu connais mon faible. Mais laisse faire. Il le nourrira, ou....'

'Je ne vous conçois pas! Vous ai-je jamais donné occasion d'avoir ces idées!'

'Si, tu me les as données! Mais je suis désolé de ne t'avoir pas confondue! Je devais m'abstenir et t'obliger à faire ton devoir.'

Je n'expliquerai pas ici l'infamie que Moresquin appelait *faire mon devoir*.[67] C'était une horreur dont on n'a pas l'idée, à laquelle m'assujettissait la crainte d'être tenaillée, d'avoir la chair tordue, ou même la pointe de l'épée enfoncée à demi en cent endroits. Le cœur m'en soulevait; mais il fallait obéir. A quelles extrémités, grand Dieu, se trouve exposée une épouse avec certains scélérats! Elevez donc des filles dans la pureté la plus scrupuleuse pour les sacrifier à des Moresquin qui leur font avaler mille ordures!

Cette scène cruelle me rendit ma tristesse. Trois jours après, le même où il fut présenté pour l'arrangement de sa place, il entra en gaité, c'est-à-dire ivre. A souper, il employa les termes les plus grossiers pour me promettre ses détestables caresses. Je ne dis mot, persuadée qu'une fois au lit, le monstre s'endormirait. Ce fut ce qui arriva. Mais vers le matin, il s'éveilla. J'étais encore endormie. Une vive douleur dissipa mon sommeil. C'était Moresquin qui me pinçait. Mon premier mot, avant de savoir ce que je disais, fut:

'Epargnez-moi, je vous en prie! Ne me maltraitez pas!'

'Non, non', répondit-il. 'Je ne te demanderai même pas de faire ton devoir. Puisque j'ai un emploi par ton moyen, il est juste que tu sois traitée en femme légitime.'

J'eus le malheur de dire que je n'avais pas de faute à couvrir. A ce mot, il entra dans un excès de rage. Je sentis à quoi je venais de m'exposer, et je voulus fuir; mais il ne me fut pas possible de m'échapper. Il me plaça comme il voulut. Au moindre mouvement, il me frappait cruellement. Il me soumit à tous ses caprices les plus obscènes et, parvenu au point que j'avais paru refuser, il me souilla de la manière la plus criminelle, en me disant:

---

[67] Baruch claims that Ingénue is referring here to fellatio. See Baruch, *Restif* (2002), vol. 2, p. 572, n. 1.

'C'est moi, à présent, qui veux t'attraper et savoir si tu n'en joues pas. Voilà ce que je ferai tous les jours; et si tu deviens grosse, je saurai que tu es une libertine.'[68] J'osai observer qu'il s'était satisfait le soir de son arrivée. Il le nia, en se mettant dans une si grande fureur que je cherchai encore à m'enfuir. J'y réussis.

Moresquin affaibli par ses infamies, ne put ou ne voulut pas me suivre. Il se contenta de me briser le pot de chambre sur les jambes. Je sortis ensanglantée, et je courus chez une voisine.[69] Il ferma sa porte, comptant que je resterais nue sur l'escalier, qu'on me verrait ainsi, que j'en serais couverte de honte, ou que le froid me causerait la mort. Une heure ou deux après, il vint me chercher et, me trouvant demi-habillée de quelques hardes, dont on m'avait couverte, il s'emporta devant la voisine, employant les plus vilaines expressions, dont voici le sens:

'Tu n'es bonne à rien, pas même à ce que font les *filles*! A quoi donc me sers-tu? Tu ne travailles pas; tu ne veux pas me donner mon plaisir, parce que tu es rassasiée de celui dont ton G... te gorge, poison! Et tu ne t'embarrasses pas du reste!'

La voisine, femme bornée, le crut en partie et me dit que je devais remplir mon devoir. Il me força ensuite à descendre, en disant dans l'escalier tous les vilains termes qui lui étaient familiers.[70] Il me poussa dans la chambre d'un violent coup de pied; et, comme les voisins avaient les yeux sur nous, il s'en alla.

Ce fut trois jours après qu'il eut son emploi, procuré par mon père. Lorsque je le vis placé, je crus ne devoir plus rien déguiser. Je dévoilai à mon père une partie

---

[68] Moresquin engages in anal intercourse or forces his wife to perform oral sex so that if she becomes pregnant, he can claim that the child is not his, but Fromentel's.

[69] In *La Femme infidelle*, as in *Ingénue Saxancour*, Rétif writes that Agnes took refuge with a neighbor. However, in *Monsieur Nicolas*, he explains that Agnès took refuge that night with Blérie: 'à 6 heures du soir, [je] trouvai la demeure de M. et Mlle Riblé. J'entre. J'aperçois ma fille. Elle se jette dans mes bras, me dit qu'elle a fui les mauvais traitements de son mari et que, n'osant se présenter chez moi à cause de sa mère, elle s'était réfugiée chez le plus intime ami de L'Echiné. Je m'informai si cet ami était marié? Sur la réponse qu'il était garçon, mais qu'il avait sa sœur avec lui, je frémis du danger auquel l'ignorance des lois exposait ma fille et celui qui l'avait reçue [...]. Je les fis trembler tous trois, et j'emmenai ma fille chez moi sur-le-champ. Je m'efforçai le lendemain de la réconcilier avec son mari; j'employai la voie de la douceur. Mais j'avais affaire à un monstre sans âme' (*Monsieur Nicolas*, 'Neuvième Epoque', *OC*, vol. 69, pp. 3100–01). For the full text of this passage, see Appendix B, Excerpt 4.

This account is confirmed in Rétif's diary entry for 31 January 1785: 'Agnès a fui, elle est chez Blérie, d'où je la tire le même soir.' Dismayed to learn that Blérie was not married and fearing that Agnès's legal position and reputation might be compromised, Rétif took her to his apartment for the night and then back to Augé the following day. The entry on the following day reads: 'je rends Agnès à l'infâme Augé' (*Journal*, ¶479 & ¶480, vol. 1, pp. 172–73). In his notes to *Ingénue Saxancour*, Bachelin suggests that Rétif omitted this incident from his novel in an effort to protect his daughter's reputation, substituting a female neighbor's apartment for Blérie's as Ingénue's refuge. (See Bachelin, vol. 5, p. 496, note to p. 439.)

[70] In *La Femme infidelle*, in a note to a passage recounting the same events in similar terms, Rétif exclaims: 'Quel sort pouvait attendre une femme honnête d'un meurtrier, d'un homme exilé dans sa jeunesse pour ses violences?' (*OC*, vol. 45, p. 820).

des horreurs que j'avais souffertes. Mais il en est beaucoup que l'on ne trouvera qu'ici; jamais je n'eus la force de les faire passer mes lèvres. D'après cette réticence, mon père me recommanda la patience et me représenta que j'avais un fils. Il alla plus loin, il me promit la protection immédiate de l'homme en place qui employait Moresquin; et pour exciter ma confiance, il me raconta comment il l'avait proposé et comment il avait été accepté.

Quand mon père se vit obligé de parler, d'après la lettre de M. d'Oiseaumont, il alla chez l'homme en place, qui lui donna l'audience la plus flatteuse, en lui disant: 'On m'a dit que j'étais assez heureux pour pouvoir vous obliger!' Certainement on ne pouvait s'exprimer avec plus de noblesse et de générosité; on ne pouvait rien dire, qui excitât davantage la confiance.

M. Saxancour fut attendri. Il se jeta sur la main de l'homme respectable. 'Je vous l'avouerai', dit-il ensuite, 'je vous donne un mauvais sujet. Il est mauvais fils, mauvais mari.'

'Il ne rend pas sa femme heureuse?'

'Ah! grand Dieu!'

'Mais la probité?'

Mon père ne savait alors rien de contraire, il répondit: 'Pour cela, je le crois sans reproche. Monsieur, je vous supplie d'employer votre autorité à le contenir.'

'Je vous le promets, et je lui parlerai comme il conviendra!' Il fit appeler Moresquin et lui déclara que, ne le connaissant pas et ne l'obligeant que par rapport à son beau-père et à moi, il entendait qu'il me rendit heureuse et qu'il eût pour mon père tout le respect qu'il méritait.

Moresquin répondit: 'Monseigneur, je ferai tout ce que je pourrai, d'après ma petite fortune.'

Telle avait été la manière dont Moresquin fut installé. C'est d'après elle que mon père me rassura et me promit une protection puissante. Il alla jusqu'à se féliciter d'avoir placé Moresquin, parce qu'il regarda ce bienfait comme un moyen de le réprimer. Il me dit plusieurs fois. 'Il a un maître à présent.' Une apparence de tranquillité brilla pour la première fois à mes regards, offusqués auparavant par le désespoir. Mais que ce calme trompeur fut de courte durée!

A peine placé, Moresquin, qui avait ses vues — car quoique le plus borné des hommes, il est pénétrant lorsqu'il s'agit de préparer une scélératesse — Moresquin, à peine placé, rechercha la société de Fromentel plus que jamais. Ce commis, accoutumé à ce que j'ai su depuis à avoir pour maîtresses des femmes mariées, dont les maris le choyaient et le régalaient, seconda sans les connaître les vues de Moresquin. Il vint souvent chez nous. On fit ensemble des parties et, comme Fromentel est fort avare pour ne rien dépenser, lorsqu'il proposait une promenade, il menait toujours chez des parents qu'il avait à la campagne. Là, on était bien reçu à cause de lui, et le séjour qu'on faisait compensait les repas donnés par nous à la ville. Les personnes sages, que j'ai consultées depuis sur la liaison si vivement désirée par Moresquin avec le jeune Fromentel, en entrevirent les motifs. Le monstre de noirceur voulait faire passer son confrère pour mon amant et motiver, par mon inconduite et sa jalousie, les nouveaux sévices qu'il se proposait d'exercer. Car il faut que Moresquin soit cruel. Sa méchanceté est sa vie, et il n'a aucun plaisir lorsqu'il ne voit pas gémir une victime de sa barbarie.

Un jour, veille de trois fêtes que nous allions passer chez les parents de Fromentel,[71] en chemin Moresquin parlait sans cesse au jeune homme de sa bonne mine: 'Ma femme', ajouta-t-il enfin, 'sent tout cela encore mieux que moi. Aussi elle t'aime, tu le sais bien, et le plus doux de ses désirs, c'est que je meure pour t'épouser.' Que répondre à un pareil discours! On se tut. Je savais surtout qu'il aurait été également dangereux pour moi de répondre d'une manière ou d'une autre. Moresquin feignit de s'attendrir; il versa des larmes. 'Ne pouvoir', disait-il, 'être aimé d'une femme que j'adore!'

'Ne fais donc pas ces giries-là!'[72] lui dit trivialement Fromentel. 'Est-ce que tu crois m'en imposer? Si Madame m'aime, c'est qu'elle a du goût; car tu es diablement laid.'

Moresquin, piqué de ce mot, qu'il n'attendait pas, réfléchit un moment: 'Tu n'es pas le plus dangereux!' Puis réfléchissant qu'il pouvait empoisonner le reste de mes jours et ma réconciliation avec mon père, il ajouta: 'Il y en a un autre dont je suis plus jaloux que de toi….' Je m'arrête ici. Moresquin, dans la seule vue de mortifier Fromentel, sans penser un seul mot de ce qu'il disait, se livra sans réserve à un plaisir, si vif pour lui, de dire des infamies abominables.[73] Je hasardai de lui

---

[71] In *La Femme infidelle*, Rétif indicates that the excursion took place 'aux fêtes de Pentecôte', a religious holiday that takes place seven weeks after Easter (in late May to late June depending on the date of Easter in a given year). See *La Femme infidelle*, *OC*, vol. 45, p. 830 and Appendix F, Excerpt 4.

[72] *Giries*: Old-fashioned colloquialism meaning exaggerated complaint and whining.

[73] This is a veiled allusion to Augé's accusation that Rétif had an incestuous relationship with Agnès — an allegation Augé later made public in a pamphlet he circulated among his father-in-law's friends and acquaintances, as well as in frequent verbal attacks against him. These claims, which Rétif indignantly denied, are nevertheless borne out by numerous entries in his diaries over an eight-year period, starting with expressions of incestuous desires toward Agnès

demander comment il se pouvait qu'il imaginât les horreurs qu'il débitait. Il assura qu'il les tenait de ma tante. Depuis, en présence de Mme Bitez, il a nié ce propos infâme et m'a traitée de menteuse. Elle signera ces mémoires.[74] Je voulus dire encore un mot. Mais un coup de poing, dont le pouce m'entra dans les deux côtes, me fit entendre qu'il fallait garder le silence.

Fromentel sourit, ne croyant pas le coup si fort, quoiqu'il me vît pâlir, et dit à Moresquin: 'Tu as une manière à toi d'avoir raison! Mais je ne te conseillerais pas de l'employer avec tout le monde!' Cependant, j'étais prête à me trouver mal. Fromentel m'offrit son bras, que je refusai. Un regard de Moresquin me força de le prendre. Ce fut ainsi, qu'à moitié morte de douleur, de crainte et d'effroi, j'arrivai chez les parents du jeune homme.

Le reste de la partie de plaisir fut conforme à ce début. On soupa. Moresquin, qui n'est pas sobre et qui a l'insolence de se faire servir chez les autres comme s'il était à l'auberge, demanda du vin et de l'eau-de-vie et s'enivra. Lorsqu'on eut quitté la table, il ne fut pas possible de le faire coucher. Il s'obstina, malgré les prières de la maîtresse de la maison, à rester auprès du feu en buvant et en proférant des horreurs contre mon père, qui venait de le placer! A deux heures du matin, le maître et la maîtresse, impatientés, lui retirèrent le vin, éteignirent le feu, et allèrent se coucher. Moresquin s'endormit, et ce ne fut que sur les cinq heures, que s'étant éveillé glacé, il vint se coucher auprès de moi, m'éveilla en me gelant. Il me contraignit de souffrir ses pieds entre mes cuisses et ses deux mains sous mes aisselles. Il avait si froid que je tremblai bientôt et que j'amassai un rhume. C'est un des plus cruels supplices que j'aie éprouvés; c'est celui qui marque le plus la tyrannie de l'odieux Moresquin, mon esclavage, et sa cruauté brutale.

Il savait que Fromentel était couché tout proche de nous et pouvait nous entendre. Lorsqu'il se fut réchauffé, il voulut se satisfaire, et il employa les expressions les plus obscènes pour m'intimer ses volontés. Je ne crus pas devoir résister, espérant que ma docilité l'empêcherait de se livrer à des excès de brutalité ou de luxure. Je me trompais. Moresquin s'excéda. Excité par l'idée que tout était entendu par Fromentel, il se livrait à sa brutale passion avec une ardeur, avec un

---

in January, 1785, followed by clear indications of sexual relations with her beginning in late April 1788, until she left her father's home in February 1794 to live with Louis Vignon following her divorce from Augé. As Testud remarks, 'le *Journal* ne permet plus de douter que Rétif ait eu avec ses deux filles des relations incestueuses [...]. La fréquence de telles notations est variable selon les époques. Sur huit années, elle est en moyenne mensuelle.' Regarding Augé's accusations, Testud adds: 'On comprend mieux dès lors les raisons de la haine farouche qui opposait Rétif à son gendre Augé: Augé, qui accusait son beau-père d'inceste, connaissait la vérité, et Rétif s'efforça avec acharnement de le discréditer.' (Testud, 'Le *Journal* inédit de Restif, p. 1578.) See the introduction for further discussion of Augé's accusations of incest against his father-in-law.

[74] Here again, Ingénue names her aunt as a witness in support of her accusations against her husband.

excès, une fureur inconcevables. Si j'entreprenais de le modérer, il me tordait la
chair des bras ou des cuisses; si je poussais un cri, c'était pour lui une occasion de
dire des infamies. Jamais nuit ne fut plus cruelle. Car les malheureuses qui
donnaient les plaisirs à Moresquin ne les partageaient jamais. Il violait ses épouses
ou ses maîtresses, et il ne goûtait sa détestable volupté qu'autant que sa victime
était dans les angoisses et versait des larmes.

Il était sept heures du matin lorsque sa rage cessa. Il s'endormit alors. J'étais
tentée de me lever, mais il faisait très froid, et le jour ne pénétrait pas encore dans
la chambre. Je m'assoupis de fatigue. Environ une heure après, je m'éveillai
découverte et transie de froid. Je me levai à demi pour reprendre le drap et les
couvertures. Moresquin était enveloppé dedans et ronflait par terre. Je me hâtai
de m'habiller. J'étais toute transie et, dès que je fus couverte, je courus auprès du
feu. Je priai les deux hommes de la maison, Fromentel et son parent, d'aller relever
Moresquin.

'Non, parbleu! Le chien!' répondit le parent. 'J'ai entendu sa vie ce matin. C'est
un réprouvé, c'est un enragé que cet homme-là. Ma femme en a déserté le lit et
est descendue ici se chauffer.' Fromentel dit qu'il avait été tenté de tomber sur lui
avec un nerf de bœuf, ne doutant pas qu'il ne fût le motif de ses excès, mais qu'il
avait été retenu par le respect pour la maison.

Personne ne voulut donc aller relever Moresquin, et on le laissa ainsi jusqu'à
deux heures qu'il s'éveillât. On l'entendit jurer, crier. On alla pour lors à lui. Les
menaces les plus cruelles me regardaient. On l'assura fort qu'il était tombé depuis
mon départ. Il dit que je devais rester où il était. On lui observa qu'il n'était pas
chez lui et que je me devais aux personnes de la maison. On lui dit ensuite qu'il
devait savoir vivre et ne pas venir chez les gens pour troubler leur tranquillité.
Là-dessus, la maîtresse de la maison l'apostropha d'une manière si vive sur tout
ce qu'il avait fait et dit depuis la veille, que malgré son effronterie, Moresquin
parut sot et garda le silence. Il voulut même rire. Mais Mme Fromentel ne le lui
permit pas. Elle lui parla si ferme qu'elle le força de lui faire des excuses. Il fut
sage jusqu'au dîner, pendant lequel il s'enivra encore, ce qui fut cause qu'on nous
pria de nous en retourner à Paris. Ce fut alors que le cœur me battit de crainte,
d'effroi, d'horreur, de toutes les passions funestes! Car il n'en est aucune que ne
me fît éprouver l'odieuse présence de Moresquin. Mais, avant notre départ, Mme
Fromentel me prit en particulier:

'Vous êtes bien bonne! Montrez-lui les dents à ce plat personnage-là, et vous
verrez ce qui en résultera. Croyez-moi, montrez-lui les dents!' Elle ne put m'en
dire davantage.

Nous arrivâmes à Paris de bonne heure. En chemin, Fromentel, que Moresquin
avait compromis, lui en fit les reproches les plus forts, et ils furent plusieurs fois
sur le point de se battre. Je commençai à suivre les conseils de la belle-sœur de
Fromentel. Je ne fis aucun mouvement pour les séparer. Moresquin en était
furieux, et quelque grande que fût la platitude de le dire, elle lui échappa. Je lui

répondis fermement que s'il était rossé, il n'aurait que ce qu'il méritait. A ce mot, il leva le bras.

'Ose frapper, monstre!' lui dis-je. 'Tu auras ma vie, ou j'aurai la tienne!'

Au lieu de frapper, le vil personnage se mit à rire, en disant: 'Ah voilà l'effet des conseils de Mme Fromentel! Je la reconnais bien là; car elle m'en a dit autant. Ah ça, m'amie', ajouta-t-il, 'n'y reviens plus, avec ce ton-là.'

Je ne répondis rien. Il voulut venir auprès de moi un moment après. Je l'observai. Je tirai mon couteau. Il vint pour me donner un coup sur la nuque, suivant son détestable usage. Ce fut un de ces coups, donné du côté de la main, qui, dit-on, dérangea une vertèbre à sa première femme et la conduisit au tombeau. Je venais de l'apprendre. J'esquivai le coup et, feignant de vouloir me jeter sur lui, je m'écriai:

'Monstre! C'est aujourd'hui ton dernier jour!' Il eut si peur qu'il alla se mettre derrière Fromentel, à qui je dis: 'Le misérable venait pour me donner le coup qui a tué sa première femme!' Ce reproche le mit en fureur. Mais j'observai qu'elle ne fut qu'en mots. Il n'osa m'aborder.

Encouragée par là, je ne le ménageai plus. Je lui reprochai ses infamies, ses cruautés, ses bassesses. J'étais comme une forcenée, comme une furie. 'Monstre!' ajoutai-je. 'Mon parti est pris: Cette nuit sera ta dernière. Je veux périr, mais je veux périr vengée. Je me suis mariée malgré mon père. Je n'ai de reproches à faire à personne. Je ne veux punir que moi — toi, infâme, qui m'as cruellement trompée, qui as séduit ma tante et secondé la haine d'une mère dénaturée. Je te jure la mort, et tu l'auras! Si tu me tues, tant mieux! Tu périras à la Grève.[75] Mais au premier coup que tu donneras, tu me tueras, ou je te tuerai. Je ne cesserai que tu ne sois mort ou que je ne sois expirée. O, le plus vil et le plus lâche des scélérats qui calomnies tout le monde — mon père, le tien, ta propre mère qui t'a gâtée! Homme vil et bas, tu as mis le comble ce matin! Plus de répit pour toi!'

Je me tus, suffoquée; je ne pouvais en dire davantage. Fromentel était stupéfait. Il fit quelques mauvaises plaisanteries sur les femmes. Ensuite il dit à Moresquin: 'Tu mérites cela, et ne t'y fie pas! Une femme irritée est pis qu'une lionne. Te voilà au bout de ton rouleau. Cède, ou ma foi, je ne te réponds de rien!' Moresquin gardait le silence. Et moi, je tremblais de tout mon corps, ne sentant rien moins, au fond de mon cœur, que le courage que je venais de montrer de bouche.

Tandis que j'étais dans cette perplexité cruelle, Moresquin s'approcha de moi et me dit: 'Si tu veux la paix, tu auras la paix. Que ton père me fasse seulement six cents livres avec l'emploi qu'il m'a procuré, je serai content. Tout ce que je t'ai fait, depuis que je te maltraite, n'a été que pour te forcer à faire des démarches auprès de ton père pour qu'il me voie, qu'il me parle, qu'il me reçoive. Il m'a toujours accablé de mépris, et je me suis vengé sur sa fille chérie. Oui, j'aurais

---

[75] *La Grève*: Square adjacent to the Hôtel de Ville (the Paris city hall) where public executions took place. See note 42.

voulu, pour le mortifier, te voir raccrocheuse et qu'il t'eût rencontrée. J'aurais tressailli de plaisir. Mais je te hais si peu, toi personnellement, que je t'aurais reprise, après avoir fait ce métier, et j'aurais montré à ton père que je sais pardonner.'

'Pardonner, infâme, un avilissement où tu as tenté de me plonger!'

'Il est vrai....'

A ce mot, Fromentel lui dit. 'Prends garde que d'autres ne t'entendent. Tu serais perdu!'

'Oh, ce que j'en dis, c'est pour ne la pas contrarier.'

Je ne pouvais comprendre cet excès de modération. Intérieurement, je rendais mille grâces à Mme Fromentel de son bon conseil et de la manière forte avec laquelle elle me l'avait donné. Car elle n'était pas la première, mais elle était la seule qui m'eût persuadée.

Lorsque nous fûmes arrivés à la maison, je continuais sur le même ton. Je n'en changeai plus; il était d'accord avec mon cœur. Heureuse, ou du moins louable, si toujours exaltée, j'avais pu n'en jamais changer! J'avais un protecteur dans mon père. Je le fis sentir à Moresquin, et j'eus la satisfaction de voir qu'il redoutait mon défenseur. Mais faute de m'observer dans une occasion, j'oubliai de montrer de la fermeté; je laissai paraître de la crainte. J'eus une scène terrible; les coups pleuvaient sur moi comme la grêle. J'eus recours à mon couteau. Un polisson, ami de Moresquin nommé Vulda était présent à cette scène. Moresquin, en voyant ma fureur, demeura tranquille. Je me félicitai, croyant avoir trouvé un moyen infaillible. Mais bientôt, d'autres torts et d'autres inconvénients me rendirent le séjour avec Moresquin impossible.

L'emploi que lui avait procuré mon père aurait été beaucoup plus considérable, qu'avec la conduite de Moresquin, il n'aurait pas suffi.[76] Je fus persécutée pour parler à M. Saxancour et l'engager à me faire une pension. Je ne pouvais prendre sur moi cette démarche, après ce que j'avais eu l'imprudence de dire, en me mariant, que si j'avais des besoins avec le parti que je voulais, je ne viendrais pas demander des secours. Je suis naturellement haute. Je souffrais infiniment dans

---

[76] In other words, even if Moresquin's salary from this new position had been considerably greater, it would not have sufficed because of his spendthrift habits.

ma situation. Mais si mes peines avaient été toutes ordinaires, qu'elles eussent été secrètes, et qu'elles n'eussent pas intéressé l'honneur, je les aurais dévorées plutôt que de me découvrir. Je remettais donc toujours. Moresquin affectait de me laisser manquer du nécessaire pour me forcer à parler. Il est vrai que, souvent, il n'affectait pas et que sa misère était trop réelle. Après avoir tâché de me parler raisonnablement, à sa manière, Moresquin en vint aux menaces. Je lui tins tête et, dès qu'il fut parti, je m'en allai chez mon père, emmenant mon fils. Ma mère ne put voir, sans frémir, que j'allais être à la charge de la maison. Elle sut arranger les choses de façon que mon père m'ordonna de retourner chez Moresquin. Il m'y conduisit lui-même.[77] Il s'abaissa jusqu'à parler avec bonté à ce malheureux et, par là, il empira mon sort.

Moresquin crut que mon père lui donnait raison, et ma mère l'en assura. Il ne me vit plus de soutien, plus d'appui, et il recommença de me persécuter, mais d'une manière différente. Il affecta de ne me parler que raison. Il me disait, non pas des infamies comme autrefois pour m'exciter à la prostitution, mais des platitudes. Il me disait des mensonges si bêtes, si bas, qu'il me révoltait. Je lui résistais. Il n'osait plus me frapper, me tordre la chair. Je ne décrottais plus ses souliers. Je faisais faire cet ouvrage par une autre, même en sa présence — ce qui m'attirait quelque coup fourré, mais je le rendais. Quelle vie, et pouvais-je la supporter! Moresquin l'aggravait encore en rentrant à minuit, à une heure, à deux heures. Je brûlais, à l'attendre, un bois cher. Car il fallait que Monsieur trouvât du feu, et l'argent manquait.

C'était le soir qu'il s'émancipait, après avoir bien fermé les portes, à me donner quelques coups. Je l'effrayais par mes cris. J'appelais la garde par la fenêtre. Il fallait qu'il cessât. Souvent il me menaçait de m'étouffer dans le lit. Je le bravais, en lui disant: 'C'est ce que je demande.' Il s'en gardait bien. Mais il me faisait malicieusement geler de froid en me découvrant. Au moindre mot que disait son fils, il me poussait hors du lit pour courir à cet enfant, quoiqu'il n'eût besoin de rien. Il ne me permettait, dans ces occasions, ni de mettre une camisole, ni même de prendre des mules. Je me révoltai enfin contre sa tyrannie et, m'étant aperçue que son fils mettait de la malice dans ses cris nocturnes, je le fouettai. Moresquin furieux vint dans l'obscurité pour me poignarder. J'ouvris les fenêtres; j'appelai à moi la sentinelle voisine, et je le forçai encore au silence. Mais, je le répète, quelle vie! Comment exister ainsi avec un scélérat capable de tout? Toutes les fois que

---

[77] Ingénue flees from her husband seven times in the novel: first to her aunt's home in mid-December 1782 and January 1783 and then to her parents' home in late January 1785, in late February of that year, and twice more before leaving him definitively in July 1785. Several of these dates match Rétif's accounts as in *Monsieur Nicolas* ('Neuvième Epoque', *OC*, vol. 69, pp. 3100–01) and in his diary (¶479, vol. 1, p. 172; ¶491, vol. 1, p. 177; and ¶521, vol. 1, p. 189). A key difference is that, according to these accounts, when Agnès fled the third time in late January, she went to Blérie's apartment, not to her parents' home (as Rétif claims in the novel). See the passages cited in note 69.

je m'élevais au-dessus de moi-même par la fureur, j'étais malade à mourir de la révolution que cela me causait.

C'est ici une époque nouvelle. Moresquin — placé par mon père, glorieux de sa position, dont il enflait les prérogatives en parlant aux ignorants — Moresquin vantait alors le crédit et l'esprit de M. Saxancour. Il démentait tout ce qu'il avait dit autrefois. On lui en faisait souvent l'observation devant moi, et il n'y répondait que par des bêtises dignes de lui. Car il s'embarrassait aussi peu de la décence que de la vraisemblance dans ses discours à ses familiers comme Vulda, Champdépines et autres mauvais sujets, dignes de l'assortir.

Je végétai ainsi depuis le mois de février jusqu'au mois de juillet, recevant les visites de mon père, qui me consolait et qui m'engageait à souffrir, puisque j'étais dans l'état que j'avais choisi. Moresquin, cependant, faisait le jaloux de Fromentel, mais sans trop insister, puisqu'il voyait ce jeune homme qu'il invitait et qu'il fit même avec lui une orgie nocturne, dont je fus par occasion. Elle se termina par aller au café, où Moresquin, dont le caractère est lunatique, se mit à vomir des horreurs contre moi et contre mon père. Sur l'objection qu'il se démentait, il se contredit sur-le-champ lui-même, en disant que c'était la colère qui le faisait parler, parce que M. Saxancour ne l'admettait pas chez lui et ne faisait pas de Moresquin sa société ordinaire. Il se montra bien qu'il était véritablement aliéné en parlant cette nuit même contre son protecteur, l'homme en place, dont il censura la conduite de la manière la plus criminelle, et contre le premier secrétaire, son supérieur immédiat, dont il nous fit l'histoire secrète. Je souffrais beaucoup de tout cela, parce qu'il parlait dans un café devant plusieurs personnes qui l'écoutaient et qu'il pouvait s'y trouver quelqu'un de la connaissance du secrétaire ou qu'il eût des relations avec lui. Je lui fis plusieurs observations là-dessus — ce qui m'attira, en sortant, les noms de poison, vermine, p..., prononcés de toute la force des poumons de ce misérable. J'étais indignée, je l'avoue. Je fus tentée plusieurs fois de le frapper la première. Mais le plat Fromentel alla jusqu'à me dire qu'il prendrait parti contre moi, si je le faisais. Nous rentrâmes, et Moresquin voulut faire le méchant. Je le parus plus que lui d'abord. Mais, enfin, je finis par être rossée, à rester sur le carreau. Je n'avais pas la force de remuer les bras.

Le lendemain, toute meurtrie, j'allai chez mon père. Il était malade, et ma mère, après m'avoir traitée fort mal, m'observa que dans la situation où il était, je pouvais lui causer la mort. Ce motif puissant l'emporta. Je m'en retournai chez Moresquin, avec une lettre que mon père avait tracée dans son lit et qui ne fut pas sans effet durant quelques jours. Mais bientôt le même train recommença. Mon père se rétablit, contre toute apparence; mais sa convalescence fut longue. Elle dura jusqu'au mois de juillet. Je lui dissimulai, pendant tout ce temps, ce que j'avais à souffrir. Car Moresquin, voyant qu'il ne lui arrivait rien pour ses mauvais traitements, pour ses discours injurieux, reprenait insensiblement toute son ancienne férocité. De mon côté, ma fermeté m'avait lassée, surtout après que je la vis désapprouvée par plusieurs personnes qui n'en connaissaient pas les motifs. Ainsi, je souffrais et je pleurais, guettant l'occasion néanmoins de quitter le monstre. Elle ne tarda pas à se présenter.

Je vais exposer comment arriva enfin cette séparation, après avoir détaillé quelques-unes des scènes qui la précédèrent.

Quelques jours après la partie dont j'ai parlé chez les parents de Fromentel, voyant que ce jeune homme revenait quelquefois à la maison et que sa présence donnait lieu à Moresquin de dire des obscénités en montrant sa feinte jalousie, il me vint dans l'idée de lui écrire de ne plus venir à la maison et de rompre absolument avec Moresquin. Comme j'étais outrée contre ce monstre et que j'écrivais à un homme qui ne valait guère mieux, dont je souhaitais me débarrasser, mes expressions n'étaient pas mesurées. Moresquin arriva plus tôt qu'à l'ordinaire, tandis que j'écrivais. Dès qu'il parut, je serrai ma lettre. Il se jeta sur moi et voulut voir ce que j'écrivais. Je refusai d'abord de le montrer. Mais les grincements de dents et quelques coups dans les côtes me firent céder. Moresquin vit des choses qui n'étaient pas plus à son avantage qu'à celui de toute sa société. Il serra l'écrit, avec un rire aussi laid que lui et plus horrible que sa colère, promettant de montrer ce papier à tout le monde. Il s'amusa ensuite à me frapper, après m'avoir lié les mains, en me donnant des soufflets et des coups de pied dans les reins. Il ne me fut pas possible de m'échapper. Mais ce fut un bonheur. Comme il m'avait laissé les mains liées, je ne pus me déshabiller, et je restai par terre auprès du feu éteint. Je fis beaucoup d'efforts pour me délier, et enfin en quelques heures j'y réussis, en m'enlevant une partie de l'épiderme des poignets. Dès que je fus libre, je courus à la poche de Moresquin endormi, je pris la lettre et la brûlai. Il s'éveilla au milieu de la nuit, et la cruelle brute ne me trouvant pas, il m'appela. Je lui dis où j'étais et comment. Je remis les liens, et j'allai auprès de lui. Après deux soufflets, il les délit et m'ordonna de me coucher. J'obéis.

Cette nuit, je n'eus aucune indignité à essuyer sur mon corps. Je fus seulement témoin forcé de celles que Moresquin exerçait sur lui-même, en me disant qu'il n'avait pas besoin de femme et que je n'étais pas digne de l'honneur de ses embrassements. Il me parla ensuite de la lettre et, sur une réponse ferme que je lui fis, il voulut me tordre la chair des bras. Je sautai du lit et montai sur la

FIGURE 22. 'Moresquin arriva plus tôt qu'à l'ordinaire, tandis que j'écrivais. Dès qu'il parut, je serrai ma lettre. Il se jeta sur moi et voulut voir ce que j'écrivais. Je refusai d'abord de le montrer. Mais les grincements de dents et quelques coups dans les côtes me firent céder.' Illustration by Louis Binet, *Les Françaises* (Paris: Guillot, 1786), Estampe 25. (BnF)

soupente,[78] où je m'enfermai. Ce fut de là que j'entendis toutes les horreurs qui peuvent sortir d'une bouche humaine corrompue. Mais ce fut bien pis le matin, lorsque ayant cherché la lettre pour la relire, il ne la trouva pas. Il se mit dans une fureur sans exemple, comme sans mesure. Il prit son épée, pour pointer entre les joints de la soupente. Mais il était jour, et mes cris horribles attirèrent le voisinage. Le monstre fut obligé de sortir, sans m'avoir tuée, comme il le voulait. Je m'enfuis chez mes parents après son départ, emmenant son fils avec moi. Qu'avais-je fait cependant? Rien, sinon d'avoir brûlé une lettre trop vraie qu'il voulait lire en plein café, où tout le monde aurait reconnu combien ce que je disais était juste! Moresquin aurait été honni, on me l'assura deux jours après. Sans doute, il n'aurait pas manqué de s'emporter et d'être souffleté, comme il lui arrivait dans tous les endroits publics qu'il fréquentait.

J'étais blessée, en arrivant chez mon père, qui fut très irrité. Je n'y restai cependant que deux jours et demi, parce que Moresquin fit des promesses de se comporter mieux à l'avenir, pour conserver sa place, mais il est incroyable combien il fut peu de temps à se contraindre.

Huit jours après, un dimanche, nous nous éveillâmes tard. Cela était fort naturel. On ne pouvait guère se dire véritablement au lit avant deux ou trois heures après minuit avec Moresquin, et cette nuit-là surtout, il avait enchéri par des brutalités obscènes. Moresquin, en voyant l'heure, s'écria:

'Quoi, mon pot-au-feu n'est pas mis!'

Ce grand, cet horrible malheur lui bouleversa la tête. Il ne pouvait s'en taire. Je me levai. Mais je n'allais pas assez vite, et il me hâtait à coups de baguette, dont l'un me fit jaillir le sang à côté de l'œil. Je fus bientôt prête, et je courus à la boucherie. Mais faisant réflexion qu'il était obligé d'aller à son emploi, il me vint dans l'idée d'entendre la messe, afin qu'il fût parti à mon retour. Je n'eus pas ce bonheur! Il m'attendait, et sa fureur redoubla, par le retard que j'avais apporté à mettre son pot-au-feu. Il leva une chaise sur moi pour m'assommer. Les portes étaient ouvertes; je m'enfuis chez mes parents.

Mon père, qui était malade, me reçut mal, et m'obligea de retourner à la maison avant que Moresquin rentrât. Ma sœur m'accompagna, par ordre de ma mère. Car celle-ci n'ignorait pas qu'elle était peu respectée de Moresquin, qui souvent la traitait de gueuse, lui reprochant d'avoir trompé son mari pour faire mon mariage. Car Moresquin ressemble aux diables qui reprochent en enfer aux malheureux les crimes qu'ils leur ont fait commettre. Ma mère envoya donc ma sœur avec moi, n'osant venir elle-même. Et ce fut devant cette jeune personne —

---

[78] In a note to the passage in *La Femme infidelle* describing this incident, Baruch maintains that a *soupente* in this context refers to 'un refuge sur le toit, auquel on accède par la fenêtre ou une lucarne et sans doute protégé par une rambarde' [*Restif de La Bretonne* (2002), vol. 2, p. 407, n. 2]. However, in the version given here, Moresquin thrusts his sword between the floorboards, suggesting that Ingénue took refuge in the attic to their apartment, *not* on the roof.

dont il devait respecter les oreilles et les mœurs et qu'il n'avait pas droit de scandaliser, comme il prétendait l'avoir à mon égard — qu'il se permit mille détails obscènes de mes prétendus plaisirs avec Fromentel. Ce fut ce qui me mit en fureur. Je fis trembler le monstre, par l'excès de mon indignation, qui ressemblait à de la rage. Je traitai Fromentel comme lui-même et si mal que l'abominable Moresquin, craignant un éclat avec ce dernier s'il ne me désabusait pas, fut obligé de convenir que Fromentel ne s'était vanté de rien à mon égard et que c'était lui, Moresquin, qui avait tout conjecturé. Cependant, je n'en parus pas assurée, et je prétendis l'aller trouver au café ou partout ailleurs. Moresquin voulut alors employer ses moyens ordinaires et me frapper. Je m'en aperçus à son grincement de dents:

'Je ne te crains pas, monstre!' lui dis-je. 'Qui ne craint pas la mort, ne craint rien. Viens, bourreau! Mais prends garde à bien asséner, car je ne te manquerai pas! Ce n'est pas bravade comme toi. Allez-vous-en, ma sœur; je n'ai plus que faire de vous. Je vais employer mes forces contre ce monstre. Je ferai plus; j'emploierai contre lui l'infernale malice dont il m'a donné tant d'exemples. Partez! Sous trois jours, vous le verrez à la Grève.'[79]

Je parlais comme je pensais; la réception que mon père malade m'avait faite me mettait au désespoir. Ma sœur n'eut garde de me quitter. Elle trouva même le moyen de faire avertir ma mère de venir. Mme Saxancour accourut. Tout parut calme à son arrivée. Moresquin m'avait comprise. Il avait senti que le moyen que je voudrais employer était très possible dans l'excès de désespoir où j'étais réduite. Il me demanda même, dans un moment où ma sœur était à la croisée,[80] ce que je ferais.

'Je veux bien te le dire, parce que personne ne nous entend: me tuer et te laisser chargé du crime, pour que tu sois puni d'une mort infâme, telle que tu la mérites. Apprends, malheureux, qu'on ne réduit pas impunément une femme au désespoir par des horreurs comme celles dont tu te rends coupable journellement! Va, le sort que je te réserve sera tel que tous tes crimes passés, dont tu t'es si souvent glorifié à moi, recevront le salaire qu'ils méritent. Retire-toi. Je n'ai plus rien à te dire. C'est à toi de trembler.' Il voulut me prendre la main. Je le saisis à la gorge, en lui disant: 'Voici l'heureux moment de t'étrangler!' Il appela ma sœur à son secours, et ma mère arriva.[81]

---

[79] *A la Grève*: That is, on the scaffold place de la Grève, awaiting execution. See notes 42 and 75.

[80] *A la croisée*: at the window.

[81] In *La Femme infidelle*, as in *Ingénue Saxancour*, Ingénue flees twice from her husband in March (1785). However, the account of the second incident ends quite differently in the earlier novel, with no threat of murder, nor any mention of a trip to the theater with Ingénue's mother. In *La Femme infidelle*, Ingénue's father sends her home, accompanied by her sister and mother, with a stern letter to her husband that calms his behavior toward her for a while. See Appendix F, Excerpt 3.

Moresquin prit un air goguenard pour la recevoir, et cet homme vil proposa d'aller à une comédie bourgeoise. Ma mère exigea que j'y allasse. Ce fut pour être témoin de tout le mépris que Moresquin, le vil Moresquin, lui montra. Il me préférait visiblement à elle dans les rafraîchissements, pour la place. Il la fit ôter de la sienne, en lui disant grossièrement: 'Elle ne voit pas qu'elle empêche ma femme de voir!' Ma mère sourit, et m'obligea de passer devant elle. Dans une autre occasion, en parlant de Mme Saxancour à quelqu'un de la loge voisine, il dit: 'Cette p…-là.' On le fit expliquer, croyant qu'il parlait de moi. 'Ma femme est honnête femme!' s'écria-t-il. 'C'est de sa bohémienne de mère que je vous parle.' Je ne sais si elle l'entendit; elle n'en donna aucun signe. Mais voilà, entre mille, deux des propos de Moresquin.

Telle a été la dernière scène d'éclat jusqu'à celle de ma sortie. Car si je les rapportais toutes, il faudrait répéter sans cesse les mêmes horreurs que j'ai décrites ingénument tant de fois.

Rapporterai-je un trait qui, n'ayant aucun rapport à moi, n'en fera que mieux connaître l'âme atroce de Moresquin? Non, je m'en abstiendrai. Qu'il suffise seulement de dire ici qu'un enfant en fuite s'étant caché dans la cour de Moresquin, ce dernier voulut le ramener chez ses parents; que l'enfant, pour l'en détourner, dit leur demeure au faubourg Saint-Honoré; que là, Moresquin ayant appris, par un homme de la connaissance de l'enfant, que ses parents demeuraient rue de la Verrerie, celui-ci ramena le malheureux jeune homme, à grands coups de canne, le remit à ses parents, roué de coups, en l'accusant de l'avoir surpris à voler, quoiqu'il n'en fût rien; et que le lendemain, il eut l'audace d'aller s'en informer? L'enfant était à l'extrémité. On mit à la porte Moresquin avec indignation, en disant: 'S'il vous volait, vous n'étiez pas son bourreau.' On a depuis su la vérité. Les parents ont voulu agir, en voyant leur enfant languissant. Mais enfin ils ne l'ont pas fait, parce que Moresquin avait effectivement trouvé le jeune homme dans sa cour en rentrant sur le minuit.

J'arrive à la catastrophe de ma sortie. Nous étions au 22 juillet. Moresquin, principal locataire (et non propriétaire, comme il l'avait persuadé à ma tante avant le mariage), avait reçu l'argent des sous-locataires et l'avait en partie dissipé. Il lui manquait 100 livres sur 200 qu'il avait à payer. Depuis le 15, il me disait tous les jours: 'Songe, B…sse,[82] qu'il me faut de l'argent, et que si tu ne m'en trouves pas, je te rondinerai.'[83] Je savais qu'il s'était fié sur mon père pour dissiper l'argent des termes. Mais il ignorait, stupide comme il l'est, qu'un homme d'ordre comme M. Saxancour ne peut jamais se déterminer à donner le fruit de ses épargnes à un misérable, un dissipateur, un mauvais sujet qui aurait la bassesse, en gloutonnant ce qu'il aurait arraché à la bonté, au travail assidu, à l'économie, de plaisanter sur ses peines. Mon père me déclara donc qu'il ne donnerait rien à Moresquin. J'étais

---

[82] The missing word here is no doubt the pejorative term *bougresse* (stupid bitch).

[83] *Rondiner*: to beat with a *rondin* (fireplace log).

au désespoir; car, d'un autre côté, M. Saxancour ne voulait pas que je quittasse mon mari, mon fils, mon ménage. Un soir, c'était le 21, je demandai à Moresquin quelles ressources il me supposait pour lui trouver de l'argent.

'N'importe', me répondit-il, 'il m'en faut, b... de p..., guêpe, ruine-maison, vermine, poison!' Et il levait la main. Tantôt je m'éloignais, tantôt je le bravais. Mais enfin, le vendredi 22 juillet, il rentra pour dîner, en apparence de bonne humeur. Je crus qu'il avait la somme et que son sous-protecteur,[84] dont il chantait souvent les louanges et que plus souvent encore il déchirait, l'avait généreusement tiré d'embarras. Je me trompais.

Moresquin dîna, joua ensuite avec son fils, sans parler d'argent. Je me confirmais dans ma conjecture. Il s'assoupit après avoir polissonné; car il badinait avec l'enfant de manière à le rendre insupportable à faire des infamies, à donner des coups en traître, à porter les doigts dans les yeux, etc. Moresquin dormit donc. Ce monstre, hors de son bureau, ne savait pas, comme la plupart de ses confrères, s'occuper d'écritures qui leur sont payées. Il n'a que sa routine et ne peut que la suivre. Souvent même, il trouve que c'est trop de peine que de faire le métier de commis, et il manque son bureau pour jouer, se promener, et crapuler.[85]

Moresquin s'endormit, et son sommeil dura deux heures. Je m'occupais pendant ce temps-là, dans un petit cabinet, à nettoyer des rubans. Vers la fin du sommeil de Moresquin, une pauvre femme, que je chargeais en payant de lui nettoyer ses souliers à ma place, me les apporta. Elle le croyait parti, et le bruit qu'elle fit en entrant fixa l'attention du monstre. Il se leva de mauvaise humeur, comme les enfants gâtés. Il gronda beaucoup de ce que je n'étais plus la dernière des esclaves. Je lui répondis raisonnablement, que travaillant en modes, je ne pouvais me gâter les mains. A cela, que croit-on que répliqua le plus bas, le plus lâche, le plus obscène des hommes? Que je conservais mes mains, pour qu'elles fussent plus douces pour … Fromentel. Je l'avouerai, cette infamie dite devant une étrangère, une femme de la populace, me mit hors de moi. J'en avais souffert de plus indignes, mais j'étais seule à les entendre. Je devins furieuse. Cependant, je ne disais rien. Je sortis un instant du cabinet où je travaillais pour prendre quelque chose. Moresquin y poursuivit son fils, avec lequel il recommençait à jouer. Je vis le moment où ils allaient perdre tous les rubans qu'on m'avait confiés.

Je m'écria: 'Prenez donc garde! Les rubans, les rubans!'

Moresquin, quoiqu'il n'eût pas alors de quoi les payer, affecta d'être au-dessus de cette misère. Il continua de jouer. Je le priai de sortir du cabinet, et j'employai l'expression: *au nom de Dieu!* Moresquin sourit alors, et un coup de poing entre les deux yeux fut sa réponse. Je tombai aveuglée. Je ne pus me venger, mais je criai avec tant de force, que tout le voisinage accourut, surtout une femme, dont

---

[84] The 'sous-protecteur' Megas is Legrand, Augé's immediate supervisor and secretary to Le Pelletier de Morfontaine. See notes 61 and 94.

[85] *Crapuler*: to engage in drunkenness and debauchery.

la veille il avait accusé la fille, mais bien faussement, d'avoir raccroché sur le boulevard. On l'accabla d'injures. Il sortit furieux, en me disant:

'Drôlesse, tu en auras ce soir, quand il n'y aura personne! J'ai mis ta montre en gage. Mais demain, j'y mettrai jusqu'à ton dernier cotillon pour faire la somme, et je te f...ai à la porte toute nue.'

Après son départ, indignée, sûre qu'il était homme à tenir sa parole quand il s'agissait d'une mauvaise action, je réfléchis: 'L'attendrai-je? Mettrai-je ce soir fin à tous mes maux! Ou fuirai-je à jamais un monstre sans principes, un meurtrier, le fléau de ses propres parents, comme le mien?' Telle fut la question que je me fis. Après l'avoir agitée longtemps dans ma tête, je me déterminai à fuir. Mais où aller! Mon père était mon seul appui, et il ne paraissait pas. Je ne savais comment le faire avertir. Néanmoins, je préparai mes paquets. Je remplis une grande malle de ce qui m'appartenait, et j'emportai ce que je pus. Je laissai ce qui était à la blanchisseuse, ma montre, mes bijoux, qui étaient en gage. Je prie qu'on fasse cette observation, qu'il s'en fallait de beaucoup que j'emportasse tout ce qui était à moi!

Tandis que j'étais dans les transes,[86] mon père arriva. Je lui parlai beaucoup plus décidément que je n'avais encore osé le faire. Je lui dis qu'ayant des témoins des derniers traitements de Moresquin, je voulais profiter de cette occasion bien prouvée et plus scandaleuse que toutes les autres pour quitter à jamais un homme flétri par la justice; car il y avait eu des peines prononcées par contumace[87] dans ses différents homicides. Sept heures venaient de sonner, et le temps pressait.

Mon père me répondit: 'Moresquin est un homme vil, un lâche scélérat, qui mériterait d'expirer sous le bâton, si les lois paternelles étaient encore en vigueur. Cependant, réfléchissez avant cette démarche extrême, qui doit être la dernière de ce genre. Je ne vous la conseille, ni ne vous l'interdis, à cause des suites; car elles peuvent être très graves des deux façons. Si vous restez, il peut arriver un malheur que vous auriez à me reprocher en raison de mon opposition. Si vous quittez Moresquin et sa maison, il peut arriver aussi des choses très désagréables. Je vous laisse la liberté du choix, avec promesse dans les deux cas de me tenir également prêt à vous secourir.'

---

86 *Etre dans les transes*: to be in a state of extreme anxiety and apprehension.
87 *Des peines prononcées par contumace*: Court sentences delivered in absentia.

Je persistai dans la résolution de quitter mon bourreau. Je sortis de la maison à huit heures du soir. Il est bien des choses qui sont échappées à ma mémoire dans ce récit désastreux de mon mariage avec Moresquin et des suites de ma désobéissance que je ne prétends pas excuser. Je n'ai rapporté tout ce qui précède que pour exposer aux yeux des jeunes personnes les suites horribles qu'eut ma faute et leur montrer combien il est dangereux de ne pas s'informer exactement des mœurs de l'homme qu'on épouse. Hélas! C'est un maître que l'on se donne, et non seulement un maître, mais une moitié de soi-même — un être qui a des droits sur notre corps, sur notre âme, sur notre pudeur, sur notre chasteté même, sur le bonheur ou le malheur de tous nos instants! Me voilà échappée des griffes du monstre. Jeunes filles! Vous me croyez en liberté. Ah, vous allez voir à quels dangers je suis encore exposée! Les horreurs qui vont suivre égaleront, si elles ne les surpassent, celles que j'ai décrites.

J'avais pour appui un excellent père, mais j'avais pour éternelle, pour implacable ennemie, une mère dénaturée. Il ne fut pas possible que j'allasse chez mes parents; j'y aurais causé trop de trouble. Mon père me mit avec l'épouse d'un artiste[88] qu'il occupait et à laquelle il paya ma pension. Je respirai enfin dans cet asile. Il y avait plus de quatre ans que je ne m'étais couchée tranquille à l'heure à laquelle se couchent les honnêtes gens de ma condition — qu'à chaque fois, en me mettant au lit, je frissonnais des horreurs qui m'y attendaient, que je n'avais été sûre de revoir le matin vivante ou non estropiée. Pour la première fois depuis quatre ans, je me couchai en paix, dans une tranquillité profonde que rien ne pouvait troubler. O quelle jouissance délicieuse que celle de se retrouver maîtresse de soi-même après un long esclavage!

Le lendemain, les égards, les complaisances, les attentions me furent prodiguées. Moi, la veille encore, la dernière des esclaves, je me vis servie. Mon déjeuner se trouva préparé en me levant. Les larmes m'en vinrent aux yeux.

'Cessez, cessez', dis-je à la femme et au mari, 'de me prodiguer ces attentions! Parlez-moi seulement avec douceur, et je serai trop heureuse!'

Ils me regardaient avec surprise: 'Nous ne pouvons faire moins pour notre pensionnaire, pour la fille d'un homme que nous respectons infiniment et qui nous occupe depuis plus de six à sept ans.'

Je pleurai et ne pus manger. On s'informa, mais je gardai le silence. Un instant après, je dis: 'C'est de joie que je pleure. J'ai cependant une peine cruelle! C'est de lui abandonner un enfant de quatre ans, qu'il va perdre par la mauvaise éducation qu'il lui donnera! Je n'ai pas voulu lui laisser la volière, parce qu'un jour il se fit un jeu de tordre le cou à mes tourterelles; je n'ai pas voulu lui laisser mon petit chien, et je lui laisse l'enfant! Mais j'y suis forcée, ne voulant jamais le revoir. Si

---

[88] In his diary, Rétif indicates that Agnès was taken in by the wife of Louis Berthet, the artist who engraved many of Binet's illustrations for Rétif's publications, including *Les Contemporaines* (*Journal*, ¶521, vol. 1, p. 189).

FIGURE 23. 'Le lendemain, les égards, les complaisances, les attentions me furent prodiguées. Moi, la veille encore, la dernière des esclaves, je me vis servie.' Illustration titled *Le Quarantecinquenaire guéri de sa passion* by Louis Binet, engraved by Pouquet, in *La Dernière Avanture d'un homme de quarante-cinq ans* (Genève: Regnault, 1783), Part II, p. 508. (BnF)

j'avais emmené son fils, c'était lui donner occasion de me poursuivre. J'ai préféré le laisser. Si ses parents pensent bien, ils le connaissent, ils lui ôteront son fils!' Voilà tout ce que je me permis de dire.

Je fis donner le chien le jour même et, quant à la volière, elle était ailleurs.[89] Je la fis redemander quelques jours après, et mon père la renvoya chez Moresquin. C'était un enfantillage que de m'être occupée d'un chien et de quelques oiseaux, souvent relevé depuis par Moresquin. Mais ce n'était pas un crime; ce n'était même pas une faute.

C'était le 22 juillet au soir que j'étais sortie de la maison ou plutôt de l'enfer de Moresquin.[90] Et le 23, avant midi, mon père reçut une lettre de cet homme, stupide comme il était accoutumé d'en écrire, mais en même temps parfaitement tranquillisante. Mon père me communiqua cette lettre, dès qu'il l'eut reçue, et me dit ces propres paroles:

'Vous voyez que vous pouvez être tranquille. Moresquin, loin de souhaiter de vous ravoir, est charmé du parti que vous avez pris. J'en suis charmé aussi. J'aime infiniment mieux que ce méchant homme nous laisse en repos! Heureusement, qu'après sa lettre, il ne saurait avoir le front de vous redemander.'[91] Je pensai comme mon père. Eh, qui n'aurait eu la même idée? Ceux qui connaissaient encore mieux que nous la bassesse, la déraison, la folie, l'esprit maniaque du vil Moresquin.

Je vécus dans la sécurité, ravie de me voir méprisée de l'être que je méprisais bien davantage encore.

Il faut dire ici que, jusqu'à cette lettre, ma mère m'avait toujours blâmée dans nos querelles avec Moresquin. Mais après la lettre, elle envoya lui faire des reproches par ma sœur cadette, jeune personne charmante du plus grand mérite, surtout d'une angélique douceur — qualité précieuse, hélas, que j'avais aussi et que Moresquin m'a fait perdre. Et ce fut à cette sœur que Moresquin se vanta du coup de poing dont je portais les marques hideuses: 'Je lui ai donné un bon coup de poing toujours!' Ce furent ses propres expressions. Ma sœur le quitta indignée. Et de ce moment, ma mère cria vengeance contre Moresquin, soit qu'elle pensât réellement comme elle parlait, soit qu'elle voulût se ménager les moyens de le servir. On verra dans peu les raisons que j'ai de la soupçonner d'avoir le second motif; car c'est une énigme presque inexplicable que sa conduite.

---

[89] Ingénue later explains that she had entrusted her turtledoves to Fromentel, which roused the ire of both her husband and her father, who saw this as proof of their liaison. See note 93.

[90] In his diary, Rétif gives 21 July 1785 as the date of Agnès's final escape from her husband (*Journal*, ¶521, vol. 1, p. 189). Although the dates given here match those in *La Femme infidelle* (*OC*, vol. 45, p. 833), the dates indicated in the diary are generally more accurate.

[91] According to French laws of the period, a wife could not leave her husband's domicile to reside elsewhere without his permission, and she could be forced by the courts to return to him if he refused permission to let her go.

Je ne sais si mon père fit mal ou bien, mais il n'alla point instruire de ma séparation d'avec Moresquin le protecteur chez lequel il avait procuré une place à cet homme. Son motif était la délicatesse. Il aurait fallu faire connaître le monstre et lui nuire. Moresquin avait l'enfant avec lui, et il fallait lui laisser les moyens de subsister. D'ailleurs on le croyait tranquille, content, charmé de la séparation. Que je le connaissais mal encore! Il était au comble de la rage. Mon père n'avait pas répondu à la lettre. Tout ce qui partait de la plume de Moresquin le suffoquait. Quand il voyait le style de cet homme vil, que j'achevais journellement de lui faire connaître, il avait des nausées. Et quand il entendait à quelles infamies sa fille, son sang, avait été exposée, il entrait dans des accès de fureur difficiles à modérer.

Ainsi, tandis que mon père balançait sur ce qu'il avait à faire, Moresquin agissait; car il ne manquait jamais d'activité pour faire le mal. Eh, que faisait-il, l'abominable? Il diffamait, il traînait dans la boue l'infortunée qu'il ne pouvait plus maltraiter. Il semait contre elle les calomnies les plus atroces, les plus invraisemblables![92] Mais que lui importait! A-t-il jamais tâché de colorer ses mauvais traitements par l'apparence de la raison? Pourquoi aurait-il cherché à mettre de la vraisemblance dans ses calomnies? Au lieu de remplir son devoir, il ne s'occupait qu'à voir des valets d'écurie, des espions, des bandits de tout état pour s'en faire des témoins des sorties de sa femme qu'on ne voyait jamais, des parties qu'elle faisait avec Fromentel. Il avait eu la folie de présumer que je pourrais être chez ce jeune homme, avec lequel je n'avais jamais eu de relation particulière et que je n'estimais pas. Il avait été m'y chercher le troisième jour, et il y trouva la volière avec les oiseaux que j'avais eu la faiblesse d'emporter. Il faut en convenir, ne voulant pas laisser ces pauvres petites créatures exposées à la fureur de Moresquin, j'avais imaginé d'en faire présent à Mme Fromentel la belle-sœur, la même chez laquelle nous avions fait une partie si désagréable. Je savais qu'elle les aimait beaucoup, surtout un linot qui venait d'elle originairement. Je lui avais écrit de les faire prendre et, en attendant, la voisine chez laquelle je les avais mis les avait portés chez Fromentel, parce que c'était chez ce jeune homme que le commissionnaire devait les prendre. Je ne dissimulerai pas que c'était une imprudence que d'emporter les oiseaux et surtout d'en disposer de façon qu'ils séjournassent chez Fromentel. Mais l'innocence ne voit pas les conséquences d'une action indifférente.[93]

Dès que Moresquin, en pénétrant chez Fromentel — qui sûrement lui laissa voir la volière par malice, par jactance, pour le faire bisquer — enfin, dès que

---

[92] Moresquin (like Augé) accused his wife of adultery, incest, prostitution, and theft. Regarding the accusations of adultery, see notes 40, 46, 66, and 68. Regarding the accusations of prostitution, see notes 50, 97, 98, 113, and 115. Regarding incest, see note 73.

[93] One senses that, once again, the lady doth protest too much. This convoluted explanation, whether it is true or not, reflects a compulsion to counter her husband's public accusations of adultery.

Moresquin, dis-je, eut vu la volière chez l'homme qu'il voulait faire passer pour mon amant, ce fut un beau texte pour lui. Le monstre recueillit alors le triste fruit des précautions qu'il avait prises depuis près d'un an. Quoique sot jusqu'à la stupidité, quoique grossièrement scélérat, ce monstre réussit auprès de son sous-protecteur.[94] Il ourdit ainsi sa trame. Il lui persuada que j'avais un galant; que la haine de mon père était si forte contre lui, Moresquin, qu'il avait été charmé que j'eusse un galant pour le déshonorer, lui mon mari; que par cette raison mon père me servait dans ma folle passion pour Fromentel; que c'était afin que je m'y livrasse en toute sécurité qu'il m'avait ôtée de chez lui et placée dans une chambre isolée, ignorée de tout le monde. Il ajouta par-dessus toutes ces inepties d'autres monstres de son imagination déréglée: que je l'avais volé, que je lui emportais pour plus de 15.000 livres d'effets. Il n'avait pas le sou; il avait tout mis en gage, jusqu'à ma montre, l'être vil et bas. Je n'avais emporté que les linges et hardes à mon usage, encore n'avais-je pas tout, et ce qui est resté ne m'a jamais été remis.[95] Ce fut cet absurde tissu que crut le sous-protecteur. Ce secrétaire était prévenu contre moi en faveur d'un scélérat auquel mon père avait cru donner un surveillant, avant que l'homme seul digne de foi se fût expliqué. Je m'arrête sur cet inconcevable prévention, qui sans doute a des fondements secrets. Mais il était nécessaire d'en dire un mot pour entendre ce qui va suivre et pour comprendre comment un homme aussi respectable que mon père, aussi digne de toute la considération du sous-protecteur, en a été joué, trompé, desservi.

[94] *Son sous-protecteur*: his immediate supervisor. See notes 61 and 84. Rétif suggests that Legrand was in league with Augé against him because he envied Rétif's friendship with Le Pelletier, his superior. What follows is a catalogue of the slanderous accusations against Agnès and Rétif that Augé circulated in his office and his neighborhood — accusations that deeply distressed Rétif and that he went to great lengths to contest.

[95] In *La Femme infidelle*, Ingénue stresses how little she took when she fled from her husband — and how little there was to take: 'Je sortis de la maison à huit heures du soir, emportant dans un vieux coffre ce qui m'appartenait, avec quelques mouchoirs et quelques serviettes pour mon usage: Quatre ans de service et trois enfants […] méritent un salaire bien au-dessus de quelques serviettes, de quelques mouchoirs et de deux paires de draps' (*OC*, vol. 45, p. 831). See Appendix F, Excerpt 4, for the complete passage.

Nous étions tranquilles, cependant. Mon père, sûr du consentement que Moresquin donnait à notre séparation, d'après la lettre qu'il avait de lui, ne songeait qu'à me procurer des moyens de subsistance. Si je demeurais cachée dans la maison où mon père m'avait mise; si j'évitais de sortir, d'aller dîner ou souper en ville avec mes hôtes, c'était par décence. C'est qu'en effet, j'étais dans le deuil et l'affliction, qui l'un et l'autre devaient durer autant que ma vie. Je ne craignais pas Moresquin, qui s'était applaudi de ma fuite, parce que je ruinais sa maison. (Il est vrai que j'avais refusé de la faire par les moyens qu'on a vus.) Je ne m'informais ni de ses discours, ni de ses actions. Je n'avais pas encore écrit à ma tante, et je vivais dans la retraite la plus absolue, heureuse — trop, je le répète — d'être tranquille enfin, de voir arriver le soir sans trembler, de passer la nuit sans éprouver des infamies et les plus horribles obscénités, de voir luire en m'éveillant un jour pur et sans nuages. Mais j'appris que ma tante était inquiète de moi. Quoiqu'elle fût la première cause de mon malheur, elle avait eu des bontés depuis, et je lui avais pardonné. Je lui écrivis donc. Elle me répondit, et depuis ce moment l'ombre de tranquillité dont j'avais joui fut troublée. Juste ciel! Que d'horreurs! Mais de basses et viles horreurs — de ces mensonges sots, plats, ridicules, qui ne font que pitié aux gens d'esprit. Hélas! Ils persuadent les sots, et les sots composent les trois quarts du monde!

Ma tante commençait par me recommander de ne point aller du côté du port Saint-Paul,[96] parce que Moresquin à cette occasion se permettrait les plus horribles discours relativement à Fromentel. Il assurait que j'allais coucher avec cet homme, que la dame chez laquelle j'étais en pension nous apportait le matin notre déjeuner au lit, et que le perruquier qui accommodait Fromentel m'avait vue dans le lit de ce jeune homme. Qu'un monsieur qui sortait pour monter dans son équipage m'avait également vue, ainsi que des domestiques — à travers des murs apparemment, observait ma tante — et qu'il m'avait dit: 'Courage, madame Moresquin!' Qu'il avait pour lui, dans l'Arsenal, vingt-cinq témoins qui m'avaient vue dans le lit de Fromentel, ainsi que le monsieur montant dans son équipage. Et il est à observer que si le carrosse avait doublé de hauteur actuelle et qu'il eût été au niveau du premier étage, encore aurait-il fallu que Fromentel demeurât sur le devant. Car pour voir une femme couchée avec un homme de la rue dans un équipage, il faut bien des choses! Or, Fromentel demeurait sur un derrière; son appartement n'a aucune vue, pas le plus petit jour sur la voie publique; il n'est pas nécessaire d'entrer chez lui pour s'en convaincre. Que j'étais affichée[97] aux

---

[96] Port Saint-Paul: River dock that used to be where the quai de l'Hôtel de Ville is located today on the right bank of the Seine, opposite the northeast tip of the Ile Saint-Louis. Augé lived nearby and spent much of his time drinking and gossiping in the cafés and bars of the neighborhood.

[97] *Affichée*: Among the flood of slanderous accusations he makes against his wife, Moresquin claims that her name had been posted on a list of prostitutes at the entrance to the Jardin du

portes du jardin, pour qu'on ne me laissât point entrer, étant déclarée la gar[c]e et la pu[tai]n de l'endroit. Que Fromentel, d'après la conviction, avait été jugé par la justice de l'Arsenal et mis en prison pour être puni après les preuves. On voit comment la mauvaise tête de Moresquin arrangeait tout cela! Ma tante ajoutait que mes hardes, qui étaient restées entre les mains de la couturière, avaient été saisies par Moresquin. Ensuite elle s'écriait:

'Eh bien! Une infinité de gens disposés à croire le mal sans preuves admettent tout cela, et votre couturière en est la trompette. Je lui ai fait demander le volume de Molière; il n'a pas voulu le rendre. Il est passé ce matin et il m'a dit, avec sa brutalité ordinaire, qu'est-ce que j'envoyais faire chez lui? Que c'était pour l'espionner, que je n'envoyasse pas davantage, et que vous étiez la p...n de Fromentel depuis longtemps. J'ai répondu ce que la prudence m'a suggéré. Il s'est emporté comme un furieux, et m'a dit que nous étions tous ... Voilà quelles sont les scènes que j'ai subies, plutôt deux fois qu'une, chaque jour. Ne sortez que le moins que vous pourrez. Il est comme un enragé, tremblant, écumant de la bouche. Enfin, il me fait peur. Je ne voudrais pas être seule avec lui, comme vous y avez été. Ne sortez pas seule, surtout! S'il vous rencontrait, vous passeriez un mauvais quart d'heure! Et toute l'avanie d'un monde qu'il ferait amasser autour de vous. Il dit à tout le monde que votre papa est votre maquer....[98] Jugez de l'infamie de cet homme! J'aurais pour remplir une rame de papier de toutes les horreurs qu'il débite.'

Je ne détaillerai pas sa conduite. Je vais me contenter à présent de passer aux traits principaux.

Après avoir débité de cette manière ce que ma tante venait de m'écrire, avoir brouillé mon père avec son sous-protecteur, multiplié les calomnies, il arriva que le jour de la dernière procession des esclaves rachetés,[99] je vins un moment à la fenêtre. Moresquin se trouvait par hasard sur la porte d'un café. Il m'aperçut et monta. Moresquin frappa doucement et, au moment où je courais ouvrir la porte,

---

Roi to prevent her from entering. The words that follow — *gar...e [garce]* and *pu...n [putain]* — are intended to support this accusation. By the late eighteenth century, prostitution had become a problem in the Jardin du Roi, the present-day Jardin des Plantes.

[98] *Maquer.... [maquereau]*: pimp.

[99] *La dernière procession des esclaves rachetés*: Reference to the religious procession through the streets of Paris on 18 October 1785 of 315 Frenchmen (mainly sailors and merchants) who had been captured by Barbary pirates, held as slaves in North Africa, and eventually ransomed by the religious orders of the Sainte-Trinité and Merci. This was the last in a series of such processions through the streets of French towns and cities in which freed slaves gave thanks for their rescue. See Chantal de La Veronne, 'Quelques processions de captifs en France à leur retour du Maroc, d'Algérie ou de Tunis', *Revue de l'Occident musulman et de la Méditerranée* 8 (1970), 131–42, especially p. 132. It was during this event that Agnès was spotted by Augé as she watched the procession from the window of the Berthets' apartment, rue Saint-Jacques.

seulement poussée, il se présenta. Mes jambes tremblèrent; je pâlis; je n'eus pas la force de dire un mot.

'Ah! ma fille', dit le monstre, 'que je suis charmé de te revoir! Rentre avec moi! J'oublie tout, et je veux te rendre heureuse.'

J'aurais dû m'écrier. Mais intimidée, effrayée, hors de moi, je n'eus pas la force de dire autre chose que ces mots: 'Ne faites pas de bruit! Si mon père arrivait….' Je ne savais ce que je disais. Il s'assit, me fit asseoir, et me parlait avec une feinte douceur quand la maîtresse de la maison rentra. Sa surprise de me voir avec un inconnu redoubla au nom de mon mari qu'il se donna. Elle le vit doux et aussi poli qu'un homme de son espèce pouvait l'être. Instruite comme elle l'était de ses calomnies, elle ne pouvait en croire ses oreilles, ni ses yeux. Cependant, comme Moresquin affectait de parler raison, elle l'écouta.

Enfin mon père se fit entendre. Et Moresquin fut assez hardi pour l'attendre. Il fallait être un homme comme lui pour avoir cette effronterie, après tout ce qu'il avait dit contre M. Saxancour et contre moi. Mais l'inconséquence est le caractère de Moresquin. La surprise et la colère de mon père en voyant mon bourreau, mon calomniateur et le sien, furent sans bornes! Il le chassa. Le vil Moresquin, qui frémissait de rage, se voyant devant mon hôte et mon hôtesse, se mit à genoux. Mais M. Saxancour le connaissait trop pour en être touché. Il le repoussa, le fit sortir, et lui montra toute l'horreur qu'il lui inspirait.

Cependant, le lendemain, Moresquin revint avec mon fils. Mais, par une barbarie sans exemple et digne de lui, ce monstre avait stylé l'enfant, qui dès qu'il me vit, s'écria que ce n'était pas là sa maman, mais une dame: 'Je ne veux point de la dame!' J'avouerai que ce trait fut cruel et que j'y fus très sensible. Je ne pus embrasser l'enfant, qui se débattait et voulait m'égratigner. Je remontai en pleurs, pénétrée d'une nouvelle horreur pour le malheureux qui m'enlevait tout ce qu'il pouvait m'enlever!

Je ne parlerai pas de la conduite de Moresquin à son bureau, de la manière indirecte dont il était enhardi par la basse jalousie du premier secrétaire à tourmenter un homme estimable comme M. Saxancour, dont les talents humiliaient le sous-protecteur, jaloux de la manière dont un homme de mérite était reçu par le judicieux M. Olaüs-Magnus. J'en viendrai tout d'un coup à un trait de noirceur, digne de son auteur méprisable.

Moresquin fit écrire par une femme une lettre d'amour à Fromentel.[100] Il la fit surprendre sous la porte de l'allée, et il alla ensuite la montrer à tout le monde,[101] entre autres à son sous-protecteur. Triomphant de sa fourberie et de la créance qu'elle obtenait de ceux qui voulaient la croire — du sous-protecteur Megas, du parasite Lapropre, du commis Goupillon, et des gens de cet acabit — il eut l'audace d'écrire à mon père qu'il avait enfin une preuve complète contre moi. Il annonçait la lettre qu'il avait déjà montrée à Megas, dans les cafés, à tous les hommes vils de sa connaissance. Ce fut un coup terrible pour mon père, qui courut chez M. Olaüs-Magnus. Ce fut là que Megas, dépositaire indécent de la prétendue lettre, la fit voir à mon père, dont la réponse fut qu'il voyait une lettre d'écriture de femme, mais qu'il n'oserait assurer qu'elle fût de la mienne. Il lut, et alors il certifia que je ne l'avais pas écrite. Voici comme était conçue cette lettre, dictée à quelque malheureuse par Moresquin:

Mon cher ami,
Je t'envoie un ruban pour serre-tête. Il est consacré, comme tu le désires; tu m'entends … Je suis bien affligée depuis que je ne t'ai vu la dernière fois que nous couchâmes ensemble. Juge, si j'allais être grosse, sur qui ça tomberai, avec un mari comme le mien, qui n'a eu que trop de raisons de nous soupçonner! Car enfin, mon ami, tu n'as cessé de jouir de moi depuis le premier jour que nous allâmes nous promener au jardin du Roi, le jour de Saint-Denis. Bon jour, bonne œuvre, et ce que je t'accordai, si facilement que tu en fus étonné, la jouissance de ma personne. Et tu sais qu'il s'en aperçut. Je t'ai tout conté. Oh, comme il t'accusait. Mais je cacherai tout; et puis je vais tâcher d'engager un autre….

Le reste ne peut s'écrire. M. Saxancour fit observer à Megas qu'une femme ne pouvait écrire une lettre pareille. Mais le secrétaire était trop borné pour le sentir. Mon père voulut garder la lettre, comme il en avait le droit. Le secrétaire s'y opposa. M. Saxancour, indigné, la remit, mais comme en dépôt. Il feignit avec Moresquin et, par une vertueuse adresse, il parvint à faire brûler cette lettre scandaleuse, au grand regret de Megas.

Après que Moresquin eût brûlé la lettre composée par lui-même, il pressa mon père d'effectuer notre réunion. M. Saxancour lui répondait toujours qu'il ne

---

[100] In his diary, Rétif notes that he learned of the counterfeit letter on 18 December 1785, and that he and Agnès confronted Augé two days later at his office, where they persuaded him to burn it after discussing a possible reconciliation with him (*Journal*, ¶600, pp. 155–56). He suggests that Augé hoped to use the letter to pressure the Rétifs to drop their police complaint against him for assaulting Marion and to convince Agnès to return to him. However, Agnès wrote her husband a few days later to say that she would rather die than ever return to him. Rétif included the full text of her letter in *La Femme infidelle* (*OC*, vol. 45, pp. 924–27). See Excerpt 14 in Appendix C.

[101] In *La Femme infidelle*, in a footnote regarding the counterfeit letter, Rétif explains: 'La monstre avait alors lu cette lettre supposée, publiquement, dans plusieurs cafés et à toutes ses connaissances. La copie est brûlée' (*OC*, vol. 45, p. 441).

pouvait plus me contraindre, que c'était à lui de mériter — par une conduite sage et qui lui procurât de l'avancement de la part de M. Olaüs-Magnus — que je prisse confiance en lui. Mais Moresquin — incapable de bonne conduite, n'ayant que de la bassesse, de l'obscénité, de la noirceur, de la paresse, de la gourmandise, l'amour du jeu, etc. — sentait que cette condition était impossible. Il pressait mon père de plus en plus. M. Saxancour, vaincu par son importunité, se détermina enfin à tracer les conditions d'un accommodement, telles qu'on les a vues dans *La Femme infidelle*,[102] et il les envoya par ma sœur cadette, afin de rendre le message plus agréable pour Moresquin.[103]

Il faut ici faire le portrait de ma sœur. C'est une jeune personne d'une taille bien proportionnée, qui est assez jolie, mais qui a surtout et, dans un degré sans égal, un air de candeur aimable, une naïveté touchante, qui cadrent avec le son de sa voix douce et qui remue le cœur. Elle est passablement grande, fluette, marchant mollement. Enfin, tout intéresse en elle, et il n'est pas d'âme féroce qu'elle ne touchât. Ce portrait n'est point flatté; tous ceux qui connaissent Marion Saxancour[104] savent qu'il est plutôt au-dessous de la vérité. Mon père envoya d'abord ma sœur le soir, au moment où Moresquin devait être rentré. Il ne l'était pas, heureusement. En revenant, elle fit demander Moresquin au café où il allait ordinairement. On dit à la personne qui l'accompagnait qu'il n'était pas là. On s'informa de ce qu'on lui voulait, Moresquin mettant le public au fait de toutes ses affaires.

'C'est Mademoiselle, sa belle-sœur, qui lui porte un papier à signer.'

On sourit: 'Qu'elle ne s'expose pas à y aller le soir, ni même le jour.'

On rapporta ce discours à mon père, qui n'en fit que rire, quoiqu'il connût Moresquin. Le lendemain, à neuf heures, il renvoya sa fille cadette avec une femme porter le papier à signer. Elle trouva Moresquin prêt à partir pour son bureau. Elle lui présenta le papier. Moresquin le lut et dit qu'il ne pouvait pas signer qu'il n'eût consulté M. Megas. Marion lui observa qu'elle avait ordre de rapporter le papier en cas de non signature, que c'était l'ordre exprès de son père. Et elle le reprenait. Moresquin, furieux, le lui arracha de force, la renversa, la fit

---

[102] See Appendix C, Excerpt 17, for the full text of the 'Acte Satisfactoire' (dated 5 December 1785), which Rétif reprinted in *La Femme infidelle*, pp. 907–08. The reconciliation agreement that Rétif proposed never went into effect because Agnès refused to return to her husband after his brutal treatment of her sister Marion and his attacks on their family's reputation.

[103] This seems a rather lame justification for sending his younger daughter to deliver the agreement to Moresquin instead of going himself, especially given the warning Marion had received at the café to stay away from Moresquin and his brutal treatment of her when she returned the following day. This is yet another example of Rétif's attempts to excuse his questionable handling of events.

[104] Marion: Jean-Thomas-Marie-Anne Rétif (known as Marion) was born on 5 November 1764. Against her father's wishes, she married her cousin Edmond, who worked with Rétif in his printshop. Left a widow at thirty with three small children, Marion kept house for her father from 1798 until his death in 1806.

FIGURE 24. Portrait of Rétif's younger daughter Marion. Artist and date unknown. Published in *Monsieur Nicolas, ou Le Coeur humain dévoilé*. Preface by Marc Chadourne (Paris: Au Cercle du livre précieux, 1959), vol. 6, opposite p. 464. (BnF)

tomber, et lui donna des coups de pied dans le côté. La gouvernante de Moresquin et la femme qui accompagnait ma sœur se jetèrent sur lui et suspendirent ses mauvais traitements. Cependant Marion était évanouie. Il fallut la secourir. Les deux femmes accablèrent Moresquin de reproches. Ce misérable sentit son tort impardonnable, et il demanda pardon. Il voulut faire déjeuner ma sœur, qui refusa, mais qui lui dit qu'elle lui pardonnait. Ce fut pendant le temps qu'elle se remettait que ce malheureux dit, en riant affreusement, qu'il nierait tout ce qui venait de se passer. Il ajouta des infamies contre M. Saxancour, qu'il annonça qu'il nierait également. Marion, pénétrée d'horreur, et non encore remise, voulut sortir de chez cet abominable homme. Elle alla chez une voisine et se tut. Mais on entendait la gouvernante de Moresquin lui dire:

'Vous êtes un fou qui avez perdu la tête et qui cherchez à vous faire pendre! Quoi! Vous maltraitez votre belle-sœur! Mais, c'est sans exemple!'

Moresquin ricanait ou répondait par des obscénités.

A son retour chez nous, ma sœur ne dit autre chose, sinon que Moresquin avait gardé le papier pour le montrer à M. Megas. Ce fut le lendemain, qu'obligée de se faire soigner, elle dit une partie de la vérité. M. Saxancour fut très fâché qu'on ne fût pas mis dans le cas de rendre une plainte nécessaire. Il avait raison! Cette plainte eût prévenu d'autres excès dont je vais parler. Depuis cette scène, il ne fut plus question de raccommodement, et ce fut l'avantage réel que nous en tirâmes. La conduite de Moresquin envers ma sœur dévoila ses dispositions secrètes et confirma les bruits horribles qu'il répandait lui-même: qu'il ne voulait m'avoir que trois nuits pour me renvoyer chez mon père les bras cassés, les côtes enfoncées, et la honteuse maladie dans le corps. En effet, il avait pris ses précautions avant la scène qui va suivre; et son linge, son régime, d'accord avec ses discours, ont convaincu sa gouvernante que ce monstre s'était rendu malade pour avoir le barbare et coupable plaisir de me causer la mort.[105]

---

[105] *La honteuse maladie*: syphilis. Despite claims by eighteenth-century medical practitioners and charlatans alike that venereal disease was fully curable, treatments — although widely available and often highly touted — remained largely ineffective. It was not an exaggeration to suggest that Moresquin's plot to infect his wife amounted to a murder plot. By the mid-eighteenth century, the French courts considered knowing infection of one's spouse with venereal disease as grounds for separation. See Trouille, 'For Better or Worse?: Venereal Disease as Grounds for Marital Separation (Reims, 1757 and Paris, 1771)', in *Wife-Abuse in Eighteenth-Century France* (Oxford, UK: Voltaire Foundation, 2009), pp. 59–93.

Passons à présent au 21 février 1786. J'étais alors chez mon père, qui nous avait réunis, ma sœur et moi, après l'absence de ma mère. Il faut dire ici que cette mère, trop dure pour moi, voyant la conduite désordonnée de Moresquin avec mon père, avait redouté de justes reproches et qu'elle avait été dans sa province, sous prétexte des affaires de la succession de sa mère, mais réellement dans l'intention de s'y fixer, ce qu'elle fit. C'était le 27 novembre qu'elle était partie, et le même jour, mon père était venu me prendre.[106]

Le 21 février suivant, j'avais mal à la tête. J'allai prendre l'air à la pointe de l'Ile Saint-Louis. J'avais fait le tour de l'île, et j'étais prête à m'en revenir, lorsque je sentis une main crochue s'appuyer sur mon épaule. C'était celle de Moresquin. Je fis un cri en le reconnaissant.

'Tu ne m'échapperas pas', me dit-il tout bas. 'Je te tiens; il y a assez longtemps que je jeûne….' Ce qui suit ne peut s'écrire. 'Tu viendras chez moi à présent, après quoi, je te renverrai à ton père.' J'avais entendu parler de son dessein de me contagier. Outre l'horreur que Moresquin m'inspirait naturellement, ce que je soupçonnais me donnait des forces contre lui. Je voulus m'enfuir. Il n'osa me battre, à cause d'un groupe de femmes du commun qui l'auraient écharpé. Mais pour leur prouver son bon droit, il me fit arrêter par la garde. Je fus ignominieusement traînée devant le commissaire. Là, il rendit une plainte insensée, mais si folle que le clerc du commissaire me conseilla d'en rendre une à mon tour. Ce que je fis. On nous mit ensuite en référé devant le lieutenant civil. Je fis avertir mon père, qui vit l'affreux Moresquin dans l'étude. Il ne lui parla pas; il se contenta de l'accabler de son mépris.

On partit pour l'hôtel du lieutenant civil. Dès que le magistrat parut, le commissaire lui annonça une demande en séparation. Les magistrats ne peuvent montrer que de la douleur dans ces occasions. Moresquin prit ce mouvement du cœur honnête d'un juge respectable pour un pronostic en sa faveur; il triomphait. Mais le commissaire ayant rendu compte de ce qui venait de se passer, le lieutenant civil s'écria:

'Il l'a fait arrêter par la garde! Mais la garde n'a pas ce droit-là! Faire arrêter sa femme!'

Ce discours n'intimida guère Moresquin, accoutumé à ne pas rougir. Il osa demander que je fusse réintégrée chez lui. Mais le magistrat me remit entre les mains de mon père, et nous nous en retournâmes seules avec lui, ma sœur et moi.

---

[106] In his diary, Rétif gives 26 (not 27) November 1785, as the day he brought Agnès home to live with him and her sister Marion at his apartment rue des Bernardins after his wife left him that morning. The entry for that date reads: 'Matin, reproches à ma femme de ses intrigues et de sa liaison avec Augé […]. Elle a été si effrayée de mes reproches […] qu'elle avait quitté la maison, emportant ses paquets et jusqu'aux matelas de son lit. Voilà donc cette vieille folle, qui se sentant coupable, fuit et donne à son âge le spectacle scandaleux d'une séparation. Le soir, j'ai été chercher ma fille aînée pour la mettre avec la cadette' (*Journal*, ¶578, vol. 1, pp. 223–24).

Moresquin était comme un furieux. On fit ensuite d'autres arrangements en présence des procureurs, et je restai définitivement dans la maison paternelle. Mais qu'on ne pense pas que Moresquin pût se tenir tranquille. J'apprenais tous les jours des calomnies nouvelles, et je les dissimulais.

Le 5 mai arriva, et je fis à cette époque une nouvelle connaissance qui présentera, je l'espère, de plus agréables détails que ceux que j'interromps.

Nous allions quelquefois dîner au delà du boulevard chez un inspecteur général d'artillerie,[107] ami de mon père. Le 5 mai, ce respectable officier nous chargea de prendre en passant deux de ses amis, le frère et la sœur, et de venir tous ensemble sous la conduite d'un autre officier, son frère aîné. Nous arrivâmes six à la fois dans une jolie maison environnée de jardins, qui donnait sur la rue Saint-Maur. Ce fut là que je vis toutes les grâces de l'aimable Félicité.[108] Mon cœur s'éprit pour elle à jamais de l'amitié la plus vive et la plus tendre. Mon père et ma sœur l'aimèrent autant que je l'aimais, et tout parut seconder mon attachement. Après de grands malheurs, le frère et la sœur achetaient de l'officier général une petite

---

[107] M. de Saint-Mars, chevalier de Saint-Louis, was a retired field marshal and inspector general of artillery, with whom Rétif had been friends since 1780. Testud notes that, 'c'est en 1780 que Rétif le connut, alors que parvenu à l'âge de 64 ans, M. de Saint-Mars restait toujours célibataire. Il s'extasiait devant le visage angélique de Marion Rétif, ce qui fit penser au père que sa fille cadette pourrait un jour devenir Mme de Saint-Mars! La réalité se chargea de briser ce beau rêve: le 20 octobre 1787 fut signé […] le contrat de mariage de Messire François de Formanoir, chevalier de Saint-Mars […] et demoiselle Catherine Elisabeth de Stavayé.' (Testud, *Monsieur Nicolas*, vol. 2, p. 1353, n. 5 to p. 383.) Regarding Marion's later marriage, see note 104.

By the mid-1780s, Rétif had become a literary celebrity of sorts and was much sought after by Parisian high society. As the entries in his diary show, he was often invited to dine at the homes of aristocrats and high-ranking officials, despite his unkempt appearance and rather boorish behavior. His friend and biographer Palmézeau-Cubières points to the paradoxes in his character: 'Restif de La Bretonne n'apportait point dans la société les formes polies, aimables et caressantes des personnes qui cherchent à plaire. Il était ours dans sa conversation comme dans ses écrits; il était naturellement taciturne et morose, silencieux et renfrogné; en un mot, il ne faisait la cour à personne, mais il n'était pas fâché qu'on la lui fît, et il était surtout fort éloquent lorsqu'on le mettait sur le chapitre de ses ouvrages.' ['Notice historique et critique sur la vie et les ouvrages de Nicolas-Edme Restif de La Bretonne', reprinted in Paul Lacroix, *Bibliographie et iconographie de tous les ouvrages de Restif de La Bretonne* (Paris: Fontaine, 1875), p. 55.]

[108] Félicité Mesnager was thirty-five years old when Rétif and his daughters made her acquaintance through their mutual friend Saint-Mars.

terre en Normandie, où ils comptaient se retirer. Voici en abrégé l'histoire de Félicité.

C'était la plus jeune de sept enfants. Un de ses frères, celui qui avait le plus de talent et de capacité, s'était avancé dans la direction des fermes et se voyant dans une position avantageuse, il avait fait élever sa jeune sœur, demeurée orpheline, de manière à tenir sa maison un jour. Félicité reçut donc une éducation soignée, et surtout elle acquit toutes les grâces de notre sexe. A dix-sept ans, elle était venue se mettre à la tête d'une maison nombreuse. Elle était jolie, faite au tour. Ses yeux étaient noirs et brillants. Le son de sa voix, harmonieux et flatteur, allait à l'âme. Elle fut chérie, adorée de toutes les connaissances de son frère; elle était l'âme de sa maison. Vingt partis se présentèrent; mais Félicité n'était susceptible alors que d'un sentiment, celui de la reconnaissance. Elle était attachée à son frère, son bienfaiteur. Elle le rendit maître absolu de son sort et lui voua son existence. Elle passa son printemps d'une manière très agréable. Elle n'avait jusqu'à ce moment cueilli que des roses sans épines, mais une épreuve cruelle l'attendait.

Son frère avait toujours rempli son devoir de directeur avec exactitude et intégrité. Il s'était fait par là des ennemis qui, étant ensuite devenus régisseurs, travaillèrent à le perdre. Il avait coutume d'envoyer le montant de sa caisse en effets sur Paris. Il en fit de même, ignorant qu'on attendait cette occasion pour le perdre. On lui renvoya ses effets et, avant qu'il pût se retourner, on vint le saisir et l'emprisonner dans le donjon du château fort de sa ville, comme soustracteur des deniers royaux.

Ce fut dans cette occasion que la jeune Félicité, seule, abandonnée à elle-même, délaissée par des amis froids qui croyaient son frère coupable, montra toute son activité, toute son affection pour son frère. Elle fut vingt-quatre heures à la porte de sa prison, demandant à ne faire que l'entrevoir et refusant toute nourriture. Il fallut le lui montrer. Elle s'élança comme un trait[109] et se jeta dans ses bras, où elle s'évanouit. Personne ne put l'en séparer que lui-même, encore fût-ce en la pressant de se rendre à Paris, afin de travailler en sa faveur. Elle y vola. C'est ici qu'elle frappa hardiment à toutes les portes. On vit une jeune personne auparavant fêtée, d'une figure et d'une santé délicates, assiéger les hôtels des régisseurs et les bureaux des premiers commis, ne se rebuter de rien, souffrir et les cajoleries et les grossières attaques.

Elle a dit depuis: 'J'étais déterminée à tout. Mon corps et mon âme étaient à mon frère, et si l'on avait exigé de moi ce qu'on demande des plus viles créatures, je crois que je l'aurais fait, pourvu que j'eusse l'assurance d'obtenir pour mon frère liberté et réparation.'

On sent à quoi elle fut exposée. On a su par d'autres qu'il n'est pas d'humiliations où elle n'ait été réduite, de caprices qu'elle n'ait eu à satisfaire. Mais

---

[109] *S'élança comme un trait*: partir comme une flèche.

ce qui la peina le plus, ce furent les exigences d'un parvenu, alors supérieur de son frère, qui l'avait vue dans la ville, fort au-dessus de lui! Cet homme vil humilia Félicité au dernier degré et trahit ensuite les intérêts de son frère. Indignée, elle reprit alors toute sa fierté et brava tout, se montra au-dessus du malheur et obtint plus par la fermeté que par ses faveurs. Elle revint, délivra son frère et quitta une ville, théâtre de sa gloire et de son infortune, mais non de sa honte.[110]

Je ne savais pas tout cela, mais Félicité avait entendu parler de mes malheurs, sans me connaître. Elle ne savait pas, en dînant avec Mlles Saxancour, que ce fût moi qu'elle avait plainte. Mais au sortir de table, le vieil officier, qui parlait beaucoup, ayant expliqué mon histoire à Félicité comme il me détailla ensuite la sienne, cette charmante personne vint se jeter dans mes bras, en me disant:

'Aimons-nous, ma chère Saxancour! Il est mille raisons pour cela. Tout le monde se détermine d'abord pour votre sœur, qui est douce et jolie. Moi seule, je me suis sentie attirée vers vous, avant de vous connaître.'

'Oh, elle vous connaîtra!' dit le vieil officier. Et il profita de la première occasion pour m'apprendre ce que je viens de dire. Nous nous unîmes par des confidences. Félicité promit de me servir. Notre amitié commença, pour ne finir jamais.

Elle demeurait à Paris, tout près de Moresquin. Elle savait, par des voisines, une partie des horreurs qu'il m'avait faites, et son beau-frère, sa sœur, ainsi que leur fille, l'avaient instruite. Elle avait désiré me connaître, sans savoir quel était mon père. La raison du goût excessif qu'elle a pris pour moi a été qu'elle trouvait dans la même personne la femme qu'elle avait plainte et la fille de l'homme qu'elle estimait le plus.

Je ne cacherai pas ici que j'eus une autre satisfaction par le moyen de mon amie. Mon père, qu'il était si important pour moi de conserver, avait mal à la poitrine des violentes secousses et du chagrin que mon malheur lui avait causés. Je m'aperçus que son cœur s'ouvrait au plaisir de trouver Félicité jolie. Je recommandai cet homme qui m'était si cher à mon amie, et elle ne rebuta pas ses soupirs. Bientôt elle sentit combien un homme de mérite sait être aimable, quoiqu'il ne soit plus jeune, et j'eus le plaisir de les voir éperdument amoureux l'un de l'autre. Ce fut un des plus heureux temps de ma vie. Mon amie devenait comme ma mère. J'étais sa confidente; j'étais celle de mon père. Je leur disais à l'un et à l'autre ce qu'ils n'osaient se dire, et je les vis heureux.

---

110 This recalls the episode in Voltaire's novel *L'Ingénu* in which Mlle de Saint-Yves sacrifices her virginity to obtain the release of the man she loves from an unjust imprisonment.

Ma sœur, cette jeune personne si aimable que le monstre de Moresquin avait eu la barbarie de maltraiter chez lui, était alors sur le point d'être avantageusement établie. Tout me riait, et mes malheurs s'oubliaient. Mais Moresquin vivait.

Un jour, le 18 mai, que nous avions à dîner mon amie et son frère, avec un jeune homme, avocat général au Parlement de…,[111] après un dîner délicieux, entre six personnes qui se plaisaient et dont quelques-unes s'adoraient, on proposa une partie autour de l'Ile Saint-Louis. Ma sœur et moi, qui avions à ranger, nous nous dispensâmes d'en être, et les trois hommes sortirent avec Félicité, leur déesse, car ils l'aimaient tous trois également, quoique par différents motifs. En arrivant sur l'île, mon père aperçut Moresquin avec son fils. Le monstre jouait avec l'enfant, en affectant de l'appeler Saxancour. Les deux hommes n'y comprenaient rien encore. Mais Félicité devina le méchant à son air, quoiqu'elle ne l'eût jamais vu. Elle voulait revenir, mais elle continua par complaisance pour son frère. Moresquin allait tantôt derrière, tantôt devant eux. Il s'arrêtait lorsqu'ils s'arrêtaient; il marchait dès qu'ils avançaient. A la fin, il fut remarqué par les deux hommes, qu'il impatienta furieusement. Mais Félicité les modéra. Il les suivit au retour, jusqu'à la porte de mon père. Que signifiait cela? On l'ignore. Mais c'était le prologue d'une pièce terrible qu'il devait jouer le 25 mai suivant, jour de l'Ascension, au jardin du Roi.

Je vais raconter cette scène tout de suite, pour ne plus m'occuper que d'objets agréables — si ce n'est relativement à moi, qui suis malheureuse à jamais — du moins pour mon père et ma sœur.

Félicité dînait chez nous avec le jeune avocat général. Moresquin, qui épiait toutes nos démarches depuis notre nouvelle connaissance avec Mlle Félicité, vint se mettre en sentinelle dans notre rue.[112] Sa station fut au cabaret où il but à se griser pour se donner une plus grande effronterie. A six heures du soir, nous sortîmes, mon père, Félicité, le jeune avocat général, ma sœur et moi. Nous

---

[111] Cottin identifies the young lawyer in question as Morel de Rosières, lieutenant-général au bailliage de Châtillon-sur-Seine. His identity is confirmed by the entry in Rétif's diary for 18 May 1786: 'Dîné chez le docteur avec M. Morel.' (*Journal*, ¶728, vol. 1, pp. 201–02.) The doctor in question is Guillebert de Préval (see note 122). However, Testud maintains that Cottin confused M. Morel with his father and that the younger Morel was neither an avocat général, nor a lieutenant-général, although he was indeed a lawyer. In *Monsieur Nicolas*, Rétif recounts that Morel courted his younger daughter Marion, hoping to marry her, but that he discouraged Morel's suit, in the hope that the wealthier Saint-Mars, who had expressed interest in Marion, would ask for her hand. He further claims that Félicité, who hoped to marry Saint-Mars herself, succeeded in cooling Saint-Mars's friendship with the Rétifs by sending Augé to him to voice his well-rehearsed complaints against his wife and father-in-law (*Monsieur Nicolas*, 'Neuvième Epoque', *OC*, vol. 69, pp. 3114–25). In the end, Marion married her cousin Edmond, who had left his home in Burgundy to help run Rétif's print shop. He died young, leaving Marion with three small children.

[112] Numerous entries in Rétif's diary from 1786 mention Augé stalking his wife and father-in-law, insulting and threatening them and trying to excite the crowd against them.

entrâmes dans le jardin, par la nouvelle porte, du côté de la rivière. Nous gagnâmes le labyrinthe par le petit monticule. Mon père allait devant avec Félicité. Le jeune homme était entre ma sœur et moi. Je ne sais pourquoi nous cessâmes de suivre M. Saxancour, pour monter dans la route du milieu. Ce fut en descendant, pour nous rendre au labyrinthe, que Moresquin m'aborda et me donna deux soufflets. Le jeune homme ne s'en aperçut qu'à la poudre qui tombait de ma tête et lorsque Moresquin fuyait déjà. S'étant écrié: 'Quel est donc cet insolent!'

Moresquin répondit: 'C'est ma femme, que je caresse.' Et il s'enfuit.

Mon père s'était arrêté pour nous attendre, mais sans se douter de rien. Nous le joignîmes, et il vit à mon trouble, à ma pâleur qu'il s'était passé quelque chose d'extraordinaire. Le jeune homme l'instruisit. M. Saxancour dissimula sa colère. Nous montâmes au labyrinthe, que l'on commençait à gâter pour y faire je ne sais quoi.[113] Puis nous descendîmes dans le parterre. Ce fut là que nous retrouvâmes Moresquin, que le jeune avocat général fit arrêter par la garde du jardin. Mon père indigné eut trop de vivacité. Il poussa Moresquin, qui lui marchait sur le pied. Aussitôt ce misérable s'écria que M. Saxancour le frappait. Le garde, une de ces âmes basses et viles, dont la figure annonçait la plus grande ressemblance avec Moresquin, dit comme lui. Mais le témoignage de tout le public — et entre autres d'une jolie personne, Mlle Raguidon l'aînée, depuis mon amie — empêcha que ces deux misérables ne fussent crus.

On entra au cabinet du dépôt. Quinze cents personnes étaient à la porte. Ce fut là que Moresquin — ivre, forcené, écumant — vomit contre mon père, devant le garde et devant M. Robé le poète,[114] les injures les plus atroces, l'accusant de m…ge,[115] d'inceste, de prostitution de ma personne, et surtout lui prêtant avec fureur de ces torts bêtes qui n'en sont pas. L'inspecteur du jardin, croix de Saint-Louis,[116] fut averti. M. Saxancour étant le plaignant, il voulut parler. Mais Moresquin ne lui en donna pas le temps. Il se répandit en infamies comme un volcan.

---

[113] In the late eighteenth century, the bushes of the labyrinth garden in the Jardin du Roi (present-day Jardin des Plantes) had become a notorious rendezvous for prostitutes and their clients, particularly at night. True to her name, Ingénue claims that she has no idea why the bushes had been trampled, despite the fact that Moresquin had, more than a year earlier, accused her of prostitution and had her name posted at the entrance to the park to try to prevent her from entering. (See note 97 above.)

[114] Pierre-Honoré Robbé de Beauveset (1714–94), protégé of Mme du Barry and author of satires and licentious poetry.

[115] The missing word here is no doubt *maquerellage* (pimping). In a note to his account of this same incident in *La Femme infidelle*, Rétif explains: 'Et il a dit, lors de la scène terrible du 25 mai 1786 au Jardin du roi, publiquement, devant mille cinq cents personnes, que j'avais mis ma fille dans un bordel, en la tirant de chez lui!'

[116] *Croix de Saint-Louis*: High military honor established by Louis XIV for distinguished military service.

FIGURE 25.   'Ce fut en descendant, pour nous rendre au labyrinthe, que Moresquin
m'aborda et me donna deux soufflets.' Illustration titled *Manon surprise par Monsieur
Parangon* by Louis Binet, engraved by Louis-Sébastien Berthet, in *Le Paysan perverti*
(Paris: Esprit, 1776), vol. 1, lettre 52, p. 249. (BnF)

L'inspecteur l'écouta quelques minutes, puis le fit taire et lui dit: 'Je vous juge par vos propres paroles. Vous êtes un mauvais sujet!' S'adressant à mon père: 'Monsieur, remmenez vos dames, tandis que je vais le retenir ici.'[117]

'On fera bien de me retenir', s'écria stupidement Moresquin. 'Car si je sors avec lui, je l'assassine!' Mon père vint nous prendre et nous remmena. On garda Moresquin jusqu'à huit heures du soir quand on le renvoya, en lui signifiant que s'il amassait seulement trois personnes autour de lui dans le jardin, on le ferait arrêter et conduire en prison.

Voilà comment se termina la scène du 25 mai. Mon père, accompagné de Félicité et du jeune avocat général, alla porter sa plainte devant le même commissaire chez lequel j'avais été conduite par Moresquin le 21 février. Le lendemain, le Palais-Royal retentit de cette aventure. Moresquin lui-même alla s'en vanter à ma tante, ainsi qu'à son vieil ami, le colporteur vieillard, espèce de mauvais sujet, avec lequel Moresquin jouait aux cartes ou aux dames.

Nous demeurâmes assez tranquilles ensuite. Car je veux abréger cette basse persécution, jusqu'au moment où Moresquin découvrit l'impression du livre intitulé *La Femme infidelle*, composé par un ami de mon père,[118] et dans lequel Moresquin voulut se reconnaître sous le nom de L'Echiné. En effet, c'était lui-même. Le colporteur vieillard lui remit le seul exemplaire qui eût été confié à sa malhonnête femme pour le vendre. Les deux sots crurent triompher et qu'ils pourraient attaquer M. Saxancour. Mais la mauvaise volonté du colporteur espion

---

[117] An unusually long diary entry for 25 May 1786 recounts this incident in great detail and in terms very similar to his account here. See Appendix D, Excerpt 34. A similar account of this incident is found in the supplément that Rétif inserted at the end of vol. 23 of the second edition of *Les Contemporaines* [1788], cited by Testud in his notes to this diary entry (see *Journal*, ¶735, vol. 1, pp. 308–09 and Appendix E, Excerpt 2).

[118] *La Femme infidelle* was first published by Rétif in May 1786 under the pen name Maribert-Courtenay. (See note 1 above.) In one of two postscripts appended to the unabridged edition of *Ingénue Saxancour*, Maribert is again presented as a close friend to the narrator's family and as 'editor' of this equally controversial text, which the narrator is supposedly reluctant to publish: 'C'est moi, *Marivert*, qui prend ici la plume et qui achève cette production que j'imprime, sans prendre l'aveu, ni de mon ami M. Saxancour, ni de Mad. Ingénue sa fille.' Alluding to the continuing threat to the family posed by Augé-L'Echiné, he adds: 'L'amitié m'en a fait une loi. Je frémis quelquefois lorsque je pense que M. Saxancour peut venir à mourir et qu'alors deux jeunes personnes timides, aimables, seront exposées à tout ce que la scélératesse peut avoir de rage, de noirceur et d'activité. Voilà le motif de la publication de ces mémoires, de l'espèce de larcin que j'en fais [...]. C'est en outre, comme je le dis dans la Préface, la haute, l'inexprimable utilité publique de cet ouvrage pour éclairer les jeunes filles qui me pousse à le mettre à jour' (*Ingénue Saxancour*, OC, vol. 55, pp. 257–58). Rétif gives an expanded and somewhat different version of this alternative ending in the 'Supplément à *La Femme séparée*', completed on 29 September 1788 and published soon afterward in vol. 27 of the second edition of *Les Contemporaines* (1788), OC, vol. 25, pp. 304–39. For extended excerpts from these and other alternative endings to the novel, see Appendix E. These sequels to the novel are discussed in the final paragraph of the Introduction.

et la rage de Moresquin demeurèrent également sans effet. Ce dernier se couvrit lui-même de honte en colportant le livre, et il ne réussit qu'à démasquer la bassesse de son âme, ainsi que la méchanceté gratuite du sous-protecteur.

Moresquin vint pendant tout l'été sous nos fenêtres avec son fils, le livre à la main. Il amassait les passants. Il appelait son fils 'petit Echiné'. En un mot il faisait toutes les petitesses d'une âme atroce, lorsqu'elle n'a plus de prise sur un objet innocent et faible. Il mettra bientôt le comble à son insolence! Mais auparavant d'en venir là, je vais reprendre l'agréable tableau que j'ai quitté — je veux dire, celui de la liaison de M. Saxancour avec Félicité.

Un vieillard amoureux est toujours ridicule. D'où vient-il que mon père ne l'était pas? Il est vrai qu'il n'avait que cinquante-deux ans et qu'il est sans rides. Mais je crois que la véritable raison, c'est qu'un homme de son mérite ne vieillit pas comme les autres. Je crois encore que le ridicule jeté sur un vieillard amoureux vient de la personne qu'il aime. Si elle est sensible et tendre, point de ridicule. Elle n'en donne que lorsqu'elle persifle; mais dans ce cas, un jeune homme même deviendrait très ridicule. Félicité, dont les sentiments avaient pour base l'estime, la vénération même, était tendre avec enthousiasme. Et dès lors, il était permis à son amant de l'adorer, sans être ridicule. J'eus le spectacle de leur tendresse réciproque; et il était délicieux pour moi de voir une jeune personne attrayante, délicate, fêtée, repousser tous ses amants pour faire le bonheur du plus chéri des pères.[119] Je l'adorais à mon tour, cette fille aimable!

---

[119] Félicité Mesnager was the last of Rétif's grand passions, but apparently she did not reciprocate his feelings for her — contrary to Rétif's claims and flattering self-portraits in *Ingénue Saxancour*. (See Cottin's preface to *Mes Inscripcions*, p. xxiii, and his note to ¶736, pp. 210–11.) Félicité actually had her sights on the older and wealthier Saint-Mars — a fact that Rétif himself recognizes in *Monsieur Nicolas*: 'A notre arrivée, je fus surpris des grâces et de l'amabilité de Félicitette! Elle fôlatrait avec mes filles et le vieux chevalier [...]. Dans ce premier moment, j'eus une crainte vive: ce fut que la demoiselle ne fît évanouir mes plus flatteuses espérances en remplaçant Marion dans l'esprit du chevalier. Je me trompais en ce point, sans me tromper au fond' (*Monsieur Nicolas*, 'Neuvième Epoque', *OC*, vol. 69, p. 3108). In the end, Saint-Mars chose to marry a 36-year-old woman of aristocratic Swiss origins — instead of either Mlle Mesnager or Marion. Despite the tensions caused by these rivalries, Agnès and Félicité remained close friends.

Un jour, que j'allais la chercher pour dîner avec nous, ignorant que M. Saxancour avait eu la même pensée que moi, je trouvai la porte entr'ouverte. Ne me doutant de rien, je la poussai du doigt. J'entrevis mon père assis, tenant Félicité sur ses genoux ou plutôt penchée dans ses bras. Surprise, étonnée, je m'arrêtai.

'Ma belle, ma chère Félicité!' disait mon père. 'Vous faites mon bonheur, et je vous dois la santé! Oui, vos délicieuses caresses, vos sentiments, que je n'eusse osé demander, désirer même, font circuler mon sang et préviennent ou détruisent les causes du mal que je redoutais. Ange Céleste, je dois te chérir!'

A ces mots, il donnait et recevait les plus tendres baisers. Il pressait mon amie contre son cœur. Elle lui disait les choses les plus tendres, les plus enflammées, et telles que jamais je ne m'en étais imaginé de pareilles. Je la vis doucement émue, s'abandonner dans ses bras. J'étais interdite, et je ne savais ce que je devais faire. J'attendis, et ce fut tant mieux! Car je n'entendis et ne vis rien que d'absolument très platonique. C'était une estime très tendre, très vive, un attachement dévoué, mais rien de plus. Félicité revint enfin à elle-même, et la décence de ses expressions, la beauté de ses sentiments, les compliments délicats que lui dit M. Saxancour, me convainquirent que ce qui guérit les affections de la poitrine n'est pas l'amour proprement dit, mais la tendresse.

Quelle différence de ce que je venais de voir aux sentiments et à la conduite de Moresquin! Mon père et lui sont-ils de la même espèce? Je ne le crois pas. Il est plusieurs races d'hommes, peut-être en est-il autant que d'espèces d'animaux. Les unes tiennent du tigre et du pourceau comme Moresquin pour la cruauté, la crapuleuse conduite; de l'âne, du cheval, du taureau; quelques-unes du mouton; d'autres du bouc, etc. C'est là un ingénieux livre que celui que j'ai lu intitulé *La Découverte australe*.[120] J'ai entendu dire à quelqu'un que dans ce siècle esprité,[121] personne ne l'avait compris à Paris, excepté deux médecins, M. Guillelbert de Prévalet[122] et M. Lebègue de Prêle.[123]

Mais revenons à ma Félicité. Elle devait bientôt retourner à sa terre. Aussi employait-elle tous les moyens possibles pour bien consolider la santé de M. Saxancour avant son départ. Elle lui donnait tout le temps qu'elle pouvait

---

[120] *La Découverte australe par un homme volant, ou Le Dédale français* published by Rétif in 1781. In this curious work of science fiction, Rétif describes a futuristic travel odyssey in the vein of Etienne-Gabriel Morelly's *Naufrage des isles flottantes, ou Basiliade du célèbre Pilpaï* (1753) and Louis-Sébastien Mercier's *L'An 2440* (1771). It features a series of phantasmagoric illustrations picturing men and women with animal-like features reflecting their character, such as 'Les Hommes-cochons', 'Les Hommes-taureaux', and 'Les Hommes-ânes'.

[121] *Esprité*: highly intelligent.

[122] *Guillebert de Prévalet*: Physician who treated Rétif for venereal disease. His controversial methods and publicity stunts eventually led the Faculté de Paris to revoke his license. On Guillebert's career and friendship with Rétif, see Baruch, *Restif de La Bretonne* (1996), p. 168.

[123] *M. Lebègue de Prêle*: Prominent eighteenth-century French physician who performed the autopsy on Jean-Jacques Rousseau in 1778.

dérober à ses affaires. Si elle allait dîner en ville, c'était lui qui la conduisait. Et dans ses courses, leur conversation, qu'elle m'a répétée, était charmante, parce qu'elle avait pour base un sentiment que les chutes physiques n'affaiblissaient jamais.

Il fut décidé que j'irais avec Félicité dans la terre acquise par son frère, à dix lieues de Paris, du côté de la Normandie. Cette terre était le bien de la jeune personne qui en prit le nom. Nous partîmes en effet le 29 juin.

Le séjour que je fis près de Montfort[124] fut délicieux jusqu'à la mi-septembre. J'étais fêtée, comme mon amie, par tout le voisinage. Son frère avait pour moi les attentions les plus délicates. Je fis des connaissances fort agréables, parmi les jeunes personnes du canton. Mais mon cœur était tout à Félicité. Elle ne me parlait que de M. Saxancour. Il était nouvellement gravé.[125] Félicité avait son portrait, qu'elle mit à son chevet. Elle lui parlait quelquefois et lui disait des choses touchantes. Je lui en témoignai un jour mon étonnement, vu l'âge de mon père.

'Ah! Si vous saviez comme il est séduisant!' me dit-elle. 'C'est un de ces hommes qui n'ont pas besoin de jeunesse pour se faire aimer. Ses distractions mêmes et son air occupé ont un charme, parce qu'on sait trop que ce n'est pas affectation. Il ne dit pas un mot qui ne soit l'expression d'un sentiment. S'il fait un compliment, il est délicat et persuasif; il vous détaille vos charmes et vous perfectionne de manière à faire aimer l'homme qui sait les pénétrer si bien et en deviner tout le prix.'[126]

---

[124] Montfort-l'Amaury, 34 miles west of Paris. Later in the novel, the location of the Mesnagers' country house is given as Saint-Léger (Saint-Léger-en-Yvelines, 6 miles south of Montfort and about 38 miles southwest of Paris). Both villages are located in the forest of Rambouillet and correspond to the location described in the novel: 'à dix lieues de Paris, du côté de la Normandie' — about ten leagues from Paris on the way to Normandy. (In the eighteenth century, *une lieue* was roughly equivalent to four miles.) In *Monsieur Nicolas*, Rétif explains that Félicité's brother had recently bought a house and two farms in Montfort-l'Amaury from their mutual friend Saint-Mars. He also gives the reason for Agnès's extended visit with them: 'Prodiguer [Mesnager] le frère [...] partit avec sa sœur le 29 juin, emmenant ma fille aînée, qu'on voulait soustraire (disait-on) aux avanies que lui faisait son infâme mari' (*Monsieur Nicolas*, 'Neuvième Epoque', *OC*, vol. 69, p. 3119). Regarding the Mesnagers' country house, Testud notes that Havard de La Montagne found the notarized bill of sale dated 19 May 1786, according to which 'le chevalier de Saint-Mars vend "à S[ieur] François Mesnager, Directeur de l'ancienne Régie général et à D[emoise]lle Marie-Félicité Mesnager, fille majeure, demeurant tous deux à Paris rue et quai de Grève, [...] une maison et deux fermes sises à Saint-Léger, moyennant mille cinq cents livres de rente annuelle, perpétuelle et foncière, et deux milles livres payées comptant"' (*Monsieur Nicolas*, ed. by Pierre Testud, vol. 2, p. 1354, n. 1 to p. 385).

[125] *Il était nouvellement gravé*: A new portrait of Rétif had recently been engraved — probably a reference to Binet's 1785 portrait of Rétif at age 51 engraved by Berthet (see Figure 6).

[126] Another of Rétif's many smug self-portraits in the novel, which he amplifies further by claiming in the paragraph following that it was he (not Félicité) who broke off their relationship. He claims that he left her to devote himself to his work when, in fact, she left him for another man.

C'est ainsi que s'exprimait l'aimable Félicité. Hélas, qui l'aurait pensé qu'avec tant de charmes, de grâces, de jeunesse, elle serait quittée par un homme de cinquante-deux ans. Ce fut cependant ce qui arriva. Mais elle n'eut d'autre rivale que l'occupation.

Je passai près de cinq mois[127] avec ma belle amie. Mais, comme je l'ai dit, les deux premiers seuls furent d'une gaité pure. Au milieu de septembre, je reçus une lettre de Moresquin. Elle n'était que d'une page et n'exprimait que la connaissance qu'il avait de mon séjour à Saint-Léger. Cependant elle l'empoisonna, parce qu'à tout moment, je m'attendais à le voir arriver et renouveler la scène du jardin du Roi. Je n'entendais plus frapper sans que le cœur ne me battît. Si je voyais un étranger quand nous sortions, je me cachais jusqu'à ce que je l'eusse reconnu. Cette appréhension continuelle me rendit malade. Je revins à Paris avec une fièvre lente.

Pendant mon absence, Moresquin avait donné quelques scènes sous les fenêtres de mon père avec son fils. Il rassemblait les femmes du commun et leur faisait une narration à sa manière; et, comme il est le plus faux de tous les hommes, ce devait être le parfait opposé de la vérité. J'appris à mon retour tout le scandale qu'il avait causé. Mais j'étais sous la sauvegarde de mon père et de la loi. Nous demeurâmes tranquilles jusqu'au 9 février 1787.

C'est ici une nouvelle époque, mais qui ne sera pas longue. Ce fut comme la dernière explosion de la rage de Moresquin et celle qui lui fut le plus funeste.

Le 9 février, il se leva très matin pour commencer son opération. Il se rendit à Montrouge pour y voir M. Mercier,[128] l'auteur du *Tableau de Paris*, ami de M. Saxancour. Il ne le trouva pas; M. Mercier était à Paris. Il eut la hardiesse de

---

[127] According to Rétif's diary, Agnès spent four months (not five) with Félicité in Montfort-l'Amaury, from 29 June until 3 November 1786. (See *Journal*, ¶762 and ¶887, vol. 1, pp. 217, 260.) In his diary, Rétif also notes two other extended visits that Agnès paid to Félicité in Saint-Léger: a ten-week stay in 1787 (from 28 July to 8 October) and a three-month stay in 1788 (from 20 August to 1 December). See *Journal*, ¶1142, ¶1214, ¶1437, and 1541 (vol. 1, pp. 468, 493, 599, 632). Also see the chronology in Appendix A.

[128] Louis-Sébastien Mercier (1740–1814), French dramatist and writer, best known for his *Tableau de Paris* (1781–1788). Rétif became friends with him in 1782, after Mercier published an enthusiastic review of Rétif's novel *Le Paysan perverti* in *Le Tableau de Paris*.

demander M. Letourneur.[129] Il fut admis devant une compagnie de cinq à six personnes. Ce fut là que cet insensé, en présence de gens qui tous estimaient et connaissaient M. Saxancour, eut la témérité de se répandre en calomnies qui firent horreur. Il y a grande apparence qu'il machinait cela dans sa tête depuis longtemps, et que c'était un dernier coup qu'il voulait frapper, sans trop s'inquiéter des suites. Il sentait que quels que fussent les rapports qu'il avait avec M. Saxancour, c'était une élévation pour lui, et il en profitait à sa manière. Les

FIGURE 26.   1797 Portrait of Louis-Sébastien Mercier by François de Bonneville. (BnF)

[129] Pierre Le Tourneur (1736–88), French author and translator, best known for his translations of Shakespeare and of the pre-Romantic English poets of the eighteenth century (the so-called Graveyard School). He was named secretary to the Count d'Artois and royal censor. It was perhaps in this latter role that Rétif made his acquaintance.

choses qu'il dit, dans le dessein de frapper un coup d'éclat, n'eurent pas l'effet qu'il s'en était promis. Elles étaient si outrées qu'on le prit pour un fou. Seulement, M. Letourneur était tout tremblant, car il y avait à frémir! Qu'on se figure qu'il me chargeait de tous les crimes à la fois, ainsi que mon père. On sait ce qu'il a fait. Il a fallu le raconter, d'après cette dernière calomnie, pour satisfaire aux demandes répétées de tous les amis de M. Saxancour et un homme capable de ce qu'il a fait l'est encore plus de tout dire.

En revenant de Montrouge, où il avait effrayé tout le monde, Moresquin rencontra M. le vicomte de T…,[130] l'homme le plus doux et le plus honnête. Il se répandit en injures contre M. Saxancour avec une telle atrocité que M. de T…, indigné, sortit de son caractère pour lui dire:

'Je vous connais enfin; mais c'est par votre propre bouche. Allez, vous ne faites tort qu'à vous-même.'

M. Saxancour apprit cette conversation le soir même de la bouche de M. le vicomte. Mais tous deux ignoraient ce qui s'était passé à Montrouge. Ce ne fut que le surlendemain que M. Mercier en instruisit M. Saxancour, par une lettre d'abord, puis de bouche.

Mon père, indigné, sentit alors qu'il ne devait plus ménager un misérable qui le forçait à le démasquer. Il fit un mémoire,[131] le même que j'ai remis à mon procureur et qui ne contient que le récit exact des faits. Ils y sont plus abrégés qu'ici, parce qu'on y a retranché tous les traits atroces, dont on ne voulait pas faire retentir les tribunaux. Mon père fit ensuite priver Moresquin de son emploi, en employant une personne qui savait se faire écouter. Le méchant fut chassé le

---

[130] Charles Gaspard de Toustain, Viscount of Toustain-Richebourg, historian, author, and royal censor. He was Rétif's close friend and the last censor to whom Rétif's works were submitted for approval for publication, including *Ingénue Saxancour*. See Havard de La Montagne, 'Le vicomte de Toustain-Richebourg, ami et dernier censeur de Rétif de La Bretonne', *Etudes rétiviennes* 14 (1991), 99–135.

[131] In this passage of *Ingénue Saxancour*, Rétif suggests that he began writing his 'Mémoire contre Augé' in mid-February (1786). However, entries in his diary indicate that he began drafting this summary account of his son-in-law's offenses on 8 August 1785. (See *Journal*, ¶527, vol. 1, p. 192.) Repeated references to the *mémoire* in Rétif's diary in late summer and fall of 1786 show that he devoted many hours to this document, a first version of which was completed in early December and inserted into his diary entry for 4 December 1785. This first version was given to Agnès's lawyer Cavagnac to counter the legal action Augé had taken on 2 December (1786) in a failed attempt to force his wife to return to him. In the months of court proceedings leading up to the final separation hearing in March 1787, Rétif continued to revise and expand his judicial memoir to include accounts of further incidents involving Augé and additional complaints against him. A final reference to the drafting of the *mémoire* is found in Rétif's diary entry for 25 February 1787: 'Eté chez la dame Bleret [Blérie's sister-in-law] parler du monstre, travaillé à l'ajouté du mémoire contre celui-ci […]; fini le mémoire' (*Journal*, ¶990, vol. 1, p. 426). See the chronology in Appendix A and the full text of the 4 December 1786 version of the 'Mémoire contre Augé' in Appendix D, Excerpt 25.

FIGURE 27. *Le Spectateur présentant à Fanny Marion R**. Illustration from *Les Nuits de Paris* (1788-94), vol. 7. Frontispiece to Part 14 picturing Rétif ('le Spectateur Nocturne') introducing his daughter Marion to Countess Fanny de Beauharnais (1737–1813), salonnière and woman of letters. Artist unknown. The original caption reads: 'Soyez la protectrice, femme digne de tous les hommages!' (BnF)

19 février, dix jours après son explosion du 9 — explosion qu'il avait prolongée en allant dans différentes maisons répéter ses calomnies.

Moresquin — déplacé, ne se voyant plus soutenu par les sots discours d'un Megas, d'un Lapropre, d'un Goupillon, et d'autres bas personnages qui environnent M. Olaüs-Magnus et le trompent par un effet de leur basse jalousie contre le mérite — Moresquin est demeuré dans sa platitude naturelle. On n'a pas entendu un mot de lui, depuis son expulsion, si ce n'est qu'il présenta un mémoire au sous-protecteur, qui le montra un jour à mon père. Ce mémoire était également impertinent et sot, et il n'excita que le mépris. Cependant, mon père fut blessé de ce que Mégas s'en était chargé. Il cessa de le voir pour jamais.

On commença la procédure de la séparation, d'après les derniers écarts de Moresquin. On prouva par deux témoins oculaires les soufflets au jardin du Roi. On prouva par trente témoins les infamies débitées à Montrouge devant M. Letourneur et ses amis et, à Paris, devant différentes personnes dignes de foi, surtout à une dame aimable,[132] dont la figure, les mœurs et le charmant caractère font le bonheur de son époux et d'un fils de l'âge du mien, mais plus heureux. La séparation a enfin été prononcée,[133] moins d'après le mémoire de mon procureur, que d'après celui-ci.

Je retournai voir Félicité, avec laquelle j'ai passé trois mois et demi en 1787.[134] Je partage ainsi ma vie entre mon père, une sœur chérie (dont les grâces et l'aimable naïveté ne peuvent être comparées qu'à celles de ma céleste amie), et Félicité. C'est dans cette heureuse tranquillité que me laissent mes peines que j'ai entrepris de composer ces mémoires, qui ne m'ont rappelé des moments cruels, mais passés, que pour me faire mieux sentir mon bonheur actuel.

---

[132] Rétif is referring here to Countess Fanny de Beauharnais (1737–1813), salonnière, woman of letters, and godmother to the future Empress Joséphine, wife of Napoleon I. Her home in the Hôtel d'Entragues, rue de Tournon in Paris, was among the best-known salons in the years leading up to the 1789 Revolution. It was a meeting place for literary figures such as the poet Dorat, Rétif de La Bretonne, Mercier, Cubières-Palmézeaux, and Olympe de Gouges. In the 1780s, Mme de Beauharnais became close friends with Rétif and his younger daughter Marion.

[133] After many months of legal suits, countersuits, complaints to the police, and court proceedings, Agnès finally obtained a legal separation from Augé in March 1787. In his diary entry for 18 March 1787, Rétif writes: 'Le monstre Augé dit que [...] j'ai gagné au civil; que je ne gagnerai pas au criminel' (Journal, ¶1010, vol. 1, p. 432). According to Marc Chadourne, the court ordered Agnès to reside with her in-laws outside Paris: 'Après enquête et interrogatoire, le lieutenant civil ordonna en mars qu'Agnès n'aurait pas à reprendre la vie commune avec son triste époux mais quitterait son père pour aller demeurer chez son beau-père!' [Chadourne, Restif de La Bretonne, ou le siècle prophétique (Paris: Hachette, 1958), p. 257.] However, entries in Rétif's diary make clear that Agnès continued to live with her father in Paris until her divorce was finalized in February 1794, except for several extended stays with friends outside the capital. See the chronology in Appendix A.

[134] Rétif's diary indicates that Agnès left for Saint-Léger on 28 July 1787 (Journal, ¶1142, vol. 1, p. 312) and that she returned to Paris on 8 October of that year (Journal, ¶1214, vol. 1, p. 493).

APPENDIX A

~

Chronology of Agnès Rétif's Story

The following chronology concerning Agnès Rétif and her marriage is based largely on dates given in Rétif's diaries.[1] These dates generally coincide with dates given for these events in Rétif's autobiographical works *La Femme infidelle*, *Ingénue Saxancour*, and *Monsieur Nicolas*. More complete chronologies of Rétif's life and works appear in Pierre Testud's critical edition of *Monsieur Nicolas* (Paris: Gallimard, 1998), vol. 1, xxvii–liii and in his edition of Rétif's diary *Mes Inscripcions (1779–1785)*; *Journal (1785–1789)* (Paris: Editions Manucius, 2006), pp. 825–40.

1760

April 22: Marriage of Nicolas-Edme Rétif and Agnès Lebègue.

1761

March 10: Birth of Agnès Rétif, elder daughter and first child of Rétif de La Bretonne and his wife Agnès Lebègue.

1776

June: Agnès Rétif is apprenticed at the age of 15 to a dressmaker, rue Saint-Denis in Paris.

---

[1] Rétif's handwritten diary for November 1779 through 19 August 1787 was discovered in the Archives de la Bastille at the Bibliothèque de l'Arsenal and was first published by Paul Cottin in 1889 under the title *Mes Inscripcions*. Since 1995, the manuscript has been available on microfilm at the Arsenal (ms. R106396). In his far more complete two-volume critical edition published by Editions Manucius in 2006 and 2010, Pierre Testud points out that the title *Mes Inscripcions* really only applies to the abbreviated entries from 5 November 1779 through the summer of 1785 that Rétif carved into the stone embankment of the Ile Saint-Louis during his daily walks. On 1 September 1785 that year, Rétif began transcribing these entries onto paper in order to preserve them. Thus were born *Mes Inscripcions*, the diary to which he added brief entries every morning concerning his work and experiences the previous day. See Appendix D for more information about Rétif's diary and its publication history.

1778

Agnès returns to live with her father.

1779

November 5: Rétif carves his first inscription into the stone embankment of the Ile Saint-Louis. This was the first in a long series of dates and memories he carved (often in abbreviated Latin) from November 1779 through the summer of 1785 during his daily walks on his beloved island.

1780

March: While living at her aunt Bizet's home on quai de Gesvres in Paris, Agnès Rétif attracts the attention of Charles-Marie Augé, a 35-year-old childless widower living in the neighborhood.

August 9: In a letter to Rétif, Charles-Marie Augé asks for his daughter's hand in marriage.

September 30: Rétif's wife Agnès Lebègue leaves Paris to take care of her mother's succession in Burgundy and is absent for nearly four months.

November: Rétif makes the acquaintance of the chevalier de Saint-Mars, after having corresponded with him since July of that year.[2]

1781

January: Agnès receives a love letter from Augé.

January 21: Agnès Lebègue returns to Paris. With encouragement from her mother and Aunt Bizet, Agnès Rétif agrees to marry Augé, despite her father's opposition

May 1: Marriage of Agnès and Augé.[3] Agnès moves into his apartment rue de la Mortellerie (now rue de l'Hôtel de Ville), near the quai de Gesvres.

---

[2] M. de Saint-Mars, chevalier de Saint-Louis, field marshal and inspector general of artillery. Havard de La Montagne identifies him as François de Formanoir, born at Montfort-l'Amaury in 1716.

[3] Rétif did not attend his daughter's wedding, nor did he even record the date in his diary. He may have blotted out the event from his memory, either because it was too painful or because he was so caught up in his affair with Sara/Elise Debée — or perhaps for both reasons. In his diary entry for 18 February 1781, he wrote: 'Sara me dit contre sa Mère les horreurs que j'ai rapportées dans la D^{re} [Dernière] Avanture d'un Homme de 45 ans: Je la consolai; je promis de lui servir de Père, et que, puisque ma véritable Fille se mariait malgré moi, elle la remplacerait

Late May: Three weeks after their wedding, Augé beats his parents' maid and begins to mistreat Agnès on a daily basis.

Mid-July: Augé beats his wife in front of his mother, who comes to her defense.

July 14: Rétif moves from his apartment rue de Bièvre to 10 rue des Bernardins, where his wife joins him.

October: Agnès, six months pregnant, is savagely kicked in the torso by her husband.

October 23: On her father's birthday, Agnès writes to him for the first time since her marriage asking for his forgiveness, announcing her pregnancy to him, and asking him to visit her.

December 28: Birth of Jean-Nicolas Augé, son of Agnès Rétif.

1782

April: Agnès realizes she is pregnant again.

October: Rétif initiates a correspondence and friendship with the young playwright and novelist Anne-Hyacinthe (Minette) de Saint-Léger (1761–1824). Their correspondence continues until mid-1783 when the two friends have a falling out.

Mid-December: Agnès flees from Augé for the first time and takes refuge at the home of her Aunt Bizet, but returns to her husband the same night accompanied by her aunt's servant.

Late December: Premature birth of Agnès's second child. a daughter who dies in infancy.[4]

---

dans mon cœur' (*Journal*, ¶31, vol. 1, p. 51–52). Rétif did not mention Agnès again in his diary until his first visit to her more than three later in November 1783. Yet his entry for 1 January 1785, reflects the intense pain her marriage caused him and his obsessive hatred of Augé (see *Journal*, ¶460, vol. 1, pp. 165–66).

[4] In *Ingénue Saxancour*, we read: 'Il y avait quatre jours que j'étais accouchée de ma fille, et c'était le jour de l'an 178[3].' And in *La Femme infidelle*, after describing Ingénue's mistreatment following the birth of her son, Rétif writes: 'Quelques mois après, étant pour la seconde fois enceinte de ma fille, qui est morte en langueur, il me donna un si violent coup de poing dans la tête que je tombai évanouie' (*OC*, vol. 45, p. 799). Concerning the birth of a second child, Baruch writes: 'Nous n'avons pas de document qui garde trace de ce deuxième enfant, sur laquelle *Mes Inscripcions* est muet' [Baruch, *Restif de La Bretonne* (2002), vol. 2, p. 406, n. 1]. A second surviving child is mentioned in a letter sent by Ingénue to her husband in *La Femme infidelle*: 'Je sais que vos facultés ne vous permettent pas de soutenir une femme et deux enfants [...]. Je sais que vous désirez de garder votre aîné; ainsi, je prendrai le cadet [...]' (*OC*, vol. 45, p. 861). See Excerpt 14 in Appendix C. Given that Rétif and his daughter remained estranged until November 1783, it would hardly be surprising that no mention of her daughter's birth is found in his diary.

1783

January 1: Augé threatens Agnès with his sword at home in front of witnesses; she flees to her aunt's for the second time, but returns to her husband soon after.

October 9 (jour de Saint-Denis): Agnès's first meeting with Blérie de Sérivillé (called Fromentel in *Ingénue Saxancour* and Rizblé in *La Femme infidelle*).

October [23?]: Agnès writes to her father a second time.[5]

November 25: Rétif visits Agnès at her home.[6]

Late December: Birth of a third child to Agnès and Augé?[7]

1784

April: Rétif becomes acquainted with Louis Le Peletier de Morfontaine, director of Paris's municipal administration, who later hires Augé as a clerk at Rétif's request as a way of restraining his behavior.

June 19: Augé arrives uninvited at the home of Rétif's friend Grimod de La Reynière, in an unsuccessful attempt to speak to his father-in-law.

Late June/early July: Rétif visits with Agnès?[8]

---

[5] Among the letters appended to the end of *La Femme infidelle* is a second letter from Ingénue to her father. See Appendix C, Excerpt 4. The letter was purportedly written two years after the first letter (which would have been in October 1783, perhaps on Rétif's birthday, the 23rd). The date of the letter is uncertain. It may have been written instead in mid-March 1784 for reasons outlined in note 51 below.

[6] Rétif's diary entry for for 25 November 1783 reads: '*Pax. Agnetem.* Publication de la paix. Je vais voir Agnès' (*Journal*, ¶309, vol. 1, p. 130). Louis XVI had proclaimed this date a day of celebration for the signing of the Treaty of Versailles between France and Britain that ended hostilities between those two countries following the American Revolutionary War. This late fall visit to Agnès is mentioned in both *Ingénue Saxancour* and *La Femme infidelle (OC*, vol. 45, p. 811).

[7] In *Ingénue Saxancour*, Ingénue's first child is born in December 1781 and a second child is born a year later (in December 1782). In *La Femme infidelle*, in a second letter to her father (sent either in October 1783 or mid-March 1784), Ingénue claims to be seven and a half months pregnant, so this third child would have been born either in late December 1783 or late April 1784. (See Appendix C, Excerpt 4 and note 51 below.) The suggestion that Agnès was pregnant three times, three years in a row, is supported by the mention of three children born to Ingénue in *La Femme infidelle*: 'Quatre ans de service et trois enfants, dont une fille est morte de la suite des mauvais traitements que j'avais essuyés en la portant, méritaient un salaire bien au-dessus de quelques serviettes, de quelques mouchoirs, et de deux paires de draps' (*OC*, vol. 45, p. 831). Given Augé's sexual proclivities and the lack of reliable birth control at that time, three pregnancies in a row would hardly have been surprising.

[8] This visit is mentioned in *Ingénue Saxancour*, but not in Rétif's diary. Nor it is mentioned in

1785

January 2: Rétif's younger daughter Marion, who had lived with the Garnier sisters ('dévotes de la rue Mouffetard') in Paris since 1779, returns to live with her father.

January 12: Rétif goes to Agnès's home to tell her that his friend abbé Montlinot has recommended Augé for a job with Le Pelletier de Morfontaine, Prévôt des Marchands (head of the municipal administration in Paris). Agnès begins to describe her husband's mistreatment to her father for the first time, but is interrupted when Augé returns home, quarrels with Rétif, and threatens him with his cane.

January 15: Rétif meets with Le Pelletier, who agrees to hire Augé as a way of restraining his behavior.

January 30: Augé begins his new position working as a clerk in the office of Legrand, secretary to Le Pelletier.

January 31: Agnès flees from her husband and takes refuge at the home of their friend Blérie de Sérivillé. Dismayed to learn that Blérie is not married and fearing that Agnès's legal position and reputation might be compromised, Rétif takes her to his apartment for the night and then back to Augé the following day.[9]

February 20: Suffering from urinary complications from gonorrhea, Rétif falls gravely ill, but gradually recovers in the weeks following.

Late February: Agnès flees to her parents' home, but her mother forces her to return because of her father's illness.

March 10: Agnès flees to her parents' home again, but returns to her husband two days later under pressure from her mother because of her father's poor health.[10]

---

the narrative of *La Femme infidelle*, where we read: 'Mon Papa vint me voir deux fois: une à la fin de l'année 178*, et l'autre quelque temps après le commencement de l'année passée. Il ne parut plus, durant un temps considérable, à cause de la douleur que lui causait ma situation' (*OC*, vol. 45, p. 811). The first visit mentioned here would have been on 25 November 1783 and the second on 12 January 1785 (both mentioned in Rétif's diary and in *Ingénue Saxancour*). It may be that the visit in June or July 1784 referred to in *Ingénue Saxancour* never actually occurred.

[9] This incident is recorded in Rétif's diary entry for 31 January 1785 (*Journal*, ¶479, vol. 1, p. 172) and described in greater detail in *Monsieur Nicolas* ('Neuvième Epoque', *OC*, vol. 69, pp. 3100–01). See Appendix B, Excerpt 4.

[10] This incident is recorded in Rétif's diary entry for 10 March 1785 (*Journal*, ¶491, vol. 1, p. 177). However, the events in *Ingénue Saxancour* described as having taken place in late February and on 18 March 1785 are not mentioned in Rétif's diary.

March 18: Agnès flees to her parents' home once again. Her father, still ailing, sends her back to her husband the same day, accompanied by her sister.

March 28: In his diary, Rétif notes that he dined with Agnès that evening, who told him of the escalation in Augé's violence against her.

March 30: In a conversation with his friend Toustain-Richebourg noted in his diary, Rétif expresses his concern for Agnès's safety and his hatred of Augé.

May 23: Rétif completes the manuscript of *La Femme infidelle*.

Late May or early June: The Augés are invited to stay with Blérie at his brother's house in the country for the three-day Pentecost holiday, but are asked to leave after one night because of Augé's outrageous behavior.

July 21: After a brutal beating, Agnès flees from her husband, this time definitively. Rétif accepts her decision to separate from Augé and takes her to the home of the engraver Louis Berthet and his wife rue Saint-Jacques, where she stays for four months.

July 23: Rétif receives a letter for Agnès from Augé in which he appears to consent to her decision to leave him. See Appendix C, Excerpt 5.

July 26: Second letter from Blérie to Agnès in which he recounts an unpleasant visit from her jealous husband. (A few days after she left Augé, Blérie had sent a first letter to her thanking her for entrusting her songbirds to him and promising to take good care of them.) See Appendix C, Excerpts 6 and 7.

July 29: Third letter from Blérie to Agnès inviting her to visit him. In a fourth letter, sent sometime in August, Blérie laments the scandal that Augé's accusations against him has caused, but nevertheless encourages her to come visit him. See Appendix C, Excerpts 8 and 9.

August 8: Rétif begins drafting a summary account of his son-in-law's mistreatment of Agnès over the course of their four-year marriage and the deceptions leading up to it. Repeated references to this 'Mémoire contre Augé' in Rétif's diary in late summer and fall show that Rétif devoted many hours to this document, a first version of which was completed in early December and inserted into his diary entry for 4 December (1785). See Appendix D, Excerpt 25. However, in the months leading up to the final separation hearing, Rétif continued to document further incidents involving Augé and his complaints against him. A final reference to the *mémoire* is found in Rétif's diary entry for 25 February 1787.

August 10: Rétif confronts Augé at his office and reproaches him for his mistreatment of Agnès in front of his superior Legrand. He sends a letter of explanation to Legrand the following day.

August 20: Rétif completes Part 8 ('Huitième Epoque') of *Monsieur Nicolas* that summarizes his daughter's unhappy marriage.

August 28: In a cryptic note to Agnès, Blérie writes: 'J'ai de fortes raisons de garder le silence.' The reason for his silence is explained in his final letter sent on September 3. See Appendix C, Excerpts 10 and 11.

September 1: To preserve the dates and memories associated with them he had carved into the stone embankment of the Ile Saint-Louis, Rétif begins transcribing them into a notebook. Thus were born *Mes Inscripcions*, the diary to which he added brief entries every morning concerning his work and experiences.

September 3: In a final letter to Agnès, Blérie explains that he will no longer be able to see her or write to her for fear of losing his job due to the scandal caused by Augé's accusations over his involvement with her. See Appendix C, Excerpt 11.

September 17: Rétif and Agnès meet with Augé's father, who agrees that Agnès should remain separated from Augé.

September 19: During a meeting at his office with his father and Rétif, Augé agrees to send Agnès written permission to live apart from him.[11] They draw up a 'Projet de séparation', which Augé later refuses to sign.[12] See Appendix C, Excerpt 12.

September 21: In a letter to Agnès, Augé urges her to come back to him, to which she replies that she would rather die than ever return to him. See Appendix C, Excerpts 13 and 14.

October 18: During a religious procession through the streets of Paris, Augé catches sight of Agnès looking out the window of her host Berthet's apartment and angrily confronts her.

October 20: Agnès moves her possessions out of her husband's home to the Berthets' where she had been staying since July 21. Aside from a two-week stay in Gentilly, she remains with the Berthets until late November.

---

[11] In his diary entry for 19 September 1785, Rétif notes: 'Convention, chez le prévôt des M^{ds} [Marchands], entre le père Augé, moi et le *Monstre*: ce dernier promet un écrit de consentement à la liberté de ma fille' (*Journal*, ¶540, vol. 1, p. 198).

[12] Among the documents that Rétif appended to *La Femme infidelle* is a separation agreement ('Projet de séparation envoyé à M. Legrand pour m'être communiqué') that begins with the following article: 'Je soussigné, etc. déclare que je consens qu'** Jeandevert mon épouse demeure séparée d'habitation et de communauté [de biens] jusqu'au moment où d'un consentement mutuel nous serons également portés à nous réunir' (*Femme infidelle*, *OC*, vol. 45, p. 862). (Jeandevert is the name that Rétif gave to himself and his family in *La Femme infidelle*.) However, this agreement was never put into place because Augé, on the advice of his attorneys, refused to sign it. It was not until March 1787 — a year and a half later — that Agnès finally obtained a legal separation from her husband.

October 23: During an evening stroll with friends on the Ile Saint-Louis, Rétif is angrily accosted by Augé.

October 30: Rétif discovers letters from Blérie to Agnès, addressed to her using the pseudonym Mme Dulis at the Berthets' apartment where she had been staying. For the moment, he decides not to mention this correspondence. See diary entry ¶548 in Appendix D, Excerpt 18.

November 3: Agnès leaves the Berthets' home to spend two weeks at the country home of friends (probably Blérie's brother and sister-in-law) near Gentilly.[13]

November 18: Agnès returns from Gentilly to Paris. In his diary, Rétif notes that he attempts to seduce her that evening and almost succeeds.[14]

November 20: After intercepting another letter from Blérie to his daughter, Rétif confronts her and expresses his strong disapproval of their liaison. See Appendix D, Excerpt 21.

November 26: After a heated argument with Rétif over her alleged intrigues with Augé against their daughter, Agnès Lebègue moves out of their apartment rue des Bernardins. That evening, Rétif brings Agnès from the Berthets' home to live with him and his younger daughter Marion.

December 2: Agnès and Rétif receive a police summons (*citation judiciaire*) after Augé files a formal complaint accusing her of leaving their home without his permission and Rétif of refusing to return her to him, along with a number of slanderous accusations (accusing Agnès of prostitution and Rétif of being her pimp). Rétif and Agnès work late into the night responding to the police summons and to Augé's accusations. This is the first draft of what would become their 'Mémoire contre Augé'.

December 3: Accompanied by her sister, Agnès answers the police summons. During her meeting with a police inspector, she describes Augé's mistreatment of her and shows the letter he wrote to her on July 23 in which he appears to consent to her decision to leave him. Later that day, Rétif goes to Legrand's office, hoping to meet with him to contest his son-in-law's slanderous accusations. Legrand absent, Rétif finds himself alone with Augé, with whom he has a brief but pointed exchange.

---

[13] In his diary entry for that day, Rétif writes: 'je consens avec peine qu'Agnès aille à Gentilli' (*Journal*, ¶550, vol. 1, p. 205). In *La Femme infidelle*, he notes that Blérie's brother and sister-in-law had a house there. This would explain Rétif's opposition to Agnès's trip; he no doubt feared that she would see Blérie there.

[14] The diary entry for that day reads: '*Agnès redita sero pat. et ferè potta*' (*Journal*, ¶565, vol. 1, p. 216). Testud translates this as 'Agnès de retour le soir, accommodante et presque possédée' (n. 5 to p. 216). This is the first overt seduction attempt recorded in Rétif's diary.

December 4: During the night of December 3rd to 4th, aided by Agnès, Rétif completes a first version of his 'Mémoire contre Augé', which he inserts into diary entry ¶586 for 4 December. (See Appendix D, Except 25.) In *Ingénue Saxancour*, Rétif claims to have written the *mémoire* in mid-February 1786. However, the fact that a first reference to it appears in early August 1785 shows that it was begun not in February, but some six months earlier. A final reference to the *mémoire* appears in Rétif's diary entry for 25 February 1787.

December 5: Rétif intercepts a note from Agnès to Blérie and intimidates the messenger into agreeing to give him any further correspondence between them.

December 6: Rétif sends his daughter Marion to deliver a reconciliation agreement ('Acte Satisfactoire') to Augé, in which he was to acknowledge his past mistreatment of Agnès and promise to treat her better in the future if she agreed to return to him. (See Appendix C, Excerpt 17.) However, instead of signing it, Augé launches into a slanderous diatribe against his father-in-law and violently assaults his sister-in-law. Furious at his son-in-law, Rétif sends Marion to the lieutenant de police's office to deliver his 'Mémoire contre Augé,' along with a shorter account of events written by Marion. (See Appendix D, Excerpt 27.)

December 9: Agnès and Marion file a complaint with police inspector Henri against Augé for his assault on Marion a few days earlier.

December 12: Rétif scolds Agnès for remaining in contact with Blérie and for giving him his only copy of his novel *Nouveaux mémoires d'un homme de qualité*.

December 18: Rétif learns of a love letter allegedly sent by Agnès to Blérie that Augé had forged in an effort to pressure the Rétifs to drop their police complaint against him for assaulting Marion and to persuade Agnès to return to him.

December 20: Rétif and Agnès angrily confront Augé at his office, where they persuade him to burn the counterfeit letter after discussing a possible reconciliation with him. A few days later, Agnès writes to her husband to say that she would rather die than ever return to him and reiterating her complaints against him. See Appendix C, Excerpt 19.

December 21: Rétif dines at the home of Le Pelletier along with Le Pelletier's secretary, the lawyer Legrand, for whom Augé works as a clerk. Legrand reveals that Augé had committed 'un abus de confiance', but Rétif does not reveal in his diary entry what that breach of trust entailed.

1786

January or February: Agnès sends a third letter to Augé in response to his repeated entreaties for her to return to him. See Appendix C, Excerpt 20.

February 21: Augé accosts Agnès in the street on the Ile Saint-Louis and humiliates her by having her arrested as a prostitute. She is taken to the local police station, where she lodges a complaint against her estranged husband for battery. Rétif accompanies his daughter and the police to the office of the local magistrate, where she makes a formal request for a separation. The magistrate grants her request to stay with her father while her case is being decided.

February 22: Agnès is accosted a second time near city hall by Augé, who has her arrested again. The police release her and reprimand Augé for his false accusations. Rétif adds a summary of these incidents to his 'Mémoire contre Augé', which Agnès takes two days later to her lawyer maître Cavagnac to use as evidence in her separation suit.

February 24: During a preliminary hearing of Agnès's separation suit, Augé launches into a slanderous rant against Rétif and quarrels angrily with Agnès. Shocked and annoyed, the magistrate grants Agnès permission to remain with her father until the next hearing scheduled for March 7.

February 27: Rétif meets with Augé's superiors Legrand and Le Pelletier to discuss his son-in-law's slanders against both of them and against himself. Augé is fired.

March 7: Agnès signs a separation agreement drawn up by the lawyers according to which Augé would not be required to pay alimony if he agrees to a separation.

March 18: Rétif begins writing a short story about Agnès's marriage and separation titled 'L'Epouse séparée', completed in eighteen days and published later that year in *Les Françaises*. This was first version of what would later be expanded into his novel *Ingénue Saxancour* (published in 1789).

April 5: Rétif completes 'L'Epouse séparée'.

April 18: Rétif and his daughters dine at the home of le chevalier de Saint-Mars. In a brief reference to this dinner in his diary, Rétif mentions for the first time two people who were to play key roles in their lives: Félicité Mesnager (who was to become Agnès's close friend and Rétif's last great passion) and Louis Vignon (who later became Agnès's lover and eventually her second husband). In *Ingénue Saxancour*, Rétif gives May 5 as the date they first met Félicité.

May 23: Rétif completes the manuscript of *La Femme infidelle*, published later that month.

June 24: Rétif completes *Les Françaises*, a short story collection that includes two stories about his daughter's unhappy marriage and her liaison with Blérie.

May 25: Angered by news of the publication of *La Femme infidelle*, Augé follows Agnès to the Jardin des Plantes, where he slaps her as she strolls in the garden with her father and sister, along with Félicité and M. de Rosières. After de Rosières has Augé arrested, Augé launches into another tirade against his father-in-law, threatening to kill him and accusing him of incest and of prostituting his daughter.[15] Rétif goes to the police station on Ile Saint-Louis to file a formal complaint against Augé for his harrassment and death threats.

May 26: Rétif meets with Agnès's lawyer to discuss the incident of the previous day. In his diary for that day, he notes: 'été chés le procureur lui raconter la scène d'hier: Il approuve ma plainte; la séparation est sûre: ma plainte sera terrible!' (*Journal*, ¶736, vol. 1, p. 309).

May 30: First reference in Rétif's diary to Mme Laruelle.[16]

June 3: Augé, who continues to stalk Agnès, accosts her as she and her father accompany Félicité home.

June 8: Rétif begins writing the definitive version of *Ingénue Saxancour* (referred to in his diary as 'Femme séparée').

June 10: Rétif continues work on his 'Mémoire contre Augé'. A final reference to the *mémoire* appears in his diary entry for 25 February 1787.

June 24: Rétif completes 'L'Epouse aimant un autre homme'.

June 29: Agnès leaves with Félicité Mesnager for a four-month stay at her country home in Montfort-l'Amaury near Rambouillet.[17] After nearly completing the core version of *Ingénue Saxancour* (108 manuscript pages), Rétif interrupts work on

---

[15] An unusually long diary entry for that day recounts this incident in great detail. See *Journal*, ¶735, vol. 1, pp. 307–08 and Appendix D, Excerpt 34.

[16] In his diary for 30 May 1786, Rétif notes: 'Mlle Londo et Mme Laruelle m'ont vu et parlaient de moi' (*Journal*, ¶740, vol. 1, p. 312). Other references to Mme Laruelle are found in the entries for June 14, 15, 18, 19, 23, 28 and July 2 and 8 1786. This is significant since it was during this same period that Rétif began writing the definitive version of *Ingénue Saxancour* (begun 8 June 1786). In his autobiography, Rétif recalls at length his first conversation with Mme Laruelle. See Appendix B, Excerpt 6.

[17] In *Monsieur Nicolas*, Rétif explains that Félicité's brother had recently bought a house and two farms in Montfort-l'Amaury from their mutual friend Saint-Mars. He also gives the reason for Agnès's extended visit with them: 'Prodiguer [Mesnager] le frère [...] partit avec sa sœur le 29 juin, emmenant ma fille aînée qu'on voulait soustraire (disait-on) aux avanies que lui faisait son infâme mari' (*Monsieur Nicolas*, 'Neuvième Epoque', *OC*, vol. 69, p. 3119). In his diary, Rétif also notes two other extended visits that Agnès paid to Félicité in Montfort-l'Amaury: a ten-week stay in 1787 (from 28 July 28 to 8 October) and a fifteen-week stay in 1788 (from 20 August to 1 December). See *Journal*, ¶1142, ¶1214, ¶1437, and ¶1541 (vol. 1, pp. 468, 493, 599, 632).

the novel for nearly two years. Testud suggests that Rétif feared retaliation from Augé, given his angry reaction to the publication of *La Femme infidelle*.

July 2 and 8: Rétif takes walks with Mme Laruelle.

August 21: Rétif learns that Augé is trying to block the sale of *La Femme infidelle*.

Fall: In angry letter, François Marlin breaks off his friendship with Rétif after reading *La Femme infidelle*. See Appendix C, Excerpt 21.

November 3: Agnès returns from her stay with Félicité in Montfort-l'Amaury.

November 6: Rétif gives Mme Laruelle the proofs of his short story 'L'Epouse séparée', which he later expands into his novel *Ingénue Saxancour*.

November: Publication of Rétif's short story collection *Les Françaises*, which includes 'L'Epouse séparée' (about Agnès's marriage and separation) and 'L'Epouse aimant un autre homme' (about Agnès's affair with Blérie).

1787

February 9: Augé goes to Montrouge, where he hopes to see Rétif's friend Mercier. Not finding him at home, Augé goes to the home of Pierre Le Tourneur, royal censor and secretary to the Count d'Artois, where he scandalizes Le Tourneur and his guests with his violent denunciations of Rétif and his daughter. On his way back to Paris, Augé meets Vicomte de Toustain-Richebourg, another of Rétif's friends, and flies into another violent tirade. News of both incidents eventually reach Rétif, who vows to punish Augé by publishing the 'Mémoire contre Augé' detailing his mistreatment of Agnès and responding to his slanderous attacks. This judicial memoir served the dual purpose of obtaining a separation for Agnès and causing Augé to be fired from the position that Rétif had secured for him.

February 16: Augé goes to the home of Louis-Sébastien Mercier, where he flies into a tirade against Rétif, who files a complaint against him at the police station on the Ile Saint-Louis.

February 18: Rétif and Agnès meet with their lawyer Cavagnac and then file a police complaint against Augé.

February 19: Denounced by Rétif, Augé is fired from his position with Legrand, secretary to Le Pelletier.

February 25: Rétif completes the final version of his 'Mémoire contre Augé'.

March: After many months of suits, countersuits, complaints to the police, and court proceedings, Agnès finally obtains a separation from Augé. In his diary entry for March 18, Rétif writes: 'Le monstre Augé dit que […] j'ai gagné au civil; que je ne gagnerai pas au criminel' (*Journal*, ¶1010, vol. 1, p. 432).

July 28: Agnès leaves her father's home in Paris for a ten-week visit with Félicité in Montfort-l'Amaury near Rambouillet.

August 17: Rétif begins writing the *Lettres du tombeau,* which include the story of a father's incest with his two daughters, who both become pregnant by him. Their names are anagrams of the names of Rétif's daughters. The collection was not published until 1802 — a delay apparently due to opposition by government censors.

October 8: Agnès returns from her stay with Félicité in Montfort-l'Amaury to her father's home in Paris.[18]

December 19: Rétif attempts to seduce Agnès, but she resists, as the following diary entry indicates: 'Non réussi avec Ags' (*Journal*, ¶1285, vol. 1, p. 523).

December 31: Rétif again attempts to seduce Agnès. In his diary entry, Rétif writes: 'raté Aˢ, querelle, pleurs' (*Journal*, ¶1296, vol. 1, p. 528).

1788

April 17: Rétif resumes work on *Ingénue Saxancour,* interrupted since late June 1786; the manuscript is completed in five days.

April 22: Rétif completes the final version of *Ingénue Saxancour.*

April 28: Coded entries in Rétif's diary indicate that, on this date, he and Agnès (who was then 27) began incestuous relations,[19] which continued off and on for five years.

May 14: Rétif delivers the recently completed manuscript of *Ingénue Saxancour* to the printer Maradan.

August 20: Agnès leaves to stay with Félicité Mesnager in Montfort-l'Amaury for three and a half months.

---

[18] Rétif's diary indicates that Agnès left for Montfort/Saint-Léger on 28 July 1787 and that she returned on 8 October. See *Journal*, ¶1142 and ¶1214, vol. 1, pp. 468 and 493.

[19] Rétif's diary entry for that day reads '28 Ap. matin: cares[sé] Senga […] le soir […] persuadé Senga.' (*Journal*, ¶1416, vol. 1, p. 564). The entry on the following day makes clear what this meant: 'fᵘ Senga' [foutu Senga] (¶1417, vol. 1, p. 565). In his note to a later entry, Testud notes that that 'l'appellation Senga pour Agnès a régulièrement dans le *Journal* une connotation sexuelle' (vol. 1, p. 632, n. 5).

September 14: Rétif begins composing the 'Supplément à *La Femme séparée*', which he completes on 29 September and publishes immediately in vol. 27 of the second edition of *Les Contemporaines*. See Appendix E, Excerpt 3.

November 10: Following a dispute with his landlord, who (according to Rétif) wrongly accused Marion of stealing a watch from his apartment,[20] Rétif and Marion moved from 10 rue des Bernardins to rue de la Bûcherie nearby, both near la place Maubert.

Late November: Publication of *Ingénue Saxancour*.

December 1: Agnès returns from Montfort-l'Amaury to visit her father and sister in their new apartment.

Late December: Rétif breaks off his friendship with Félicité Mesnager after learning that she had thwarted his plan to marry his younger daughter Marion to M. de Saint-Mars in the hope of marrying the chevalier herself.[21]

1789

January 19: Agnès leaves for an extended stay at the home of Michel-Jérôme Baragot, curé of the village of Champs near Soissons.[22]

---

[20] This incident is recounted in detail in the 'Supplément à *La Femme séparée*'. See Appendix E, Excerpt 3.

[21] According to Testud, 'le *Journal* ne permet pas de dater précisément cette rupture. Sans doute eut-elle lieu à la fin de 1788. Le 14 décembre 1788, Rétif note encore un dîner avec elle. Il n'en est plus question ensuite.' (*Monsieur Nicolas*, vol. 2, p. 1365, note 4 to p. 395.) Ironically, in the 'Supplément à *La Femme séparée*', written that fall, Rétif had written a euphoric ending to *Ingénue Saxancour* in which he marries Félicité, Agnès/Ingénue marries her brother, and Marion marries St. Mars. See Appendix E, Excerpt 3.

[22] Daniel Baruch speculates that Agnès's sudden departure for Soissons and her eight-month absence may have been due to a pregnancy with Rétif's child that she and her father wished to conceal. See *Restif de La Bretonne* (Paris: Fayard, 1996), pp. 216–17. Agnès's stay near Soissons may have been arranged through Rétif's friend the writer and bibliographer Barthélemy Mercier, abbé de Saint-Léger (1734–1799), to whom Louis XV had granted the living (*bénéfice*) of the abbey of Soissons in 1767. It is unclear how long Agnès actually stayed in Soissons, since an entry in Rétif's diary on 2 July 1789 suggests that she was forced to leave for some unnamed reason (perhaps due to her pregnancy or to the publication of *Ingénue Saxancour* or both): 'Lettre d'Agnès qui ne peut pas rester à Champs' (*Journal*, ¶1754, vol. 1, p. 689). Subsequent entries in Rétif's diary suggest that Agnès may have stayed in Paris with Mme Duchesne, Rétif's principal bookseller from 1774 until 1802. See, for example, the entry for 21 August 1789: 'matin *Agneti*, rep. à la lettre du 19 chez mad. *Duch.*', which Testud interprets to mean 'écrit à Agnès chez la libraire Duchesne, en réponse à une lettre reçue le 19' (*Journal*, ¶1799, vol. 1, p. 703, n. 3). On 23 July 1789, Rétif writes: 'Duchesne: douleur' (*Journal*, ¶1772, vol. 1, p. 697). There are frequent references to Mme Duchesne in the diary entries for July 1789, but perhaps Rétif's visits to her were for business. Or perhaps her address served only as a conduit for his correspondence with Agnès during her absence, in order to avoid discovery by Augé?

June 11: Rétif's estranged wife Agnès Lebègue is arrested, but then released without charges after Augé falsely accuses her of prostituting her elder daughter.

June 22: Rétif learns that Marion is pregnant with her cousin Edmond's child.

July 14: Rétif is arrested following an accusation by Augé.

August-September: Rétif writes a series of angry open letters to Augé denouncing his mistreatment of Agnès and his continued harrassment of her and her family after she left him. These letters were later published in the *Thesmographe*.[23]

September 12: Agnès returns from Soissons to her father's apartment in Paris.

September 16: Augé writes a letter of complaint to Toustain-Richebourg, the censor who had approved publication of *Ingénue Saxancour* the previous fall. See Excerpt 24 in Appendix C.

September 28: Augé denounces Rétif to the authorities, but without success.

October 1: Augé and several accomplices wait late at night outside Rétif's apartment in an attempt to assassinate him, but the plot fails because he had already returned home.[24]

October 26: Augé circulates a virulent pamphet accusing his father-in-law of having published scabrous and libelous books (*La Femme infidelle* and *Ingénue Saxancour*, among others), as well as subversive political pamphlets.[25]

October 28: Returning home at 10:30 PM, Rétif is arrested and held by the police until the morning of October 30, following Augé's accusation three days earlier. After Rétif succeeds in proving his innocence, Augé is charged with false accusations and detained for several days (November 1–3).

---

[23] *Le Thesmographe ou Idées d'un honnête-homme sur un projet de réglement* [1789], reprinted in *OC*, vol. 110, pp. 482–501. See Excerpts 25 and 26 in Appendix C.

[24] In a postscript to *Le Thesmographe* dated 2 October 1789, Rétif writes: 'Je dénonce un nouvel attentat de L'Echiné. Hier, à onze heures du soir, le scélérat est venu m'attendre dans ma rue solitaire. Comme j'étais rentré avant son arrivée, il s'est ennuyé. Un voisin du premier était à sa fenêtre. Le monstre lui a demandé si j'étais rentré. – Je l'ignore. — C'est que je veux qu'il me rende ma femme. [...] Le voisin est descendu, avec un jeune garçon. Il a trouvé un homme noir, qui lui a dit qu'il m'attendait pour me poignarder ou me brûler la cervelle. Il avait plusieurs complices' (*Le Thesmographe*, p. 501). See Appendix C, Excerpt 26.

[25] 'Dénonciation d'un beau-père par son gendre calomniateur', reprinted in *Nuits de Paris*, *OC*, vol. 86, pp. 199–200, 202. See excerpts from Augé's denunciation in Appendix C, Excerpt 27. Augé's text is preceded by Rétif's summary of his son-in-law's life and crimes (193–98) and followed by his denial of Augé's accusations (201, 203–237). David Coward convincingly argues that Augé's hatred of his father-in-law stemmed from jealousy and suspicions of less than innocent father-daughter relations — suspicions that intensified in 1788 after he appears to have learned through servants of Rétif's incestuous relations with Agnès. See Coward, *The Philosophy of Restif de La Bretonne* (Oxford, UK: Voltaire Foundation, 1991), p. 757, n. 36.

Early November: Following the events of October 29, Rétif writes and circulates the *Dénonciation contr'un beau-père par son gendre calomniateur,* which includes Augé's charges against him, followed by Rétif's responses to the charges and the official record of proceedings (reprinted the following February in *Nuits de Paris*).[26]

November 23: Agnès accompanies the ailing Mme Laruelle to her country home in Villabé, 23 miles (39 km) south of Paris.[27]

1790

February 17: Publication of Rétif's *Procès-verbal du district pour admettre la délation d'Augé.*[28]

February 22: Mme Laruelle dies of tuberculosis in the arms of Agnès Rétif at her home in Villabé.

March 17: Agnès returns from Villabé to her father's apartment.

June 12: Agnès departs to stay with unnamed friends (perhaps the Nanteuils) until 3 July.

Late fall: Agnès leaves her father's home to stay with Mme Nanteuil, an old friend, in order to escape harassment from Augé.[29]

1791

January 31: Rétif receives a letter from Agnès that Augé, informed perhaps by Mme Nanteuil, had discovered her hiding place at the Nanteuils' home and had come there with two friends to harass her.

February 1: Agnès leaves Mme Nanteuil's home and returns to her father's apartment in Paris.

---

[26] See excerpts from Augé's denunciation and Rétif's response in Appendix C, Excerpts 27 and 28.

[27] Baruch speculates that Agnès's stay served a double purpose: to help care for her friend during the final stages of tuberculosis, while at the same time rescuing her from Augé's importunities — and perhaps as well from her father's persistent sexual advances. See Baruch, *Restif de La Bretonne,* p. 228.

[28] Rétif published the transcript of Augé's accusations and the hearing that followed in the 'Huitième Nuit' of *Nuits de Paris, OC,* vol. 86, pp. 207–33. Rétif no doubt published Augé's accusations in order to discredit him and to justify himself, as Testud has suggested (*Journal,* vol. 1, p. 729, n. 5).

[29] This according to David Coward, *Philosophy of Restif de La Bretonne,* p. 756

May 19: Letter from Grimod de La Reynière to Rétif in which he presents his aunt Beausset's criticisms of *Ingénue Saxancour*, which they had both read. See Appendix C, Excerpt 30.

May 21: Rétif's younger daughter Marion marries her first cousin Edme-Etienne Rétif, son of Nicolas's younger brother Pierre. They already have a daughter together and are expecting a second child. Rétif did not learn of their marriage until 16 June.[30]

July 7: Letter from La Reynière to Rétif in which he criticizes the scandalous aspects of *Ingénue Saxancour* and questions his friend's motives for publishing it. See Appendix C, Excerpt 31.

1792

September 20: The French legislature adopts its first divorce law, the most liberal in the world at the time. Rétif rejoices at the news.

October 12: Rétif sends a letter to La Reynière in which he breaks off their friendship, citing their political differences over the Revolution, which La Reynière vehemently opposes.

1793

February: Agnès begins a liaison with Louis Claude Vignon, ten years her junior, whom she first met in April 1786 at the home of the chevalier de Saint-Mars.

July 10: Agnès initiates a divorce suit against Augé with her father's help.[31]

Mid-November: Agnès conceives a child with Vignon.

---

[30] Testud speculates that Rétif was as opposed to Marion's marriage as he was to Agnès's: 'Le *Journal* ne signale rien à la date du 21 mai, mais à la date du 16 juin, on lit cette exclamation: "Marion mariée!" Il est permis d'en conclure que Marion, alors âgée de près de 27 ans, s'est mariée en cachette de son père, et que celui-ci n'en a la relation que deux mois plus tard. On peut mesurer par là la farouche opposition de Rétif au mariage de sa fille cadette' (Testud, 'Repères biographiques', in *Journal*, vol. 1, p. 836).

[31] In *Monsieur Nicolas*, Rétif confuses the dates of Agnès's divorce petition in July 1793 with the granting of her divorce in February 1794: 'En 1793, ma fille Agnès R. me quitta. Elle avait demandé et obtenu le divorce quelques mois auparavant' (*Monsieur Nicolas*, 'Neuvième Epoque', *OC*, vol. 69, p. 3217). In his notes to his edition of Rétif's diary, Testud points to Rétif's error: 'Contrairement à ce qu'écrit Rétif dans *Monsieur Nicolas*, [...], on voit ici que Rétif amalgame demande et obtention' (*Journal*, ¶3372, vol. 2, p. 324, n. 9).

1794

January 16: The court grants a divorce to Rétif and his wife Agnès Lebègue, who had been separated more or less continuously since 1773.[32]

February 5: Agnès's divorce from Augé is finalized on the grounds of incompatibility.[33]

February 7: Agnès leaves her father's home to live with Louis Vignon, who would later become her second husband.

July: Marion's 24-year-old husband Edme dies of tuberculosis, leaving her with three small children.

August 17: Birth of Frédéric-Victor Vignon, son of Agnès Rétif and Louis-Claude-Victor Vignon, whom she later marries in 1798.

1795

January 6: Augé marries his third wife, Jeanne Catherine Fournier.

1796

June 12: Rétif's diary ends abruptly, raising the question whether subsequent notebooks may have existed and been lost or destroyed by family, friends, or government censors after his death.

1797

Late September: The final volume of *Monsieur Nicolas* is printed. Printing of the first volume had begun four years earlier (in May 1793).

Late fall: *Monsieur Nicolas* is released to the public.

---

[32] In his diary entry for 13 January, Rétif notes: 'on a signé divorce à moitié'. Then on 16 January, he reports: 'tout est signé' (*Journal*, ¶3349 and ¶3352, vol. 2, pp. 320–21).

[33] Rétif's diary entry for 4 February 1794 reads: 'divce prononcé' and the following day, the entry reads: 'fini div^ce Agn^s son acte' (*Journal*, ¶3371 and ¶3372, vol. 2, p. 324). In his notes to this entry, Testud explains: 'Il s'agit du divorce d'Agnès, la fille de Rétif, qui avait engagé la procédure en juillet 1793' (p. 324, n. 9). In the chronology provided in his edition of *Monsieur Nicolas* (vol. 1, p. L), Testud had confused the date of Agnès's divorce with the date of Rétif's own divorce the previous month. This error is repeated in the 'Repères biographiques' in Testud's edition of Rétif's diary (vol. 1, p. 837), but is corrected in his note to p. 324 cited above.

1798

November 10: Agnès marries Louis-Claude-Victor Vignon, her companion since February 1793 and father of her second son Frédéric-Victor (born in August 1794).

1806

February 3: Death of Rétif at the age of 72.

1808

August 29: Death of Rétif's ex-wife Agnès Lebègue at her elder daughter's home in Paris.

Post-1810

Death of Charles-Marie Augé, Agnès Rétif's first husband. The exact date is unknown.[34]

1812

June 21: Death of Agnès Rétif at age 51, leaving two sons: Jean-Nicolas Augé, a printer, and Frédéric-Victor Vignon, a writer.

1856

August 20: Death of Frédéric-Victor Vignon, son of Agnès Rétif and Louis-Claude-Victor Vignon. Agnès's older son Jean-Nicolas Augé died sometime after 1855; the exact date is unknown.

---

[34] In the introduction to his 2002 edition of *Ingénue Saxancour* cited earlier, Baruch notes that Augé was still employed as a tax-collector (contrôleur des Contributions) in Saint-Jean-de-Maurienne in Savoie in 1810.

∾

Excerpts from *Monsieur Nicolas*

Source: *Monsieur Nicolas, ou le cœur humain dévoilé* [1788–96]. In *Œuvres complètes* (Geneva: Slatkine Reprints, 1988), vol. 64–71.

Excerpt 1 — Augé's courtship of Agnès Rétif

From Monsieur Nicolas, *'Huitième Epoque', OC, vol. 69, pp. 3024–29.*

Le mariage de ma fille aînée avait marché sur la même ligne que mon aventure avec Sara.[35] On verra comme Mlle Debée, à son début, avait eu l'art de me persuader qu'elle remplacerait à jamais une fille ingrate. Je l'avouerai, cette assurance, les caresses, l'amitié de Sara, excitées par une réputation qui, sans égaler celle de Rousseau, faisait la même impression sur elle, tout cela me détermina non à donner un consentement que je me serais éternellement reproché, mais à me laisser forcer à le donner.

Vers le mois de septembre 1780, L'Echiné[36] me fit demander en mariage ma fille Agnès qui était alors chez sa tante Bizet (ma sœur Margot). Cette dernière me présenta le parti comme très avantageux! C'était un fils unique, qui avait, disait-on, très bien vécu avec sa première femme dont il n'avait plus d'enfants. Il se vantait d'avoir mille écus de rente et que ses parents en avaient davantage. C'était un sort assuré, qui valait mieux qu'un établissement douteux. L'homme n'était pas beau; mais il était bon, plein d'esprit. Tel était le roman de ma sœur Bizet, ayant de la vraisemblance, et point de vérité. Mais Margot voulait marier ma fille pour s'en débarrasser, parce que étant dévote très bête, elle trouvait que sa nièce se mettait trop mondainement. Ce motif fut le seul qui la fit mentir et perdre ma fille, en nous trompant.

On prit jour pour me présenter L'Echiné, que son père devait accompagner.

---

[35] Sara (Elise Debée-Leeman) was the daughter of Rétif's landlady at the time. In 1781, Rétif had a brief but passionate sexual liaison with this young woman, whom he viewed as his adoptive daughter, but who left him for a younger aristocratic lover. He describes his affair in several of his works, including *La Femme infidelle, Monsieur Nicolas* ('Huitième Epoque'), and *La Dernière Avanture [sic] d'un homme de quarante-cinq ans* (Paris: Regnault, 1783).

[36] Rétif refers to Augé as Moresquin in *Ingénue Saxancour* and as L'Echiné in *Monsieur Nicolas* and *La Femme infidelle*.

Mme Bizet était si empressée qu'elle donna un dîner à ces deux hommes, comme si c'eût été à elle de faire les démarches pour offrir ma fille. Dans la conversation de la table, je m'aperçus peu de la sottise de L'Echiné; le père me parut un bon homme. Il ne dit rien contre son fils, mais il ne dit rien pour lui; je vis même ses yeux humides, une fois ou deux, lorsqu'il les portait sur ma fille qui, ce jour-là, était réellement charmante! La réserve du père me donna à penser. Après le dîner, le fils vint impudemment me presser de lui donner une réponse. Je m'en dispensai, sur ce que je ne le connaissais pas. Et de ce moment, j'évitai de le voir.

Il m'écrivit. C'est à sa première lettre qu'il fut jugé. Je vis un sot entortillé dans de grands mots qu'il n'entendais pas; sa lettre, loin d'avoir de l'esprit, n'avait ni sens commun, ni sens. [...]37 Mon refus absolu fut alors décidé. Je ne lui répondis pas. Mais par une politique sage, au lieu d'employer l'autorité absolue, je m'en tins avec ma fille aux conseils. Je demandai quel était l'emploi de cet homme. On ne put me le dire. Je donnai ce moyen de refus. Mais ma sœur avait mis en avant les mille écus de rente; et par là, quoiqu'elle fût sûre que ce revenu n'existait pas, elle répondait à tout. [...] Elle pressait ma fille de redoubler ses instances auprès de moi, malgré l'indécence du procédé.

L'Echiné continuait d'écrire, quoique j'eusse dit mon sentiment: il était assez sot pour ne pas sentir combien ses lettres étaient bêtes! A chacune de ses missives, j'étais confirmé dans ma répugnance invincible pour lui, répugnance si forte que je n'ai encore pu soutenir sa vue. Un soir, il vint frapper à ma porte. Par une abominable complaisance, Margot avait permis que ma fille l'accompagnât. Agnès heurta, lorsque L'Echiné fut descendu, et m'appela. En reconnaissant sa voix, je fus tout à la fois impatienté, saisi d'indignation et révolté de ce que j'entrevoyais. J'ouvris la porte, mais ce fut pour donner un soufflet à ma fille. Je lui défendis de jamais songer à un pareil homme, ou de me renoncer pour père. C'était à la fin de septembre 1780. Je ne connaissais pas encore Sara.

Depuis ce moment, je ne vis plus L'Echiné chez Margot. Mais il y venait secrètement. Cette malheureuse, qui avait perdu ma sœur cadette Marie-Geneviève, voulait également perdre ma fille, et elle y a réussi. [...] Infortuné! Moi qui savais combien elle est bornée, comment avais-je souffert que ma fille allât chez elle! Mais tout cela s'arrangea presque malgré moi.

Vers la fin d'octobre, L'Echiné me joignit un jour dans la rue Saint-André. Je lui parlai modérément, en lui faisant néanmoins un refus absolu. Je crus que tout était dit; mais une dévote, et une dévote bornée, avait mis dans sa tête que le mariage se ferait. Elle permit des entretiens particuliers chez elle, tandis qu'elle était à sa boutique; un mot de religion, que lui disait un homme borné comme elle, extasiait Margot et lui faisait considérer ce mariage, sinon comme très avantageux, du moins comme chrétien, mot si souvent funeste dans la signification que les dévots lui donnent!

---

37 Ellipses appearing within brackets indicate where material has been cut in the current edition, whereas ellipses appearing *without* brackets are found in the original text.

Cependant j'étais tranquille. J'avais oublié le stupide L'Echiné; il ne me tombait guère dans l'idée qu'une fille de dix-neuf ans, fille à qui je connaissais de l'esprit, pût s'éprendre d'un homme laid, bête, veuf, et presque quarantenaire! Ma sécurité, je l'avoue, était profonde.

Je devais cependant m'apercevoir qu'Agnès désirait le mariage. Elle était mal chez sa tante bigote, qui la contrariait pour sa parure, très modeste néanmoins. Elle était effrayée par la dévote, qui lui disait que je ne prospérerais jamais, n'ayant point de religion. Comme elle était très jolie, le menteur L'Echiné se faisait valoir par une feinte aisance; en se vantant, etc. Secondé par la sotte tante, qui fortifiait la jactance du *maudit* L'Echiné, Agnès R. fut séduite par l'espoir d'un état honnête. Ajoutez qu'elle abhorrait une mère dont elle connaissait les turpitudes et dont elle avait vu les lettres, par lesquelles cette impudente s'efforçait de persuader qu'Agnès elle-même ni Marion, n'étaient mes filles.

Excerpt 2 — Agnès Lebègue's accusations of incest against her husband

From Monsieur Nicolas, *'Huitième Epoque'*, OC, vol. 69, p. 3037.

Agnès L.[38] […] aurait désiré, pour éclater ensuite, que j'attentasse à la pudicité d'Agnès R. ou de Marion, sa cadette, qui devenait charmante. Il aurait fallu, pour que j'y songeasse, que ces deux enfants m'auraient provoqué. Mais loin de là! Toutes deux ont toujours été la pudeur même, par l'horreur que leur inspirait la conduite impudente de leur marâtre. Si quelque chose était arrivé, je l'écrirais, pour instruire le lecteur à mes dépens et aux dépens des miens, ceci ne devant paraître qu'après ma mort et dans un temps où mes filles n'auront plus de sexe.

Excerpt 3 — Rétif holds his wife and sister responsible for Agnès's marriage

From Monsieur Nicolas, *'Huitième Epoque'*, OC, vol. 69, pp. 3045–49.

Entraîné par ces aventures non occupantes, je vis moins ma fille. Je crus bien faire de dire à une mère intrigante de la surveiller. Ma sœur la dévote, qui détestait Agnès L., se plut à la contrarier en favorisant L'Echiné. Peut-être même alla-t-elle jusqu'à conseiller une horreur.[39]

---

[38] Agnès Lebègue, Rétif's wife, whom he refers to as 'Agnès L.', to distinguish her from her elder daughter Agnès Rétif Augé (referred to sometimes as 'Agnès R.'). Rétif's elder daughter also shared the first name of her maternal grandmother, Agnès Couillard.

[39] Later in this same passage, Rétif explains that his wife and sister falsely claimed that Agnès was carrying Augé's child, so the suggestion here is that his sister may have encouraged Agnès to become pregnant in order to force her father to accept the marriage.

Ce fut avec le plus grand étonnement qu'aux environs du carnaval 1781, je me vis pressé de consentir au mariage que j'avais toujours repoussé! Je témoignai mon indignation dans les termes les plus énergiques. Mais les dévots ont cela de particulier que rien ne les effraie: ils s'enveloppent de leur opiniâtreté, qu'ils appellent la volonté de Dieu, et rien ne les émeut [...]. Mes expressions, mon silence, mes refus n'empêchèrent pas L'Echiné de venir se présenter chez moi. Les sots ont une inconcevable impudence, qui leur réussit quelquefois. Je me contenais avec cet homme, qui étant un étranger et un amoureux, ne pouvait encore m'offenser; je lui dis, avec modération, que je marierais au plus tôt ma fille dans deux ans; que c'était mon dernier mot. [...] Que dit ce misérable, que j'avais toujours refusé? Que j'amusait un honnête homme, et que je méritais qu'il me donnât du pied au ...!

Il faut ajouter ici qu'outre son incapacité, L'Echiné n'avait jamais pu garder un emploi, à raison de son impudence et de sa brutalité grossière, de sa méchanceté noire avec ses camarades, de son insolence envers ses supérieurs; que ce monstre de mauvaise mine avait coûté à son père, simple employé à la capitation, par des turpitudes de sa jeunesse, plus de trente mille livres. Ma sœur Bizet savait tout cela, mais quelques signes de croix qu'avait faits L'Echiné devant elle l'avaient innocenté. Elle savait que le père gémissait des chagrins que ce mauvais fils lui donnait encore! Il est des choses que l'on peut, et qu'on doit pardonner; mais je ne crois pas que les torts de la dévote Margot à mon égard, en perdant ma fille, soient de ce genre. [...]

On n'obtint rien de moi, malgré les menaces qu'on engagea ma fille à faire. [...] On osa même me faire entendre que l'honneur m'obligeait à consentir.[40] Abominable insinuation, absolument fausse. La vivacité de mon sang ne me permit pas de la souffrir. Après Pâques, pressé, persécuté, et, il faut le dire, capté par Sara, qui s'offrait à moi pour fille, pour consolatrice, pour amie, je déclarai enfin que je ne donnerais mon consentement qu'au notaire, sans voir ni une fille dénaturée, ni un homme vil que j'abhorrais, qu'à la condition de ne rien donner, de ne rien voir, de renoncer pour ma fille celle qui me donnait pour gendre un homme que je ne pourrais jamais voir ... Eh bien, on me fit signer à toutes ces horribles conditions! La mère désirait un mariage qui me déplaisait, et qui devait éloigner de moi une fille qu'elle haïssait. Sara et sa mère nous poussaient, de leur côté, ma fille et moi dans le précipice.

L'événement a justifié mon opposition: Agnès R. n'a pu demeurer que très peu de temps avec L'Echiné. Elle l'a quitté; dix ans après, elle a divorcé; elle s'est remariée. Elle est enfin tranquille (1796).[41]

---

[40] See preceding note.

[41] The information given in this passage is misleading: Agnès remained with Augé for more than four years (from their wedding on 1 May 1781 until she left him on 21 July 1785) — hardly 'très peu de temps', especially given the harsh mistreatment she endured. Her divorce was

Me reprochera-t-on d'avoir consenti au mariage? Mais et la mère, et la tante, et L'Echiné calomniaient ma fille; ils l'accusaient d'être enceinte de cet homme; je me croyais menacé par elle; et je n'ai découvert la fausseté de ces deux horreurs que six ans après! J'aurais dû être adoré de mes enfants, moi qui luttais continuellement contre le besoin par un travail opiniâtre. Mais les noires idées qu'Agnès L. leur avait toujours données de moi, dans les termes les plus affreux, me tenaient leur cœur fermé! Pour leur ôter la confiance qu'elles devaient avoir en moi, la mère et la tante, quoique divisées, se réunissaient à me décrier. La première disait que je n'avais pas de mérite; [...] la seconde, que Dieu ne me bénirait jamais, parce que je n'avais pas de piété, que je faisais des romans: 'Ainsi, ma chère enfant', disait-elle, 'tu n'a qu'une ressource: ou de te mettre sœur pour servir les pauvres; ou de prendre le premier mari capable de te donner du pain. N'attends jamais rien de ton père; s'il a quelque chose, il le mangera bien, comme tous les athées ses pareils.' Ah! Dieu! serait-ce un crime d'étouffer de pareils monstres? [...] Quel crime ai-je donc commis pour avoir été privé des douceurs de la paternité?

Excerpt 4 — Agnès takes refuge at the home of her husband's friend

From Monsieur Nicolas, *'Neuvième Epoque'*, OC, *vol. 69, pp. 3100–01. In this passage, Rétif gives a more detailed — and somewhat different — account of the events of 31 January 1785 when Agnès's fled from her husband to the home of Blérie de Sérivillé (called Riblé here) than what is found in either his diary or in* La Femme infidelle:[42]

A mon retour de chez le docteur, ma fille Marion m'avait annoncé que le même homme de la veille était revenu, et qu'il avait laissé son adresse, qu'elle me donna. C'était à l'Arsenal. J'y courus à 6 heures du soir, et trouvai la demeure de M. et Mlle Riblé. J'entre. J'aperçois ma fille. Elle se jette dans mes bras, me dit qu'elle a fui les mauvais traitements de son mari et que, n'osant se présenter chez moi à cause de sa mère, elle s'était réfugiée chez le plus intime ami de L'Echiné. Je m'informai si cet ami était marié? Sur la réponse qu'il était garçon, je frémis du danger auquel l'ignorance des lois exposait ma fille et celui qui l'avait reçue. Il arriva. Je vis un jeune homme d'une belle figure, et si quelque chose me rassura, ce fut son excessive amitié pour sa sœur. Je les fit trembler tous les trois, et j'emmenai ma fille chez moi sur-le-champ. Je m'efforçai le lendemain de la réconcilier avec son mari; j'employai la voie de la douceur. Mais j'avais affaire à un monstre sans âme.

---

finalized eight and a half years later (on 5 February 1794), but she did not remarry until 10 November 1798.

[42] In *Ingénue Saxancour*, Rétif claims that Agnès took refuge that night with a neighbor, no doubt to protect his daughter's reputation.

Une imprudente promenade, qui arrêta la transpiration, donna, vers la mi-février, des symptômes étrangers et graves à ma maladie. J'eus la fièvre, et je fus obligé de m'aliter. [...]

Ce fut pendant ma prompte convalescence, [...] que j'eus mes plus grandes peines. Ma fille Agnès fut encore forcée, par de mauvais traitements, à quitter L'Echiné [...].

Excerpt 5 — Saint-Mars and Félicité

From Monsieur Nicolas, *'Neuvième Epoque'*, OC, *vol. 69, p. 3108.*

A notre arrivée, je fus surpris des grâces et de l'amabilité de Félicitette! Elle folâtrait avec mes filles et le vieux chevalier qui, avec sa belle figure, ne ressemblait pas mal au jovial Anacréon, jouant avec les Grâces. Aussi m'écriai-je: 'Voilà le bon Anacréon!' Dans ce premier moment, j'eus une crainte vive: ce fut que la demoiselle ne fît évanouir mes plus flatteuses espérances en remplaçant Marion dans l'esprit du chevalier. Je me trompais en ce point, sans me tromper au fond.

Excerpt 6 — First conversation with Mme Laruelle

From Monsieur Nicolas, *'Neuvième Epoque'*, OC, *vol. 69, pp. 3142–45.*

Une des plus délicieuses connaissances que j'aie faites dans ma vieillesse est celle de Mme Laruelle. Je voyais souvent, avec mes filles, une grande femme d'une figure imposante autant que belle, sérieuse, modeste; peut-être un peu triste. Ce fut par là qu'elle m'intéressa. Cependant je ne m'informai pas d'elle; je ne demandai pas même qui elle était.

Un jour que j'allais faire mon tour de l'Ile Saint-Louis, j'aperçus de loin une superbe femme, que j'admirais, sans la reconnaître encore. Lorsque je fus auprès d'elle, Mlle Laruelle me salua en souriant. Je la remis. 'Madame est la beauté que j'admirais!'

'Vous allez faire votre tour de l'Ile: quelqu'un désirerait bien de le faire avec vous.'

'Ce serait une faveur précieuse de votre part!' A ce mot, elle me prit le bras.

Arrivés sur l'île, elle me dit: 'Mesdemoiselles vos filles ne vous ont pas parlé de moi?'

'En aucune manière, madame.'

'En ce cas, je vous demande la permission de vous faire une confidence. Je suis mariée, mais je porte mon nom de fille. Malheureuse avec un mari que j'abhorrais, je l'ai quitté. J'ai fait bien pis aux yeux du monde: je suis venue demeurer chez un autre homme, dont je mène le commerce; et cet homme était mon amant avant mon mariage. Je n'ai pu m'y refuser. Souverainement malheureuse avec le plus exécrable des maris, brutal, cruel, libertin, avilissant, prostitueur, j'ai tout essuyé avant de prendre un parti extrême [...] Si vous saviez toutes les horreurs que m'a faites M. Moresquin!' (J'ai rapporté une partie de ces horreurs, sous le nom de cet homme dans *Ingénue Saxancour*; et ce qu'il y a de singulier, c'est qu'un autre homme innommé a montré ce livre partout comme étant son histoire.) 'Ces horreurs ne peuvent se dire. Qu'il suffise de savoir qu'aucune partie de mon corps n'était respectée: il m'avilissait au-dessous des catins; il me cédait à mon insu. Je m'arrête: un pareil récit souillerait votre imagination.' (Elle me le fit, et j'en ai composé l'ouvrage que je viens de nommer, en l'amalgamant avec l'histoire de ma fille aînée.)

Cet entretien établit entre nous une sorte de familiarité. Non, jamais je n'ai connu de femme aussi vertueuse, aussi aimable que cette dame de vingt-neuf ans. Elle maria sa fille à quatorze ans, comme elle l'avait été elle-même, et elle demeura décemment chez son gendre. [...] Ce fut à sa prière que j'imprimai *Ingénue Saxancour*, qui indigna tant une dame de Boufflers! Mais j'aime mieux avoir satisfait ma vertueuse amie que Mme de Boufflers; ce livre consolait l'âme profondément ulcérée de Mlle Laruelle, morte à trente-deux ans de la poitrine, à Villoison, entre les bras de ma fille ainée, au mois de novembre 1791, en lui disant: 'Ma sœur! (car nous sommes sœurs, étant réunies dans le même livre de ton père, et y ayant tellement les mêmes aventures que ton mari a cru se reconnaître dans le mien), je suis vengée, puisque le livre est vendu; [mon mari] a fait horreur, sous son exécrable nom. Je meurs contente, et je dois cette satisfaction à mon ami votre père.' Et elle expira.

Excerpt 7 — Agnès, Marie-Genovèse, and Ursule

From 'Mes Ouvrages', appendix to Monsieur Nicolas, OC, *vol. 71, p. 4579. Regarding the parallels between his daughter Agnès, his sister Marie-Genovèse, and the character of Ursule in* Le Paysan Perverti, *Rétif writes:*

Je me disais, en écrivant: il ne faut pas mentir! Qui n'écrit que des mensonges s'avilit soi-même. Les malheurs de ma sœur Marie-Genovèse, violée par un prêtre, mariée ensuite à un cocher de fiacre, me fournirent l'idée de la corruption et des malheurs d'Ursule. [...] Hélas! les malheurs de ma sœur se sont renouvelés dans ma fille aînée d'une manière plus cruelle encore! Un scélérat, un monstre l'a rendue malheureuse! Je le voue à la Céleste Colère! Puisse-t-il porter tout le poids du mal qu'il lui fait, et qui retombe en gouttes d'huile bouillante sur mon cœur déchiré!

Excerpt 8 — Description of Ingénue Saxancour in 'Mes Ouvrages'

From 'Mes Ouvrages', appendix to Monsieur Nicolas, OC, *vol. 71, p. 4729.*

Ingénue Saxancour, ou La Femme séparée. C'est comme la suite de l'ouvrage précédent [*La Femme infidelle*].[43] Ma fille aînée y fait son histoire, depuis son enfance jusqu'à son mariage et sa séparation d'avec l'exécrable L'Echiné. Elle y raconte ses premières aventures. [...] Elle raconte ensuite ce qu'elle a eu à souffrir d'Agnès L. Mais quand elle en est parvenue à son mariage, ses récits font horreur. On sait déjà, et j'en suis convenu dans mon Histoire,[44] que toutes ces infamies n'appartiennent pas à L'Echiné; mais qu'elles sont un amalgame de celles commises sur une dame Moresquin, grande et superbe femme, et sur ma fille aînée. Cette dame (qui se faisait appeler Laruelle, et non Moresquin), avait été vendue, prostituée dans un mauvais lieu, etc. Ingénue, en vertu de la sage et sainte loi du divorce, a enfin divorcé en 1794 d'avec le vil L'Echiné et s'est remariée au citoyen Vignon,[45] avec lequel elle est tranquille.

---

[43] *Ingénue Saxancour* is an amplification of Letters 227 and 228 in *La Femme infidelle* (*OC*, vol. 45, pp. 787–942 and 943–71). In *Le Thesmographe*, Rétif undercores the connection between the two texts: 'On y voit des horreurs qui ont échappé au premier ouvrage, horreurs qui sont là exposées sans ménagement, parce que le monstre n'en méritait pas' (p. 484). Testud notes that 'parfois, l'ouvrage de 1789 ne fait que reprendre, avec quelques menues variations, le texte de 1786' (notes to his edition of *Monsieur Nicolas*, vol. 2, p. 1665).

[44] Reference to the passage in *Monsieur Nicolas* where Rétif recounts his first conversation with Mme Laruelle (see Appendix B, Excerpt 6).

[45] Agnès did not actually marry Vignon until November 1798, several years after this passage was written.

APPENDIX C

~

Excerpts from Retif's Correspondence

Faced with a personal financial crisis heightened by the economic and political instability that gripped France in the years leading up to the French Revolution, Rétif was under intense pressure to publish. His desperate search for material that would sell led him to write increasingly sensationalist material drawn from his stormy family life. Pushed by a need for additional copy, as well as by his exhibitionist tendencies, Rétif reprinted much of the correspondence concerning his daughter's marriage in the second edition of *Les Contemporaines* (1784), in *Ingénue Saxancour* (1788), and especially in *La Femme infidelle* (1786). Additional letters are found scattered in Rétif's other works, including *Le Drame de la vie*, *Le Thesmographe*, and *Les Nuits de Paris*.

Most of the excerpts from Rétif's correspondence and that of his family presented below are taken from the Slatkine 1988 reprint edition of *La Femme infidelle* (*Œuvres complètes*, vol. 45). The letters and documents are cited by the narrator, M. Jeandevert (Rétif's alter-ego) and inserted into the narrative.

Rétif claims that the letters included in *La Femme infidelle* are authentic; whether they actually are is an open question. References to these letters in Rétif's diary and duplicate copies of some of them found in other of his works and among his manuscripts suggest that these letters may well be genuine, despite the fact that he used pseudonyms for some of the people named. Yet given Rétif's intense animosity toward Augé, he may have altered or even invented some passages to further darken the picture he painted of his son-in-law. Genuine or not, the letters offer valuable insight into Rétif's tense family relationships and into the obsessive nature of his hatred for Augé.

The letters and other documents excerpted below are presented in rough chronological order by date. Approximate dates are given for the undated correspondence, based on indications given in Rétif's diary and novels. Rétif numbered the correspondence he inserted into *La Femme infidelle*, often in non-chronological order; those numbers are given in parentheses.

Excerpt 1 — 9 August 1780

First letter from L'Echiné [Augé] to Jeandevert [Rétif] asking for his daughter's hand in marriage. From La Femme infidelle, *in* Œuvres complètes, *vol. 45, pp. 970–71 (N° 44).*

In the original edition of La Femme infidelle, *this letter — like most letters from L'Echiné — are filled with errors in spelling and grammar and almost totally lacking in punctuation, presumably reproducing the errors in Augé's correspondence. To make these letters more comprehensible to our readers, the decision was made to present corrected versions of them here, with references to their sources for readers who wish to read the unedited versions presented by Rétif.*

In introducing this first note from Moresquin in La Femme infidelle, *the narrator remarks:* 'Son style ridicule et stupidement contourné acheva de me déterminer. Je dis à ma sœur que je ne voulais pas d'un automate pour gendre' *(791–92). Describing this letter in* Ingénue Saxancour, *Ingénue's father writes:* 'Sa lettre est un chef-d'œuvre de ridicule. Il faut la rapporter sans changer un seul mot, sans y ajouter une seule ponctuation.'

Rétif also reprinted this letter in Les Contemporaines, *where he added the following comment:* 'Cette lettre folle, bavarde, anfigourique,[46] fut le premier motif qui me fit m'opposer au malheureux mariage de ma fille aînée' (Les Contemporaines ou Avantures des plus jolies femmes de l'âge présent, *in* Œuvres complètes, *vol. 19, letter 45, n. p.)*

Monsieur,

Mme Betzi,[47] à qui j'ai eu l'honneur de faire part de l'intention où j'étais de parvenir à lui appartenir en la personne de Mlle votre fille, sa nièce, m'a paru portée de la meilleure bonne volonté à me présenter à vous, monsieur, à l'effet de requérir votre suffrage, et peut-être m'avez-vous déjà accusé de témérité d'avoir hasardé une pareille tentative sans avoir rempli d'abord l'obligation indispensable où j'étais d'en faire vis-à-vis de vous les première démarches. Mais mon excuse est toute naturelle. Je n'avais point l'honneur de vous connaître; maintenant que j'y suis parvenu et à savoir votre domicile, j'ose présenter la liberté de vous importuner et de vous demander la permission de parvenir, par telle voie qu'il vous plaira, au moyen de conférer avec vous d'une affaire aussi importante

---

[46] *Anfigourique*: Mispelling of *amphigourique*, which in this context means convoluted, incomprehensible, and bizarre.

[47] Betzi is an anagram of the married name of Rétif's half sister Marguerite-Anne (Margot) Bizet (1727–1808), with whom Agnès was living before her marriage. It was at Mme Bizet's home quai de Gesvres that Augé met Agnès and began courting her. Mme Bizet, whom Rétif calls Mme Bitez in *Ingénue Saxancour*, was the childless widow of a jeweler (*marchand bijoutier*) in Paris. She served as matchmaker in her niece's marriage and provided her with a modest dowry of 12,000 livres, along with some furniture and linens.

[…].[48] Je me flatte, monsieur, que, par la sincérité et l'honnêteté que j'apporterai dans toutes mes déclarations, vous serez à portée de juger de quelle réputation je jouis, tant dans la bonne société que parmi ceux qui tiennent les premières places dans le Gouvernement auquel je suis attaché de père en fils. Quant à mes facultés, ma fortune est plus considérable en prétention qu'en avoir, ayant encore père et mère, qui ne sont encore instruits qu'indirectement de mon nouveau projet, auquel je sais qu'ils applaudissent d'avance, vu l'ancienneté de leur connaissance par réputation de Mme Betzi, lesquels sont aussi impatients que moi du résultat dont j'ose vous proposer la communication, et dont je n'attends le succès qu'à la sagacité de votre délibération.

J'ai l'honneur d'être, avec le plus profond respect, monsieur, votre, etc.

L'Echiné

Ce 9 août 178..

Excerpt 2 — January 1781

Love letter from L'Echiné [Augé] to Ingénue [Agnès] before their marriage. From La Femme infidelle, OC, vol. 45, pp. 931–33 (N° 34).

Mademoiselle,

Je croirais manquer aux plus pressants motifs de la reconnaissance si je partais sans prendre congé de vous et de votre chère tante. Oui, mademoiselle, je pars et partirais content autant que ma situation pourrait permettre si je vous savais vivement persuadée de mon profond respect et de ma sincère amitié qui me fera inviolablement opiniâtrer nonobstant toute apparence d'opposition à parvenir à vous être uni par des liens indissolubles et qui vous consacreront des jours que je ne saurai jamais supporter s'il était possible que je fus totalement déchu de ma première prétention à laquelle tout intérêt a part. J'ose persister comme dictée par la Providence et de mon propre mouvement trop heureux si vous daignez y souscrire. J'ai supplié Mad. Betzi de vouloir bien doucement et adroitement être mon avocate auprès de votre cher papa qui dans l'ordre des choses doit vous aimer et qui ne veut rien moins que s'assurer de la solidarité de mon amitié pour vous et de ma persévérance constante. Pour moi je me flatte autant que l'homme honnête peut répondre de lui que mes résolutions sont à tout épreuve et que la mort seule m'interdira le doux plaisir de vous dire de vive voix et par écrit que je suis dès maintenant le plus respectueux comme le plus fidèle de vos amis. C'est ce que je vous atteste de la meilleure foi. Je ne vous crois pas capable d'en douter un instant. Ne cessez donc pas de m'accorder votre estime, et vous rendrez justice à celui qui se dit en sus avec le plus profond

---

[48] Ellipses appearing within brackets indicate where material has been omitted in the current edition, whereas ellipses appearing *without* brackets are found in the original text.

respect, mademoiselle, votre très humble et très obéissant serviteur et le plus sincère de vos amis.

L'Echiné

Si Madame votre chère tante obtenait de bonnes audiences et qu'elle veuille bien m'en faire part, mon adresse sera à M. L'Echiné chez M. *-** en son château de * par les *** aux ***.[49]

Excerpt 3 — 23 October 1781

Letter from Ingénue to her father on his birthday when she is seven months pregnant with her first child. From La Femme infidelle, *OC, vol. 45, pp. 933–34 (N° 35).*

Mon cher Papa: Le devoir, et encore plus l'amitié, m'obligent de rompre le silence que vous semblez m'imposer pour saisir avec empressement le jour de votre fête et me procurer l'heureux avantage de vous présenter les sentiments les plus tendres et les plus respectueux. Mais qu'il m'est dur de n'oser le faire que par écrit!

Je ne sais comment, mon cher Papa, votre grande indifférence pour moi ne vous attendrit pas enfin sur mon sort!

Malgré que je n'ai point à me plaindre de mon mari, je me reproche tous les jours d'avoir contracté une alliance qui m'a fait perdre l'amitié d'un père qui était pour moi le bien le plus précieux. N'étiez-vous pas le maître de disposer de moi comme bon vous semblait? Et votre intention, en consentant à mon mariage, n'était-elle donc que de me rendre la vie odieuse? Je m'étais fiée sur la bonté avec laquelle vous m'aviez fait l'honneur de me parler chez vous, et je ne pouvais pas me figurer que vous eussiez changé de façon de penser; sans cela, mon mari ne m'aurait jamais été de rien, telle peine que cela m'eût pu faire.

Mais je m'oublie, mon cher Papa. Je sens bien que ce n'était pas à vous de céder à mes désirs, mais à moi de vous obéir. Je vous en supplie, pardonnez à votre fille,

---

[49] In *Ingénue Saxancour*, Rétif comments in Ingénue's voice: 'On y voit par l'affectation avec laquelle il parle dans le postscript d'un château et de ses alentours, que Moresquin voulait se faire regarder comme un homme qui avait de belles relations. La vérité est qu'il ne connaissait ni M. Lebègue, qui en est le maître, ni même le concierge. Moresquin avait alors, de sa première femme, un petit bien de mille écus de fonds aux Andelys. Il avait fait valoir cette modique fortune comme une terre; il parlait de sa terre et, en donnant son adresse, son but était de faire croire qu'il était reçu familièrement chez un seigneur de ses voisins. Ma tante, bonne mais bornée, en eut cette idée, malheureusement, et me la fit aisément passer à moi, fille sans expérience.' Commenting on this postscript, Baruch suggests: 'Peut-être une adresse en Normandie: sa première femme lui avait apporté en dot la ferme du Muyds, près des Andelys' [Baruch, *Restif de La Bretonne* (2002), p. 446, n. 1].

qui a le cœur navré de douleur et qui, cependant, si vous daigniez lui rendre votre amitié, pourrait se dire la plus heureuse de toutes les femmes.

Je crois devoir vous faire part, mon cher Papa, que je suis enceinte actuellement de près de sept mois; qu'il me serait doux de vous voir![50]

Excerpt 4 — October 1783 or mid-March 1784[51]

Second letter from Ingénue to her father after her marriage. From La Femme infidelle, OC, *vol. 45, pp. 935–36 (Nº 36).*

Mon cher Papa, il y a trois mois et demi que ne n'ai eu le plaisir de vous voir. Vous m'aviez promis que ce ne serait pas la dernière fois. Voudriez-vous me faire la grâce de me faire savoir comment j'ai pu mériter récemment un oubli si long de votre part?

Je ne crois cependant pas vous avoir importuné par mes demandes réitérées, depuis trois ans bientôt que je suis mariée. Et cependant j'ose vous avouer que, plus d'une fois, quelques légers secours de votre part m'eussent été bien nécessaires! Vous savez mieux que moi qu'il faut souvent fort peu de chose pour faire régner dans un ménage la paix ou la discorde; et ce peu de chose dépend assez ordinairement de l'intérêt que la tendre amitié fait prendre aux père et mère sur la situation de leurs enfants.

Je commence actuellement à concevoir, par la triste expérience que j'ai faite et que je fais encore, que l'amitié seule ne suffit pas pour rendre des époux heureux, et qu'il faut encore au moins qu'ils ne se trouvent pas dans le cas de manquer du nécessaire.

---

[50] Commenting on this letter in a footnote, Rétif writes: '*Elle avait déjà reçu les deux coups de pieds dans les flancs.*'

[51] In *La Femme infidelle*, immediately following the letter dated 23 October 1781, Rétif inserts a second letter from Ingénue to her father purportedly written two years after the first letter. The date of the letter is uncertain. If it was indeed written exactly two years after the first letter, it would have been sent in October 1783 (perhaps on Rétif's birthday, 23 October). Or perhaps the visit referred to in this second letter was the one Rétif paid Agnès on 25 November 1783 (a visit mentioned in his diary and in both novels). In that case, the letter would have been written three and a half months after that (in mid-March 1784), just short of the Augés' third wedding anniversary (1 May 1784). The mid-March date in 1784 is more plausible, since it fits better with Ingénue's reference to having been married almost three years.

In this second letter, Ingénue claims to be seven and a half months pregnant. In *Ingénue Saxancour*, a second child is born one year after the couple's first child (hence in late December 1782), so the pregnancy mentioned in this letter would have been their third child. The suggestion that Agnès was pregnant three times, three years in a row, is supported by the mention of three children born to Ingénue in *La Femme infidelle*: 'Quatre ans de service et trois enfants, dont une fille est morte de la suite des mauvais traitements que j'avais essuyés en la portant, méritaient un salaire bien au-dessus de quelques serviettes, de quelques mouchoirs, et de deux paires de draps' (*OC*, vol. 45, p. 831).

Je désirerais pourtant bien la satisfaction de vous voir, avant d'accoucher, et je n'ai plus que six semaines à attendre.

Ma joue ne m'a jamais tant fait souffrir qu'elle le fait actuellement. J'aspire au moment d'être débarrassée, dans l'espérance que cela adoucira un peu le mal que j'endure.

Je me flatte que vous voudrez bien me continuer votre amitié et vos bontés, ce qui sera toujours pour moi le bien le plus précieux.

Je vous prie d'être bien persuadé que je suis et serai tant que je vivrai, votre tendre et respectueuse fille.

Excerpt 5 — 23 July 1785

Excerpts from a letter, ostensibly sent by Augé to Rétif a day or two after his wife left him, in which he appears to consent to their separation.[52] *From* La Femme infidelle, OC, *vol. 45, pp. 834–35.*

Monsieur je pense qu'il est inutile de vous témoigner de l'inquiétude sur le compte de votre aimable fille. Je la crois chez vous. Elle ne saurait être en maison plus honnête. Je désire qu'elle sache s'y maintenir honnêtement et à votre satisfaction. C'est la sixième évasion tant chez Mad. Betzi que chez vous. C'en est beaucoup de trop maintenant. Il ne me reste plus qu'à vous supplier de me dire en conscience si je dois résilier mon bail, prendre mon particulier, et à combien je pourrai monter la pension à vous faire pour elle à prendre sur le modique emploi que vous eûtes la bonté de me procurer [...]. Je serai toujours content seul; au moins je goûterai les charmes de la tranquillité et de la douceur dont je fais le plus grand cas [...]. Elle devait au moins, avant que de vous tourmenter pour obtenir votre consentement pour son mariage, vous dévoiler ses intentions, car elles n'étaient point pures: mener la vie la plus oisive, dévaster une maison à peu près faite, ne vouloir se conduire qu'avec férocité et la plus grande arrogance, comme le plus souverain mépris, était je pense son unique but [...].[53]

---

[52] Rétif introduces this letter as follows: 'Le lendemain de la fuite de ma Fille, c'est-à-dire le 23 juillet, L'Echiné m'écrivit une lettre, qu'il faut rapporter ici' (*OC*, vol. 45, pp. 833–34). Unlike most of the other letters in *La Femme infidelle*, this letter is not numbered.

[53] At the end of the long, rambling letter excerpted here, Rétif adds the following comment: 'Et c'est après cette lettre, que L'Echiné en a écrit plusieurs autres pour ravoir sa femme, qu'il a voulu employer l'autorité! Quelle épouse, grand Dieu, pourrait se déterminer à rentrer avec un Monstre qui s'applaudit de sa fuite, qu'il a provoquée!' (*La Femme infidelle*, *OC*, vol. 45, p. 837).

Excerpt 6 — Third week of July 1785[54]

First letter from Blérie de Sérivillé to Agnès.[55] *Reprinted in Ned Rival,* Les Amours perverties: Une biographie de Nicolas-Edme Rétif de La Bretonne *(Paris: Librairie Académique Perrin, 1982), p. 304. The brackets in this excerpt (unlike those in other excerpts) indicate words that are illegible in the manuscript.*

Je suis très reconnaissant de votre attention, et je vous en remercie de tout mon cœur.

N'ayez point d'inquiétude de vos oiseaux; j'en aurais tout le soin possible jusqu'au moment où il vous plaira de me les reprendre. Je n'ai encore vu personne et par conséquent rien de nouveau à vous mander. Je crains que cette affaire ait de suites désagréables pour vous. Si cela était vous ne devez pas douter de la peine que ça me ferait! Il ne faut cependant pas s'alarmer d'avance.

Je vous prie de me donner de vos nouvelles le plus souvent que vous pourrez. Mandez-moi, je vous prie, la première fois que vous m'écrirez ce que veut dire ce changement de nom à Mme Dulisse. Je suis bien [ ][56] de m'expliquer avant de vous écrire afin d'être sûr que ma lettre vous parviendra. Adieu je suis très pressé et vous devez vous en apercevoir à mon griffonnage, et voilà tout [ ]. Et moi aussi et de tout mon cœur.

Mon adresse est M. Blérie de Sérivillé, commis pour le Roy, des Poudres et des Salpêtres de France, Hôtel de la Régie, à l'Arsenal.

---

[54] Rival gives 20 September 1785 as the date for this letter, but Testud insists that it was undated, based on his examination of the manuscript. The fact that Rétif labeled it the first of the six letters he intercepted from Blérie (cote 18) and several clues in the letter itself (the fact that Blérie thanked Agnès for entrusting him with her pet birds, that he had not yet seen Augé, and that he gave her his address so that she could write to him) make clear that the letter was sent after Agnès left her husband on July 21 and before Blérie's letter of July 26 telling her of Augé's unpleasant visit to his apartment.

[55] In his entry for 30 October 1785, Rétif notes that he had discovered letters from Blérie to Agnès, addressed to her using the pseudonym Mme Dulis at the Berthets' apartment where she had been staying (*Journal*, ¶548, vol. 1, p. 204). Then in his diary entry for 20 November 1785, he refers to six letters Agnès received from Blérie in the summer of that year. The originals of three of the letters were found in the Archives de la Bastille at the Bibliothèque de l'Arsenal (manuscript 12.469, folios 64 to 66, microfilm R106396); the others are in the Bibliothèque Nationale's collection (N.A.F. 3300, folios 81 to 84). The letters are reprinted in the 'Annexes' to Ned Rival's *Les Amours perverties: Une Biographie de Nicolas-Edme Rétif de La Bretonne* (Paris, 1982), pp. 303–06. The dates Rival provides for two of the letters (based on Cottin's notes) appear to be incorrect. According to Testud, only four of the letters are dated: 26 July, 29 July, 28 August, and 3 September (see *Journal*, vol. 2, pp. 217–18, n. 7). Relevant passages from Blérie's six letters are found in Appendix C, Excerpts 6 through 11. Commenting on this correspondence, Cottin writes: 'Elles ne laissent aucun doute sur le sentiment tendre qu'Agnès et Blérie éprouvaient l'un pour l'autre' (Cottin, *Mes Inscripcions*, p. 134, n. 1).

[56] These empty brackets, like the pair following, indicate words that are missing or illegible in the manuscript. Brackets with ellipses elsewhere in the appendices indicate material that has been omitted.

Excerpt 7 — 26 July 1785

Second letter from Blérie de Sériville to Agnès Rétif.[57] *Reprinted in Rival,* Les Amours perverties, *pp. 304–05.*

Me A.G.R [Auger] est venu chez moi ce matin à huit heures. Je fus très surpris de le voir comme bien vous pensez. Après s'être demandé respectivement comment on se portait, [...] il a aperçu les oiseaux et, sans témoigner la moindre surprise, il me dit: 'Vous avez donc hérité de mes oiseaux?' Vous devez sentir qu'il ne m'était pas possible de me disculper. Je lui répondis tout bonnement et sans me troubler que vous me les aviez envoyés un des jours de la semaine dernière en me demandant de les garder quelques jours. Il ne me répondit rien dans le moment, attendu que mon parent était présent.

Après avoir causé de choses indifférentes, il me pria d'accepter une bouteille de vin. Je lui fis observer qu'il était tard et le remerciai. Il insista et je me rendis. Quand nous fumes seuls, il se répandit en propos tout à fait désagréables de M. votre père et de vous, que votre conduite était abominable. Je le priai, après lui avoir fait quelques observations, de bien vouloir changer de conversation, attendu que je ne prétendais pas entrer en aucune manière dans la brouille de son ménage. Après plusieurs mensonges de sa part, il revint encore à la charge au sujet des oiseaux, me disant que c'était très mal de les avoir reçus, que je ne devais pas ignorer qu'il n'y avait que lui qui pouvait disposer des objets qui étaient chez lui. Je fis semblant de ne pas m'en soucier et j'offris de les lui remettre sur le champ. Il ne voulut point les accepter, me disant qu'ils étaient très bien chez moi et que la seule grâce qu'il me demandait était de les recevoir comme venant de lui. Enfin, après une grande heure employée à débiter toutes les sottises, nous nous sommes séparés pour aller chacun à nos affaires. En voilà bien long, et cependant ce n'est pas encore le tiers de tout ce qu'il m'a dit, que je me garderai bien de vous écrire.

Autre mensonge de sa part: soit disant, il a donné sa démission de son emploi chez Mr Lepelletier. Après lui avoir demandé la cause, on n'a point voulu la lui accorder; au contraire, on lui a augmenté son traitement, en sorte qu'il se croit déjà le plus heureux des hommes.

Il fut dimanche dernier à la Comédie de la rue des Marais où il fait la rencontre d'un homme qui est chargé de lui remettre 25 louis de la part de son père. C'est encore un mensonge. Quelle impudence. Et voilà tout.

Adieu, je vous ... Vous entendez.

---

[57] Rival suggests October or November 1785 as the date for this letter, but Testud maintains that Blérie sent it to Agnès on 26 July, a few days after she left Augé definitively.

Excerpt 8 — 29 July 1785

Third letter from Blérie de Sérivillé to Agnès. Reprinted in Rival, Les Amours perverties, *p. 303.*

J'attendais toujours revoir Mr. A[ugé]. Mon cousin est parti d'hier matin. Ainsi, vous pouvez venir chez moi le jour que vous me mandez. Vous ne pouvez pas douter du plaisir que j'aurai à vous recevoir.

Je n'ai pu aller vous voir, quoique je le désirais beaucoup. J'ai été très dérangé depuis 10 jours et je n'ai pas pu travailler. Il faut que je regagne le temps que j'ai perdu. Adieu ma chère amie, portez-vous bien. Je vous E[mbrasse] de tout mon cœur.

Excerpt 9 — August 1785?[58]

Fourth letter from Blérie de Sérivillé to Agnès. Reprinted in Rival, Les Amours perverties, *pp. 305–06.*

A Mme Dulis.

Je suis bien fâché de la peine que vous avez eu avant hier et de ne vous avoir pas rencontrée. Je suis rentré le soir avec la pluie, [et] j'ai trouvé dans le trou de ma serrure le morceau de papier que vous y aviez mis.

J'espère que M. A[ugé] ne mettra plus les pieds chez moi; du moins j'ai tout lieu de le croire. Il m'a été rapporté par un de ses confrères qu'il tenait des propos contre moi à tous ceux qui voulaient les croire. Il dit entre autre chose que c'est moi que vous ai conseillé de le quitter, que vous m'aviez donné plusieurs de ses effets, que j'ai eu la bassesse de les recevoir. Vous savez comme moi le contraire de tout cela, mais cela n'empêchera pas les personnes à qui il tient ses discours de juger à mon désavantage.

Je suis au désespoir de passer par la langue de [ce] maudit homme-là. J'ai beaucoup d'humeur de tout cela et je crains bien d'être forcé un jour de me repentir d'avoir connu un aussi mauvais sujet. Ce sont les oiseaux qu'il a trouvés chez moi, qui sont cause en partie de tout cela. Au surplus, le mal est fait et irréparable.

Pourquoi me demander si on me fera du plaisir ou de la peine en me venant voir? Venez quand il vous fera plaisir avec la certitude que j'en aurai beaucoup à vous recevoir, et voilà tout.

---

[58] This fourth letter from Blérie is not dated, but several clues in the letter — the fact that it refers to the unwelcome visit Augé paid him on July 26 and to Augé's public accusations against him, but also the fact that Blérie is still willing for Agnès to visit him — suggest that it was sent sometime in August *before* the letter of 3 September when he appears to have broken off his relationship with her.

Excerpt 10 — 28 August 1785

Note from Blérie de Sérivillé to Agnès in response to a note she left for him in the keyhole to his door. Reprinted in Rival, Les Amours perverties, *p. 303.*

J'ai de fortes raisons de garder le silence.[59]

Excerpt 11 — 3 September 1785[60]

Final letter from Blérie de Sérivillé to Agnès. Reprinted in Rival, Les Amours perverties, *pp. 303–04.*

Vous penserez tout ce que vous voudrez de mon silence mais c'est une nécessité absolument nécessaire à mon honneur et à ma tranquillité.

J'ai un état qui dépend absolument de personnes très sévères, et si malheureusement le bruit (déjà trop répandu dans le monde) venait à la connaissance de mes supérieurs, je serais perdu sans ressource; alors je serais la victime de la manière honnête avec laquelle je me suis comporté jusqu'à ce jour. Je ne crois pas devoir vous en dire davantage à ce sujet; je suis persuadé que vous avez assez de connaissance pour sentir et vous rendre à ces raisons. Je maudis à jamais le jour, l'heure, le moment et la personne qui me causent tant de désagrément.

Ce 3 septembre 1785.

Je vous demande en grâce de ne pas me forcer à vous écrire jusqu'à ce que votre affaire soit arrangé, soit en rentrant avec lui ou que vous restiez comme vous êtes.

Adieu.

---

[59] Blérie's reasons for wishing to remain silent are explained in the following letter he sent her on September 3. See Excerpt 11.

[60] This letter from Blérie, like the others, is addressed to Mme Dulis (pseudonym adopted by Agnès after fleeing from her husband) 'chez M Berthet graveur, maison d'un épicier en face de 22 rue du Plâtre, rue Saint-Jacques.' Referring to this letter in his diary, Rétif expressed his concern for Agnès, whom he suspected had been romantically (and perhaps sexually) involved with Blérie: 'Causé [parlé avec Agnès] des lettres de Blerie, que voici: [ici les six lettres cotées 18–23]. J'ai dit à ma fille que j'étais indigné de la dernière de ces lettres, qui marquait une âme basse, telle que l'ont tous les commis. Qu'une femme, dont le cœur s'est laissé prendre par ces viles automates doit être malheureuse!' (*Journal,* ¶567, vol. 1, pp. 217–18). Rétif was indignant over the fact that Blérie appeared to have abandoned Agnès for fear of losing his job due to the scandal caused by Augé's accusations over his involvement with her.

Excerpt 12 — 19 September 1785

Tentative separation agreement between Augé and Agnès.[61] *Reprinted in* La Femme infidelle, OC, *vol. 45, pp. 862–65 (N° 10).*[62]

ARTICLE PREMIER

Je soussigné, etc.

Déclare que je consens que [...] mon épouse demeure séparée d'habitation et de communauté jusqu'au moment où d'un consentement mutuel nous serons également porté à nous réunir. [...]

ART. II

Que madite épouse s'associe soit avec sa sœur ou toute autre femme par un commerce à sa portée dont son père fera les fonds [...].

ART. III

Je m'engage à passer à madite épouse autorisation par-devant notaire si elle le demande pour l'administration des choses qui lui seront confiés par son père, sans jamais la troubler dans la gestion de ses affaires particulières, ni dans son domicile séparé.

Excerpt 13 — Late September 1785

Letter from L'Echiné (Augé) to Ingénue (Agnès) shortly after the September 19 meeting to discuss a separation agreement. It was one of several letters he sent to her urging her to return to him. From La Femme infidelle, OC, *vol. 45, pp. 853–60 (N° 8).*

Madame et épouse,

Deux mois vont bientôt s'écouler que tu abandonnes le soin de ton ménage et que tu renonces au titre auguste d'être mère. Depuis ce temps dis-moi, n'as-tu

---

[61] In his diary entry for 19 September 1785, Rétif notes: 'Convention, chez le prévôt des M^ds [Marchands], entre le père Augé, moi et le *Monstre*. Ce dernier promet un écrit de consentement à la liberté de ma fille' (*Journal*, ¶540, vol. 1, p. 198). However, this agreement, which only concerned a separation of property and of domiciles (*séparation de biens et d'habitation*), was never put into place because Augé, on the advice of his attorneys, refused to sign it. Nor would he consider a separation of persons, pointing out that 'la séparation de corps ne s'opère que d'après les plus évidentes preuves que la vie de l'un ou de l'autre est dans les plus grands dangers' and arguing that this was not the case in their marriage. In any case, as Augé and his lawyers pointed out, a private agreement between couples was not legally binding without a court decree, 'qui ne s'obtient que très difficilement et à prix d'argent' (*OC*, vol. 45, p. 862). It was not until March 1787 — a year and a half later — that Agnès finally obtained a legal separation of both persons and property from her husband.

[62] This tentative separation agreement was drawn up by Augé and his attorneys. It ends with an inventory of Augé's income, assets, and debts, to which Rétif adds the following remark: 'Telle est au plus haut la fortune de L'Echiné, qui a doublement trompé une honnête famille' (*OC*, vol. 45, p. 865).

pas eu de ces troubles qu'excitent l'âme tendre et sensible sur le sort de nos enfants [...]? [853]

· ·

[T]es enfants lèvent leurs faibles mains au Ciel, pour se joindre à ma prière que tu n'aies plus qu'à être cherie et adorée de leur père [...]. Persuade-toi que plus je te verrai montrer bonne mère, plus tu m'obligeras de me comporter et d'agir en bon mari. [855]

· ·

[E]loignons tout scandal. N'apprêtons plus à être la risée du plus grand comme du plus bas peuple. Ces deux extrêmes l'un est humiliant et l'autre nous dégrade en nous y assimilant. [856]

· ·

Tu seras à ton ménage adorée de ton mari et cherie de tes pauvres petits enfants. Tu ne tarderas pas d'après ces soins, dont rien ne doit ni ne peut te dispenser, de recouvrer l'estime et la vénération des honnêtes gens que peut-être ma trop grande indiscrétion ont pu indisposer contre toi. Je te réponds de tout, et persuade-toi bien qu'entre homme et femme il n'est point de mal sans remède que leur réunion ne fait qu'inspirer le plus grand silence comme la plus grande vénération. [857][63]

Excerpt 14 — Late September 1785

Ingénue's first written response to her husband's entreaties to return to him. From La Femme infidelle, OC, *vol. 45, pp. 860–61 (N° 9).*

Rien ne peut changer la résolution que j'ai prise de ne plus vivre avec vous.

Je ne renonce à aucun des devoirs de mère; j'aime mes enfants, et j'espère leur en donner des preuves. Mais pour rentrer avec vous, jamais, jamais, Monsieur. Nous serions malheureux tous deux. Je ne veux pas me répandre en reproches trop bien fondés de ma part. Mais vous m'avez cruellement outragée, calomniée, Monsieur! Rappelez-vous tous vos torts envers moi. Réfléchissez à tout ce que vous m'avez fait souffrir! Pour moi, je l'oublierai facilement, n'étant plus avec vous: voilà mon dernier mot.

Je sais que vos facultés ne vous permettent pas de soutenir une femme et deux enfants. Vous m'avez assez souvent reproché que je ne vous avais rien apporté. Ainsi, vous devez être charmé que je ne sois plus à votre charge.

Je sais que vous désirez de garder votre aîné; ainsi, je prendrai le cadet, comme il est convenu avec monsieur votre père [...].

---

[63] Commenting on this letter, Rétif adds: 'Lettre dictée par ma femme et gâtée par lui.' Indeed, in the version published in *La Femme infidelle*, the letter is almost entirely lacking in punctuation and difficult to read as a result. Sentence breaks and punctuation have been added here for the sake of our readers.

C'est justement parce que l'on n'est pas toujours jeune que je veux tâcher d'assurer mon sort pour l'avenir, ce que je ne pourrais pas, étant avec vous. Je juge, d'après les sentiments que vous m'avez toujours témoignés, que le parti que je prends doit vous flatter.

Je finis en vous assurant (et vous priant bien de n'en pas douter) que j'aimerais mieux mourir que de jamais rentrer avec vous. Je suis, monsieur, votre très humble servante, S***[64] Jeandevert et malheureusement, L'Echiné.

J'embrasse mon fils.

Excerpts 15 & 16 — Late September 1785

Excerpts of letters to Ingénue from her aunt Bizet (following the meeting between her husband and father on 19 September).

From La Femme infidelle, OC, *vol. 45, pp. 842-43 (N° 1).*

[…] Votre mari est venu dimanche dernier […] pour me faire voir votre lettre et le papier que votre papa lui a donné pour votre séparation; à quoi il a dit qu'il ne consentirait jamais, que personne ne le lui conseillait. Il veut aussi que je fasse rayer les douze mille livres qu'il dit avoir reçu de vous. Je lui ai dit que je n'avais rien fait mettre et que je ne pouvais rien ôter.

From La Femme infidelle, OC, *vol. 45, p. 843 (N° 2).*

[…] Ne sortez que le moins que vous pourrez; car il est comme un enragé; il est tout tremblant, écumant de la bouche. Enfin, il me fait peur; je ne voudrais pas être seule avec lui.[65]

Excerpt 17 — 5 December 1785

'L'Acte Satisfactoire' was a tentative reconciliation agreement between L'Echiné [Augé] and Ingénue Jeandevert [Agnès Rétif], in which he was to acknowledge his past mistreatment of his wife and promise to treat her better in the future if she agreed to return to him.[66] From La Femme infidelle, OC, *vol. 45, pp. 907-08 (N° 22).*

---

[64] Baruch suggest that Rétif mistakenly signed the letter S for Senga, anagram for Agnès he often used in his diary. See Baruch, *Restif de La Bretonne* (2002), vol. 2, p. 425, n. 1.

[65] This passage is repeated almost word for word in *Ingénue Saxancour.*

[66] In his diary entry for 6 December 1785, Rétif notes: "Envoyé Marianne chez Augé pour lui faire écrire et signer un écrit satisfactoire […]. Marianne est revenue sans la signature; le monstre doit montrer l'écrit à M. Legrand' (*Journal*, ¶588, vol. 2, p. 240). The reconciliation agreement that Rétif proposed never went into effect because Agnès refused to return to her husband after his brutal treatment of her sister Marion and his attacks on their family's reputation. Cottin erroneously claims that Augé did sign the document. (See Cottin, *Mes*

Je soussigné, me reconnais coupable envers M. Jeandevert et mon épouse:

1° d'avoir frappé à différentes fois ma dite épouse, ce qui ne convient pas à un honnête homme. Je m'en repens et n'y retomberai plus.

2° Je reconnais que mon épouse ne m'a quitté le vendredi soir 19 juillet[67] présente année que parce que je la pressais d'une manière aussi barbare qu'injuste et cruelle de me trouver de l'argent; que je l'ai frappée d'un coup de poing au visage, lequel a occasionné sa sortie.

3° Je reconnais que j'ai écrit le 23 juillet mes sentiments à M. Jeandevert, ce qui n'a pas empêché qu'ensuite je n'aie déclamé contre lui de la manière la plus criminelle, l'accusant de m'avoir volé, ce qui est faux. Ma femme elle-même n'a emporté que ses hardes et linge à son usage.

4° Je reconnais que c'est avec folie que je me suis comporté au café [Debrosses], au café [Lesage] et ailleurs, par les propos que j'ai tenus contre M. Jeandevert et contre mon épouse. Je m'en repens, j'en reconnais la fausseté, l'atrocité, et je promets de ne plus tomber dans cette faute, me soumettant alors à la peine que méritent les calomniateurs, les mauvais maris, et les mauvais gendres.

Ce que je signe volontiers, le voulant observer.

A Paris, ce 5 décembre 1785.

L'Echiné

Excerpt 18 — 19 December 1785

Excerpt of a letter from L'Echiné [Augé] to Jeandevert [Rétif], in which he accuses his wife of visiting Rizblé [Blérie] alone at night. From La Femme infidelle, OC, *vol. 45, pp. 868–69 (N° 12).*

Je viens d'informer Monsieur ** [Legrand] pour avoir son avis s'il trouvait bon que je vous fasse savoir que votre fille ma femme a encore été surprise samedi premier de ce mois à entrer chez R** [Blérie] à l'***[Arsenal], à sept heures du soir, et qu'elle y est restée jusque environ neuf heures.[68] [...] C'est venu à ma connaissance bien naturellement et à l'instant que je m'y attendais le moins car je vous avoue franchement que j'ai renoncé à toute perquisition de sa personne depuis que M. ** [Legrand] et moi sommes convenus ensemble de vous laisser le tout entre les mains [...]. Dimanche matin j'ai remis à Mlle M**** [Marianne] le portrait de sa Maman, et elle m'a remis ma volière à laquelle il m'a manqué un linot qui sûrement a fait plaisir à ** [Blérie].

Inscripcions, p. 151, n. 3.) It was not until March 1787 — a year and a half later — that Agnès finally obtained a legal separation from her husband.

[67] In his diary, Rétif gives 21 July 1785 as the date of Agnès's final escape from her husband (¶521, vol. 1, p. 189).

[68] To this accusation, Rétif responds with the following note: 'Ce fait était faux; ma fille n'était pas sortie ce jour-là.'

Excerpt 19 — Late December 1785

Ingénue's second response to husband's reiterated entreaties for her to return to him. From La Femme infidelle, OC, *vol. 45, pp. 873–78 (N° 14).*

Monsieur, pourquoi désirez-vous que je rentre avec vous? Nous ne pourrions qu'être très malheureux tous deux. J'ai été longtemps, très longtemps, à prendre ma résolution. Elle est prise enfin; rien ne peut me faire changer. M. [Berthet] peut vous dire comme mon papa s'est mis en colère contre moi, et qu'il voulait absolument que je retournasse chez vous. C'est moi, Monsieur, qui ne veux pas y retourner; vous m'avez forcée de vous haïr. J'en suis au désespoir; mais le mal est fait; s'il y a du remède, ce ne peut être que par le temps. Si vous voulez vous donner la peine de réfléchir, vous sentirez que vous êtes seul coupable de votre malheur et du mien. Je vous engage à tranquilliser votre esprit, à songer à vous et à votre fils. En perdant votre temps, vous risquez aussi de perdre votre emploi. Vous savez combien il vous est utile de le conserver, et comme, sortant de là, il vous serait difficile d'en ravoir un autre. Je crois, Monsieur, qu'il m'est permis de vous faire cette observation; c'est pour vous-même que je vous parle.

Je vous prie, Monsieur, de ne faire parler ma tante en rien, à moins que vous ne disiez la vérité, parce que je vais la prier de venir chez M. [Legrand], et alors on saura le vrai. De plus, j'ai eu grand soin de conserver les lettres qu'elle a eu la bonté de m'écrire à votre sujet. Quoi! vous qui me trouviez tant de défauts en tout genre, qui me reprochiez la paresse, le manque d'économie; qui me disiez que ma conduite était pire que celle d'une pu***; vous qui me traitiez avec tant de mépris; qui me disiez à tous moments de m'en aller, qui m'avez même souvent menacée de me mettre à la porte; enfin, vous qui me disiez tous les jours que le plus grand plaisir que je pourrais vous faire serait de vous quitter pour toujours; vous qui paraissiez me détester, vous qui me rendiez la vie odieuse, pourquoi donc me redemandez-vous? Quels sont les sujets pour lesquels vous m'avez frappée? Quels étaient mes crimes? Parlez.

Il n'y a qu'un an que vous avez fait la connaissance du jeune homme dont vous êtes soi-disant jaloux, et c'est avant cette connaissance que vous m'avez le plus maltraitée. Vous savez que je dis la vérité; pouvez-vous me démentir? Les noms que vous me donniez n'étaient-ils pas pu***, poison, g***, vermine, gueuse, chenille, etc.? Ne dis-je pas vrai? Dès que vous avez commencé à me dire de mauvaises raisons, par rapport à ce jeune homme qui était votre ami et non le mien, que vous seul avez fait venir à la maison, ne vous ai-je pas prié, supplié même de ne plus le voir? Ne m'avez-vous pas dit que vous le vouliez, que sa société vous plaisait, et que vous ne vouliez pas vous en priver par rapport à moi? N'avez-vous pas été même jusqu'à me dire, que quand je l'aimerais, et … pire encore (que je n'ose dire), que si vous le trouviez bon, personne n'avait le droit d'y trouver à redire? N'avez-vous pas été furieux quand j'ai pris ma résolution (par le conseil, il est vrai, de Mme D***), de faire connaître à ce jeune homme devant vous, que vous aviez de faux et vilains soupçons et que vous me traitiez mal par rapport à lui? Ne s'est-il pas en allé sur-le-champ, sans même achever de souper? Ne vous a-t-il pas dit qu'il désirait que je fusse plus heureuse en ne venant plus chez vous? Ne vous a-t-il pas tenu parole? Et vous, n'avez-vous pas toujours fait votre possible pour le voir? Ce soir-là même, après qu'il s'est en allé, et même une partie de la nuit, comment ne m'avez-vous pas traitée! Que d'horreurs ne m'avez-vous pas dites! Il est à votre avantage que je croie que la tête vous tournait un peu dans ce temps-là. Je n'ai absolument rien à me reprocher, jamais je n'ai manqué à mes devoirs ; je sais ce qu'une femme honnête se doit à elle-même; j'ai l'âme trop fière, pour jamais y manquer et m'exposer au mépris; j'ai cru vous obliger, en vous quittant.

Comme je ne vous ai rien apporté en mariage, et que vous me le reprochiez sans cesse, je ne veux plus vous être à charge; je désire votre tranquillité; ne troublez pas la mienne. Vous savez ce que vous avez promis à M. votre père et à M. [Legrand]. Je vous prie de vous en ressouvenir. Laissez-vous gouverner par la raison, et non par l'entêtement. Je ne peux plus vous rendre heureux; c'est votre faute. Soyons amis, mais de loin; de près, cela ne se peut. Je vous engage à avoir de la prudence et de n'exposer ni vous, ni mon papa à des scènes qui me peinent pour tous deux.

Je suis, Monsieur, pour mon malheur, votre femme […].

J'embrasse mon fils.

Excerpt 20 — January or early February 1786?

Ingénue's third response to husband's repeated entreaties for her to return to him. From La Femme infidelle, OC, *vol. 45, pp. 924–27 (N° 30).*

Je suis étonnée, Monsieur, que vous ayez la bassesse de redemander des effets qui ne sont pas suffisants pour remplacer ceux que j'ai usés pendant quatre ans et demi que j'ai souffert le martyre avec vous.

Je vous déclare que, de telle manière que vous y puissiez prendre, je ne vous rendrai rien de ce que j'ai emporté et que je ne rentrerai jamais avec vous; rien ne peut m'y forcer. Quand j'étais avec vous, vous me maltraitiez. Depuis que je n'y suis plus, vous ne cherchez qu'à me déshonorer par vos mensonges infâmes. Enfin, votre conduite à mon égard est celle du plus vil et du plus méprisable de tous les hommes. Croyez que je ne changerai jamais de façon de penser et que ma haine pour vous est éternelle. […]

Je vous répète, […] que je n'ai absolument rien à vous rendre, et surtout que je préférerais plutôt la mort que de vivre avec vous davantage. […]

Ce qui doit étonner, c'est qu'un homme comme vous, qui avez tous les torts possibles, que tout le monde regarde avec le plus grand mépris, qui devriez vous estimer heureux qu'on vous laissât tranquille, veniez sans cesse provoquer ceux que vous devez craindre parce que vous avez eu, et que vous avez encore avec eux, des torts qui sont de nature à mériter la plus sévère punition.

Excerpt 21 — Summer or fall 1786?

Excerpt from the letter François Marlin[69] *sent to Rétif after reading* La Femme infidelle *(published in May 1786), in which he was portrayed in an unflattering light as Milran. Rétif later published Marlin's letter at the end of vol. 27 of the second edition of* Les Contemporaines, *published in September 1788 and reprinted in OC, vol. 25, pp. 341–42.*

[…] Tu as du génie sans goût et de l'imagination au lieu de principes et de jugement. Tu veux que j'approuve tes tableaux dissolus et que je les regarde comme les remèdes qu'administre un médecin dans une maladie. Mais, dis-moi, guérit-on une contagion par une autre? Tu introduis la peste où il n'y avait qu'une fièvre-chaude. [341]

[…] Quand je lus ton *Ménage parisien*, je te plaignis. Je lis ta *Femme infidelle*: je te méprise. Tu vomis la calomnie: je te méprise. Tu accuses la pureté et l'innocence: je te méprise. Tu insultes à ceux qui t'aimaient: je te méprise. Tu fais un crime à l'infortune: je te méprise. Tu persécutes la faiblesse, tu méconnais ou tu souilles la nature: je te méprise. Je te haïrais bien, R***, mais la haine demande un effort, et tu ne le vaux pas.

Cynique impudent et téméraire! Dans tes vengeances partielles, ne peux-tu pas du moins consulter ton intérêt? [342]

Excerpt 22 — March (?) 1787

Excerpt from letter from Grimod de La Reynière[70] *to Rétif in 'Pièces justificatives' at the end of* Le Drame de la vie, *vol. 5, OC, vol. 38, pp. 1239–40.*

[…] Mais c'est assez vous entretenir de moi. Parlons de vous et de vos malheurs. Que je ne suis à Paris pour vous consoler, calmer votre âme et vous faire voir que s'il reste des Monstres capables d'empoisonner votre vie, il y a aussi des hommes qui donneraient la leur pour vous rendre heureux. Je partage votre indignation contre le Monstre dont vous me parlez. Mais il est connu pour inepte; il n'a aucune connaissance dans le monde. Vous êtes honoré, chéri, estimé, très connu. Quel tort peut vous faire ses propos, et pourquoi y attacher une importance qui vous rend malheureux! Laissez ce misérable vomir ses inventives.

---

[69] François Marlin (1742–1827) was an administrator in the French navy. After reading *La Vie de mon père* in 1785, Marlin wrote an enthusiastic fan letter, which Rétif included in the 1788 edition of that work. The two men became friends and regularly corresponded until their falling out over Rétif's disputes with his wife.

[70] Alexandre-Balthazar-Laurent Grimod de La Reynière (1758–1838), best known for his *Almanach des gourmands*, was the son of a *fermier-général*. An admirer of Rétif's writings, he became his close friend after inviting him to one of his famous dinner parties. Their relations soured in the wake of the Revolution, which La Reynière strongly opposed, unlike Rétif.

Personne ne croira ses calomnies; elles sont trop grossières et trop bêtes. Félicitez-vous de n'avoir pas d'ennemis plus dangereux.

Je suis fâché de vous voir faire descendre votre haine sur une petite créature innocente, qui souffre de tout cela plus que personne, et qui privée des caresses de sa mère et de son aïeul, se voit abandonnée[71] à la merci d'un homme bien peu fait pour élever un autre! Si je me suis intéressé à vous faire pardonner à cet être incompréhensible, c'est 1°, que je désirais voir la paix et l'union rentrer dans votre famille; 2°, que j'étais loin de connaître et de soupçonner toute sa perversité. J'ignore quel motif l'a fait agir pour obtenir de vous par ruse une lettre adressée à M. Mercier; mais c'est, comme vous le dites, un délit anti-social et qui mérite punition.

Maintenant que le voilà sans amis, et bien démasqué par vous, il ne pourra guère rester à Paris, et vous en serez délivré sans recourir à des moyens extrêmes, toujours fâcheux à employer contre un gendre. Ne troublez donc plus votre vie par toutes ces horreurs. Vous avez soustrait votre fille à sa brutalité; il doit maintenant vous être indifférent. Songez que tous les tourments que vous vous donnez sont autant de jouissances pour lui, et son amour-propre triomphe de vous voir occupé de lui. Vous ne sauriez mieux le punir qu'en l'oubliant. Vous l'aurez fait connaître aux étrangers dans *La Femme infidelle*; vos amis ne le connaissent que trop. Ainsi, il est hors d'état de vous nuire, et vous allez l'abandonner à son mauvais sort.

Ce sont les conseils de l'amitié, et j'espère que si vous ne le suivez pas, au moins vous ne me saurez pas mauvais gré d'oser vous les offrir.

Excerpt 23 — 27 April 1787

Excerpt from letter from La Reynière to Rétif in 'Pièces justificatives'. Reprinted at the end of vol. 5 of Le Drame de la vie, OC, *vol. 38, pp. 1246–48.*

[…] Votre lettre m'a vivement ému. J'ai été touché jusqu'aux larmes en la lisant, et ma sensibilité se renouvelle en y répondant. Se peut-il que vous soyez réellement aussi malheureux? Votre ardente imagination ne vous exagère-t-elle pas vos infortunes? […]

Je ne puis concevoir qu'un misérable, tel que celui qui vous tourmente, puisse avoir autant d'influence sur le bonheur d'un homme de génie! Qui vous empêche d'abandonner ce malheureux à sa propre turpitude! Pourquoi ne pas mettre à l'oublier la force d'esprit que vous mettez à le combattre? Il rendait votre fille malheureuse; vous l'avez soustraite à ses mauvais traitements: qu'avez-vous dorénavant à démêler avec lui? Laissez-le clabauder tout à son aise. Car je ne

---

[71] Reference to Agnès's son, whom she was forced to leave with her husband when she fled from him.

conseillerai jamais une détention illégale, telle nécessaire qu'elle puisse paraître; l'abus en cela est trop voisin du bien. C'est un reptile qui s'agite dans sa fange. Ne lui laissez pas la satisfaction de croire qu'il vous rend infortuné; abandonnez-le à sa propre infamie. Vous l'avez fait connaître aux magistrats, à vos amis; vous n'avez rien à redouter ni de ses insultes, ni de ses propos. Il sera bien plus humilié par votre mépris que par votre vengeance. L'aigle qui plane dans les champs du soleil, doit-il être troublé du croassement des grenouilles qui vivent dans le limon des marais? Mettez plus de confiance dans les lois. Je vous réponds qu'il ne se portera à aucun attentat contre votre personne. Je sais qu'il est veillé de près et que, sans que vous vous en mêliez, il ne tardera pas à recevoir le châtiment qui lui est dû. Mais, au nom de Dieu, calmez-vous, et oubliez ce misérable; votre ami à genoux vous en conjure!

[…]

Je reviens malgré moi à ce misérable Augé […]. Le détail des scènes odieuses qu'il vous donne sans cesse est bien fait pour révolter. Mais s'il y en a assez pour indigner l'honnête homme, cela ne suffit pas pour armer le glaive des lois. Vous savez que les nôtres, qui peuvent tant contre le crime, ne peuvent rien contre les procédés. Mais laissez-le combler la mesure de ses iniquités, et vous verrez que vous serez vengé, sans être compromis. Vous avez inséré une partie de son histoire dans *Les Françaises*, sous le titre de 'La Femme Aimant un Autre Homme', et je n'ai pas eu de peine à le reconnaître. Vengez-vous ainsi, à la bonne heure; cela vous soulage. Mais au nom de Dieu et de l'amitié, cessez d'altérer votre repos, votre santé, et votre bonheur pour vous occuper d'un tel monstre. […]

Excerpt 24 — 16 September 1789

Excerpts from letter sent by Augé to Toustain-Richebourg (the censor who had approved publication of Ingénue Saxancour *the previous fall), in an attempt to have the novel banned. Reprinted in* Le Thesmographe *(Paris, 1789), OC, vol. 110, pp. 490–92.*

[…] Je ne vois pas à quoi bon cet homme insulte aussi grièvement à sa femme et à la mienne, dont le sort m'intéressera toujours, et que je ne sais ce qu'elle est devenue et qu'il m'est si intéressant de savoir dans un temps aussi orageux. Le plus court moyen sera le meilleur, ne voulant pas l'inculper, étant plus à plaindre qu'à blâmer de s'être laissé séduire par les conseils insidieux de son malheureux père, seul coupable de toutes les atrocités et cruautés exercées contre moi depuis cinq années, avec autant de rage que de fureur. […] Doit-on commencer par se faire justice et enlever furtivement une épouse chérie à son mari et une mère à ses enfants en bas âge, […] et enfreindre l'ordonnance du magistrat que, provisoirement, la fille ferait élection de domicile chez son père? Et où est-elle, puisqu'elle n'y est pas? M. Jeandevert se croit donc fait pour enfreindre toutes les lois et n'avoir rien à respecter? […] Aidez-moi à évitez un scandaleux éclat. […] Je conclus à ne rien avoir à pardonner à ma femme, Monsieur Jeandevert étant seul responsable. D'ailleurs, son âge et son sexe m'ont toujours servi d'excuse à mon cœur et à ma façon de penser; elle sera toujours ma femme et la bien reçue […].

Excerpt 25 — Mid-September 1789

'Lettre de M. Jeandevert à L'Echiné.' Open letter to Augé that Rétif published at the end of Le Thesmographe *to denounce his mistreatment of Agnès and his continued harassment of her and her family after she left him. Reprinted in* OC, *vol. 110, pp. 496–99.*

Le plus lâche des hommes! Je serais coupable en te rendant une femme dont tu es indigne. Ce n'est pas tout: Jamais tu n'as désiré de la ravoir que pour assouvir ta brutalité un instant. Mais tu n'as pas désiré de la garder. Il en est une excellente raison! Ton incapacité te met hors d'état de la nourrir. Aussi, en la demandant, t'es-tu comporté comme un homme qui ne veut pas obtenir. Tu disais: — Viens avec moi que je te maltraite, que je te contagie! Pouvait-elle venir? Tu te répandais en calomnies atroces contre ses mœurs; pouvait-elle venir? Tu lui écrivais des infamies […]. Je te déclare, Monstre infâme […] que si tu lasses ma patience au dernier point et que je ne puisse obtenir justice, je te punirai moi-même, suivant mon droit.

[…] [D]epuis que tu existes, ta bouche écumante du venin de la calomnie a sali toutes les réputations; tu es entré, pour le profaner, dans le sanctuaire des familles; tu as empoisonné les actions innocentes de ton père, de ta mère, que as effrontément accusée d'adultère, de ton beau-père, que tu as publiquement accusé d'inceste avec ta femme, de ta belle-mère que tu as accusée de maquerellage, de ta belle-sœur, que tu as accusée du vol d'une montre […].

[…] [J]e ne vis que de mon travail; et il faut, misérable, pour que je ne fasse pas la guerre à mes dépens, que mes réponses à tes infamies soient un ouvrage productif. Je serais au désespoir d'avoir employé deux minutes à te foudroyer, si ces deux minutes étaient perdus. Je nourris ma femme; je nourris la tienne; […] je fais travailler douze à treize particuliers chacun de leur art. Et toi, que fais-tu? Du mal. Tu te fais chasser de tes emplois, pour tes crime ou tes sottises.

Que les Magistrats ouvrent donc les yeux! Qu'ils ne me croient pas, mais qu'ils te croient, toi, quand tu te montreras infâme; qu'ils croient à tes actions basses, viles, criminelles, atroces! Quels reproches n'ont-ils pas à se faire! C'est leur mollesse qui augmente ton audace.

[…] Que mérites-tu, infâme? La mort! la mort des scélérats. Aussi amassé-je, sur toi, vil gredin, un trésor de colère! Je tiens registre de tes crimes, j'en conserve les preuves, et quand la mesure sera comblée, lorsque les lois auront repris leur empire, je me présenterai à la face de toute la France, et je t'accuserai de t'être vanté des meurtres, d'avoir levé la main sur ton propre père, d'avoir attaqué à l'honneur de ta propre mère, d'avoir levé la canne sur ton beau-père, d'avoir fait mourir de douleur ta première femme, maltraité outrageusement la seconde, […] menacé d'assassiner ton beau-père; calomnié le même homme, à qui tu dois respect, de la manière la plus infâme; outragé, calomnié ta femme, ta belle-sœur, toute sa famille, la tienne même, en faisant envers tous l'exécrable rôle de diffamateur, de délateur, qui provoques la peine de la loi ou qui, par de coupables moyens, excites l'effervescence des gueux qui te secondent!

Excerpt 26 — 19 September 1789

Long postscript to the preceding letter to Augé that Rétif appended after reading Augé's letter of 16 September to Toustain-Richebourg (Excerpt 24) which his friend gave to him, along with his response to Augé. Reprinted in Le Thesmographe *(Paris, 1789), OC, vol. 110, pp. 499–501. This postscript is followed by two additional, much shorter postscripts from 28 September and 2 October.*

Ayant à la main ta lettre sotte, écrite le 16 septembre, 1789, à M. le V. C. G. T, je prends acte de ce que tu y dis, QUE TU AS CONCLUS N'AVOIR RIEN À PARDONNER À TA FEMME, parce qu'elle n'est pas coupable. Et j'ai, tracée de ta main, une lettre reçue le troisième jour de sa fuite, par laquelle tu te félicites de son évasion […], comme d'un gain pour toi! Tu ne parlais pas alors de vols, odieux calomniateur! Tu proposais d'effectuer une séparation amicale, en partageant ce qu'il y avait à la maison. Tu dis que tu n'as rien à pardonner à ta femme, et nous avons cent témoins des infamies que tu as débitées contr'elle, lorsque ta folie t'a fait imaginer de vouloir la ravoir! Il est un café dans Paris, théâtre de tes sales discours, duquel on t'a chassé, pour les obscénités que tu y débitais contre ta femme, contre une fille pleine de mérite et de pudeur quand tu l'as prise, et que tu as dégradée par tes mauvais traitements, dont elle ne s'est remise et guérie que chez son père. Infâme! Tu dis que tu l'adores, et tu l'as fait coucher nue sur l'escalier, au mois de février, relevant de couches! Il y a des témoins. En passant tout le reste, tu lui as donné un coup de poing sur une fluxion à la joue; son lait s'y est porté (car tu l'empêchais de nourrir); un abcès s'est formé, et elle a eu le visage enflé pendant deux ans! Tu l'adorais; et elle t'a quitté pour un coup de poing donné entre les deux yeux, dont la marque la réduisit à n'oser se montrer pendant six semaines! C'est par la frayeur que tu lui inspirais qu'elle a pris le nom d'une aïeule paternelle (Dulis), de peur qu'en conservant l'exécrable nom de son vil mari, elle ne fût reconnue de quelqu'un. Scélérat, menteur, homme lâche et bas, tu t'es vanté toi-même de ce coup de poing devant deux personnes, qui en déposeront […].

Je garde ta lettre, avec les autres que j'ai de toi en original. J'attendrai que l'Assemblée Nationale ait décidé la question du divorce; et j'espère avoir assez de crimes de ta part pour faire casser le mariage d'un infâme avili tel que toi avec une fille honnête que tu as eue par surprise, par mensonges, et malgré un père, lequel n'a cédé que parce qu'il était alors malade de la poitrine, qui n'a cédé (dis-je) qu'en donnant sa colère pour dot.

Mais j'aurai un jour un vengeur, et ce vengeur, c'est ton fils [...]. S'il a quelque chose de l'esprit et du cœur de sa mère, c'est alors que voyant ta conduite crapuleuse, qu'entendant tes plats discours, que lisant tes sottes lettres qui marquent un homme de la lie du peuple, indigne même d'avoir été commis aux Aides par son incapacité, il ne pourra se défendre du plus profond mépris pour toi, quoique tu sois son père. Heureux alors si ton fils, retenu par sa mère, instruit par elle, ne te punit pas des crimes commis contr'elle-même et contre un aïeul, dont le nom sera son plus bel héritage!

Je finis: 'O Dieu qui lisez dans les cœurs, punissez le monstre qui s'est nommé L'Echiné! Punissez cet impie qui s'est souillé de tous les crimes les plus contraires à l'ordre social! Que sa peine effraye les scélérats qui seraient tentés de l'imiter!'

Je suis sûr de ta punition. Je le sens au sentiment de confiance qui coule dans mon cœur! Je n'ai jamais ainsi prié, sans être exaucé.

Vil L'Echiné, bourreau de mes enfants, je te maudis à jamais! Que la céleste colère te poursuive!

Autre P. S. du 28 septembre. J'apprends que L'Echiné m'a dénoncé à son district. La brute ignore que les districts n'ont qu'une inspection militaire pour cause publique et qu'ils ne se mêlent pas des affaires entre particuliers, ce qui est heureux pour le téméraire dénonciateur! J'observe ici que si j'avais eu le malheur de commettre un délit public, on aurait vu L'Echiné renouveler les anciennes horreurs des proscriptions [...]; il aurait dénoncé son beau-père! Délateur! Impie! Tu te feras chasser!

Autre du 2 octobre. Je dénonce un nouvel attentat de L'Echiné: Hier, à onze heures du soir, le scélérat est venu m'attendre dans ma rue solitaire. Comme j'étais rentré avant son arrivée, il s'est ennuyé. Un voisin du premier était à sa fenêtre. Le monstre lui a demandé si j'étais rentré.

'Je l'ignore.'

'C'est que je veux qu'il me rende ma femme.'

'Où est-elle?'

'Là, au-dessus de vous.'

Le voisin est descendu avec un jeune garçon. Il a trouvé un homme noir, qui lui a dit qu'il m'attendait pour me poignarder ou me brûler la cervelle. Il avait plusieurs complices.

Excerpt 27 — 26 October 1789

Denunciation of Rétif sent by Augé to district headquarters of the revolutionary government accusing him of libelous and subversive writings, including La Femme infidelle *and* Ingénue Saxancour.[72] *In February 1790, Augé's text was reprinted in vol. 7 of* Les Nuits de Paris *and later reprinted in OC, vol. 86, pp. 199–200, 202. Augé's text is preceded by Rétif's summary of his son-in-law's life and crimes (193–98) and followed by his denial of Augé's accusations (201–37), portions of which are presented in Excerpt 28 below.*

Messieurs! Un citoyen patriote croit vous offrir un moyen sûr de dénoncer valablement, si ce n'est les ennemis du bien public directement, au moins un de leur principal support et adhérent, Nicolas-Edme Restif de La Bretonne, auteur connu par ses sales productions qui n'a jamais su que ridiculiser les différents régimes de nos gouvernements et politiques, perdre les siens, et déshonorer chacun de ses concitoyens ou les désunir. Je le dénonce et affirme qu'il est auteur, depuis la Révolution, de trois libelles plus infâmes l'un que l'autre. [199–200]

Depuis, l'on a vu de lui *Ingénue Saxancour* et autres, tous du même genre, ne tendant qu'au bouleversement de royaume, de cité, et de chaque individu qu'il ne cesse d'outrager. Sa vie et ses mœurs sont des plus suspectes [...]. [202]

Excerpt 28 — 9–14 November 1789

*On 28 October 1789, Rétif was arrested late at night and held overnight following Augé's accusation two days earlier that his father-in-law had published scabrous and libelous books (*La Femme infidelle *and* Ingénue Saxancour, *among others), as well as subversive political pamphlets. (See Excerpt 27 above.) Soon after his release, Rétif circulated a lengthy response to Augé's accusations titled 'Dénonciation d'un beau-père par son gendre calomniateur', which he reprinted the following February in Part XV of* Les Nuits de Paris *(later reprinted in OC, vol. 86, pp. 193–237).*

In the Slatkine reprint, Augé's text (pp. 199–202) is preceded by Rétif's summary of his son-in-law's life and crimes (193–98) and followed by his denial of Augé's accusations (201–37), portions of which are presented below. The text begins with

---

[72] In his diary entry for 8 November 1789, Rétif notes that he read Augé's accusations to his friends Mercier and Beaumarchais, a conversation he recalls in *Nuits de Paris*: 'Nous avons lu la délation d'Augé à M. Mercier et à un autre homme célèbre [Beaumarchais]. Tous deux nous ont répondu: "Cet homme n'est plus à craindre; il vient de s'anéantir lui-même."' [*Nuits de Paris*, 'Huitième Nuit', *OC*, vol. 86, p. 236.] David Coward convincingly argues that Augé's hatred of his father-in-law stemmed from jealousy and suspicions of less than innocent father-daughter relations — suspicions that intensified in 1788 after he appears to have learned through servants of Rétif's incestuous relations with Agnès. See Coward, *The Philosophy of Restif de La Bretonne* (Oxford, UK: Voltaire Foundation, 1991), p. 757, n. 36.

a footnote that Rétif added before Part XV of his Nuits de Paris *went to press in February 1790.*

(*) Au moment où nous imprimons, nous apprenons qu'Augé donne des marques de folie et d'aliénation; nous le croyions un scélérat; les fusiliers qui l'ont amené à l'Hôtel de Ville avaient la même opinion [...]. Nous demanderions en conséquence qu'on lui ôte notre petit-fils, qu'il peut estropier, pour le remettre à M. Augé aïeul paternel, et qu'on prononce la séparation entre Agnès Rétif et un fou.

Mais si Augé est fou, ne peut-il pas, dans un accès de folie, réaliser les menaces d'assassinat! Qu'on lise et *La Femme infidelle* et *La Femme séparée* dans lesquelles Augé assure qu'il se reconnaît; on frémira! [note to p. 193, continued on p. 194.]

[...] Augé débite à tout le monde que les détails affreux de la vie d'un certain L'Echiné-Moresquin depuis son enfance sont consignés dans les deux ouvrages cités, *La Femme infidelle*, IVe Partie, et *La Femme Séparée*, IIe et IIIe Parties. Tout menteur qu'il est, on doit le croire lorsqu'il dit: 'Je suis ce Monstre.' Cependant, nous protestons ici que l'auteur n'a eu d'autre vue que de peindre le vice en général. Nous dirons donc au Sieur Augé ce que Saint Jérôme répondait à un certain Bonasus: 'Dès que je parle du vice, Bonasus croit que je parle de lui. Il faut donc que le vice et Bonasus aient une grande ressemblance!' [195–96]

Puisqu'Augé soutient que nous sommes l'auteur de cette cochonnerie, il est obligé de le prouver ou de porter la peine de calomniateur impie.

Augé se dit être le *L'Echiné* de *La Femme infidelle*; nous n'avons pas dit que nous en fussions le *Jeandevert*.

On rougit d'imprimer ce style barbare. Mais le fond des choses est encore pire! *Ingénue Saxancour* bouleverse le royaume et les cités! Non, cette brochure est destinée à démontrer combien il est dangereux pour les filles de se marier par entêtement et avec précipitation, malgré leurs parents. Cet ouvrage ne bouleversera jamais que les *Moresquin*, les *L'Echiné*, et les *Augé*. [203–04]

Excerpt 29 — 4 April 1791

Excerpt drawn from a letter from Grimod de La Reynière to Rétif. Reprinted in the 'Pièces justificatives' at the end of vol. 5 of Le Drame de la vie, *OC, vol. 38, p. 1310.*

[...] J'ai fait demander à mon libraire à Lyon, mais en vain, *Ingénue Saxancour*. Il me semble que ce roman doit paraître, et il a été annoncé dans les journaux, il y a même quelque temps. Fixez, je vous prie, mes doutes sur ce point.

Excerpt 30 — 19 May 1791

Excerpt drawn from a letter from Grimod de La Reynière. Reprinted at the end of vol. 5 of Le Drame de la vie, OC, *vol. 38, pp. 1316–18.*

Je vous dirai qu'ayant enfin réussi à me procurer *Ingénue Saxancour*, je l'ai lue très attentivement et avec un véritable intérêt. Je suis fâché seulement que cet intérêt soit coupé par des morceaux fort étrangers à l'ouvrage, dont un a même paru ailleurs et qui, quoi que vous en puissiez dire, n'ont été mis là que pour grossir le volume. Il valait mieux n'en donner que deux que de se permettre ces bigarrures qui nuisent également à l'effet du roman et à celui de ces morceaux détachés que l'on goûterait bien mieux s'ils ne venaient pas vous interrompre ainsi.

Je vous dirai avec la même franchise que ma tante, dont le goût est si fin, si délicat, n'a point approuvé cet ouvrage. Dès qu'Ingénue est avilie, elle a cessé de lui paraître intéressante (et elle ne l'est plus en effet), et elle voulait qu'à la première infamie de son mari, loin de se laisser ainsi souiller, elle s'échappât et fût demander asile au premier venu. J'ai excusé l'auteur en disant qu'il n'avait été qu'historien. Alors, elle s'est mise dans une sainte colère, et a trouvé fort mal que vous déshonorassiez ainsi votre épouse et vos enfants aux yeux du public. En effet, un tel ouvrage ne peut que faire le plus grand tort à Mad. Augé, qui est réellement avilie d'une façon outrageante, et qui ne joue dans tout l'ouvrage qu'un triste et méprisable rôle.

Votre vengeance (si légitime) contre son mari vous a aveuglé. Car vous n'avez pas vu qu'en couvrant de boue un homme qui, depuis longtemps ne peut plus même être déshonoré, il en rejaillissait une grande partie sur votre fille même et que cela peut lui faire le plus grand tort. Les détails que vous donnez, ceux même que vous supprimez, tout annonce qu'elle a été traitée comme la créature la plus vile, et qu'elle l'a souffert avec une indolence qui tient de la faiblesse. Si jamais elle devient veuve, qui voudra d'une femme ainsi souillée, et dont vous avez rendu la honte publique?

Voilà les raisonnements de ma tante; et je vous avoue, mon illustre ami, que je ne suis pas très éloigné de penser comme elle. Tout Paris sait qu'Ingénue Saxancour est Agnès R., et croyez-vous qu'il soit avantageux pour elle que cela soit su? Je soumets ces observations à votre prudence et serais charmé que vous preniez la peine de vous justifier directement auprès de ma tante, en lui faisant part de vos motifs. Elle le mérite par son amitié pour vous et le vif intérêt qu'elle prend à votre gloire.

Pour moi, je me borne à vous répéter que cet ouvrage m'a fortement ému et intéressé et qu'il est écrit comme il doit être, avec sensibilité et simplicité. Plusieurs personnes ici refusent absolument de croire à la vérité de tous les détails. Pour moi, je leur assure qu'ils sont tous arrivés. Ai-je raison ou tort? […]

Excerpt 31 — 7 July 1791

Excerpts drawn from a letter from Grimod de La Reynière. Reprinted at the end of vol. 5 of Le Drame de la vie, *OC, vol. 38, pp. 1319–22.*

On vient, mon illustre ami, de me faire passer ici [...] l'aimable lettre dont vous m'avez honoré le 17 juin, en réponse à ma précédente. [...] Je commence par vous remercier de l'assurance que vous voulez bien me donner que rien de ma part ne peut vous faire peine. J'avais besoin de cette déclaration pour être rassuré sur l'effet de mes deux dernières, dans lesquelles j'avais osé vous parler avec une franchise tout à fait cynique, persuadé que la vérité ne pouvait vous offenser de la part d'un vieil ami. Cependant, votre long silence m'avait alarmé [...].

Vos raisons pour justifier *Ingénue Saxancour* sont plus spécieuses que solides. Si c'est un factum, pourquoi l'avoir publié comme roman? De toutes façons, je pense comme ma tante, que cette publicité donnée à de telles infamies est un grand scandale! Vous avez appelé la honte sur la tête de votre fille; vous l'avez déshonorée. Si vous saviez ce qui m'a été écrit de Paris à cette occasion, et cela par des gens qui ne vous connaissent même pas, vous en frémiriez! Hé! Qui voudrait maintenant épouser la femme d'Augé si elle devenait veuve? Si vous êtes, comme vous le dites, vous et elle, au dernier degré du malheur, vous ne devez vous en prendre qu'à vous-même. Il est des confidences qu'il ne faut jamais faire au public, sous peine de s'en repentir éternellement. Que n'ai-je été le censeur de cet ouvrage! Il n'eût jamais vu le jour. Il n'a rien ajouté à votre gloire et fera le tourment de votre vieillesse.

J'enverrai à ma tante votre justification. Je vous réponds au moins de sa reconnaissance, pour le prix que vous attachez à son suffrage. Pourquoi donc ne voulez-vous absolument pas lui écrire? C'est une deuxième Comtesse de Beauharnais.[73] Je ne puis mieux vous dire.

---

[73] A close friend of Rétif and his daughters, Fanny de Beauharnais exerted her influence to intervene on their behalf in their disputes with Augé. In comparing Mme de Beausset to the countess, La Reynière seemed to be suggesting that his aunt was equally loyal in her friendship for Rétif and as discerning in her judgment.

∽

Excerpts from Retif's Diary

Rétif's handwritten diary for November 1779 through August 1787 was discovered in the 1880s in the Archives de la Bastille at the Bibliothèque de l'Arsenal and first published in a critical edition by Paul Cottin under the title *Mes Inscripcions. Journal Intime de Restif de La Bretonne* (Paris: Plon, 1889). An electronic version of Cottin's edition is available in vol. 56 of the 1988 Slatkine reprint edition of Rétif's complete works though the Bibliothèque Nationale's on-line catalogue.

Pierre Testud points out that the title *Mes Inscripcions* really only applies to the abbreviated entries from 5 November 1770 through through the summer of 1785 — inscriptions that Rétif carved into the stone embankment of the Ile Saint-Louis during his daily strolls in the neighborhood in Paris where he lived. On September 1 that year, Rétif began transcribing these entries into a notebook in order to preserve them. Thus were born *Mes Inscripcions*, the diary to which he added brief entries every morning concerning his work and experiences the previous day: people encountered, places visited, anniversaries celebrated or mourned, manuscripts begun, continued, or completed. Since 1995, the original handwritten manuscript (ms. R106396) discovered at the Arsenal is available on microfilm at the Arsenal branch of the Bibliothèque Nationale in Paris.

The continuation of Rétif's diary (from 20 August 1787 through 12 June 1796) was later discovered in the archives of the Bibliothèque Nationale of France (manuscript n.a.f 22.772). The entire handwritten manuscript has been re-transcribed and published in Testud's far more complete and accurate critical edition. Unless indicated otherwise, references to Rétif's diary are to Pierre Testud's two-volume edition: *Mes Inscripcions, 1779–1785; Journal, 1785–1789* (Paris: Editions Manucius, 2006) and *Journal. Volume II, 1790–1796* (Paris: Editions Manucius, 2010).

Given Rétif's graphomania, particularly his compulsion to record his daily activities, Testud speculates that Rétif probably continued his diary until his death in 1806[74] and that this third and last portion of his diary may be lost forever. Or

---

[74] In his introduction to volume 1 of his edition of Rétif's journal, Pierre Testud writes: 'Il est certain que la tenue du journal s'est poursuivie, même si aucune trace jusqu'ici n'en a été

perhaps it still exists hidden away in an attic or archive somewhere — an intriguing thought indeed.

* * *

Following the publication of his edition of Rétif's diary, Testud underscored its unusual origin and character and the valuable insights it offers into his work and complex family relationships:

> Ce journal ne ressemble à aucun autre: loin de toute préoccupation littéraire, de toute pensée d'un lecteur futur, il se présente comme une suite de notes lapidaires, où Rétif consigne les étapes de son travail d'écrivain et d'imprimeur, ses relations avec les libraires, ses déambulations dans les rues de Paris, ses rencontres, ses sorties au théâtre. Il tient également registre de ses maladies et des secrets de sa vie sexuelle auprès de ses deux filles. C'est une masse d'informations que nous livrent ces notes prises au jour le jour. [...] Ajoutons qu'il note aussi dans son journal, avec les événements de sa vie privée, les faits marquants de l'actualité politique et militaire, suggérant ainsi que ce qui se passe à l'Assemblée ou sur les champs de bataille n'est pas dissociable de son destin individuel. Il n'est décidément pas l'ermite de la rue de la Bûcherie, enfermé dans sa graphomanie. Au final, cette œuvre [...] révèle une personnalité complexe, attachante, un travailleur inlassable, et cependant un homme ouvert sur le monde qui l'entoure. Un homme aux prises avec les pires difficultés matérielles et toujours habité, cependant, par sa foi dans l'importance du livre.[75]

Excerpt 1

In the introductory notes to Mes Inscripcions, *Rétif explains how certain dates held special significance for him. Among these special dates was February 2.*

¶4. [2 February 1781/1785] La quatrième date est celle du 2 février, renouvelée tous les ans depuis cette année. Je me ressouvins [...] qu'à pareil jour en 1753, j'avais rappelé à Madelon Baron les précieuses faveurs dont elle m'avait comblé le 21 janvier précédent. Je fis un retour sur moi-même, je me considérais malade, malheureux en épouse ...[76] Mes larmes coulèrent ...

---

trouvée. Tant que Rétif, mort le 3 février 1806, eut la force de tenir une plume, il dut continuer de tenir registre de sa vie quotidienne' (*Journal*, vol. 1, p. 13). Unless indicated otherwise, all page references to Rétif's diary are to Pierre Testud's two-volume critical edition: *Mes Inscripcions, 1779–1785; Journal, 1785–1789* (Paris: Editions Manucius, 2006) and *Journal. Volume II, 1790–1796* (Paris: Editions Manucius, 2010).

[75] See http://www.decitre.fr/livres/Journal.aspx/9782845781177. For further background on Rétif's diary, see Testud's article 'Le *Journal* inédit de Rétif de La Bretonne', *Studies on Voltaire and the Eighteenth Century*, 90 (1972), 1567–93, and the introductions to his two-volume edition of the diary.

[76] These ellipses (and all those appearing in this edition without brackets) are found in the original text. Ellipses appearing *with* brackets indicate where material has been omitted in the

Mais quand je revis cette même date l'année suivante 1781, je fus bien
autrement affecté! Ma fille se mariait malgré moi. J'étais alors dans les filets de
Sara;[77] des sensations vives, présentes et très douloureuses se présentèrent en
foule; je regrettai l'année précédente. Je me disais à moi-même: 'Je ne pleurais
que de ressouvenir, il y a un an; aujourd'hui, je pleure ce qui est actuellement. O
misérable! Chaque année t'apporte un nouveau degré de malheur, et le bonheur
s'enfuit pour jamais!' Je n'ai que trop éprouvé depuis combien cette quérimonie
était vraie!

Tous les ans j'ai revu cette date avec intérêt et, en 1785, je versai des larmes
amères: Hélas! J'étais encore plus malheureux que jamais, au moral, comme au
physique. [*Journal*, vol. 1, pp. 34–35]

Excerpt 2

¶20 [21 janvier 1781] Celle du 21 exprime la douleur, avec ce mot funeste: *Rediit
monstrum*.[78] Ensuite ces mots se trouvent gravés sur la pierre brisée à l'angle
obtus, vis-à-vis le bout occidental de la rue Saint-Louis: *Elis fil. cor ded.* (Elise
remplace ma fille, et m'a donné son cœur). C'est alors que ma fille voulait le
mariage qu'elle a contracté malgré moi. [vol. 1, p. 46]

Excerpt 3

¶30 [15 February 1781] [...] Le soir du 15 février, la mère de Sara est montée
dans ma chambre, et m'a proposé d'être *l'amant père* de sa fille. Mme Debée me
fit un grand discours au sujet de M[r.] Sangrain, entrepreneur des réverbères qui,
disait-elle offrait de donner 20 mille francs à sa fille sans rien prétendre d'elle, et
seulement par considération pour la mère. C'était une bourde grossière, mais j'en
crus la moitié. [...] C'était pour me faire donner les 20 mille livres qu'on me disait
qu'un autre était prêt à leur donner. Mais on ajoutait que Sara aimerait mieux
mourir que de les accepter de M[r.] Sangrain. Et lorsque j'en demandai la raison à
la demoiselle, sa réponse fut que M[r.] Sangrain avait été amoureux de la Mère
Debée. Ce qui me parut plausible. [vol. 1, p. 51]

---

current edition. In Appendix D, the spelling and punctuation of diary entries have been
modernized where it was deemed necessary for ease of comprehension. See Testud's edition
for the original versions.

[77] Sara (Elise Debée-Leeman), daughter of Rétif's landlady at the time, with whom Rétif had
a passionate, but stormy sexual liaison.

[78] Allusion to his wife's unwelcome return to Paris after a four-month stay in Burgundy to
settle her mother's estate. Rétif referred to both his wife and son-in-law as *monstres*.

Excerpt 4

¶31 [18 February 1781] [...] Sara me dit, contre sa mère, les horreurs que j'ai rapportées dans la *Dernière avanture d'un homme de quarante-cinq ans*. Je la consolai; je promis de lui servir de père, et que, puisque ma véritable fille se mariait malgré moi, elle la remplacerait dans mon cœur. [vol. 1, pp. 51–52]

Excerpt 5

¶32 [23 February 1781] *Sara filia*. Sara était ma fille; lorsqu'elle m'accordait ses faveurs, elle me disait: 'Je remplis, à ton égard, les devoirs les plus sacrés d'épouse, de la piété filiale: je te donne les plaisirs de l'amour et les douceurs de la paternité.' Ce raisonnement me paraissait excellent: j'étais heureux! Mais la somme des biens et des maux doit également abreuver la vie; j'avais trop de bonheur alors; je consommais dans les six premiers mois de ma passion pour Sara celui de six autres mois où je ne devais éprouver que douleur et qu'angoisses. [vol. 1, p. 52]

Excerpt 6

¶139 [23 December 1781] [...] Je quitte indigné Sara l'ingrate: il y a un an qu'elle était tendre![79] [vol. 1, p. 89]

Excerpt 7

¶309 [25 November 1783] *Pax. Agnetem*. Publication de la paix. Je vais voir Agnès.[80] [vol. 1, p. 130]

Excerpt 8

¶398 [19 June 1784] Augé ose vouloir me parler chez M. de La Reynière. [vol. 1, p. 147]

---

[79] Subsequent entries indicate that Rétif reconciled with Sara, despite her continuing affairs with two other men. Their final break-up did not occur until 22 July 1782, as he notes in his diary entry for that day.

[80] This was the first visit to Agnès since her marriage that Rétif mentions in his diary. Louis XVI had proclaimed 25 November 1783 a day of celebration for the signing of the Treaty of Versailles between France and Britain that ended hostilities between those two countries following the American Revolutionary War.

Excerpt 9

¶459 [25 December 1784] Voilà enfin la cruelle année 1784 achevée: je croyais, en la commençant, qu'elle serait la plus malheureuse de ma vie; mais je me trompais: 1785, qui va commencer, me réservait des maux plus vifs encore. Ils feront frémir les âmes sensibles! … Car désormais je ne ferai mon histoire que par le journal de ma vie, écrit en abrégé sur la pierre à l'Ile Saint-Louis. [vol. 1, p. 165]

Excerpt 10

¶469 [12 January 1785]: *Quaerla cum Augé.* Il entra, comme j'étais chez lui pour lire à ma fille la lettre de l'abbé de Montlinot à M^r Le Pelletier pour placer le vil Augé. Il me dit: Que je ne vous chasse pas! Pardonnez, vous me chassez. Il était gris; il courut après moi: Je le traitai de monstre. Il leva la canne sur moi en me traitant de *gredin*; le guet à cheval nous sépara. [vol. 1, p. 168]

Excerpt 11

¶471 [15 January 1785]: […] je vais chez le Prévôt des M^ds (Le Pelletier) pour ma fille Agnès. Il me prit en particulier et me dit: 'Serais-je assez heureux pour vous être bon à quelque chose?' Je lui parlai d'Augé, comme d'un mauvais sujet qui faisait le malheur de ma fille et qu'il fallait contenir en l'obligeant. M^r Le Pelletier me le promit. (On verra par la suite les beaux effets de cette promesse!) Augé fut installé 15 jours après chez Mr Legrand, premier secrétaire. [vol. 1, p. 169]

Excerpt 12

¶477 [27 January 1785] […] le soir, *A. pat.*[81] [vol. 1, p. 171]

Excerpt 13

¶479 [31 January 1785] […] Agnès a fui, elle est chez Blérie, d'où je la tire le même soir. [vol. 1, p. 172]

¶480 [1 February 1785] […] je rends Agnès à l'infâme Augé. [vol. 1, p. 173]

---

[81] Commenting on this entry, Testud remarks: 'Lire *Agnès patiens* (Agnès tolérant mes caresses, ou mes attouchements), ou bien *Agnès patinée* (caressée). Suivent quelques lettres raturées et illisibles' (*Journal*, vol. 1, p. 171). One wonders if Agnès tolerated her father's sexual advances out of gratitude for securing her husband a job and perhaps in an attempt to win back his affection after their long estrangement?

Excerpt 14

¶491 [10 March 1785] [...] Agnès quitte son mari; je la renvoie. [vol. 1, p. 177]

Excerpt 15

¶521 [21 July 1785] [...] fuite d'Agnès le soir à 8 heures, chez Berthet.[82] [vol. 1, p. 189]

Excerpt 16

¶527 [8 August 1785] [...] mémoire d'Agnès contre Augé.[83]

¶528 [10 and 11 August 1785] [...] Mémoire d'Agnès; le soir, reproches au scélérat Augé en présence de Mr Legrand, chez M^r le prévôt des Marchands. 11. Lettre contre Augé à Mr Legrand. [vol. 1, p. 192]

Excerpt 17

¶540 [19 September 1785] [...] convention, chez le prévôt des M^ds, entre le père Augé, moi et le *Monstre*: ce dernier promet un écrit de consentement à la liberté de ma fille [...].[84] [vol. 1, p. 198]

Excerpt 18

¶548 [18 October 1785] [...] 18, *Furor Augoei* (ce monstre découvrit ma fille, qui regardait la procession des captifs, le second jour).[85] [vol. 1, p. 204]

¶548 [30 October 1785] [...] je surprends les lettres de Blairie à Agnès,[86] mais je ne lui en parle pas. Il faut être tolérant pour les fautes involontaires; la cruelle

---

[82] After a brutal beating, Agnès fled from her husband, this time definitively. Rétif entrusted her to the care of the engraver Louis Berthet and his wife on the rue Saint-Jacques in Paris, where she stayed, hiding from her husband, for four months.

[83] First mention of Rétif's 'Mémoire contre Augé', to which he devoted many hours in the months following and that served as key evidence in Agnès's suit for separation.

[84] This agreement was never put into place because Augé, on the advice of his attorneys, refused to sign it. It was not until March, 1787 — a year and a half later — that Agnès finally obtained a legal separation from her husband.

[85] *La procession des captifs*: Religious procession through Paris of French sailors and merchants captured by Barbary pirates, held as slaves in North Africa, and eventually ransomed by the religious orders of the Sainte-Trinité and Merci. This was the last in a series of such processions through the streets of French towns and cities in which freed slaves gave thanks for their rescue. It was during this event that Agnès was spotted by Augé as she watched the procession from the window of the Berthets' apartment, rue Saint-Jacques.

[86] For excerpts from Blérie's six letters to Agnès found among Rétif's papers, see Appendix C, Excerpts 6–11.

passion de l'amour doit trouver les pères indulgents, surtout quand on tient d'eux pour la sensibilité. [vol. 1, p. 204]

Excerpt 19

¶550 [3 November 1785] [...] je consens avec peine qu'Agnès aille à Gentilli.[87] [vol. 1, p. 205]

Excerpt 20

¶551 [4 November 1785] [...] Je continuerai, désormais, à écrire jour par jour, tout ce qui m'arrivera, jusqu'à la fin de ma vie. J'emporte, aujourd'hui, ce papier dans ma chambre de la rue Saint-Jacques,[88] afin qu'il ne soit pas vu. [vol. 1, p. 206]

Excerpt 21

¶567 [20 November 1785] [...] *Vu Agnès et em°.*[89] Causé des lettres de Blerie, que voici: ... (ici les 6 lettres cotées 18–23).[90] J'ai dit à ma fille que j'étais indigné de la dernière de ces lettres, qui marquait une âme basse,[91] telle que l'ont tous les commis. Qu'une femme, dont le cœur s'est laissé prendre par ces viles automates, doit être malheureuse! [vol. 1, pp. 217–18]

---

[87] In *La Femme infidelle*, Rétif mentions that Blérie's brother and sister-in-law had a house near Gentilly. This would explain Rétif's opposition to Agnès's trip; he no doubt feared that she would see Blérie during her two-week stay there.

[88] Rétif had secretly rented a room in the same building where his engraver Berthet lived with his wife (the couple with whom Agnès took refuge after leaving her husband). The fact that he kept his diary there so no one else would see it suggests that he had something to hide, perhaps from his wife (who was still living with him intermittently at that time) or from Augé. He was furious when he learned in late November that his landlady rue Saint-Jacques had told Augé about his room there. It is perhaps significant that this entry appears only ten days before entries expressing more pressing sexual desires toward his daughters, often written in Latin code.

[89] According to Testud, the Latin abbreviation *em.* or *emiss.* refers to ejaculation, either spontaneous or as a result of masturbation. [See Testud, 'Le *Journal* inédit de Restif de La Bretonne', p. 1578.] The apparently spontaneous ejaculation Rétif experienced at the sight of Agnès on this date points to the intensification of his incestuous desire for her in the months following her separation from Augé, provoked perhaps in part by knowledge of her liaison with Blérie.

[90] See Appendix C, Excerpts 6 through 11, for excerpts from Blérie's letters to Agnès found among Rétif's papers.

[91] In his notes to this diary entry, Testud writes: 'Si cette lettre marque "une âme basse," c'est que Blérie y déclare ne plus vouloir correspondre avec Agnès: c'est "une nécessité absolument nécessaire à [son] honneur et à [sa] tranquillité"' (*Journal*, vol. 1, p. 218, n. 1). See Appendix C, Excerpt 11.

Excerpt 22

¶583 [1 December 1785] [...] Ce matin, j'ai été chez M^r le Prévôt des Marchands. J'ai vu Mr Legrand et je lui ai parlé de M. de Montlinot, ensuite d'Augé, dont j'ai dit qu'il me calomniait outrageusement; qu'il ne pouvait nourrir sa femme, etc. J'ai dit au *monstre*, en sortant, qu'il fît sommation judiciaire. Je suis revenu chez Mr de Toustain, où était ma fille aînée, et je lui ai fait exprimer ses griefs contre son mari. [...] J'apprends que ma femme est partie, hier mercredi pour Joigny. [vol. 1, p. 228]

Excerpt 23

¶584 [2 December 1785] [...] J'apprends qu'Augé a dit que je lui avais fait perdre tous ses emplois. Quel misérable! [vol. 1, pp. 228–29]

Excerpt 24

¶585[92] [3 December 1785] Hier, en rentrant, j'ai trouvé une lettre d'Henri, l'Exempt[93] de la Librairie, qui me donne rendez-vous à 9 heures, ce matin, pour un mémoire contre moi que lui a renvoyé M^r le Lieutenant de police. J'ai passé la nuit avec ma fille, qui m'a servi de secretaire, à préparer mes réponses. Le matin, j'ai eu deux lettres du vil Augé: une par laquelle il me prie de parler pour lui faire avoir un emploi (le misérable m'en a ôté le pouvoir, ainsi que la volonté!); l'autre adressée à ma fille Marianne. Il faut savoir qu'aussitôt que j'eus reçu, hier soir à dix heures, la lettre d'*Henri*, je sortis avec Marianne, pour qu'elle traitât Augé comme il méritait! Elle ne le trouva pas; mais elle parla si vivement à sa gouvernante, qu'elle l'épouvanta. C'est la *réponse* à sa visite qu'Augé a envoyée. [...] Mes deux filles vont au lieu de moi chez l'Exempt, pour lui montrer ces lettres et lui persuader que je n'ai pas vu son billet. Ce mensonge est si utile que je l'excuse: Je ne veux pas être connu d'Henri, et je ne veux pas le mettre contre moi: l'Agneau craint les Loups. [vol. 1, pp. 229–30]

Excerpt 25

¶586 [4 December 1785] Hier, à 10 heures mes deux filles sont revenues de chez l'inspecteur, qui leur a parlé avec politesse et qui leur a lu tant le mémoire d'Augé que les lettres de ce misérable. Ma fille aînée lui a montré la première lettre de ce monstre (celle du 23 juillet), et elle a articulé une partie des mauvais traitements

---

[92] Rétif mistakenly labeled this entry as ¶985 and the entry following as ¶986.

[93] In the diary entry following (¶586), Rétif explains that Henri was the police inspector in charge of their case.

qu'elle a essuyés. Sur les une heure, j'ai été chez M^r le Prévôt des Marchands. Mr Legrand n'étant pas chez lui, je me suis trouvé seul avec Augé, à qui j'ai fait les reproches qu'il méritait, mais avec modération. [...]

Ainsi donc, un homme qui s'est fait quelque réputation se voit cité devant le magistrat des mœurs, accusé de retenir sa fille mariée dans une chambre secrète de la rue Saint-Jacques, de refuser de la rendre à son mari! Conduite certainement répréhensible! Tandis que cette infortunée s'est elle-même dérobée aux coups; qu'elle est venue, éplorée, marquée, demander un asile à l'auteur de ses jours. Un homme comme moi se voit à 51 ans, assimilé à ces hommes viles sans éducation, sans mœurs, qu'il faut contenir par la crainte d'un magistrat puissant! Et par qui? Par un misérable qui a trompé, pour épouser *Agnès Restif*, une tante dévote et bornée, laquelle a fait passer la séduction à sa nièce! Il a per[suadé] la tante et la nièce qu'il était riche. Toutes deux ont cru faire un mariage de raison (car Agnès Restif ne s'est pas mariée par amourette).

Au bout de trois jours, la jeune personne se voit trompée! Elle n'a pas le nécessaire! Aujourd'hui, tout est au mont de piété, à l'exception de quelques gros meubles absolument nécessaires ou sans prix! Six semaines après, elle est frappée! Au bout de cinq mois, enceinte du Monstre, elle reçoit des coups de pied dans le ventre. Plus tard, ayant une fluxion, un violent coup de poing change cette fluxion en abcès! On la fait deux fois coucher dehors sur l'escalier. Enfin un dernier coup de poing dans la figure la fait fuir pour la sixième fois, et le scélérat fait un mémoire mensonger qu'il présente ou fait présenter au magistrat [...] pour accuser l'épouse dégradée, avilie journellement par les noms affreux de Poison, Vermine, Putain que cet infâme lui prodigue, même devant le monde!

Qui m'aidera donc à venger mon sang? Qui soutiendra les droits de la tendresse paternelle? Personne. Les Toustain, dans qui j'avais confiance, parlent de conciliation, comme s'il s'agissait de concilier ce qui est inconciliable! Comme s'il était bien de remettre, ... que dis-je? de prostituer la Vertu au Vice! ... O que les hommes sont fous, ou bornés, ou indifférents au bien! ...

J'aurai recours au magistrat chargé par le Père de la Patrie, de protéger ses sujets sourdement opprimés: Je lui dirai: 'O vous, sans cesse affligé par le récit des fautes, des crimes, des forfaits! vous allez frémir! Un monstre de laideur, âgé de 36 ans, sans fortune, sans vertu, se présente à une sœur vieille dévote et bornée pour obtenir la main d'une fille de 18 ans, modeste, vertueuse jolie, l'objet chéri de la tendresse d'un père malheureux! Il se fait passer pour fortuné; il affiche la dévotion; il persuade; il capte la tante et la nièce; il se fait admettre dans un bureau sans appointements, pour qu'on le croie occupé. Ses mensonges ne sont pas découverts. Mais le père, plus clairvoyant, entrevoit le démérite du personnage! Il s'oppose! hélas, en vain! Sa fille lui résiste! Sa femme le trahit: on lui fait entendre qu'Agnès a cessé d'être sage! Il est indigné: Il signe le contrat, malgré lui. Il donne sa malédiction pour dot; il ne paraît pas au mariage.

Sa fille vit avec l'infâme Augé. Bientôt, elle sent les effets de sa scélératesse: pain jeté au visage, coups de pied dans le ventre, enceinte de six mois; soufflet à poing fermé sur une joue en fluxion, menaces d'épée nue au bout de quatorze jours d'accouchement qui l'obligent à fuir nue chez sa tante; coups de tenaille sur les mains et sur les bras, soufflets; coups de pouce dans l'estomac à la faire trouver mal; pinçures cruelles au bras pour la faire trémousser dans le devoir, ou plutôt la débauche conjugale; discours infâmes tenus d'elle et sur elle à ses amis devant elle; détails obscènes de ses parties les plus secrètes; peinture grossière des ébats du monstre s'assouvissant et cherchant des raffinements de volupté de la manière la plus brutale, la plus contraire à la nature; désespoir de l'infortunée qui veut se jeter à l'eau, et qui est retenue par Blairit,[94] ami du Monstre; jalousie atroce de celui-ci, qui au retour d'un voyage à Melun, s'étant assouvi, et ayant ensuite gourmé sa victime, qui lui reproche qu'il fait suivre les coups à ses plaisirs, lui répond: 'Tu es charmée que pour cacher que Blairit t'a …!' Pot de chambre cassé sur ses jambes, quelques jours après, parce que l'infortunée fuyait ses brutales caresses, le matin, en disant: 'Jamais, jamais, vous ne direz plus que je couvre une faute! …' L'infortunée toute en sang, se trouve mal, tombe, et est violée outrageusement en cet état!

Voilà, respectable magistrat, quel a été le sort de ma fille Agnès depuis le mois d'avril 1780 jusqu'au 19 juillet 1785,[95] qu'après avoir été menacée longtemps, si elle ne trouvait pas d'argent au monstre, elle reçut, dans le milieu du visage, un violent coup de poing, dont elle a porté les marques noires et bleues pendant deux mois!

Vengez-moi! Vengez la Nature outragée! Les droits sacrés du mariage sont convertis en débauche […]. Et c'est le monstre qui a commis ces atrocités qui me dénonce! C'est ce monstre qui attire au père de l'offensée le mandat infâmant d'un inspecteur de police, qui lui commande de passer chez lui! […] C'est blesser le droit naturel; c'est attenter à la majesté paternelle! Jamais je ne cèderait à de pareils ordres! Punissez donc le monstre […]. Vengez votre honneur et le mien!'
[vol. 1, pp. 230–34]

---

[94] This incident is not mentioned in *Ingénue Saxancour*, *La Femme infidelle*, or *Monsieur Nicolas*. It might have happened during the couple's journey back to Paris after their visit to Blérie's brother's home, visit cut short due to Augé's outrageous behavior.

[95] Both these dates are incorrect: Agnès married Augé on 1 May 1781 (not in April 1780). And, earlier in his diary, Rétif gives 21 July 1785 as the date of Agnès's final escape from her husband (¶521, vol. 1, p. 189).

Excerpt 26

¶587 [5 December 1785] Hier soir, p. d'A. d^{sé} b^{sé} S. *noctè m.*[96] Ce matin, mémoire contre Augé, en réponse. Mécontent d'Agnès: elle a envoyé le chat noir de sa voisine à Blairit, qui l'a refusé. J'ai intimidé le commissionnaire, qui doit me remettre les lettres qu'elle écrira.[97] Berthet a fait un billet pour redemander à Blairit les livres qu'il a eus d'Agnès. Elle a apporté chez nous le chat de sa voisine. Ce caractère m'épouvante.[98] [...] Le soir, j'ai rédigé le mémoire contre Augé. [vol. 1, pp. 234–35]

Excerpt 27

¶588 [6 December 1785] [...] Envoyé Marianne chez Augé pour lui faire écrire et signer un écrit satisfactoire.[99] Il a dit à la dame Normand que j'avais vendu ma fille à un seigneur, qui devait l'emmener et l'entretenir. Marianne est revenue sans la signature; le monstre doit montrer l'écrit à Mr Legrand. Lettre d'Augé. J'ai écrit à l'inspecteur *Henri*, et ma fille cadette a porté ce soir la lettre, le mémoire pour M^r le lieutenant de police et un petit mémoire qu'elle a fait elle-même. [vol. 1, p. 235–36]

Excerpt 28

¶591 [9 December 1785] [...] mes filles ont été chez l'inspecteur Henri, lui raconter ce qui est arrivé à ma cadette de la part du Monstre.[100] [vol. 1, p. 237]

---

[96] Testud interprets these abbreviations to mean 'pieds d'Agnès déchaussés, baisés.' As for the Latin following (*noctè m.*), he proposes the following interpretation: 'la nuit, [j'ai] masturbé' (*Journal*, vol. 1, p. 234, n. 2). Here too, the fact that Rétif expresses such strong disapproval of Agnès's relationship with Blérie in the same entry suggests that his jealousy may have stimulated his incestuous desires toward Agnès.

[97] Unfortunately, Agnès's letters to Blérie have not been found.

[98] Commenting on this remark, Testud writes: 'On ne voit pas très bien le lien entre le chat de la voisine et le caractère "épouvantable" d'Agnès' (vol. 1, p. 235, n. 1). It seems more likely that Rétif is alluding here instead to Blérie's character — to his seductive charms, which he finds so threatening to Agnès's reputation and peace of mind, as well as to his own relationship with his daughter.

[99] 'L'Acte Satisfactoire' (dated 5 December 1785) was a tentative reconciliation agreement between Augé and Agnès, in which he was to acknowledge his past mistreatment of his wife and promise to treat her better in the future if she agreed to return to him. However, after Augé attacked Marion when she delivered the document to him, the agreement was never signed. Rétif inserted a copy of this document in *La Femme infidelle* (*OC*, vol. 45, pp. 907–09, N° 22). See Appendix C, Excerpt 17.

[100] Regarding this entry, Paul Cottin explains: 'Il l'avait traité de gueuse, renversée et foulée aux pieds, quand elle était allée le voir' (Cottin, *Mes Inscripcions*, p. 152, n. 3).

Excerpt 29

¶657 [21 February 1786] Jour horrible! [...] A dîner, Agnès prise par son Monstre d'Augé; elle est chez le Commissaire de l'Ile; j'en viens; nous allons en referé devant M^r le Lieutenant-Civil. Je viens chercher la lettre du 23 juillet du Monstre. J'ai été chez le commissaire et le Lieutenant-Civil. [...] J'ai plaidé devant le magistrat, et ma fille renvoyée chez moi: c'est samedi que la cause sera décidée. Je l'ai ramenée.[101] [vol. 1, p. 267]

Excerpt 30

¶658 [22 February 1786] [...] Agnès a été faire une addition à sa plainte. Elle a été rencontrée, rue de la Mortellerie,[102] par l'infâme Augé, qui l'a trainée chez le commissaire Tibert; mais je ne l'y ai pas trouvée, et le commissaire a honteusement éconduit cet indigne. J'ai vu le clerc du Commissaire de Larri,[103] Ile St Louis, et je l'ai instruit. Ma fille y avait été. Le soir, mémoire concis pour le procureur. [vol. 1, pp. 267–68]

Excerpt 31

¶660 [24 February 1786] Le matin, travaillé pour Agnès. Sorti, après qu'elle a été chez le procureur et le notaire. [...] Agnès est allée chez le notaire pour lever son contrat. Nous avons été le soir chez M^r le lieutenant-civil. Augé et tout le monde y était avant moi. Il s'est jeté aux genoux du lieutenant-civil, en lui disant que j'étais un auteur sans mœurs, un coquin, un gredin, un homme sans aveu. Je suis entré dans ce moment. Ma fille s'est écriée: 'Mon Papa! mon Papa! Il dit que vous êtes un coquin!' Le magistrat, étonné de cette hardiesse et des cris de ma fille a témoigné qu'on le fatiguait. Il a néanmoins prononcé son ordonnance, que ma fille resterait chez moi jusqu'à mardi, 7 mars. Après notre sortie, l'abominable Augé a montré sa brutalité sur le perron. Il m'a dit des injures. Il a indigné mon procureur, Mr Cavagnac.[104] [vol. 1, pp. 268–69]

---

[101] This is an account of the incident described in greater detail in *Ingénue Saxancour*, in which Augé accosted Agnès in the street on the Ile Saint-Louis and had her arrested as a prostitute. Taken to the district police station, she countered by lodging a complaint against her estranged husband for battery. Rétif then accompanied his daughter to the office of the local magistrate, where she made a formal request for separation and was granted permission to stay with her father until her case was decided.

[102] Rue de la Mortellerie, which later became rue de l'Hôtel de Ville, was the street where Augé lived.

[103] Cottin identifies him as 'Baudet du Larry, commissaire au Châtelet.' Le Châtelet was the civil court in Paris where separation cases were heard (Cottin, *Mes Inscripcions*, p. 173).

[104] Testud notes that this same account is repeated almost verbatim in *La Femme infidelle*, but that in *Ingénue Saxancour*, Rétif combines it with the incident of February 21 described in entry ¶657 above. See Testud, *Journal*, vol. 1, p. 269, n. 1. He adds that Cavagnac, procureur at the Châtelet since 1782, was Rétif's neighbor rue des Bernardins.

Excerpt 32

¶661 [27 February 1786] [...] été chez Le Grand,[105] expliqué mes griefs contre Augé, qu'on a renvoyé. [vol. 1, p. 270]

Excerpt 33

¶667 [7 March 1786 [...] Procureur d'Augé envoyé chercher pour accommodement. [...] Ce soir, nous aurons la décision de l'affaire d'Agnès. J'ai été chez le Lieutenant-civil, où je n'ai vu personne, mais on a décidé que, si l'infâme laissait ma fille chez moi, il ne paierait aucune pension. Agnès a signé cette convention. [vol. 1, p. 276]

Excerpt 34

¶735 [25 May 1786] [...] Journée terrible! Nous avons eu au dîner m^{lle} Mesnager et m^r Morel de Rosières: j'ai été les chercher [...]. Nous avons été suivis par Augé. Après le dîner, nous sommes sortis, et ce Monstre nous a suivis. J'étais un peu en avant avec m^{lle} Mesnager; mes filles et m^r de Rosières un peu derrière nous, lorsqu'Augé, passant auprès de ma fille Agnès, lui a donné deux soufflets. Ce Monstre a fui: nous l'avons retrouvé dans le parterre,[106] où nous l'avons fait arrêter. Il n'est pas d'horreurs qu'il n'ait vomies: accusation de prostitution (il traitait la maison de Berthet, mon graveur, de bordel), d'inceste; menaces de m'assassiner, etc. Conduit dans le dépôt, il s'est livré aux atrocités les plus horribles. L'Inspecteur du Jardin, chevalier de St-Louis m^r *Guilliot*, a entendu ces horreurs et a condamné Augé sur ses propres paroles, parce que je n'ai pas eu le moyen d'en prononcer une. Le Monstre ne déparlait pas; il écumait de la bouche; les yeux lui sortaient de la tête; il était également fou et pris de vin. L'Inspecteur m'a engagé à ramener mes filles et ma compagnie et a gardé le Monstre, qu'il a traité fort durement après notre sortie, en le menaçant, s'il ameutait seulement trois personnes, de le conduire en prison. De retour, m^{lle} Mesnager et moi, nous avons été chez le Commissaire *Du Larris* rendre plainte de tous les faits que je viens de rapporter. On trouvera cette plainte dans la *Femme infidelle*[107] et

---

[105] Legrand was Augé's immediate superior. Cottin identifies him as 'avocat au Parlement, troisième secrétaire du prévôt des marchands' (Cottin, *Mes Inscripcions*, p. 144, n. 2).

[106] This scene, described in greater detail in *Ingénue Saxancour*, took place in the Jardin du Roi, which later became the Jardin des Plantes. The parterre is the part planted with flowers, whereas the initial encounter with Augé took place in the wooded section of the park where the labyrinth hill is located.

[107] Commenting on this entry, Testud explains: 'Ce n'est évidemment pas dans *La Femme infidelle* (déjà mise en vente) qu'il faut chercher trace de cet épisode, mais dans le *Supplément* que Rétif insère à la fin du volume XXIII des *Contemporaines* (2de éd.). [*Journal*, ¶735, vol. 1, pp. 308–09, n. 3.]

Ingenue Sax. Nous avons quitté m^lle^ Mesnager, m^r^ Morel et moi, à minuit. [vol. 1, pp. 307–08]

Excerpt 35

¶736 [26 May 1786] Matin, levé; été chez le Procureur lui raconter la scène d'hier. Il approuve ma plainte; la séparation est sûre: ma plainte sera terrible. […] Mme Bizet insultée ce matin par Augé; addition à la plainte. [vol. 1, p. 309]

Excerpt 36

¶1010 [18 March 1787] Le monstre Augé dit que […] j'ai gagné au civil; que je ne gagnerai pas au criminel. [vol. 1, p. 432]

Excerpt 37

¶1410 [22 April 1788] […] fini *Femme séparée.*[108] [vol. 1, p. 562]

¶1411 [23 April 1788] matin revu *Femme séparée.* [vol. 1, p. 562]

Excerpt 38

¶1416 [28 April 1788] matin: cares[sé] Senga […]. Le soir […] persuadé Senga.[109] [vol. 1, p. 564]

Excerpt 39

¶1417 [29 April 1788]: f^u^ Senga.[110] [vol. 1, p. 565]

Excerpt 40

¶3169 [10 July 1793] Eté à l'Hôtel-de-Ville pour le divorce d'Agnès. [vol. 2, p. 293]

Excerpt 41

¶3371 [4 Feb 1794]: div^ce^ prononcé [vol. 2, p. 324]

¶3372 [5 Feb 1794]: 'fini div^ce^ Agn^s^ son acte[111] [vol. 2, p. 324]

---

[108] Entry indicating the completion of *Ingénue Saxancour, ou La Femme séparée.*

[109] The meaning of this persuasion is explained in the entry following.

[110] Testud interprets this entry to mean: 'foutu Agnès' (*Journal*, vol. 1, p. 565, n. 4).

[111] Regarding this entry, Testud writes: 'Il s'agit du divorce d'Agnès, la fille de Rétif, qui avait engagé la procédure en juillet 1793' (*Journal*, vol. 2, p. 324. n. 9).

Excerpt 42

¶3374 [7 February 1794]: Agnès partie[112] [vol. 2, p. 324]

Excerpt 43

¶3559 [18 August 1794]: Potage Vignon[113] [vol. 2, p. 351]

---

[112] Only two days after her divorce became official, Agnès moved out of her father's home to live with Louis Vignon, with whom she had a child later that year on August 17.

[113] Rétif had dinner at the home of his daughter and Louis Vignon the day after their son was born.

~

Alternative Endings to
Ingénue Saxancour

Excerpt 1

First postscript appended at the end of the original 1789 edition of Ingénue Saxancour, *reprinted in the unabridged Slatkine edition of the* Œuvres complètes, *vol. 55, pp. 249–51 and 254–56.*

1. *Postscript.* Ingénue avait le cœur serré en écrivant ces derniers mots de ses mémoires, auxquels depuis elle n'a rien ajouté, parce qu'elle n'en a pas eu le temps.

A son retour de chez Félicité, elle trouva encore l'apparence du bonheur à la maison paternelle. D'abord, elle s'appliqua aux soins qui lui étaient dévolus, qui consistaient à disposer, compter, et faire distribuer les productions du travail de son père. Elle voyait avec joie que tout prospérait, et les soins qu'elle prenait étaient accompagnés du plaisir que donne le devoir rempli. Elle était plus chère que jamais à M. Saxancour. Elle vivait dans la plus intime union avec son aimable sœur. Marion, de son côté, jouissait alors d'un bonheur peu commun! Elle était en relation avec une femme de qualité du premier mérite,[114] qui lui marquait le plus tendre attachement. Ainsi les deux sœurs étaient heureuses par elles-mêmes, en même temps qu'elles voyaient la douce satisfaction de leur père.

Mais Moresquin existait. Ce Monstre […] avait été presque oublié. Il n'oubliait pas, lui! Il guettait le bonheur de ces trois personnes, pour le détruire ou le souiller! …[115] En effet, il arriva pour lors une chose inconcevable, et qui montre à quel point l'espèce humaine est corrompue! La servante d'un procureur eut ses

---

[114] Allusion to Countess Fanny de Beauharnais, who became a close friend to Rétif and his daughters in 1787.

[115] These ellipses (and all those appearing in this edition without brackets) are found in the original text. Ellipses appearing *with* brackets indicate where material has been cut in the current edition.

raisons pour faire croire que sa montre avait été volée.[116] Moresquin le sut, et ce Monstre accusa sa belle-sœur! [...] [249–51]

L'effet de ces deux lettres infâmes a été l'indignation qu'elles ont causée à M. Saxancour: il a cherché l'occasion d'en faire punir l'auteur, en s'adressant aux magistrats. Mais étant alors tombé malade, il ne put suivre ce qu'il avait commencé. Il mourut, laissant ses deux filles dans un nouvel embarras!

Ingénue, quoique séparée, fut rencontrée par le Monstre, qui voulut d'abord la gagner par des paroles radoucies. Mais pénétrée d'horreur, elle le repoussa. Il fit encore quelques tentatives. Puis s'apercevant que tout était inutile, il entra en fureur, et lui donna un coup de main sur le col, qui lui cassa les vertèbres. Elle tomba et ne vécut que quelques heures. Moresquin s'enfuit. Mais Ingénue, portée mourante auprès de sa sœur, eut la force de dire un mot, et on sut le nom de son meurtrier.[117]

Aussitôt que Marion Saxancour connut la cause du malheur de sa sœur aînée, elle courut annoncer le crime et demander vengeance à une dame respectable, Madame la comtesse de B***,[118] qui employa tout son crédit, pour faire punir Moresquin sans éclat. Ce fut ici une de ces occasions où l'on sentit de quelle utilité il est pour les citoyens honnêtes que le roi exerce un pouvoir paternel, autrement que par l'organe des magistrats, qui ne pouvant, heureusement, agir et parler que par la loi, n'ont pas la liberté de pallier les crimes.[119] Celui de Moresquin déshonorait un fils innocent et répandait sur sa carrière commençante cette honte, juste punition des scélérats, mais qui est une injustice pour les non coupables. Moresquin, bien convaincu du crime et de tous ses anciens forfaits, a été envoyé aux Iles, et là, soumis au pouvoir d'un homme public qui l'oblige au

---

[116] On 10 November 1788, a watch was indeed stolen from Poincloud, Rétif's neighbor and landlord of the building where Rétif had lived since 1781. According to Rétif, Poincloud wrongly accused Marion of stealing the watch and asked the Rétifs to move out. This incident is the focus of the short story titled 'Les Propriétaires de maison' published in Les Nuits de Paris in 1788.

[117] In 'La Fillette retrouvée', one of the stories included in Le Drame de la vie, Rétif imagines a death equally melodramatic for his wife Agnès Lebègue and for his son-in-law Augé (called Kugé in the story): On 30 June 1793, Kugé murders his mother-in-law, along with a passerby, before being shot and killed himself. See Excerpt 4 below.

[118] Another allusion to Mme de Beauharnais, who did in fact intervene in the Rétif family's disputes with Augé.

[119] Allusion to lettres de cachet. Signed by the king of France, countersigned by one of his ministers, and sealed with the royal seal (cachet), lettres de cachet contained orders directly from the king, often to enforce arbitrary actions and judgments that could not be appealed. The best-known lettres de cachet were penal, by which a subject was sentenced without trial to imprisonment, confinement in a convent or a hospital, transportation to the colonies, or exile to another part of the realm or outside the realm altogether. Wealthy or powerful individuals sometimes obtained them to deal with troublesome relations. A prominent symbol of the abuses of the ancien régime monarchy, lettres de cachet were abolished during the French Revolution.

travail pour lequel il est propre. Il est signalé; on le connaît pour un méchant, et il porte le nom de L'Echiné, pour ne pas compromettre son nom véritable. Son fils est élevé par sa tante Marion, dont le cœur pur, et l'humeur douce, lui font aimer les vertus inconnues à son coupable père. [254-56]

Excerpt 2

Second postscript appended at the end of the original 1789 edition of Ingénue Saxancour, OC, *vol. 55, pp. 256-60.*

2. *Postscript.* [...] Dans une réponse foudroyante de M. Saxancour au vil Moresquin, cet honnête homme y exprime toute son indignation contre le scélérat. Il lui rappelle tous ses torts, toutes ses turpitudes, toutes les infamies qu'il s'est permises, telles qu'elles sont rapportées dans les mémoires qu'on vient de lire. Il insiste sur la menace d'assassiner M. Saxancour, qu'il avait répétée, même devant l'inspecteur du Jardin des Plantes, après les deux soufflets donnés à Ingénue sur le monticule du jardin. Il lui annonce toute la sévérité des magistrats et finit par lui donner sa malédiction, avec cette véhémence qui fait que le Ciel la ratifie toujours.

On rend compte des motifs particuliers de la publication des mémoires, en ces termes:

[...] 'C'est moi, Marivert,[120] qui prends ici la plume et qui achève cette production que j'imprime, sans prendre l'aveu, ni de mon ami M. Saxancour, ni de Mad. Ingénue sa fille [...]. Je déclare donc que j'ai soigneusement recueilli tout ce que j'ai entendu; que j'ai tâché d'obtenir les brouillons de toutes les pièces, de toutes les lettres, et que je les ai réunis, pour en former cette conclusion. L'amitié m'en a fait une loi. Je frémis quelquefois lorsque je pense que M. Saxancour peut venir à mourir, et qu'alors deux jeunes personnes timides, aimables, seront exposées à tout ce que la scélératesse peut avoir de rage, de noirceur et d'activité. Voilà le motif de la publication de ces mémoires, de l'espèce de larcin que j'en fais; de l'adresse avec laquelle j'en dérobe la connaissance à ceux qu'ils intéressent, lesquels ne démêleront pas le titre de ce livre, parmi la foule de ceux qu'on publie hebdomadairement à Paris. C'est en outre, comme je le dis, dans la Préface, la haute, l'inexprimable utilité publique de cet ouvrage, pour éclairer les jeunes filles, qui me pousse à le mettre au jour. J'en dis beaucoup! Mais, commettant une sorte d'infidélité, je ne saurais trop l'excuser. Car la fidélité est une si belle vertu, que

---

[120] *La Femme infidelle* was first published by Rétif in May 1786 under the penname Maribert-Courtenay. In this postscript appended to the 1789 edition of *Ingénue Saxancour*, Maribert is again presented as a close friend to the narrator's family and as editor and publisher of this equally controversial text, which the narrator and her family were supposedly reluctant to publish.

celui qui la viole, est bien coupable! … Je reviens à l'historique, que j'ai interrompu, et je le reprends au moment le plus critique.'

M. Marivert y rapporte ensuite ce que M. Saxancour a fait contre les deux servantes calomniatrices, qu'il a dénoncées, ainsi que Moresquin, à deux magistrats, celui qu'on peut nommer le 'Vengeur des crimes' et celui de la 'police et des mœurs'. Il rapporte au long le mémoire qu'il leur présenta, par lequel il leur dénonçait les crimes de Moresquin et des deux servantes […]. Il raconte comment Mme la comtesse de Beauville[121] rendit visite aux deux magistrats et leur expliqua elle-même, par ses lettres, différents détails successifs. Moresquin fut mandé par le magistrat Vengeur des crimes, qui, pour le connaître, n'eut qu'à l'écouter. Un inspecteur le fit venir de la part du magistrat des mœurs; il fut traité avec la sévérité qu'il méritait. Mais rien n'a pu l'arrêter. Non seulement cet homme est un scélérat, mais c'est un fou, de sorte qu'après avoir employé tous les moyens possibles pour le contenir, on a désespéré d'en venir à bout. C'est alors qu'on a senti toute la sagesse de ce que le chef suprême de la justice a répondu aux remontrances contre les ordres secrets.[122] On a été forcé d'y avoir recours. Mais, hélas! trop tard, puisque l'infortunée Ingénue Saxancour n'était plus! … Je ne doute pas que, dans d'autres temps où la justice était en pleine activité, ce malheur n'eût été prévenu … Respectons les lois; obéissons au chef de l'Etat; c'est notre père et notre défenseur!

Excerpt 3

Excerpts from the 'Supplément à La Femme séparée', *completed on 29 September 1788, published soon thereafter in vol. 27 of the second edition of* Les Contemporaines, *and reprinted in OC, vol. 25, pp. 304–52. This 'Supplement' to* Ingénue Saxancour *presents a much longer alternative ending to the novel that combines various elements of the accounts given in the two postscripts appended to the original 1789 edition of the novel (see Excerpts 1 and 2 above).*

C'est ainsi que des gens faibles ont voulu que se terminassent les mémoires d'Ingénue Saxancour. Ils ont été inquiets des clameurs du coupable Moresquin, qui colportait partout *La Femme infidelle*, en assurant qu'il y est désigné sous le nom ridicule de *L'Echiné*. Ils ont voulu qu'on déguisât l'histoire, en annonçant la mort des personnages et la punition du Monstre d'une manière différente de la véritable. L'éditeur leur a laissé cette satisfaction, et il imprime leur travail. Mais, ami de la vérité, […] il veut la rétablir. Peut-être ces deux leçons donneront-elles au public une idée de la manière couverte dont on dénonce souvent des aventures

---

[121] Pseudonym for the Countess Fanny de Beauharnais, whom Rétif calls Mme de Beaucousin in the 'Supplément à *La Femme séparée*'. (See Excerpt 3 below.) Another homage to the efforts that she made on behalf of Rétif and his family.

[122] Another allusion to *lettres de cachet*. See note 119 (in Appendix E).

véritables pour ôter aux méchants qu'on veut démasquer les moyens d'abuser des lois qui leur assurent l'impunité [...]. Ici nous n'avons rien à craindre: Le scélérat est démasqué par lui-même par ses horribles discours; il a lui-même plaidé la cause de ceux qu'il tourmentait, et l'excès de sa turpitude, de son atrocité, a démontré combien il les calomniait et combien il était nécessaire de le punir. [304–05]

A peine Ingénue avait achevé d'écrire son histoire, et dans le temps même où l'on commençait à imprimer ses mémoires, il est arrivé une chose horrible! Une servante de procureur, vieille fille laide et sèche, avait une montre. Cette vilaine créature, enragée contre Marion, qui n'avait pas pour elle certains égards, forma le projet absurde et coupable de la mortifier. Pour y parvenir, elle [...] cacha la montre et se récria qu'elle était volée! Elle avait choisi un jour où Marion Saxancour avait traversé la cuisine et une salle. Cette trame ainsi ourdie, elle accusa la jeune Saxancour, sans autre espérance que de causer une mortification mortelle à cette aimable personne. Elle réussit au-delà de ses espérances! Le bruit de l'accusation se répandit dans tout le voisinage [...]. M. Saxancour ignorait encore ces horreurs, lorsqu'il fut instruit d'une manière bien extraordinaire! Moresquin eut l'audace de lui écrire, mais d'une manière digne de lui [...]. Il écrivit aussi à Mesdames Beaucousin et Bitez pour monter une joie féroce et criminelle d'une calomnie atroce, dépourvue de vraisemblance.[123] [305–07]

Quel être vil et méprisable, qui accueille comme avérée une calomnie absurde dénoncée aux deux magistrats [...] qui tous deux en ont gémi, mais qui ne peuvent pas punir, les calomniatrices ayant nié la calomnie. Le [magistrat] Vengeur-des-crimes, à la sollicitation de la calomniée, par l'organe de Mme la Comtesse de B., a fait venir Moresquin et l'a écouté; car il n'a pas eu de temps de parler. Et l'opinion qu'il en a prise, c'est que cet homme est un sot-fou. M. Saxancour le lui a peint ensuite comme il convenait, en lui montrant le scélérat.[124] [310–11]

[...] C'est moi, Marivert, qui prends ici la plume et qui achève cette production que j'imprime, sans prendre l'aveu, ni de mon ami M. Saxancour, ni de Mad. Ingénue sa fille [...]. Je reviens à l'historique, que j'ai interrompu, et je le reprends au moment le plus critique.[125]

---

[123] Here Rétif inserts two letters purportedly sent in July 1788 by Augé/L'Echiné/Moresquin to M. Rétif/Saxancour (*OC*, vol. 25, pp. 307–08) and to Mme de Beauharnais/Beaucousin (*OC*, vol. 25, pp. 308–10) denouncing Marion's alleged theft and asking for their help in arranging a reconciliation between him and his wife. Commenting on this first letter, Rétif writes: 'Quel autre homme qu'un scélérat peut écrire dans cette forme à son beau-père! Quel autre homme qu'un sot, un insensé, peut avoir un style pareil?' (*OC*, vol. 25, p. 308).

[124] Here follows a long letter purportedly sent by Rétif-Saxancour to Augé/L'Echiné/Moresquin, in which he reiterates his many complaints and grievances against his son-in-law (*OC*, vol. 25, pp. 311–18).

[125] In this passage, Rétif repeats — word for word — the third paragraph in the second postscript appended at the end of the original 1789 edition of *Ingénue Saxancour* (reprinted in the unabridged Slatkine edition of the *Œuvres complètes*, vol. 55, pp. 257–59). For the full text of that paragraph, see Excerpt 2. Regarding the fictional editor/publisher Marivert, see note 120 (in Appendix E).

Aussitôt que M. Saxancour fut instruit de cette nouvelle horreur, il s'informa. Il fut aisé de se convaincre de la scélératesse des deux servantes.[126] [319–20]

[…] [O]n sent tout ce que peut dire un Moresquin, un Lemore, un L'Echiné, un Augé (car c'est toujours le même personnage, ce mulâtre de la rue de la Mortellerie, nº 152).[127] Il excita une si haute indignation que la comtesse, la plus douce des femmes, fut obligée de sortir de son caractère et de le menacer. Et il fallut le menacer de l'Autorité!

Que dire des lois d'un pays, dans lesquelles un père ne trouve aucune ressource pour punir les atrocités d'un gendre infâme et fou, tel que Moresquin? d'un scélérat, qui devant nécessairement cacher ses turpitudes, se soustrait à la preuve légale? des lois d'un pays où le maltraité doit dévorer toujours les infamies qu'un procureur mettra dans ses réponses, suggérées par un Moresquin, sans être obligé de les vérifier? des lois d'un pays où la justice est si coûteuse, qu'elle est une calamité plus grande que l'injustice et l'oppression? Dans le repos actuel de ces lois barbares, tout est stagnant, il est vrai; mais du moins on n'entend pas gémir l'innocence condamnée aux tourments du crime! On ne voit pas deux plaideurs, également ruinés par les exécutoires de procureurs, maudire également la perte et le gain du même procès! Mais lorsque le citoyen ne peut être efficacement protégé par la loi, attendu qu'elle est mauvaise, ou parce qu'elle n'est pas suffisante, il doit rentrer dans ses droits d'homme, quoique l'exercice en soit très dangereux!

Je dois pouvoir aller chez Moresquin, en ma qualité de beau-père, le faire prendre et retenir par deux crocheteurs, tandis que je lui appliquerai, en vertu de mon autorité paternelle, légitimement cent coups de bâton. […] Ha! Quand y aura-t-il des lois protectrices qui préviendront doucement mais sûrement les torts faits aux paisibles citoyens et qui les répareront? Il est vrai que cette loi si belle se trouve dans l'Evangile, qui recommande la soumission des enfants, celle des sujets, la charité réciproque. […] Aujourd'hui 11 juillet 1788, Moresquin n'est pas encore puni. La servante de Leballeur[128] n'est pas encore chassée […]. [322–24]

---

[126] Here, Rétif expands on the account (given in the first postscript to *Ingénue Saxancour*) of the false accusations of theft made against Marion by his landlord's servant, at Augé's urging, that led to a falling out with their landlord. See Excerpt 1 and note 116 in Appendix E. Describing the accusations against Marion as 'une calomnie atroce' and 'une espèce d'assassinat moral', Rétif then recounts Augé's insolence toward Mme de Beauharnais when she confronts him to chastise him for his shameful behavior toward Marion and her family.

[127] Contrary to his pledge elsewhere to protect Augé's identity for the sake of his son, Rétif identifies him by name here and even gives his home address. Augé was not actually *mulâtre* (mulatto), but dark-haired with a dark complexion. Rétif's choice of this pejorative term reflects his scorn for his son-in-law.

[128] Reference to the servant of Rétif's landlord who falsely accused Marion of stealing her watch.

[I]l lut dans un ouvrage de Voltaire que l'exécrable Guérin, Avocat Général d'Aix, qui fit proscrire les habitants de Mérindol,[129] était noir d'âme comme de corps, et il observa que Moresquin était noir de même, ainsi que le vil Mamonet des *Nuits de Paris*. D'où il conclut que tous les monstres étaient ainsi, que leur couleur était l'expression de leur vilaine âme. Après avoir écrit cette réflexion, M. Saxancour entendit tirer les rideaux, et il vit la calomniatrice sortir du lit de son maître. Il comprit alors pourquoi il se refusait à la renvoyer.[130] [325]

Following a long account of his efforts and those of Fanny de Beauharnais to counter the false accusations of theft made against Marion by his landlord's two servants and by Augé, Rétif presents a happy, but entirely fictional ending in which all three slanderers are severely punished, Saxancour marries Félicité after successfully completing an important mission for the government, and his two daughters both also enjoy happy marriages. The disparity between the ending Rétif imagines and what actually happened reflects his bitter frustration with real-life events: the fact that Augé was never punished, that Rétif floundered professionally at the end of his life, that Félicité spurned Rétif's passion for her and married someone else, and that his daughters' marriages were less than ideal than the ones he imagined for them. The only true contentment Rétif enjoyed at the end of his life was to see Agnès happily married to Vignon, despite the fact that he was a simple clerk ten years her junior and not the wealthier, more distinguished husband he imagined for her in the 'Supplément'.

Grâces au ciel, malgré l'espèce d'anarchie où des hommes indifférents nous ont plongé, en résistant aux vues sages de notre monarque, il est encore des pères pour les opprimés! Il est encore des magistrats qui remplissent la noble et grande fonction pour laquelle ils ont reçu leurs pouvoirs du chef de la nation, et c'est en eux seuls qu'espère l'infortunée famille Saxancour! Recommandée à M. le Lieutenant criminel et à M. le Lieutenant de Police par une femme de qualité, le père et les filles vont obtenir de ces deux magistrats la justice qu'ils n'eussent osé

---

[129] During the reign of François I, Guérin served as Avocat Général (public prosecutor) at the Parlement de Provence, the regional high court located in Aix-en-Provence. In November 1541, Guérin issued the 'Arrêt de Mérindol' which led four years later to the massacre of thousands of Waldensian Protestants in and around the town of Mérindol in the Vaucluse region of southeastern France. The historian Nostradamus described Guérin as 'un homme noir ainsi de corps que d'âme, autant froid orateur que persécuteur ardent et calomniateur effronté' — a portrait not unlike the one Rétif draws of his son-in-law. Voltaire cites Nostradamus in his account of the massacre of Mérindol in his essay *Des conspirations contre les peuples ou des proscriptions* published in 1766.

[130] In alleging that the maid was his landlord's mistress, Rétif was no doubt retaliating against her for accusing Marion of theft and perhaps too for her possible role in spreading rumors about Rétif's incestuous relations with Agnès, which the servant may have witnessed — rumors that led to Augé's increased fury and to the landlord's insistence that Rétif move out.

demander. Sous peu de jours, l'infâme Moresquin sera décrété pour tous ses crimes! Il sera mis aux cachots destinés aux scélérats. Comme c'est la seule punition qu'on lui puisse infliger par la loi, il y sera détenu assez longtemps pour le changer ou lui ôter à jamais une liberté dont il abuse. Son fils sera d'abord confié au père du coupable, qui en prendra soin jusqu'à la fin de sa vie. Ensuite, on doit le remettre à sa mère, qui tâchera d'effacer de son âme tendre toutes les mauvaises impressions qu'il tient du sang vil et bas de Moresquin. [335]

Quant aux deux sœurs, leur sort a suivi celui de leur père. Cet homme respectable avait d'excellentes vues qu'il a fait valoir. Elles ont été accueillies par un homme en place, digne de la confiance du Prince! On a donné une mission importante à M. Saxancour, qui s'en est acquitté avec un zèle et une prudence qui lui ont fait le plus grand honneur. Il a profité de l'instant pour établir ses deux filles: La cadette [...] a épousé un vieillard respectable, qui lui a donné un titre.[131] Quant à l'aînée, elle a été recherchée par le frère de Félicité. Ils se sont mariés. Le nouvel époux a obtenu l'assurance d'un emploi considérable dans les finances, qui est sa partie et qu'il entend parfaitement.

M. Saxancour, lui, est devenu veuf un an après le mariage de ses deux filles, et il a épousé l'aimable Félicité, qui désirait porter son nom. Il coule enfin des jours heureux, témoin du bonheur de tout ce qu'il aime. Ingénue surtout ne put revenir de son agréable étonnement de vivre avec un mari honnête qui la considère, qui respecte en elle son épouse, sa compagne, une autre lui-même, et la mère de ses enfants! Elle n'en déteste que davantage la mémoire de l'horrible Moresquin, dont le fils n'a pas vécu. Ainsi l'odieuse famille est aujourd'hui anéantie.[132] En effet, le fils n'aurait pas valu mieux que le père. Elle a deux enfants de son second mariage, un garçon et une fille. Leur tante-grand-mère Félicité vient d'adopter celle-ci qu'elle fera son héritière, à condition que toute la fortune de son frère sera pour le fils. Par cet arrangement, le frère et la sœur ont chacun un enfant, et le bonheur de M. Saxancour est double. Il n'a plus la douleur et la honte de voir le vil sang du coupable Moresquin perpétué par celui de sa fille! [338–39]

C'est ainsi que j'ai cru devoir imprimer les horreurs commises par un Monstre qui n'attend que ma mort pour traîner ma famille dans la boue. O vous, qui lisez

---

[131] Allusion to the chevalier de Saint-Mars, a family friend who Rétif had hoped would marry Marion, but who instead married a Swiss aristocrat. Against her father's wishes, Marion later married her cousin Edmond, who worked with Rétif in his printshop and who died young of tuberculosis. Left a widow at thirty with three small children, Marion kept house for her father from 1798 until his death in 1806.

[132] The peculiar glee Rétif expresses in imagining the death of his eldest grandchild is a further reflection of the intense hatred and desire for revenge he felt toward his son-in-law. Not content with imagining Augé's death or his imprisonment for life, Rétif apparently felt the need to wipe any trace of his existence from the face of the earth. Agnès's elder son Jean-Nicolas Augé actually lived well into adulthood and, following in the footsteps of his maternal grandfather, became a printer.

mes ouvrages, apprenez qu'un méchant homme épousa mon aînée, qu'il l'a maltraitée, indignement avilie; qu'il a frappé, calomnié ma fille cadette; que je l'ai dénoncé aux trois magistrats pour qu'ils préservent mes enfants de sa scélératesse! O mes lecteurs, je vous les recommande! Si lorsque je ne serai plus, elles se présentent à vous, ce livre à la main, réclamant votre secours, daignez les protéger, suivant votre pouvoir! [352]

Excerpt 4

Scenes 6–8 from 'La Fillette retrouvée', in Le Drame de la vie, OC, *vol. 37, pp. 968–70. In this playlet, in which Augé is called Kugé and Agnès Ofignette, Rétif imagines the stabbing murder of his wife at the hand of Augé, who is then killed in turn by a passerby. This fantasy offered a double satisfaction and double revenge to the bitter husband and father-in-law.*

Scène VI

MAD. OURFILLAUME Réjouissez-vous! Réjouissez-vous!

FILLETTE He! Vite, instruisez-nous!

MAD. OURFILLAUME A deux pas d'ici, cet infâme Kugé a rencontré la mère de Madame (*montrant Ofignette*). Il s'est jeté sur elle comme un chien enragé. J'ai entendu le bruit et, après m'être appropriée [...], j'y ai couru. Il la traînait dans la rue. Quelqu'un qui l'avait déjà vu maltraiter Madame a dit: 'C'est un fou! C'est un fou! Il faut l'arrêter.' On allait le faire. Kugé a quitté la vieille dame, qui ne remuait plus, et il a couru comme un forcené sur deux hommes et une fille. Il s'est jeté sur le plus âgé; il l'a poignardé. Le plus jeune des deux s'est écrié. Mais le voyant diriger le poignard sur la demoiselle ou dame, il lui a déchargé un pistolet à bout pourtant, et il l'a étendu sur le pavé. Le vieux monsieur était mort du coup. La vieille dame était poignardée. Voilà trois morts. La demoiselle ou dame s'est évanouie. On 'a crue morte aussi. Je l'ai fait porter chez ma fille, où elle est revenue à elle. Voilà les morts qui passent; ils vont à la Section.

Scène VII

OFIGNETTE Ciel! C'est Kugé. Il est mort. Voilà ma mère? Hâ ciel! Il l'abhorrait! Il l'a tuée! [...]

FILLETTE ET LES AUTRES Quels événements!

Scène VIII

UNNETTE *(à Ofignette)* Ah, ma sœur! *(Elle se jette dans ses bras)*

OFIGNETTE Il a tué! …

UNNETTE Le Monstre n'est plus! Il a tué notre mère. Et quoiqu'elle fût notre plus cruelle ennemie, je frissonne!

OFIGNETTE Nous n'avons plus d'ennemis! … Ces dames m'ont marqué mille bontés! […]

UNNETTE A quoi des infortunées comme nous doivent-elles tant de bonté?

FILLETTE A votre père.

OFIGNETTE Vous le connaissez?

FILLETTE Nous le chérissons.

UNNETTE Ah! Quel bonheur!

OFIGNETTE Autant notre mère nous a fait de mal, autant notre père nous a toujours fait de bien!

UNNETTE Elle n'est plus! Donnons des larmes à sa vie et à sa mort! […][133]

Excerpt 5

From Les Nuits de Paris, *vol. 7, Part 14, Episode 363, OC, vol. 85, p. 3350. In this episode of* Les Nuits de Paris *titled 'Les Deux Sœurs' (1788), Rétif summarizes his daughter's conjugal misfortunes and then concludes:*

Agnès fut souverainement malheureuse, mais son père l'ignora longtemps; et lorsqu'enfin il l'apprit, déjà malade, affaibli par l'âge, il ne put déployer toute l'énergie du pouvoir paternel pour punir le coupable. Il se contenta de se faire autoriser par le magistrat civil à recevoir chez lui sa fille maltraitée. Elle y vit depuis trois ans et demi dans la compagnie de sa sœur cadette.

---

[133] Even in his fantasies, Rétif never missed an opportunity to criticize his wife and to glorify himself.

APPENDIX F

~

Excerpts from *La Femme infidelle*

Source: *La Femme infidelle*, in *Œuvres complètes* (Geneva: Slatkine, 1988), vol. 45.[134]

Excerpt 1

From La Femme infidelle, *OC, vol. 45, pp. 787, 789–93 (Letter 227).*

Excerpts from a letter to his friend L'Elisée [Grimod de La Reynière], in which Jeandevert [Rétif] offers a first portrait of his older daughter Ingénue [Agnès]. After explaining how at the end of her apprenticeship as a seamstress, Ingénue went to live with his sister, he recounts the events leading up to her marriage to L'Echiné [Augé], with a focus on his wife's and sister's roles in promoting the match.

Ingénue Jeandevert est d'un caractère franc, d'un sens juste, d'une pureté de mœurs qui a peu d'exemple dans la Capitale. Je la destinais à être heureuse; l'éducation que je lui donnai devait y contribuer. Point d'arts futiles; quelques lectures convenables, une vie occupée, retirée. [787]

Ingénue fut tranquille chez sa tante plus de dix-huit mois. Mais enfin, un malheureux hasard la poussa dans l'abîme. Ma sœur ne goûtait pas que ma fille fût mise en demoiselle; des querelles fréquentes aigrissaient la tante contre la nièce; et elle désirait de la voir mariée.

Elle en cherchait l'occasion, lorsqu'un homme veuf, nommé *L'Echiné*, le plus vil tout à la fois et le plus borné de ses pareils, fit par hasard la connaissance de ma fille. Une dame *Rocbard*, veuve d'un contrôleur de barrières et ancienne maîtresse d'apprentissage de ma sœur, était venue demeurer dans la maison de cette dernière. Elle était amie intime d'une [...] tante de L'Echiné. Cet homme rendit une visite à Mad. Rocbard et aperçut Ingénue chez sa tante. Je ne puis concevoir comment un gueux tel que L'Echiné, sans emploi pour lors, n'ayant pas le sou, veuf, âgé de trente-cinq ans, osa jeter les yeux sur une jeune personne

---

[134] Additional excerpts from *La Femme infidelle*, presumably drawn from Rétif's correspondence and that of his family, are presented in Appendix C.

assez jolie, dont il ignorait la fortune et dont il ne connaissait pas les parents. Son effronterie naturelle et sa sottise l'enhardirent. L'Echiné parla de ses desseins à la veuve Rocbard, alors dans une profonde misère. Cette femme crut voir un moyen de ses procurer quelques ressources momentanées en contribuant à ce mariage. Il est à présumer qu'elle croyait L'Echiné plus aisé qu'il ne l'était. Elle avait connu ses parents, qui paraissaient des gens *cossus* (c'est son expression); elle savait que leur fils était unique; elle descendit chez ma sœur et lui fit un magnifique exposé des illusions de son imagination.

Ma sœur est très bornée; elle est dévote et s'était profondément gravé dans la tête que Jeandevert ne pouvait prospérer. En conséquence, elle regarda le mariage proposé avec un fils unique, dont elle avait aussi connu les parents, comme un bonheur pour sa nièce qu'il fallait saisir. [...] Ma sœur, empressée, invita bonnement à dîner les L'Echiné, père et fils. Je les vis: le père, homme honnête et raisonnable, me plut fort. Le fils me parut, dès ce premier moment, un mince sujet! Mais je lui croyais une fortune convenable et sûre. Cependant, à la demande prématurée qu'il me fit, en sortant de table, je répondis qu'il fallait se connaître avant de prendre des engagements. Je ne dis que ce mot, bien résolu dès ce moment, d'éconduire un pareil homme.

Il m'écrivit quelque temps après. Son style ridicule et stupidement contourné acheva de me déterminer. Je dis à ma sœur que je ne voulais pas d'un automate pour gendre. Mad. Betzi en était alors coiffée. Elle tergiversa; elle le reçut en secret, elle séduisit l'esprit de ma fille. Mes défenses furent articulées à celle-ci de la manière la plus énergique; on me trompa. [...] Au bout de six mois, je fus surpris de voir L'Echiné m'aborder dans la rue Saint-André-des-Arts pour me demander quand je voulais finir? Je lui répondis poliment que je ne pouvais encore marier ma fille, et je le quittai brusquement [...].

Ce fut à cette époque que L'Echiné se présenta chez ma femme, à laquelle il dit qu'il ne me convenait pas de l'amuser; que je méritais qu'il me donnât du pied au .... Ma femme se garda bien de me rendre ce propos, qui eût coûté cher à ce misérable qui se le permettait! Elle se contenta de m'engager à lui donner notre fille; elle dicta une lettre à celle-ci. Je fus indigné du ton qu'y prenait ma fille, et je l'abandonnai à son sort. J'ignorais qu'elle eût écrit malgré elle. Je promis de signer un consentement, entre les mains du notaire, à condition que je ne verrais ni ma fille, ni l'indigne gendre qu'elle me donnait. On osa accepter cette condition! Ma femme, ma sœur s'accordèrent pour rendre ma fille malheureuse. On prétend que L'Echiné s'était vanté de nous avoir mis dans la nécessité de la lui donner. Le mariage se fit sans mon assistance, sans mon consentement de bouche, avec l'expression la plus forte de ma désapprobation. [789–93]

Excerpt 2

From La Femme infidelle, OC, *vol. 45, p. 812 (Letter 227).*

Excerpt from a passage in which Ingénue recalls the unwelcome advances made by one of her husband's friends who, after she rebuffed him, accused her of a liaison with Rizblé [Blérie de Sérivillé], thereby encouraging her husband's jealous reprisals against her.

L*** est un homme fort laid, plein de cicatrices, qui peu de temps auparavant, avait pris sur moi une liberté très insolente, tandis que je me baissais devant le feu pour arranger le bois! Je lui avait parlé comme il méritait. Depuis ce moment, ce Monsieur avait pris de l'humeur; et c'est lui qui a secondé les mauvaises intentions de L'Echiné, en lui disant que je n'étais pas farouche avec Rizblé. J'ignore ce qu'il entendait par-là; tout ce que je puis affirmer, c'est que Rizblé ne m'a jamais mise dans le cas de me défendre contre ses entreprises: une femme ne se gendarme pas contre un homme respectueux; cela deviendrait ridicule et sot tout à la fois.

Excerpt 3

From La Femme infidelle, OC, *vol. 45, pp. 820–24 (Letter 227).*

Excerpt from a passage in which Ingénue recounts how she flees to her parents twice in March (1785) after brutal beatings from her husband. The first incident occurs after L'Echiné discovers her writing a letter to Rizblé [Blérie de Sérivillé].

Quelque temps après, il rentra, tandis que j'écrivais. Comme j'avais bien du chagrin, je l'exhalait dans une lettre, où je priais le sieur Rizblé, que L'Echiné avait la fureur d'amener sans cesse à la maison, de n'y plus revenir absolument. Il se jeta sur moi et voulut voir ce que j'écrivais. Je m'y refusai d'abord; mais les grincements de dents et quelques coups dans les côtes me firent céder. Il vit des choses qui n'étaient pas fort à son avantage. Il serra l'écrit, et avec un rire aussi laid que lui et plus terrible que la colère, il promit de montrer ce papier à tout le monde. Il se remit ensuite à me frapper, me donnant des soufflets, des coups de pieds dans les reins. Il ne fut pas possible de m'échapper; mais ce fut un bonheur: quand il fut endormi, je repris ma lettre et la brûlai. [...] Il sortit enfin, et blessée comme je l'étais, je m'en allai chez mes parents, où je restai deux jours et deux nuits. Il me fit redemander, parce que j'avais mon fils avec moi. Il fit beaucoup de promesses à ma mère, à ma sœur, qui me ramenèrent chez lui. Mon père lui parla même avec une modération qui m'étonna, lui prenant la main, et lui disant des choses honnêtes, malgré une querelle qu'ils avaient eue ensemble, et dont il n'a pas été question dans ce mémoire.[135]

---

[135] This is a reference to a quarrel that took place on 12 January 1785 when Rétif came to tell Agnès that his friend Montlinot had recommended Augé for a position in Le Pelletier's office.

Peu de temps après, mon Papa étant malade, il arriva que nous nous levâmes tard. L'Echiné, de mauvaise humeur de ce que le pot-au-feu n'était pas mis, commença la kyrielle de ses injures accoutumées. […] Il se mit dans une si grande colère, en s'irritant de mon silence, qu'il vint pour m'assommer, une chaise levée à la main. Je m'enfuis directement chez mon père et ma mère […].

J'ai dit que mon Papa était malade: il me reçut fort mal, à cause de son état, et m'obligea de m'en retourner à la maison, avant que mon mari vînt pour dîner. Ma sœur m'accompagna. Ce fut devant elle que L'Echiné me dit mille horreurs, sans respecter les oreilles d'une jeune personne, qu'il n'avait pas le droit de scandaliser, comme il prétend l'avoir à mon égard. Mon Papa, instruit de cette conduite, voulait se lever, tout mourant qu'il était, pour venir châtier un monstre de nature: mais sa faiblesse le retint malgré lui. […] L'Echiné, à qui mon père écrivit une lettre très forte, en parut effrayé. Il fut toujours méchant, bas, vil, obscène, sans âme; mais il contraignit les effets de son horrible caractère […].

Excerpt 4

From La Femme infidelle, OC, vol. 45, pp. 830–32 (Letter 227).

Excerpt from a passage in which Ingénue recalls the day she left her husband definitively and reflects on the motives that might have explained his peculiar, seemingly contradictory attitude toward Rizblé [Blérie de Sérivillé].

Je persistai dans la résolution de quitter à jamais mon bourreau. Je sortis de la maison à huit heures du soir, emportant dans un vieux coffre ce qui m'appartenait, avec quelques mouchoirs et quelques serviettes pour mon usage: Quatre ans de service et trois enfants, dont une fille est morte de la suite des mauvais traitements que j'avais essuyés en la portant, méritaient un salaire bien au-dessus de quelques serviettes, de quelques mouchoirs et de deux paires de draps.

Il est bien d'autres choses qui sont échappées de ma mémoire: je pense que ce que je viens d'écrire est bien suffisant. Mais je dois dire un mot d'une promenade à ***, chez le frère du sieur Rizblé: car il est à observer qu'il ne cessait de rechercher ce jeune homme. Les personnes sages que j'ai consultées là-dessus ont cru entrevoir que cette liaison avec Rizblé, qu'il voulait faire passer pour mon amant, était vivement désirée par L'Echiné, pour servir de prétexte aux sévices cruels qu'il voulait exercer contre moi. Il considérait que l'honnêteté de Rizblé mettait son honneur en sûreté,[136] tout en lui fournissant des occasions

---

Agnès began to recount her marital woes to her father, but was interrupted by Augé's return. This incident is described in Rétif's diary (*Journal*, ¶469, vol. 1, p. 168), as well as in *Ingénue Saxancour*. See Appendix D, Excerpt 10.

[136] One senses here, as in *Ingénue Saxancour* and in Excerpt 2 above, that the lady doth protest too much, given clear evidence in Rétif's diary that Agnès was indeed romantically involved

journalières de querelles et d'injures. Comme il invitait souvent ce jeune homme, qui refusait la plupart du temps, à cause des propos que tenait L'Echiné, en lui disant, en ma présence, qu'il était mon amoureux; qu'il était aimé; qu'il le savait bien; que je désirait sa mort, à lui L'Echiné, pour épouser lui Rizblé. Comme (disais-je), il invitait souvent cet amant prétendu, celui-ci nous proposait aussi quelques parties, entr'autres, celle de *** chez son frère. Nous y allâmes l'année dernière, aux fêtes de Pentecôte, et nous y couchâmes. Le soir, après le souper, L'Echiné qui avait bu, se mit à tenir des propos infâmes: il assura que ..., et d'autres infamies qui révoltèrent si fort les gens chez qui nous étions, qu'ils le prièrent de ne plus les honorer de ses visites. J'en reste-là: ces propos seuls me le rendraient à jamais odieux; j'aimerais mieux mourir que d'avoir à supporter sa familiarité.

Excerpt 5

From La Femme infidelle, OC, *vol. 45, pp. 961–65 (Letter 228).*

Excerpt from a passage in which Jeandevert bitterly reproaches his wife for her role in promoting their daughter's marriage to L'Echiné.

Quels reproches n'avez-vous pas à vous faire, d'avoir comblé le malheur de votre fille aînée, en la donnant à un monstre! Vous arriviez de province, où vous étiez restée cinq à six mois.[137] Il était naturel que je vous disse qu'un particulier recherchait notre fille. Je ne vous dissimulai pas ma façon de penser à l'égard du brutal L'Echiné; je vous montrai ses lettres stupides; je vous priai de l'examiner, de le connaître à fond. Que fîtes-vous, pour répondre à ma confiance? Vous vîtes L'Echiné: vous le trouvâtes ce qu'il y a de pire dans le monde, et vous résolûtes de le faire votre gendre, par une foule de motifs. Le premier, parce qu'il me déplaisait, et que vous sentiez bien que je ne pourrais jamais faire ma société d'un

---

with her husband's friend. In his entry for 30 October 1785, Rétif notes that he had discovered letters from Blérie to Agnès, addressed to her at the Berthets' apartment where she had been staying after leaving her husband (*Journal*, ¶548, vol. 1, p. 204). Then in his diary entry for 20 November, Rétif notes: 'Causé [avec Agnès] des lettres de Blérie. [...] Qu'une femme, dont le cœur s'est laissé prendre par ces viles automates doit être malheureuse!' (*Journal*, ¶567, vol. 1, pp. 217–18). In that same entry, Rétif refers to six letters (later found among his papers) that Agnès received from Blérie in the summer of that year. See Appendix C, Excerpts 6–11, for extended excerpts from these letters and Appendix D, Excerpts 18 and 21, for Rétif's comments on them in his diary.

[137] In *Ingénue Saxancour*, Rétif writes: 'Elle fut six mois pour arranger une succession de sept cent cinquante livres à sa part. Mais enfin, elle arriva le 21 janvier.' But according to Testud, Rétif's wife was away in Burgundy settling her mother's estate for less than four months, from 30 September 1780 until 21 January 1781. ('Repères biographiques,' *Journal*, vol. 1, p. 833). The second date is documented in Rétif's diary. See Appendix D, Excerpt 2.

pareil homme! Vous en conclûtes que je ne consentirais jamais au mariage que par impatience, par indignation contre ma fille, si elle persistait.

Que fîtes-vous encore? Vous employâtes, d'une manière criminelle, tout l'esprit que vous a donné la nature, pour lasser ma patience; vous excitâtes mon indignation contre une jeune infortunée que vous trompiez, avec une finesse dont elle ne pouvait se défier, quoiqu'elle vous connût; vous lui dictiez des lettres qui devaient m'irriter contre elle par leur impudence; vous amenâtes ainsi les choses à votre but. Je signai le malheur de ma fille dans ma colère [...]. Et cependant, vous voyiez L'Echiné tous les jours! Vous l'encouragiez à persister; vous engagiez ma fille à me désobéir. Et à moi, vous me parliez avec horreur de son entêtement, de son opiniâtreté! Vous lui prêtiez des menaces insolentes, et vous me les répétiez; vous me les commentiez; et elles étaient conseillées par vous! Comment nomme-t-on un procédé pareil, dans tous les pays du monde? [...]

Après avoir consommé le malheur de votre fille, il fallait le rendre irréparable. Comment vous y êtes-vous prise? Vous m'avez alors révélé toutes les infamies que L'Echiné avait faites pendant tout le cours de sa vie; toutes les indignités qu'il avait vomies contre moi, comme ses menaces de me frapper, etc., et vous y ajoutiez! 'Quelle opinion (me disiez-vous), avoir d'une fille qui savait tout cela, et qui ne s'est pas embarrassée de vous chagriner, de vous déshonorer!'

Vous devez être satisfaite! L'Echiné a rempli vos vues, s'il n'a pas été au-delà. Il a maltraité cruellement votre fille. Il l'a réduite à fuir; il l'a déchirée, déshonorée, après qu'elle a eu fui. Il a fait contre elle des affiches déshonorantes. Il lui a supposé un amant; il a supposé des lettres à cet amant; il les a lues, montrées, publiées dans les tabagies qu'il fréquente. Il s'est vanté de ne vouloir la ravoir que pour trois jours, afin de l'accuser de l'avoir *contagié*. Il l'a fait arrêter par la Garde, après l'avoir saisie au collet; il l'a fait conduire chez un commissaire; il a vomi contre elle mille horreurs, dans une plainte folle, insensée. Après cet éclat, il l'a fait conduire devant un magistrat respectable, et là, il a vomi contre moi les injures les plus atroces. Mais il n'a rien obtenu: ma fille est chez moi, et le monstre, qui s'était précautionné, a seul, pour son compte, une maladie infâme. Je l'ai appris aujourd'hui même, et je frissonne d'horreur. Venez voir votre digne protégé!

BIBLIOGRAPHY

~

Selected Works by Rétif de La Bretonne

Note: The Slatkine reprint edition of Rétif's complete works (published in 1987–1988) comprises 117 volumes. Nearly the entire edition is available on-line through the Bibliothèque Nationale's catalogue (http://catalogue.bnf.fr), which lists the series title as *Oeuvres complètes* (instead of using the more common spelling *Œuvres*).

Les Contemporaines, 17 vols [1780–84], in *Œuvres complètes* (Geneva: Slatkine, 1988), vols 12–32

La Dernière Avanture d'un homme de quarante-cinq ans [1783], in *Œuvres complètes* (Geneva: Slatkine, 1988), vol. 35

Le Drame de la vie, 3 vols [1793], in *Œuvres complètes* (Geneva: Slatkine, 1988), vols 36–38

La Femme infidelle, 2 vols [1786], in *Œuvres complètes* (Geneva: Slatkine, 1988), vols 44–45

Ingénue Saxancour, ou La Femme séparée, 2 vols [1788], in *Œuvres complètes* (Geneva: Slatkine, 1988), vols 54–55

Journal: Volume II, 1790–1796, ed. by Pierre Testud (Paris: Editions Manucius, 2010)

Mes Inscripcions: Journal Intime de Restif de La Bretonne, ed. by Paul Cottin (Paris: Plon, 1889; repr. in *Œuvres complètes*, Geneva: Slatkine Reprints, 1988), vol. 56

Mes Inscripcions (1779–1785); Journal (1785–1789), ed. by Pierre Testud (Paris: Editions Manucius, 2006)

Monsieur Nicolas, ou le cœur humain dévoilé [1788–96], 2 vols, ed. by Pierre Testud (Paris: Gallimard, 1989) [Critical edition with extensive notes and background material on Rétif's life and works]

Monsieur Nicolas, ou le cœur humain dévoilé [1788–96], repr. in *Œuvres complètes*, 8 vols (Geneva: Slatkine Reprints, 1988), vols 64–71

Nuits de Paris, ou le Spectateur nocturne, 8 vols [1788–1794], in *Œuvres complètes* (Geneva: Slatkine, 1987), vols 79–86

Le Paysan perverti, ou les Dangers de la ville, 4 vols [1775], in *Œuvres complètes* (Geneva: Slatkine, 1987), vols 95–96

La Paysanne pervertie, ou les Dangers de la ville, 4 vols [1784], in *Œuvres complètes* (Geneva: Slatkine, 1988), vols 97–98

'Supplément à *La Femme séparée*', in *Les Contemporaines*, 2nd edn, vol. 27 [1788], in
Œuvres complètes (Geneva: Slatkine, 1988), vol. 25, pp. 304–39

*Le Thesmographe ou Idées d'un honnête-homme sur un projet de règlement proposé à
toutes les nations de l'Europe pour opérer une réforme générale des loix, avec des
notes historiques* [1789], in *Œuvres complètes* (Geneva: Slatkine, 1988), vol. 110

La Vie de mon père [1779], in *Œuvres complètes* (Geneva: Slatkine, 1988), vol. 113

Suggestions for Further Reading

BARUCH, DANIEL, 'L'Indagateur et la marquise: Enquête sur l'activité policière de
Restif', *Etudes rétiviennes*, 6 (Sept. 1987), 73–87

—— 'Introduction' and 'Postface' to Alexandre Dumas, *Ingénue: Un amour interdit
de Restif de La Bretonne* [1853–54] (Paris: Editions François Bourin, 1990), pp. 7–
17, 543–55

—— 'Notice' [Introduction to his 2002 edition of *La Femme infidelle*], in *Restif de La
Bretonne*, 2 vols, ed. by Daniel Baruch and Pierre Testud (Paris: R. Laffont, 2002),
vol. 2, pp. 175–82

—— 'Notice' [Introduction to his 2002 edition of *Ingénue Saxancour*], in *Restif de La
Bretonne*, 2 vols, ed. by Daniel Baruch and Pierre Testud (Paris: R. Laffont, 2002),
vol. 2, pp. 465–71

—— 'Postface: Histoire et Métamorphoses de la Véritable *Ingénue*', in Alexandre
Dumas, *Ingénue: Un amour interdit de Restif de La Bretonne* [1853–54] (Paris:
Editions François Bourin, 1990, pp. 543–55

—— *Restif de La Bretonne* (Paris: Fayard, 1996). [Biography]

—— 'Restif de La Bretonne et l'inceste' and 'Dossier' [introduction and appendix to
Baruch's 1978 edition of *Ingénue Saxancour*] (Paris: Union générale des éditions,
1978), pp. 9–21, 431–43

BLOOM, RORI, 'Privacy, Publicity, Pornography: Restif de La Bretonne's *Ingénue
Saxancour, ou La Femme séparée*', *Eighteenth-Century Fiction*, 17, 2 (January,
2005), 231–52

BRAHIMI, D., 'Restif féministe? Etude de quelques *Contemporaines*', *Etudes sur le
XVIIIᵉ siècle*, 3 (1976), 77–91

BRETONNIÈRE-FRAYSSE, ANNE and others, *De la Violence conjugale à la violence
parentale: Femmes en détresse, enfants en souffrance* (Ramonville-Saint-Agne,
France: Erès, 2001)

BRUIT, GUY, 'Rétif de La Bretonne et les femmes', *La Pensée*, 131 (1967), 125–37

CHILDS, JAMES RIVES, *Restif de La Bretonne: Témoignages et jugements. Bibliographie*
(Paris: Librairie Briffaut, 1949)

COTTIN, PAUL, 'Préface.' *Mes Inscripcions. Journal intime de Restif de La Bretonne*
(Paris: Plon, 1889), pp. i–cxxv

COWARD, DAVID, *The Philosophy of Restif de La Bretonne* (Oxford, UK: Voltaire Foundation, 1991), in the series *Studies on Voltaire and the Eighteenth Century*, vol. 283

—— 'Rétif critique de Sade', *Etudes rétiviennes* 10 (1989), 73–86

—— 'The Sublimations of a Fetishist: Restif de La Bretonne', in *'Tis Nature's Fault'*: *Unauthorized Sexual Behavior during the Enlightenment*, ed. by R. P. Maccubbin (Cambridge University Press, 1988), pp. 98–108

CUBIÈRES-PALMÉZEAUX, MICHEL DE, 'Notice historique et critique sur la vie et les ouvrages de Nicolas-Edme Restif de La Bretonne', in *Histoire des Compagnes de Maria*, 3 vols, ed. by Cubières-Palmézeaux (Paris, 1811, vol. 1), pp. 1–200 [posthumous collection of stories drawn from Restif's unpublished manuscripts]; abridged 'Notice' repr. in *Bibliographie et iconographie de tous les ouvrages de Restif de La Bretonne*, ed. by Paul Lacroix (Paris: Fontaine, 1875), pp. 1–75

DUMAS, ALEXANDRE, *Ingénue: Un amour interdit de Restif de La Bretonne* [1853–54], introduction and notes by Daniel Baruch (Paris: Editions François Bourin, 1990)

FLETCHER, DENNIS, 'Restif de La Bretonne and woman's estate', in *Woman and society in eighteenth-century France*, ed. by Eva Jacobs and others (London: Athlone Press, 1979), pp. 96–109

GARBOUIJ, BÉCHIR, 'Rétif conteur: L'Utopie, l'inceste, l'histoire', in *Frontières du conte* (Paris: Editions du C.N.R.S., 1982), pp. 103–10

HERRERO, ISABEL, '*Ingénue Saxancour* de Restif de La Bretonne, ou l'ambiguité du point de vue', *Etudes rétiviennes* 13 (December 1990), 21–40

HOURIEZ, FRANK, 'Collage et cohérence dans *Ingénue Saxancour*', *Etudes rétiviennes* 15 (December 1991), 15–30

HUE, GUSTAVE, 'La Famille de Restif de La Bretonne', *Mercure de France* (16 May 1910), 206–27

JOLY, RAYMOND, *Deux Etudes sur la préhistoire du réalisme: Diderot, Rétif de La Bretonnne* (Quebec: Presses de l'Université de Laval, 1969), esp. pp. 128–68

LACROIX, PAUL [pseudonym P. L. Jacob], *Bibliographie et iconographie de tous les ouvrages de Restif de La Bretonne* (Paris: Fontaine, 1875) [Includes a preface by Lacroix (pp. i-xv) and an abridged version of Cubières-Palmézeaux's 'Notice historique et critique sur la vie et les ouvrages de Nicolas-Edme Restif de La Bretonne', pp. 1–75]

LAFARGE, CATHERINE, 'Exemples de violence dans *La Paysanne pervertie*', *Etudes rétiviennes* 31 (December 1999), 181–90 [On depictions of violence in Binet's illustrations for the novel]

LELY, GILBERT, 'Introduction', *Ingénue Saxancour ou La Femme séparée*, ed. by Gilbert Lely (Paris: Lattès, 1979), pp. 5–26

MONSELET, CHARLES, *Rétif de La Bretonne, sa vie et ses amours: Documents inédits, ses malheurs, sa vieillesse et sa vie* [1854] (Paris: Aubry, 1858)

NERVAL, GÉRARD DE, 'Les Confidences de Nicolas', in *Les Illuminés: Récits et portraits* (Paris: V. Lecou, 1852), pp. 77–242

PORTER, CHARLES, *Restif's Novels: Or, An Autobiography in Search of an Author* (New Haven: Yale University Press, 1967)

RIVAL, NED, *Les Amours perverties: Une Biographie de Nicolas-Edme Rétif de La Bretonne* (Paris: Librairie Académique Perrin, 1982) [The front cover uses the alternative title *Rétif de La Bretonne, ou Les Amours perverties.*]

RIZZIO, TRACEY, 'Sexual Violence in the Enlightenment: The State, the Bourgeoisie, and the Cult of the Victimized Woman', *Proceedings of the Western Society for French History* 15 (1988), 122–29

TABARANT, ADOLPHE, *Le Vrai Visage de Restif de La Bretonne* (Paris: Eds. Montaigne, 1936)

TESTUD, PIERRE, 'Autobiographie et histoire dans l'œuvre de Restif de La Bretonne', in *Le Siècle de Voltaire: Hommage à Pené Pomeau*, ed. by Christiane Mervaud and Sylvain Menant, 2 vols (Oxford: Voltaire Foundation, 1987), vol. 2, pp. 893–903

—— 'Le *Journal* inédit de Restif de La Bretonne', *Studies on Voltaire and the Eighteenth Century*, 90 (1972), 1567–93

—— *Rétif de La Bretonne et la création littéraire* (Geneva: Droz, 1977)

—— 'Rétif et Sade', *Revue des sciences humaines* 212 (Oct.-Dec. 1988), 107–23 [Special issue on Rétif ed. by Jean M. Goulemot]

TROUILLE, MARY S., 'La violence conjugale et la dysfonction familiale dans *Ingénue Saxancour* de Rétif de La Bretonne', *Etudes rétiviennes* 43 (December 2012), 143–71

—— *Wife-Abuse in Eighteenth-Century France* (Oxford, UK: Voltaire Foundation, 2009), in the series *Studies on Voltaire and the Eighteenth Century*. See the following chapters:

> 'Introduction: Scorned, battered, and bruised: Marriage and wife-abuse in eighteenth-century French fiction and society', pp. 1–12

> Chapter 1: 'Moderate correction, rule of thumb: The Norms of spousal abuse in eighteenth-century France', pp. 115–56

> Chapter 9: 'Truth stranger than fiction: Wife-abuse in Rétif de La Bretonne's *Ingénue Saxancour*', pp. 273–307

WAGSTAFF, PETER, *Memory and Desire: Rétif de La Bretonne, Autobiography and Utopia* (Amsterdam and Atlanta: Rodopi, 1996)

WYNGAARD, AMY S., *Bad Books: Rétif de La Bretonne, Sexuality, and Pornography* (Newark, DE: University of Delaware Press, 2012)

—— 'Rétif, Sade, and the Origins of Pornography: *Le Pornographe* as Anti-Text of *La Philosophie dans le boudoir*', *Eighteenth-Century Fiction* 25, 2 (Winter 2012–13), 383–406

MHRA Critical Texts

This series aims to provide affordable critical editions of lesser-known literary texts that are not in print or are difficult to obtain. The texts will be taken from the following languages: English, French, German, Italian, Portuguese, Russian, and Spanish. Titles will be selected by members of the distinguished Editorial Board and edited by leading academics. The aim is to produce scholarly editions rather than teaching texts, but the potential for crossover to undergraduate reading lists is recognized. The books will appeal both to academic libraries and individual scholars.

Malcolm Cook
Chairman, Editorial Board

Editorial Board

www.criticaltexts.mhra.org.uk